CHAMA EXTINTA

TRADUÇÃO
Bruna Miranda

PLATA
FORMA 21

TÍTULO ORIGINAL *Looking for Smoke*

Plataforma21 é o selo jovem da VR Editora

AVISO DE CONTEÚDO

Chama extinta é uma obra de ficção, mas trata de muitas questões reais e sensíveis, como luto e morte de familiares, violência, assassinato e desaparecimento, drogas e abuso de substâncias.

GERENTE EDITORIAL Tamires von Atzingen
EDITORA Marina Constantino
ASSISTENTE EDITORIAL Michelle Oshiro
PREPARAÇÃO Isadora Próspero
REVISÃO Letícia Nakamura e Juliana Bormio
CONSULTORIA DA NOTA DA EDIÇÃO BRASILEIRA Mayra Sigwalt
DESIGN DE CAPA Molly Fehr e Joel Tippie
ADAPTAÇÃO DE CAPA E LETTERING Guilherme Francini
FOTOGRAFIA DE CAPA © 2024 Leah Rose Kolakowski
ADAPTAÇÃO DE PROJETO GRÁFICO E DIAGRAMAÇÃO Pamella Destefi
PRODUÇÃO GRÁFICA Alexandre Magno

Dados Internacionais de Catalogação na Publicação (CIP)
(Câmara Brasileira do Livro, SP, Brasil)

Cobell, K. A.
Chama extinta / K. A. Cobell; tradução Bruna Miranda. – São Paulo: Plataforma21, 2024.

Título original: Looking for Smoke
ISBN 978-65-88343-89-0

1. Ficção juvenil 2. Ficção policial e de mistério I. Título.

24-221369 CDD-028.5

Índices para catálogo sistemático:
1. Ficção: Literatura juvenil 028.5
Cibele Maria Dias – Bibliotecária – CRB-8/9427

VR Editora S.A.
Av. Paulista, 1337 – Conj. 11 | Bela Vista
CEP 01311-200 | São Paulo | SP
plataforma21.com.br | plataforma21@vreditoras.com.br

Para o meu pai, o primeiro contador de histórias que conheci

Capítulo 1

Mara Racette

Quinta-feira, 11 de julho, 19h15

Algo na batida do tambor interrompe as minhas inseguranças. O ritmo constante silencia as minhas dúvidas. Me estabiliza. Meu sangue pulsa pelo corpo até os pés e me diz que eu pertenço a este lugar. Esta terra também é minha.

A batida forte vibra no meu peito enquanto sigo meus pais até a maloca circular. Passamos pelas arquibancadas lotadas e damos a volta por trás dos homens sentados em roda tocando seus tambores. Seus gritos fazem minha garganta apertar, como se doesse cantar naquele ritmo. Em sincronia, eles batem as baquetas contra o couro, o ritmo acelera e suas vozes ficam mais altas.

Me esgueiro por trás de um homem e seu tripé e subo as escadas, dois degraus de cada vez, até chegar a uma fileira livre, na mesma hora que o homem mais velho tocando o tambor, com um chapéu de caubói lhe escondendo o rosto, bate com mais força e os outros param. Um homem mais jovem com um boné de aba reta canta sozinho, um lamento profundo em sua voz ondulante, e então todos voltam a tocar o tambor, sincronizados. As vozes crescem e se misturam à do primeiro como um grito de guerra.

Sinto um arrepio se espalhar por meu corpo ao me sentar na arquibancada e ver os dançarinos do pow wow no gramado, logo atrás dos músicos. Mulheres usando vestidos com miçangas e xales coloridos e homens com suntuosos trajes de couro adornados por penas nos ombros e nas costas, dançando no ritmo dos tambores. Com pequenos sinos nas calças e penas nas mãos. Alguns têm o rosto pintado com grafismos tradicionais em preto e vermelho que os deixam com um ar poderoso.

Mulheres idosas, crianças que não passam dos quatro anos, todo mundo está acompanhando a música. Todos sentem o chamado em seu coração.

Todos pertencem.

Meu pai está ao meu lado, balançando a cabeça. Seu cabelo preto balança sobre os ombros com o movimento até que ele o prende atrás das orelhas com a mão, seu anel de turquesa brilhando no polegar. Minha mãe está ao meu outro lado, de pernas cruzadas e balançando o pé. Seu cabelo loiro está preso em um coque baixo, saindo por baixo do boné de beisebol que protege sua pele clara do sol do verão.

Estou no meio, tentando me acomodar entre os dois. Como sempre.

O sol forte brilha sobre nós, iluminando a poeira que viaja pela arena em uma brisa suave. O ar cheira a terra, cavalos e fritura. Cheiro da Assembleia dos Povos da América do Norte.*

Viajávamos para cá quase todos os anos para a celebração anual de quatro dias do nosso povo, com milhares de outras pessoas, para curtir tradições indígenas como danças e músicas do pow wow, jogos de estaca e corrida de revezamento a cavalo. Mas achei que este ano seria diferente. Agora que moramos aqui, achei que não iria me sentir como uma turista. Estou sentada aqui, assistindo a tudo do alto como sempre... Distante. Talvez isso nunca mude.

Pego o celular do bolso e tiro uma foto da cena à minha frente, da paisagem ao longe e da mistura de cores e movimento logo abaixo. As montanhas Rochosas à distância, topos de neve ainda visíveis nos picos pontiagudos da cordilheira, e o Parque Nacional Glacier escondido do outro lado. As planícies baixas, praticamente sem árvores, se estendem infinitamente para todos os lados, tornando o céu azul sobre esta cidadezinha ainda maior.

Embaixo, centenas de dançarinos estão no campo circular para a Grande Entrada, organizados nas categorias de dança em que irão competir durante os próximos dias do pow wow. Eles entram saltitando na

---

* No original, Indian Days. A autora se refere ao North American Indian Days, evento que ocorre anualmente na segunda semana do mês de julho em Browning, Montana. [N. E.]

maloca, formando um arco-íris de cores e texturas, até o círculo se desfazer e a última batida de tambor soar.

O ancião que lidera a Grande Entrada está em pé no centro da maloca, vestindo a indumentária tradicional, um peitoral ornado com espinhos de porco-espinho pendurado no torso. Está envolto em uma atmosfera de tranquilidade causada pelo silêncio repentino. De cada lado seu estão indígenas veteranos de guerra, segurando as bandeiras do país e do povo, e os dançarinos sênior. O cajado em sua mão é ainda mais alto do que as bandeiras.

O ancião ergue o cajado com penas de águia e todos nos levantamos quando os músicos começam a tocar a Música da Bandeira, honrando as cores e, mais importante, o cajado de águia: as primeiras bandeiras desta terra.

Posso ainda estar entendendo meu lugar aqui, mas sou tomada por certo sentimento, certa reverência, ao ver o ancião honrando as penas de águia e nossa nação. Como as penas penduradas, me mexo ao ritmo dos tambores até os músicos pararem e deterem as baquetas, recuperando o fôlego. Meu peito parece vazio com o silêncio. O barulho dos sinos nos trajes das pessoas deixando a arena combina com o arrepio que se espalha por meu corpo.

O público se senta.

– Vou comprar um pão frito – diz minha mãe, tocando no meu ombro ao passar por nós. Meu pai aperta sua mão antes de ela descer os degraus com um sorriso no rosto. Ela sabe que não pertence a este lugar, mas não parece se importar. Ela faz parte desse mundo há mais tempo do que eu. Pode não ser indígena, mas ela tem o meu pai.

Meu pai passa o braço sobre meus ombros.

– Você devia ter aprendido. – Ele gesticula com a cabeça para as dançarinas perto da nossa seção da arquibancada. Reconheço algumas das garotas da escola. Seus cabelos estão presos em tranças apertadas e lustrosas enfeitadas com penas e fitas coloridas. O bordado complexo de miçangas forma desenhos que caem sobre os ombros e pendem como franjas nas costas delas.

A mais alta do grupo, Loren Arnoux, está usando um vestido de Jingle azul-celeste. Fileiras de pequenos cones de estanho cobrem a saia do vestido.

Uma fileira contorna seu peito e seus braços. Uma faixa de miçangas coloridas na cintura e braçadeiras iguais nos pulsos brilham sob o sol quando ela se afasta do grupo. Ela está maravilhosa. Todos os trajes impressionam. Sejam peças passadas por gerações da família ou recém-criadas, cada uma é incrivelmente bem-feita. Cada miçanga de vidro colorido foi bordada com precisão. Cada pedaço de franja de couro está impecável.

– Talvez – respondo em meio às várias conversas ao nosso redor. Uma parte de mim queria ter aprendido a dançar... Uma parte ainda maior se pergunta o que os outros iriam pensar. Se eu seria aceita. Se fosse igual aos meus últimos meses na nova escola, fico feliz em não ter aprendido.

Agora mesmo, a pior do grupo, Samantha White Tail, fica olhando minha mãe passar por elas, depois me encara com seus olhos cobertos por um delineado pesado e um sorriso discreto no rosto enquanto passa a mão pelo traje, como se quisesse me lembrar de que não estou vestida da mesma forma. Posso estar acima dela, sentada nas arquibancadas, mas sinto como se fosse o contrário. Tenho certeza de que, se eu estivesse lá embaixo, ela acharia um jeito de fazer eu me sentir como uma estrangeira.

Uma mistura de irritação e raiva faz minhas mãos se fecharem. Ela não me conhece.

Ela nem tentou me conhecer.

Ergo a mão para lhe mostrar o dedo, mas meu pai percebe a tensão no ar entre nós. Seu corpo congela, assim como o meu movimento. Ele abre a boca para indagar, mas o mestre de cerimônias dá batidinhas no microfone na mesma hora.

Enquanto as conversas ao redor cessam, eu ignoro o olhar rude da Samantha e relaxo como se nada tivesse acontecido.

Nada que meu pai precise saber.

A voz do mestre de cerimônias ressoa na maloca.

– Senhoras e senhores, outra salva de palmas. Nossa Grande Entrada da Assembleia dos Povos da América do Norte... Que honra estar aqui! – A arquibancada explode em gritos e assobios. – Uau, vocês são incríveis! E façam barulho para o nosso grupo de tambores residente, os Cantores da Montanha Amarela!

Os músicos erguem as mãos e acenam para o público antes de pegar as baquetas mais uma vez.

– Obrigado, obrigado. E obrigado a todos os dançarinos maravilhosos e às empresas presentes aqui. Se você ainda não pegou o seu pão frito, melhor ir antes que eles fechem, hein? Eu já comi o meu. – O mestre de cerimônias ri e ajusta seu boné. – Eu sei que os participantes estão prontos para nos mostrar quem são os melhores dançarinos, mas antes teremos um acontecimento especial. – Ele limpa a garganta e acena com a cabeça. – A família Arnoux vai cantar a Canção de Honra.

Até os turistas devem sentir o ar pesar.

– Como a maioria sabe, a família Arnoux passou por muitas coisas nos últimos anos. Rayanne "Avançando À Noite" Arnoux sumiu há alguns meses. – Ele pausa, passando os olhos pelas arquibancadas enquanto demonstra o respeito que esse momento merece. Aconteceu poucas semanas depois de nos mudarmos para cá: um dia, Rayanne, a irmã mais velha de Loren Arnoux, não foi para a escola e nunca mais apareceu. Algo que não me ajudou muito a me acostumar com o lugar. – Todos aqui em Browning foram afetados pelo seu desaparecimento. É uma tragédia terrível para a Nação Blackfeet, algo que infelizmente acontece com frequência, e nos unimos para rezar pela nossa parente perdida.

"Rayanne foi criada pela avó, Geraldine, e o avô. Dillon Arnoux faleceu há quase dois anos e, apesar de Rayanne ainda não ter voltado para casa, a família gostaria de homenageá-lo aqui na Assembleia dos Povos da América do Norte, junto a tantos membros Blackfeet aqui presentes."

Vejo Loren Arnoux sentada nos bancos mais baixos, próxima do mestre de cerimônias. Ela se levanta, o queixo levemente erguido, mas seu rosto está sério, o vestido imóvel.

O mestre de cerimônias pega um papel e o estica sobre a calça jeans.

– Dillon "Mocassim de Fuinha" Arnoux sempre foi um membro muito respeitado da nossa comunidade. Ele foi membro do conselho do povo durante seis anos e fez um grande trabalho desenvolvendo o ecoturismo na reserva. Era um veterano de guerra que serviu o país por muitos anos. É homenageado por sua esposa, Geraldine "Mulher Protetora", e sua neta,

Loren "Outro Pássaro Preto", assim como por seus três irmãos, vários primos, cunhadas, sobrinhas e sobrinhos.

O mestre de cerimônias acena para os músicos. Eles tiram os chapéus e trocam olhares, algo sombrio passando pela roda, e então o mais velho começa a bater no couro. O grupo o acompanha como se tivessem uma só mente, um só corpo, numa batida tranquila.

– Todos eles gostariam que essas pessoas comparecessem para a cerimônia de presentes. – O mestre de cerimônias começa a ler uma lista de nomes, mas minha mente já está concentrada no ritmo dos tambores. Até eu ouvir o nome *Racette*.

Meu pai aperta meu joelho.

– Mara Racette – sussurra ele. Não consigo me mover. Todos nas arquibancadas já estão em pé para a Canção de Honra. Meu pai me faz levantar e me impele a descer. Passo pela minha mãe no caminho, com as mãos cheias de comida gordurosa e boquiaberta.

Chego à base das arquibancadas ao mesmo tempo que Loren e sua avó, coberta por um xale amarelo com longas franjas azul-bebê, entram na arena com os outros membros da família. Já estou junto da mesa do mestre de cerimônias, meu cabelo suado grudando na nuca, sem entender o que está acontecendo.

Brody Clark

Quinta-feira, 11 de julho, 19h30

Meu pai sempre falava que toda mudança vem com um aviso. Ele dizia que era um antigo provérbio Blackfeet – assim como todas as frases motivacionais que inventava. Ele amava soltar essas pérolas de sabedoria indígena milenar, a gente querendo ouvir ou não.

O problema é que ele errou.

Talvez dê para notar quando algo vai acontecer, como quando ele viu os sinais de que minha mãe ia nos deixar. Ela cansou de ajudar meu pai a se virar e foi embora. Encontrou um homem rico e começou uma família nova. Decidiu que queria uma vida completamente diferente.

Eu não queria. Foda-se.

Alguns anos depois, meu pai teve uma parada cardíaca e caiu morto na minha frente. Eu tinha doze anos. Não tive aviso algum. Nenhum sinal. Apenas eu e meu irmão mais velho, Jason, enfrentando as consequências.

Não houve aviso algum de que a irmã de Loren Arnoux ia desaparecer e mexer com todo o nosso grupo de amigos.

Não dá para se preparar para as mudanças. Apenas tentar de tudo para fazer as coisas voltarem ao que eram antes.

Ou o mais próximo possível disso.

Jason desliga o microfone e o enfia embaixo do braço enquanto os tambores ficam mais fortes e os músicos começam a Canção de Honra para os Arnoux. A avó de Loren, Geraldine, lidera a procissão de dançarinos pela arena, segurando uma foto do falecido marido em que ele segura Loren e Rayanne no colo. Os outros anciãos da família, provavelmente os irmãos de Dillon, dançam ao lado de Geraldine, e Loren e os outros jovens da família os seguem. Caminham sincronizados com o ritmo dos tambores, avançando devagar pela arena circular. Penas oscilam. Sinos balançam.

O público nas arquibancadas mal se mexeu depois de se levantar para assistir à procissão. Passo pelo Jason e seu parceiro de narração e fico na frente da mesa deles para esperar a cerimônia de presentes. Eu teria ficado surpreso ao ouvir Jason chamar meu nome se já não tivesse lido a lista por cima do ombro dele. Acho que a Loren ainda gosta de mim, apesar de ter estado distante. Mesmo que minhas piadas idiotas não a façam mais rir como antes.

Mesmo que eu não tenha sido muito presente desde que sua irmã sumiu.

Talvez isso signifique que podemos voltar a como era antes. Com um pouco mais de tempo. Um pouco mais de paciência.

A melhor amiga de Loren, Samantha White Tail, aparece ao meu lado. Até a amizade delas foi afetada pelo desaparecimento de Rayanne. Dá pra perceber pelo jeito como Samantha está tensa. O rosto caído. Olhos gelados. Uma gargantilha de miçangas vermelhas, amarelas e azuis cobre seu pescoço, combinando com o traje que leva. Sua faixa de cabelo contém uma única pena e seu cabelo cai em duas tranças sobre o tronco. Seu número de peito da competição está preso no xale que ela segura com toda a força.

Enquanto os outros que foram chamados se aproximam, sigo o olhar de Samantha até a procissão andando lentamente pela arena. Os Arnoux estão dançando em homenagem ao avô, mas estamos todos pensando em Rayanne.

Não conhecia Rayanne como conheço sua irmã, Loren. Acho que a conhecia do mesmo jeito que conheço todos na reserva. Sabia que ela falava demais e tinha uma queda por garotos estudiosos e um rosto tão macio quanto couro polido. Sabia o quanto Loren a amava. Sabia até que Eli First Kill gostava dela.

A voz dos músicos me leva a uma lembrança de três anos atrás, quando ajudei Jason a organizar uma cerimônia de presentes para o nosso pai. Eu estava destruído, mas meu irmão me salvou. Me ajudou a entender a jornada do nosso pai. Vida e morte não são muito diferentes, tirando o aspecto social. Ainda podemos nos lembrar dele. Compartilhar sua sabedoria. Nós o homenageamos e demos presentes em seu nome, assim como Loren está fazendo agora.

A procissão chega aonde estamos. Loren carrega vários cobertores de lã Pendleton e imagino o futuro: ela andando na minha direção com uma cesta de roupa lavada, crianças ao seu redor com o mesmo tom de cabelo castanho-escuro. Sorrindo. Como se ela fosse querer isso. Como se eu pudesse ter isso. Pisco e me livro do devaneio quando sua prima pega alguns xales coloridos e a segue, com franjas caindo sobre os braços.

Eli First Kill aparece do outro lado de Samantha, com a irmãzinha ao lado, como sempre. Sem o pai, como sempre. Seus olhos estão levemente mais arregalados do que o normal, algo que apenas um melhor amigo ou primo, como eu, consegue perceber.

A novata, Mara Racette, cujo cabelo termina bem na altura dos ombros, congela do outro lado de Eli First Kill. É difícil não reparar em seus olhos arregalados, como um cervo em um campo aberto quando miro meu rifle e aperto o gatilho.

É, First Kill estava certo sobre ela. Ele sempre está.

Ela não pertence a este lugar. Nem quer pertencer.

A prima da Loren puxa um casal não indígena da plateia e lhes entrega um xale e um cobertor em homenagem ao avô. O casal deve estar acostumado em ver uma pessoa homenageada *recebendo* presentes. Mas para nós é o contrário – nós damos presentes, até para estranhos.

Loren coloca um cobertor dobrado nos meus braços, me fazendo tirar os olhos do casal. Seus olhos cor de mel estão vermelhos e borrados de maquiagem preta no canto. Eu a abraço, dando-lhe um tapinha nas costas, antes de ela seguir para as próximas pessoas da fila e colocar o último cobertor nos braços da novata. Loren coloca uma mão no ombro dela e se aproxima para falar algo que eu nunca conseguiria ouvir, mesmo se os músicos não seguissem cantando.

Não sei por que Loren quis incluir a novata. Eu nunca vi Loren falar com ela além do *necessário*.

Mara, a tal da novata, segura o cobertor contra o peito como se Loren fosse mudar de ideia e pegá-lo de volta.

Talvez Loren devesse fazer isso.

Ao meu lado, Samantha White Tail recebe um xale azul-escuro, ainda mais elaborado do que o xale que está usando. Ela pega sua mochila preta, coloca o xale sobre os ombros e tira o número de peito do xale anterior. Loren a ajuda a prender o número no xale novo e lágrimas começam a escorrer pelo rosto de Samantha.

Parece que ela está chorando por algo a mais do que o presente, mas não faço ideia do que seja.

Enquanto as primas de Loren entregam peças de artesanato para pessoas aleatórias nas arquibancadas, percebo um arquejo coletivo e sigo os olhares dos espectadores até o círculo. A avó de Loren, Geraldine, está guiando dois cavalos brancos com adornos de cabeça bordados com miçangas vermelhas e azuis. Eli First Kill sai da fileira de pessoas segurando presentes e vai em direção aos cavalos.

Os membros da família se afastam e Geraldine se aproxima de Eli. Os tambores param.

– Eli, onde está seu pai?

Seu rosto fica pálido.

– Teve que ir trabalhar. – Sua voz é quase inaudível e todos na fila tentam ouvir a conversa.

– Você aceita esse presente, nossos melhores cavalos, por ele? Em homenagem ao meu Dillon?

Ninguém se mexe. É um presente grandioso. Incrível. Uma grande honra para o avô de Loren.

A cor volta para o rosto de Eli até ele ficar vermelho. O garoto assente com a cabeça, então Geraldine coloca as rédeas de couro na mão dele e lhe dá dois tapinhas no ombro.

– Seu pai me apoiou quando eu estava passando por um período difícil, de um jeito que mais ninguém fez.

A mandíbula de Eli treme antes de responder, provavelmente um comentário sobre o pai dele ter ajudado *alguém*.

O pai de Eli First Kill faz bicos na construção civil, mas como não há muitas obras em uma cidade pequena como Browning, ele fica dias fora para trabalhar. Não sei se é melhor ou pior quando *está* aqui. Eli nunca fala sobre isso, mas todo mundo sabe que o pai é viciado em metanfetamina.

Eli enxuga os olhos com as costas da mão, então relaxa os ombros e reassume a postura de sempre. Convencido. Inatingível. Firme. Ele tem essa energia.

O ar congela. O único barulho vem da cauda dos cavalos cortando o ar.

Geraldine assente e, quando os membros da família começam a sair da arena, passando pelo grupo de dançarinos esperando em frente às arquibancadas, o barulho dos sinos traz tudo de volta à vida.

Sigo Samantha White Tail de volta às arquibancadas enquanto ela segura seu xale com tanta força que suas mãos ficam brancas. Parece que mal pode esperar para passar em todas as tendas do pow wow, mas os dançarinos anciãos bloqueiam seu caminho.

Todos que participaram da homenagem recuam, esperando os dançarinos seguirem. Eu encaro o padrão geométrico bordado nas alças da mochila de Samantha até Jason anunciar a entrada dos dançarinos na arena no ritmo dos tambores. Quando estávamos para ir embora, Jason entrega o microfone para o outro locutor e se afasta da mesa, bloqueando o caminho de Samantha outra vez. Ele acena com a cabeça para Geraldine.

– Com certeza você quer uma foto com todo mundo – diz. – Por ele.

– Claro – responde Geraldine.

Jason coloca a mão no ombro de Samantha e guia o grupo carregando presentes, passando pelos músicos e entre as arquibancadas. Loren e Geraldine seguem com Eli, tocando as rédeas dos cavalos como se fosse doloroso soltá-las. Não sei o que a família do Eli vai fazer com cavalos tão maravilhosos, além de expô-los todos os anos nas Assembleias dos Povos.

Talvez o pai do Eli os venda para comprar drogas.

No caminho para as tendas de comida, passamos por um policial da reserva, o detetive Youngbull, atrás das arquibancadas. Ele está vestido à paisana, aproveitando o pow wow como todo mundo, mas estufa o peito com aquela arrogância de policial. Achando que é superior aos outros. Isso só piorou no ano passado, quando ele virou detetive. A terra seca levanta sob nossos pés quando Jason lhe dá um aceno com a cabeça.

Samantha fixa o olhar em Youngbull e morde o lábio, talvez porque, assim como muitos de nós, ela fica nervosa com polícia por perto, ou então é porque quer ficar com ele.

Aposto que é a segunda opção.

Me pergunto como o detetive Youngbull se sentiu quando honramos Dillon Arnoux – o avô da garota que ele não conseguiu encontrar. Será que o velho Dillon teria lhe julgado mais do que Geraldine? Será que ele sente culpa toda vez que escuta o nome *Arnoux*?

Ao invés de virar para a esquerda até o corredor de tendas, viramos para a direita em direção a uma área onde vários trailers estão estacionados próximos como cigarros num maço.

– Aqui está bom – diz Jason, finalmente. O suor brilha em sua testa enquanto ele acena para guiar nosso grupo entre dois trailers de cavalo, as cordilheiras ao longe criando um fundo irregular. Nos aproximamos, um grupo de Blackfeet, dois cavalos e um casal de turistas loiros, não indígenas, que não sabe nada sobre quem homenageamos. Ou por quê.

Jason tira várias fotos de nós antes de devolver o celular para Geraldine. Sinto o suor escorrendo pelas costas graças ao sol forte. Jason encontra meu olhar por um segundo e enfia os dedos no meu ombro de um jeito que só um irmão mais velho faria, depois o grupo se dispersa.

Sigo em direção aos cavalos e massageio o ombro.

– O que os First Kill fizeram para merecer isso? – pergunto enquanto passo a mão no pescoço de um dos animais.

– *Puf.* – As bochechas de Eli se abrem com um sorriso torto. – Geralmente, quando fazemos *alguma coisa*, é algo que nos faz merecer uma surra.

Dou um tapinha nas costas do cavalo, desejando que o pai dele vendesse os animais para mim e Jason. Mesmo que use o dinheiro para comprar drogas.

– A velha Geraldine deve ter confundido vocês com outra família com o nome First Kill.

Eli ergue a sobrancelha.

– Melhor eu ir embora antes que ela perceba o erro.

– Não, Eli – diz Cherie, sua irmã mais nova, em sua voz manhosa e aguda. Seu cabelo, preto como as penas de um corvo, está dividido em duas tranças impecáveis, e um tênis está desamarrado. – A gente *não vai* perder a dança entre povos. É a única em que posso participar!

– Eu sei, eu sei – responde Eli. Ele olha para os grupos ao nosso redor e para por um instante quando seus olhos encontram os da Samantha, depois se vira para os trailers de cavalo. – A gente só precisa amarrar os cavalos em algum lugar.

Samantha desvia o olhar de Eli e sussurra algo para Loren, suas unhas de gavião apertando o braço da amiga, e vira as costas quando percebe que estou olhando para ela. Faz sentido. Ela *deixou* bem claro que não está interessada em mim.

Loren sussurra algo e se desvencilha de Samantha. Ouço apenas uma palavra: "Depois".

– São lindos – diz Mara, a tal da novata, quando se aproxima, tampando a minha visão de Loren e Samantha. Acho que ela terminou o papo com Geraldine e os turistas aleatórios. Devia estar tentando aprender sobre nossa cultura, como os turistas. Seus olhos passam de Eli para mim e depois para os cavalos, quando começa a acariciar seus focinhos.

– Você cavalga? – pergunta Cherie.

Os lábios grossos de Mara formam um sorriso hesitante.

– Faz um bom tempo desde a última vez.

– Meu irmão mais velho e o Irmãozinho cavalgam. Vão participar das corridas amanhã.

– Irmãozinho? – Seus olhos se voltam para mim. Analisando. Julgando. Por que Loren quis essa garota aqui? Ela nunca fez parte desse mundo. Nunca quis fazer parte.

– É assim que todo mundo chama o Brody – diz Eli, dando um tapa no meu peito. – Ele seguia o Jason, o irmão mais velho dele, pra todo lado, então Brody virou Irmãozinho. Para os *amigos*.

Meu pai inventou esse apelido. Eu gostava. Agora não importa, já pegou.

– E esse é Eli First Kill – acrescenta Cherie, apontando para o rosto de Eli. – E eu sou só Cherie.

Mara apoia a mão no pescoço do cavalo.

– E eu sou só Mara.

– Você vai participar da dança entre povos? – Os olhos de Cherie brilham. – Podemos dançar sem os trajes!

Eu rio e dou uma cotovelada no braço de Eli antes que Mara responda.

– É, ela pode ficar com os *outros turistas*. Onde deveria estar.

O sorriso da novata desaparece.

– Enfim. – Limpo a garganta antes de falar. – *Nós* temos que voltar para a maloca. – Espero que ela entenda o meu tom.

Guiamos os cavalos em meio aos trailers, levantando tanta poeira que fazemos Mara tossir. Geraldine emerge do outro lado do trailer com o casal de turistas e vai em direção à arena e à multidão, ainda no modo professora. Loren aparece ao lado de Eli enquanto seguimos pelo caminho de terra.

– Cuide bem dos cavalos – diz ela com os olhos vermelhos brilhando. – Não quero que essa cerimônia toda tenha sido um programa de índio.

– Isso é muito ofensivo – respondo de pronto.

Loren ri, mas não é a risada sincera e natural que eu conheço. É superficial. Sem vida. Queria poder livrá-la disso.

Passamos por Youngbull de novo perto das arquibancadas; a categoria Anciãos ainda está dançando no fundo. Ele acompanha Loren com o olhar até ficarmos fora da sua visão, protegidos pelos *food trucks*.

Aposto que a culpa pelo fracasso o consome todos os dias.

Parece que Loren não percebe seu olhar. Ou se acostumou a ignorar.

– Não sei o que dizer, Eli First Kill – diz ela. – O seu pai deve ter feito algo pela minha avó. Nunca vi os dois conversarem...

Eli ergue a mão.

– Eu também não sei de nada e prefiro não saber.

Loren sorri de novo, mas seus olhos continuam neutros. Ela semicerra os olhos enquanto andamos, tentando decifrar o enigma que é Eli First Kill. Ele sabe exatamente o quanto precisa se abrir para manter alguém por perto e quando se afastar para manter o interesse. Mas não foi sempre assim.

O jeito agora é deixá-lo em paz. Deixá-lo com seus segredos.

Por mim, tudo bem.

– Vou transmitir o apreço – responde. – Merecido ou não.

Loren assente enquanto amarramos os cavalos.

– E sinto muito por ainda não terem encontrado a Rayanne. – Eli está praticamente sussurrando. Como se falar em voz alta tornasse tudo permanente. Ou talvez ele queira evitar que Cherie escute.

De alguma forma, Loren sorri e faz uma careta ao mesmo tempo. Eu a puxo para o meu lado, apesar de estar com a camisa suada grudando nas costas.

– É. Eu também. – Ela se solta de mim e finge conferir o seu número preso no vestido. – Vai ser estranho dançar sem a Rayanne. – Sua voz parece distante. Monótona. Muito diferente da Loren de antes dessa merda toda acontecer. A Loren que me fazia chorar de rir. A que eu imaginava do meu lado, levando um monte de crianças para um pow wow. Ela mexe no número de novo. Quero fazer as coisas voltarem a ser como antes, antes de a Rayanne desaparecer.

Mas não tenho esse poder.

– É por isso que eu dei o xale dela para a Samantha. Para sentir que ela ainda está aqui.

Ela não precisa dizer: quase todo mundo sabe que Rayanne nunca vai ser encontrada. A polícia da reserva praticamente já a declarou como morta.

Talvez seja por isso que não está se dando o trabalho de descobrir o que aconteceu com ela.

Sabem que não podem mais salvá-la.

Forço um sorriso.

– É uma boa ideia. Mas Rayanne está com você. Na vida ou na morte, ela está no seu sangue. Ela sempre está com você.

– Valeu. – Loren olha de um lado para o outro da estrada de terra, observando as feições dos vendedores das barracas e a multidão voltando para as arquibancadas. – Bom, vou procurar a Samantha. Ela disse que queria participar da dança entre povos comigo.

– Boa sorte na competição – diz Eli enquanto Cherie o arrasta para a fila dos banheiros químicos.

– Vou sentir sua falta lá – responde Loren para ele. – Você ganharia este ano.

Ele não olha para trás.

– A jurada Connie "Fala Demais" vai sentir sua falta também – grito. – E o bom e velho Ron "Cofrinho À Vista". Ele não vira, mas sua cabeça pende para trás, rindo dos apelidos temáticos dos jurados.

Loren revira os olhos, como esperado, e quase ri.

Puxo a camisa para longe do peito molhado e me abano.

– Você pode ganhar também.

Ela dá de ombros, mas um sorriso discreto repuxa seus lábios.

– Você vai matar a pau.

Uma sombra recai sobre seu olhar, mas, quando me dou conta do que disse, ela já foi embora.

Capítulo 2

Loren Arnoux

Quinta-feira, 11 de julho, 20h

Minha garganta está apertada. Por mais que tente engolir o nó, ele não desce. Vovó ajusta minha gargantilha e acessórios de cabelo, mesmo que eu vá sacudir e bagunçar tudo em breve. Atrás dela e dos meus primos, Jason leva o microfone à boca.

– Caro público, hora da dança entre povos! Todos são bem-vindos. Desçam aqui! Chame a pessoa ao seu lado para dançar! Temos um novo grupo de músicos no circuito do pow wow conosco, diretamente da região de Crow Agency... Façam barulho para O Retorno do Búfalo!

Os músicos começam a tocar e eu entro na arena com meu vestido de Jingle balançando no ritmo da música. Em meio às nuvens agitadas de espinhos de porco-espinho na cabeça dos homens à minha frente, vejo Mara. Ela está nas arquibancadas, segurando o cobertor de lã e olhando para mim. Aceno com a cabeça e danço no ritmo dos tambores, deixando a batida e os sinos me distraírem da dor no estômago. Não importa o quanto eu dou para esse sentimento, ele nunca vai embora. É como um grande vazio que, dia após dia, engole pequenas partes de mim.

Às vezes me pergunto se isso vai passar algum dia ou continuar me destruindo até não sobrar nada.

No ano passado, minha irmã, Rayanne, ganhou a competição de dança de xale na categoria dela. Ela se movia como o fogo. Girava e pulava como um incêndio que se espalha por uma árvore caída, seu calor consumindo tudo à sua frente. Seu xale reluzia como chamas na calada da noite. Como se soubesse que ninguém seria capaz de pará-la.

Esquadrinho a multidão à procura de Samantha. Ela disse que estaria aqui – eu garanti que estaria. Preciso ver aquele xale. Pode não se mover mais como uma chama, mas aceito uma fumaça.

Dançarinos de todas as categorias participam da dança entre povos, assim como algumas pessoas sem os trajes tradicionais, criando um mar de cores e movimento. Me movo conforme a batida da música, esperando ver um xale azul-escuro balançar. Desejando ver um pedacinho de Rayanne – meu Raio de Sol.

Sempre estivemos juntas. Hoje, honramos o vovô, que me faz muita falta, mas a ausência de minha irmã naquela maloca é a pior dor que já senti.

Os tambores são a única coisa que faz meu coração bater.

Em meio à explosão de cores, vejo uma mancha preta. Eli First Kill está ao pé das arquibancadas, perto da mesa do mestre de cerimônias, com sua camiseta preta grudada no torso largo e braços fortes. Ele diz que não vai mais dançar. Mesmo com a música no ar, sua expressão está gélida, o corpo parado como o monte Chief.

Eli First Kill dançava como um leão da montanha atacando, os pés mal tocando o chão, intencionalmente caótico. Músculos tensos e choques poderosos vibrando pela vestimenta. Ele marcava cada batida como se fosse o próprio tambor. Agora acha que superou tudo aquilo. Que foi apenas uma fase. O jeito como encara os trajes balançando na minha frente me faz questionar isso.

Mas, claro, Eli First Kill sabe muito bem como provocar questionamentos.

Quando a canção termina, continuo a procurar Samantha no mar de dançarinos saindo da arena. Eles se espalham pelas arquibancadas e barracas. Por que ela não estava ali? Por que iria me deixar na mão quando sabia que eu precisava dela? Pelo jeito como tem agido nos últimos três meses, eu não deveria ficar surpresa.

As pessoas na minha vida desaparecem, uma a uma. Meu pai foi embora antes de eu nascer. Minha mãe foi se perdendo para as drogas até ir embora de fato. Vovô morreu. Depois, minha irmã desapareceu, e como consequência eu me retraí e desapareci em mim mesma.

Sam me *deixou* fazer isso. Ela não se fez presente, como cabe a uma melhor amiga. Nem se deu o trabalho de perguntar se eu estava bem. Nunca perguntou como eu estava lidando com tudo aquilo.

Ela não esteve ao meu lado naquele momento. Nem agora.

Sinto o calor da raiva se formar na minha nuca. Não sei por que achei que dar o xale para Sam seria uma boa ideia. Por que achei que vê-la dançar iria consertar nosso relacionamento distante e aliviar meu coração.

Sam devia me ajudar a me sentir melhor, mas agora sinto a raiva fechar minha garganta.

Mara Racette

Quinta-feira, 11 de julho, 20h10

Seguro firme o cobertor enquanto meus pais se aproximam, esperando que eu diga algo. A lã grossa faz minhas pernas suarem, mas não consigo soltar o cobertor. Não entendo o que aconteceu... Minha cabeça está confusa. Nem a vista para a arena cheia de dançarinos, emoldurada pelo rosto dos meus pais, me distrai.

– O que ela disse? – meu pai pergunta, ansioso, mexendo o copo de limonada na mão. – Por que te chamaram para participar da cerimônia? – Há uma fagulha de esperança em sua voz, o que me deixa na defensiva.

– Nada de mais. – Mas já estou balançando a cabeça ao ouvir minha própria mentira. Eu só não sei o que fazer. Nunca contei para os meus pais o quanto é ruim frequentar a escola aqui, como me tratam como pária. No começo, não me esforcei muito para fazer amigos. Estava triste por ter vindo para cá e ansiosa para achar meu lugar. Mas parece que não teria feito diferença... Eles decidiram que eu era uma intrusa e não me deram nenhuma chance.

Meu pai tinha certeza que eu iria me enturmar porque com *ele* foi assim. Acho que a diferença é que quem cresce aqui não precisa provar que pertence ao lugar. Simplesmente pertence.

A última coisa que eu queria era deixar meus pais preocupados, ou que eles fizessem algo a respeito. Eles já se sentem culpados o bastante por termos mudado para cá faltando três meses para terminar o penúltimo ano na escola. E meu pai se sente culpado o bastante pelo motivo por que fizemos isso.

Mas estarmos aqui não é apenas culpa dele. É minha também.

Meu pai estava tentando me ajudar.

Enfim, não queria que fizessem alarde, então não comentei nada.

E, desta vez, posso lidar com a situação sozinha.

Minha mãe se afasta um pouco e aumenta minha linha de visão. Eli First Kill está em pé na base das arquibancadas com as mãos enfiadas nos bolsos da calça jeans. Seu cabelo preto arrepiado no topo cai pela nuca e pelo pescoço, se misturando à camiseta preta. É uma bagunça intencional, assim como tudo nele.

Ele encara os dançarinos, alguns vestindo trajes tradicionais e outros não, dando voltas pela arena. A pequena Cherie pula perto dele, enfatizando o quanto ele está imóvel. Não sei como sou capaz de ficar sentada aqui, admirando seu rosto anguloso com essas maçãs do rosto salientes e o maxilar que parece ter sido esculpido em uma rocha da montanha.

Sua personalidade e sua língua são tão afiadas quanto esses ângulos.

O único momento em que ele parece ser alguém carinhoso e com sentimentos é quando está com a irmãzinha.

Loren está dançando na nossa frente. Ela assente para mim e continua girando a cabeça até ver Eli First Kill, mas ele não retorna o gesto. Seu olhar parece ter se perdido entre a ponta do seu nariz e os dançarinos à sua frente.

– Conta pra gente – pede minha mãe enquanto observa Loren se movendo entre os dançarinos.

– Rayanne queria que a Loren fosse minha amiga ou algo assim. – Eu entrego o cobertor para ela e me levanto. – Vou ao banheiro.

Não preciso contar tudo. Não preciso contar que, pelo visto, Rayanne achava que Loren e seus amigos foram muito frios comigo e não deviam me tratar daquele jeito. Rayanne e eu mal nos cumprimentávamos, e, agora, três meses depois do seu desaparecimento... as palavras *dela* são as primeiras que me acolhem aqui.

Claro que quase chorei quando Loren admitiu isso. Quando ela colocou o cobertor nos meus braços e pediu desculpas, eu quis acreditar, mas ainda é cedo demais.

Vou acreditar se ela fizer algo além de me dar um cobertor e algumas palavras vazias para honrar o avô.

Enquanto desço os degraus, a música para. Brody está sentado com o irmão mais velho, Jason, e outro cara na cabine do mestre de cerimônias. Ele me vê passar e lentamente abre sua garrafa de água. Seu cabelo preto tem o mesmo comprimento que o meu e toca os ombros, emoldurando seu rosto suado. Preciso proteger os olhos quando saio da arena e chego ao caminho de terra. O sol está baixo, dissipando a umidade do ar.

Tiro meu cabelo do pescoço e meu cotovelo bate em algo duro. Me viro e vejo Loren Arnoux segurando o queixo.

– Cuidado! – diz ela, entre dentes cerrados.

Esfrego o cotovelo enquanto ela me encara.

– Desculpa. – Não sei por que pedi desculpas. Estava andando devagar, na minha.

Ela me olha de cima a baixo, mexendo a mandíbula.

– Por que você está aqui?

Mordo a língua e aceno com a cabeça. Parece ser o suficiente.

Loren esfrega o queixo e me dá as costas enquanto revira os olhos, mas para de repente. Seus braços caem e ela segura alguns dos pequenos sinos de latão do seu vestido. Quando se vira de novo, sua raiva desapareceu.

Ela mexe na gargantilha de miçangas como se o acessório a estivesse sufocando.

– Sinto muito. – Mais uma vez, palavras vazias.

– Claro, sente sim. – Quero me afastar. Não preciso nem quero as desculpas falsas dela, mesmo que isso a ajude a lidar com o desaparecimento da irmã. Mas não consigo dar ouvidos.

Seus olhos estão marejados e ela olha para o céu que muda de cor.

– Sei que não tem nada a ver com você. É que eu estou sempre tão... irritada.

Eu sei do que ela está falando, claro.

– Sinto muito. – Dessa vez, quando falo, é verdade.

– É como se eu fosse engasgar com tudo que há dentro de mim se não tiver uma válvula de escape. – Loren parece assustada ao falar, e não consigo evitar sentir pena dela. – Não que você tenha algo a ver com isso. Eu estava falando sério. Sinto muito por ter reagido assim. É que não consigo encontrar a Samantha e meio que estou com ódio dela agora.

– A menina pra quem você deu o xale? – pergunto como se não soubesse quem é Samantha... como se não fosse *eu* quem a odiava.

Ela seca o canto dos olhos e inspira, soluçando.

– Era o xale da minha irmã. Eu queria vê-lo dançando de novo, mas a Sam não apareceu na arena.

Eu assinto e observo o caminho de terra.

– Te ajudo a procurar por ela. – Seguimos na direção dos *food trucks* e barracas, vasculhando os rostos ao redor. Damos a volta em um pavilhão com mesas de piquenique lotadas e voltamos depois de alcançar uma área de acampamento cheia de tipis e trailers.

O vestido de Loren tintila a cada passo enquanto ela segura os braços com firmeza.

– Sam queria conversar depois da foto, mas eu a dispensei e disse que esperasse até depois da dança, como planejado. Parecia haver algo errado... Preciso saber como ela tá.

Espero Loren dizer algo a mais, mas sua voz some.

Não é só sobre a Samantha.

Loren mal está olhando para as pessoas. Seu olhar passa direto pelos produtos nas barracas. Cada uma está cheia de bijuterias com turquesas, apanhadores de sonhos elaborados e bolsas bordadas com miçangas.

O cheiro de couro queimado toma conta do ar quando passamos por uma barraca com mocassins feitos à mão. Alguns são baixos e simples, com miçangas nos cordões. Outros são de cano alto, com grandes desenhos de miçangas nas canelas.

Esse cheiro de fumaça me faz lembrar de vovó Racette. Ela costumava mandar um par de mocassins para cada neto que nascia, começando com meus primos mais velhos até mim. Achei os meus alguns anos atrás quando mostrava minhas coisas de bebê para uma amiga, e o aroma de couro tomou conta do ar. Ela ficou toda empolgada e disse que queria um para sua *fantasia de índia no Halloween.*

Foi a primeira vez que percebi que meus amigos de Bozeman nunca iriam entender quem eu sou nem a minha cultura. Nunca teriam o orgulho e respeito pelas minhas tradições e pela nação da qual faço parte.

Mas agora, em Browning, cercada por Blackfeet, sinto como se nunca fosse ser compreendida ou aceita.

Vovó Racette ficou doente e faleceu antes de me ensinar a bordar ou fazer artesanato com espinhos. Se ela ainda estivesse aqui, talvez eu estaria na arena dançando ao seu lado, em vez de ficar assistindo das arquibancadas. Talvez eu não me sentisse tão deslocada.

Loren passou as mãos pelos mocassins expostos.

– Eu só queria que a gente soubesse onde ela está, sabe?

Samantha não deve ter ido longe.

– Ela deve estar aqui em algum lugar.

– Não. – Ela funga. – Não tô falando da Sam.

Rayanne. Sigo Loren até o caminho principal que vai até a maloca.

– Ainda estão procurando por ela?

Loren afunda os dedos contra as têmporas.

– Não como deveriam.

Eli First Kill aparece na abertura entre as arquibancadas com Cherie logo atrás. Sinto o impulso de trocar de direção, mas ele alcança Loren.

– Você está perdendo a competição de dança infantil – diz ele. – Poderia aprender com eles.

Loren sorri, reprimindo as emoções anteriores. Eu jamais diria que ela estava com lágrimas nos olhos meros segundos atrás.

– Aonde você está indo? – Ele nem olha na minha direção.

Loren para. Será que ela iria perceber se eu continuasse andando? Mas não faço isso. Ela olha para o caminho de novo.

– Estamos procurando a Sam. Ela queria conversar comigo.

Eli gesticula com a cabeça para os bancos na maloca.

– Acho que a vi se acabando em um taco de pão frito durante a dança da grama.

Loren bate em seu braço, fazendo-o sorrir.

– Tô falando sério.

– Eu também. Ela estava seriamente concentrada naquele taco.

Loren revira os olhos e segura um sorriso.

– Brincadeira. Ela tem um irmãozinho, né? Talvez esteja vendo-o dançar.

Loren dispara em direção às arquibancadas da maloca, e eu, Eli e Cherie apressamos o passo para segui-la. Eli finalmente olha para mim à medida que andamos lado a lado, com uma pergunta – ou talvez um insulto – tomando conta de sua expressão. Paramos na abertura entre as arquibancadas.

Loren e Eli olham para a arena cheia de dançarinos e, como esperado, encontram o irmão de Sam dançando com seu minitraje tradicional. As duas penas na cabeça oscilam enquanto ele se abaixa e balança.

Loren escaneia as arquibancadas e resmunga.

– Estou vendo a família. Ela não está lá.

– O que aconteceu? – pergunta Brody, saindo de trás da mesa do mestre de cerimônias.

Eli enfia as mãos nos bolsos.

– Loren está procurando a Samantha.

Brody olha para trás, para seu irmão e o outro locutor, antes de parar ao lado de Loren, ombros se tocando. Loren é um pouco mais alta do que ele, mesmo usando mocassins finos.

– Ela pegou o xale da sua irmã e foi embora antes que você pudesse mudar de ideia?

Loren aperta os olhos e balança a cabeça.

– Falei para o Eli fazer a mesma coisa – diz ele com um sorriso torto. – Pegue os presentes e vá embora. Já tive que me livrar de uns urubus querendo pegar o meu Pendleton. – O garoto aponta com o polegar para o cobertor no topo de uma pilha de coisas na mesa do Jason.

Nossa antiga professora de física passa por mim e acena com entusiasmo, com fitas tremulando de leve contra sua camisa. Eu aceno de volta e procuro por meus pais nas arquibancadas, sem me dar conta. Minha mãe ainda está segurando meu cobertor, me encarando, mas meu pai não está com ela. Mudo o peso dos pés para dar as costas a ela. Nem sei por que ainda estou aqui. Não é como se algum deles estivesse falando comigo.

Cherie se apoia na lateral das arquibancadas e chuta um pedaço de grama seca. Me pergunto se ela está pensando a mesma coisa. Sinto um aperto no peito, como se a cada segundo que passo aqui pudesse lembrá-los de que não tenho nada a ver com tudo isso.

– Vou ficar de olho, Loren. – Me viro para ir embora, mas ela agarra meu braço no mesmo instante. Seu rosto fica impassível ao ver alguém se aproximando.

É uma mulher de meia-idade vestindo um lindo xale roxo. Sua boca está reta e tensa.

– Algum de vocês viu a Samantha?

Capítulo 3

Brody Clark

Quinta-feira, 11 de julho, 20h40

Seu olhar selvagem me deixa de cabelo em pé. A mãe da Samantha não vê a filha desde a cerimônia de presentes, e Samantha não está atendendo o telefone. Ela está tentando não se preocupar, mas como não? A cidade inteira está se perguntando o que aconteceu com Rayanne Arnoux.

– Ela deve estar aqui em algum lugar – digo. O que não digo é que Samantha gosta de sair com vários caras. Todo mundo sabe disso. Não seria um choque encontrá-la flertando com o detetive Youngbull. Perguntando se ele está armado.

Eli pega a mão de Cherie e a puxa para fora da maloca enquanto seguimos Loren e a mãe de Samantha. Mara está andando do meu lado e não consigo pensar em um motivo para mandá-la embora.

Nenhum que seja engraçado o suficiente para quebrar a tensão do grupo.

Youngbull está parado atrás das arquibancadas, então aposto que Samantha está com algum indígena da cidade do grupo de tambores.

Loren nos guia até os trailers.

– Aqui. – Estamos parados no mesmo lugar em que estávamos duas horas atrás, mas agora com menos pessoas e sem cavalos.

– Foi aqui que tiramos a foto – confirmo. A mãe de Samantha assente e dá uma olhada ao redor. As fileiras de barracas de comida ao fundo estão mais vazias, e as filas de trailers de cavalo ao nosso lado estão cobertas pelas sombras do crepúsculo.

Mara gira devagar.

Passo a mão pelo cabelo devagar, tentando não rir com a tensão no ar, como sempre.

– Eu não vi para onde ela foi depois. Talvez tenha ido pegar alguém, né?

Eli me dá um soco no braço, apagando o sorriso do meu rosto antes que a mãe da Samantha veja, mas o canto da sua boca sobe. Afinal, ele é quem saberia sobre as tendências da Samantha. Não eu. Ela sempre se interessa por qualquer um, *menos* por mim.

Problema dela.

Loren avança pelo corredor de trailers de cavalo e, sem falarmos nada, a seguimos. Algo me diz que eu deveria pará-la, como se devêssemos estar fazendo outra coisa. Mas não o faço.

A mãe da Samantha anda ao lado de Loren em meio aos trailers. Quero gritar o nome da Samantha. Não é isso que se faz quando está procurando por alguém? Mas a mãe dela está em total silêncio, então faço o mesmo.

Ela deve estar com algum cara. Como elas não perceberam isso ainda?

– Isso é ridículo – digo, finalmente, mas soa como uma pergunta.

Viramos a esquina e a mãe da Samantha passa a mão por um trailer, batendo os dedos em cada buraco no metal.

– Talvez – diz ela. – Mas ela perdeu a competição de dança de xale.

Viramos mais uma esquina, e Loren para de repente. A porta de um trailer está entreaberta. As sombras lá dentro são mais escuras do que a luz azulada do pôr do sol.

A mãe da Samantha avança. Não é nessa hora que devemos falar para ela parar? Loren a segue.

Sinto um frio no estômago, como quando minha mãe jogou as malas na caminhonete. Como no momento em que meu pai segurou o peito e seus joelhos cederam. É como se meu corpo soubesse antes da minha mente quando as coisas estão prestes a mudar. Como se não pudesse me afastar do que vai acontecer.

Como quando vi o rosto inexpressivo de Loren no dia seguinte ao desaparecimento de Rayanne e, de repente, nosso grupo de amigos rachou, como uma árvore quando é atingida por um raio.

A mãe de Samantha abre a porta. As sombras pretas se retraem para dentro do trailer quando a porta se move, e a luz roxa ilumina bordados geométricos em formato de flores.

Meus ouvidos parecem cheios d'água, como se eu tivesse pulado em um lago congelado. Ouço alguém gritar à distância, mas meus olhos estão fixos nas flores de miçanga formadas por trapézios brancos e amarelos.

Quanto tempo demorou para bordar cada miçanga naqueles mocassins? Quanto custou? Observo o bordado subindo até o corte do tecido azul no chão de metal, e o grito finalmente interrompe meus pensamentos silenciosos.

É de gelar o sangue, e então tudo acontece de uma vez só.

Loren cambaleia para trás, seus lábios se abrindo para formar uma expressão de horror. A mãe de Samantha avança, tropeçando, e sacode as pernas sem vida que vestem os belos mocassins bordados.

Eli enfia o rosto de Cherie em sua barriga, protegendo-a. Mara tira as mãos da boca e vai até a mãe de Samantha.

– Ela tem pulsação? – Seus movimentos rápidos me fazem reagir também. Tiro o celular do bolso.

– Vou ligar para a emergência.

Loren Arnoux

Quinta-feira, 11 de julho, 20h45

Continuo a gritar até minhas pernas cederem. O nó em meu estômago aumenta, tomando meu corpo inteiro, e caio no chão. Enfio os dedos na terra macia e minhas unhas se quebram. Tento respirar enquanto Mara pressiona dois dedos na garganta manchada e estrangulada de Sam e, de todos aqui, ela olha para *mim*.

Os olhos claros de Mara estão sombrios em meio à escuridão. Ela balança a cabeça devagar e sai do trailer. Suas mãos tremem enquanto as coloca sobre a boca.

A mãe de Samantha levanta a cabeça da filha para perto do peito. Mesmo na penumbra, as lágrimas descendo por suas bochechas brilham. O xale azul-escuro cobre o corpo de Sam, sem fogo agora. Sem fumaça.

Parece quase preto em contraste com o chão metálico do trailer, as franjas coloridas parecendo dedos tentando alcançar algo – ou alguém.

Os olhos de Sam estão entreabertos, mas há algo errado. Estão vidrados.

Alguém me tira do chão e uma multidão começa a se formar, seus sussurros nervosos formando uma névoa ao nosso redor. Braços me envolvem. Não sei quem é. Não me importo.

O pai de Sam atravessa a multidão com as tias, seguidos pelos irmãos mais novos. Seu rosto é tomado pelo terror, fazendo sua expressão se contorcer e sua boca soltar um gemido que me faz soluçar. As tias pegam as crianças e as afastam com expressões de choque.

Uma sirene corta as conversas nervosas. Assim que os últimos raios de sol desaparecem no horizonte, luzes vermelhas e azuis iluminam os trailers. As luzes da viatura criam sombras em cada rosto da multidão, fazendo todos parecerem *culpados*.

Eu me livro dos braços que me seguram e cambaleio até o trailer ao lado. Encosto ali enquanto os rostos escuros ao meu redor se entreolham. Qualquer um poderia ter feito isso. O metal se afunda na minha pele e minha respiração acelera.

Alguém aqui machucou a Sam.

Um policial se ajoelha sobre a Sam enquanto outro faz os pais dela saírem do trailer e isola o local com uma fita. Chegam mais dois policiais, que nos guiam para os lados. Uma ambulância se aproxima devagar pela estrada de terra. Sem luzes. Sem pressa.

Ela já se foi.

Eli First Kill se aproxima, Cherie em seus braços. Ele se encosta em mim, seu ombro quente tocando o meu. Cherie está chorando em seu ombro. Ele passa os dedos pelo cabelo da irmã enquanto observa um policial tirar fotos da minha melhor amiga e colocar o celular dela em um saco plástico.

Brody se encosta no trailer ao lado de Eli e, por fim, Mara aparece ao meu lado. Os paramédicos podem demorar horas ou minutos para transferir Sam cuidadosamente para uma maca e levá-la até a ambulância silenciosa. Não conseguimos ir para lugar nenhum, então temos que assistir.

Os homens puxam o xale azul-escuro e cobrem seu corpo. Parece um casulo, exatamente o que deveria simbolizar, mas Sam nunca vai criar asas de borboleta com o tecido.

Ela nunca vai se libertar.

Os nós dos dedos de Mara tocam os meus e eu agarro seu pulso quando os homens colocam Sam na ambulância e entram em seguida. A porta se fecha com uma batida forte e parte de mim paira sobre a ambulância. Outra parte de mim que está morta.

Uma coruja pia em meio à escuridão e sei que não deveria ter dado o xale da Ray para a Sam. O presságio da morte pia de novo.

É remédio ruim.

Somos guiados de volta à arena, mas quase todos foram embora. Nossas famílias nos esperam nas arquibancadas. Há mais policiais da reserva aqui com cadernos em mãos, interrogando quem ficou, incluindo a família da Sam. Os músicos e tambores se foram. Os trajes tradicionais sumiram.

Meu coração acelera quando me sentam com Eli First Kill e Cherie, Brody e Jason, Mara, vovó e os dois turistas que fizeram parte da cerimônia e tiraram a foto com a gente.

Vovó segura a minha mão.

O detetive Jeremy Youngbull fica na nossa frente e gesticula para alguém do grupo de policiais. Um homem com uma camisa de botão e gravata se aproxima com o queixo erguido.

– Obrigado, Jeremy. – Ele enfia as mãos nos bolsos da calça. – Meu nome é Kurt Staccona. Sou um agente especial do FBI. Parece que vocês, que participaram da cerimônia de presentes, foram os últimos a ver Samantha com vida.

A perna de Brody sacode ao lado da minha. Do outro lado, Jason se dobra sobre os joelhos e passa a mão pelo cabelo. Eli está sentado na ponta do banco, abraçando Cherie, olhando para a frente. Sua expressão não é de ansiedade ou medo. Ele nem parece preocupado – está completamente sem emoção.

Ao lado de vovó, Mara mastiga o lábio e, depois dela, os turistas contorcem as mãos. Com certeza se arrependeram de vir aqui. Estão se perguntando como foram parar no meio dessa cerimônia e como aquilo vai afetar suas férias.

– Queremos interrogar todos vocês – continua Kurt Staccona. – Para entender a linha do tempo do que aconteceu depois que vocês tiraram as fotos.

– Ei, eu nunca falei com aquela garota – disse o turista. – Nem sei descrevê-la. – Staccona levanta a mão para interrompê-lo, mas o homem continua. – Não temos nada a ver com isso. Nem somos daqui. A gente só quer voltar para o acampamento. Vamos devolver os presentes.

A mulher a seu lado coloca uma mão no joelho inquieto do parceiro.

– Como eu disse – diz Staccona –, só queremos entender a ordem dos eventos de hoje.

O rosto do turista fica pálido, quase translúcido, então a minha ficha cai. Foram poucos minutos entre as fotos com a Sam e a dança entre povos de que ela deveria participar.

– Você acha que foi um de nós? – pergunto. – Acha que nos viramos contra um dos nossos?

Staccona me ignora e pega um caderno, mas Youngbull olha para mim, seu queixo saliente em uma expressão suave e arrogante. Eles não têm que responder. É óbvio.

Está silencioso demais quando Youngbull se remexe. Claro que um de nós se viraria contra um dos nossos. Um de nós já se virou, e sei muito bem disso.

É provável que Ray conhecesse quem a levou. É por isso que não houve evidências de uma luta e ninguém viu nada fora do comum.

Ray começou o dia se arrumando para a escola e, em algum momento, alguém que ela conhecia cruzou seu caminho.

Sinto o medo gelar meu sangue, sussurrando que preciso tomar cuidado.

– Vocês podem ter um guardião presente durante o interrogatório. – Staccona chama outro policial.

Eli First Kill se levanta.

– Preciso levar minha irmã para casa. – Ele começa a andar em direção à abertura entre as arquibancadas.

– Precisamos do seu depoimento – diz Youngbull. Sua fala sai como uma ordem, mas Eli não se vira por completo.

Staccona clica a caneta e observa a cena.

Youngbull encara Eli.

– Fiquei na entrada da arena a noite inteira. Vocês são os únicos que vi irem em direção à cena do crime.

– Estou sendo detido? – pergunta Eli enquanto segura Cherie nos braços. Os homens não respondem, então ele desaparece entre as arquibancadas. O barulho de seus passos na terra cessa. Quero segui-lo, fugir de tudo isso. Os olhos entreabertos de Sam estão tatuados na minha mente, e tudo o que quero fazer é ir chorar debaixo de alguma pedra.

Me imagino correndo atrás de Eli, mas a visão se detém. Do que ele está fugindo? E, se eles realmente acham que um de nós fez isso, por que ainda acho que posso confiar nele depois de tudo o que aconteceu?

O segundo policial puxa Mara para um canto e os pais dela a seguem até outra seção da maloca. Apesar dos sussurros reconfortantes de Jason, a perna de Brody continua balançando ao meu lado, fazendo o banco inteiro vibrar.

Não pode ser verdade.

Capítulo 4

Mara Racette

Quinta-feira, 11 de julho, 23h

Os policiais finalmente vão embora, nos deixando inquietos e nervosos depois das entrevistas. O casal de turistas saiu correndo assim que acabou o interrogatório. Agora, apenas minha família, Loren e Geraldine e Brody e Jason estão andando pelo caminho de terra, em direção ao estacionamento. Há fumaça no ar, e vozes sussurradas do acampamento viajando pelo vento. Os topos das tipis parecem uma serra cortando o céu escuro.

É lá que estaríamos alguns anos atrás, antes de vovó adoecer. Era ela quem planejava tudo, que conseguia convencer a irmã mais velha do meu pai a vir do Oregon para cá com os filhos. Fazia o irmão do meu pai trazer a família lá da Georgia, mesmo depois que os filhos foram estudar em universidades diferentes. Ela sempre juntava todos. Mas agora minha avó se foi, e é bem mais difícil fazer planos com todo mundo. Ninguém faz o mesmo esforço que ela.

Várias famílias devem estar lá, sentadas em círculos nas tipis como fazíamos, contando histórias do Napi perto das fogueiras ou pregando peças em seus vizinhos de acampamento. As crianças devem estar correndo entre as tipis, espiando e levando bronca dos pais.

Me pergunto se a notícia já se espalhou. Será que alguém desmontaria sua barraca e iria embora se soubesse que há um assassino nas redondezas?

– É de partir o coração – diz minha mãe, quebrando o silêncio.

Geraldine abraça Loren de lado, tocando nos sinos do vestido.

– Você nem imagina.

Tento me lembrar da última vez que vi Samantha, mas, como quando estava falando com os policiais, parece que ela sumiu de cena logo depois da foto. Não consigo me lembrar dela em lugar nenhum. Ouvi Geraldine explicar o significado da cerimônia de presentes para os turistas, mas meus olhos se desviaram para os cavalos.

Jason estava explicando como limpa e cuida dos seus cobertores Pendleton e depois começaram a falar sobre os tambores. Brody e Eli faziam carinho nos cavalos, e Eli parecia diferente com a irmã mais nova por perto. Então me aproximei.

Não sei para onde a Samantha foi. Não sei com quem ela conversou. Mas não deve ter sido alguém do nosso grupo. Depois que eles foram embora, sem a Samantha, retornei até a maloca. Poucos minutos depois, todo mundo voltou.

Ninguém esteve longe por tempo suficiente para matá-la... Esteve?

– Eles vão descobrir quem fez isso – digo. Queria que minha voz saísse mais confiante.

Brody e Jason olham para mim com as sobrancelhas arqueadas e sombras sob os olhos. Atrás deles, Loren balança a cabeça.

Geraldine foca seu olhar em mim.

– Não vão, não.

O peso das palavras dela faz todos desacelerarem até pararmos por completo.

Geraldine nos encara.

– Eles não encontraram Rayanne ou quem a levou. Provavelmente nunca vão encontrar.

Engulo em seco.

– Mas... mas o FBI está envolvido dessa vez.

– Não. – Sua expressão está severa, mas resignada. Seu queixo treme enquanto ela balança a cabeça. – Você sabe o que eles dizem.

Há um silêncio em meio aos ecos do acampamento. Ninguém se mexe. Uma nuvem passa na frente da lua crescente, bloqueando a pouca luz que tínhamos, e todos os olhos se viram para mim quando balanço a cabeça. Eu *não sei* o que dizem.

Geraldine aperta o xale contra o corpo e sua voz sai sem emoção alguma:

– Se quer se safar de um assassinato, é só cometê-lo em uma reserva indígena.

Sinto o calor sumir do meu rosto, descer pelo meu pescoço e parar no meu estômago, deixando um arrepio sinistro pelo caminho. As nuvens se partem de novo e o luar ilumina o rosto de Geraldine. A verdade pesa em seus olhos escuros... A verdade que ela vive, a verdade com a qual sofre.

Essas garotas estão desaparecendo, morrendo, e ninguém consegue justiça por nenhuma delas.

Capítulo 5

Loren Arnoux

Quinta-feira, 11 de julho, 23h30

O barulho da caminhonete de vovó é ensurdecedor, de um jeito bom. É como um ninho sonoro no qual posso me perder e que ajuda a anestesiar a dor – por enquanto. O apanhador de sonhos com penas pendurado no retrovisor balança quando ela sai do lote onde tinha estacionado. Coloco as mãos na frente das saídas de ar para esquentá-las depois de uma longa e silenciosa caminhada saindo da maloca.

Sinto a pele da nuca zumbindo como se contivesse uma colmeia de pensamentos incongruentes. Estão dormindo agora, mas é impossível prever quando o caos vai voltar.

Passamos pelos feixes de luz dos postes da rua deserta até chegarmos à cidade, onde os faróis do carro cortam a escuridão da noite. O luar brilha sobre as colinas atrás de nós e é quase como se estivéssemos cruzando as ondas de um mar escuro.

Depois de alguns minutos em silêncio e nada além de grama e cercas velhas, vovó passa a mão pelo cabelo bagunçado. As tranças estão se desfazendo.

– Odeio ter que perguntar – começa ela.

Minhas bochechas se abrem num sorriso tenso.

– Então não pergunte.

– Eu preciso!

– Precisa mesmo, vovó? Precisa perguntar se eu matei a minha amiga?

Ainda estou de coração partido, minha garganta está pegando fogo de tanto segurar as lágrimas, mas às vezes sou tomada pela raiva, como agora. E ela transparece na minha voz.

Vovó olha para mim e aperta o tecido sobre o peito.

– Você foi a *última* pessoa a vê-la. E se vou dar a *vida* para te defender, sim, preciso perguntar primeiro. É o mínimo.

A raiva se espalha pelo meu corpo e explode antes que consiga me controlar. Me jogo para a frente e agarro o apanhador de sonhos balançando do retrovisor, puxando as tiras de couro com os dedos como se fossem garras. As miçangas se soltam e voam pelo ar, se espalhando pelo painel. Uma pena flutua, impulsionada pelo vento que sai do aquecedor, e aterrissa na veia pulsante do meu braço enquanto continuo a apertar o couro nas mãos.

– Não, eu *não* estrangulei minha melhor amiga – grito, mas a raiva desbloqueia minha garganta e faz as lágrimas caírem.

Ela não grita de volta.

– Eu sei. – Sua voz falha e as novas rugas ao redor da sua boca ficam mais evidentes. Todo o estresse dos últimos meses finalmente lhe dá a *aparência* de uma avó. O resto do seu apanhador de sonhos destruído cai do espelho e pousa no porta-copos vazio com um leve baque. – Eu só queria ouvir de você. E escute bem: eu daria a vida para te defender e proteger.

Eu sei por que ela tem que perguntar – porque ela se importa. Ela viu minha paciência ficar cada vez mais curta nos últimos meses. A raiva indo e voltando quando eu deveria estar triste, atiçando meus músculos e me fazendo quebrar coisas. Eu abro a mão, deixando as faixas de couro destruídas caírem aos meus pés, e tento despachar junto a vergonha da minha atitude.

Ficamos em silêncio enquanto ela massageia o espaço entre suas clavículas, um movimento familiar para mim. É o seu jeito de conter as lágrimas.

– Vamos começar de novo – sussurra.

Lágrimas descem pelo meu rosto e dissipam minha raiva. É como se eu derretesse no assento, sumindo deste momento. Deste lugar. Já fizemos isso antes. Respondemos às perguntas, nos defendemos. Eu já carreguei a culpa de ser a última pessoa. A última testemunha. Já me perguntei se poderia ter feito algo diferente naqueles momentos finais para mudar o que aconteceu.

A sensação familiar de arrependimento toma conta dos meus pensamentos.

Já perdemos alguém que amamos, e os pedaços de nossos corações partidos provam isso, mas ainda buscamos uma conclusão.

Parece que somos as únicas.

E agora Sam...

– Não é justo. – Vovó tenta controlar um soluço e finalmente perde a compostura.

A dormência desaparece de repente e uma dor agonizante se espalha por todos os meus lugares vazios.

Sam foi assassinada.

Minha melhor amiga – a pessoa com quem eu mais sorria e que sabia todos os meus segredos. Minha cara-metade. Mal consigo respirar em meio às lágrimas. Como isso aconteceu? Olho para o rosto choroso da minha avó e vejo a pergunta que não queremos fazer. E se o mesmo tiver acontecido com a Ray, meu Raio de Sol? Pensar no que aconteceu com ela, o que ainda pode *estar acontecendo*, faz meu estômago revirar. Não saber é a parte mais agonizante.

É doloroso imaginar – quase tão horrível quanto ter esperanças.

Passamos por uma colina baixa e os faróis iluminam os cavalos brancos de Eli First Kill. Vovó desacelera quando passamos por eles no acostamento. Ele está montando sem sela, um braço agarrando a Cherie na sua frente, o outro segurando uma corda presa no segundo cavalo, atrás deles.

O rosto da pequena Cherie está enrugado, triste, enquanto balança para cima e para baixo. Eli olha para o céu estrelado e os ângulos duros do seu rosto ficam mais suaves.

Vovó acelera depois de passarmos e eu os observo pelo retrovisor direito até se tornarem um pontinho branco. Onde está sua carranca de sempre? Que direito ele tem de parecer tão tranquilo em uma noite assim? A angústia aperta meu peito, criando uma escuridão tão espessa que eu poderia usá-la para envenenar alguém.

Penduro meu vestido no guarda-roupa, os sinos refletindo a luz rosada do abajur na mesa de cabeceira. Coloco meus brincos e colares na cômoda em cima dos outros acessórios e perfumes. O barulho da TV atravessa as paredes finas quando vovó se acomoda para passar a noite no sofá da sala. Ela parou de dormir no quarto no final do corredor depois que a Rayanne sumiu. Talvez para não ter que passar na frente da porta dela todas as noites e lembrar que o quarto está vazio. Talvez porque não consiga suportar o silêncio antes de dormir.

Também não consigo. É quando a solidão bate mais forte. Quando parece ser um cobertor pesado, mas não de um jeito bom. Pesado demais. Estendido sobre meu peito como uma rocha.

O desaparecimento da minha irmã criou um vazio na minha vida que acho que não pode ser preenchido. Nenhum outro relacionamento se aproxima ao nosso. Ela era protetora quando precisava, apesar de ser apenas um ano mais velha, mas no restante do tempo era o meu braço direito. Ela me ensinou sobre garotos e como me defender. Era a única que entendia a dor que senti quando nossa mãe foi embora. Quando percebemos que ela não iria voltar – quando percebemos que não éramos o bastante para fazê-la voltar.

Ray era *boa*. Melhor do que eu. A última conversa que tivemos neste quarto foi quando Ray disse que me viu ignorar Mara Racette no corredor da escola. Eu fiquei na defensiva e não prestei atenção no que ela disse sobre como estávamos sendo triviais e idiotas, e como havia problemas muito maiores no mundo. Ela disse que o vovô ficaria envergonhado de me ver excluindo a garota que acabara de chegar. Eu a mandei calar a boca.

Isso foi na noite antes de ela desaparecer.

Ray tinha razão. Agora, ela se foi, e nada mais importa. Quem se importa se Mara cresceu aqui ou não? Quem se importa se ela age de um jeito diferente de nós? Se acha que é melhor do que nós ou não? Só sei que incluir Mara na cerimônia de presentes foi a melhor forma de honrar o vovô e a minha irmã.

Ray era a única que me conhecia tão bem quanto eu mesma – talvez até mais.

Como posso preencher o vazio no meu coração deixado pela minha irmã mais velha? Sam seria o mais próximo disso, se não tivesse se afastado de mim depois do que aconteceu e se não tivesse...

Morrido.

Achei que tínhamos tempo.

Odiava o fato de que Sam não esteve do meu lado quando deveria. Odiava a distância que cresceu entre nós como uma podridão. Mas sabia que iríamos fazer as pazes em algum momento. Eu iria me curar e iríamos voltar ao normal.

Se eu soubesse que esse tempo seria reduzido a nada...

Talvez as coisas fossem diferentes.

Talvez, quando ela quis conversar no pow wow, eu a tivesse ouvido.

Me apoio na cômoda, segurando nas bordas, sentindo a náusea. Eu deveria tê-la ouvido. Minhas unhas estão lascadas e cobertas de sujeira desde quando caí no chão em frente ao seu corpo. Ela faria algum comentário negativo sobre minhas unhas estarem nesse estado, enquanto abanaria suas unhas pintadas na minha cara. Tudo o que ela fazia era artístico, inclusive os desenhos em zigue-zague nas unhas.

Cutuco a sujeira embaixo das minhas, tentando voltar no tempo. Desejando apagar essa noite – apagar os últimos três meses. Ela precisou de mim e eu não estive lá para ela. Ela estava sozinha. Tiro a terra com dedos trêmulos até não conseguir enxergar em meio às lágrimas.

Eu fiz isso com a Sam?

Eu dei a ela o xale da Ray. Quis dar, por motivos egoístas. Eu a convidei para a cerimônia. Foi isso que desencadeou tudo? O xale? Ou foi algo mais simples: eu? As duas mulheres mais próximas de mim se foram.

Em algum lugar na minha memória, uma coruja pia.

Arranco um moletom da Ray do armário, o que peguei emprestado meses atrás e nunca tive a chance de devolver, e o visto. Apago a luz e me deito na cama bagunçada, tentando desesperadamente me lembrar de cada detalhe dos meus últimos momentos com Sam, me torturando com tudo que eu deveria ter feito – assim como tenho feito, todas as noites, desde que Ray sumiu.

—♦—

Eli First Kill

Quinta-feira, 11 de julho, 23h45

Desacelero os cavalos quando chegamos à entrada de cascalho da casa, o barulho dos cascos quebrando o silêncio da noite. O azul-escuro sobre nós, manchado por estrelas, se transforma em preto no horizonte. Os campos extensos estão tão escondidos em meio à escuridão que é quase impossível ver a silhueta da nossa pequena casa cinza e a loja ao lado, mesmo de perto.

Não há nenhuma luz acesa na varanda para nos receber. Nenhuma luz fraca nas janelas. Apenas uma casa vazia e solitária no escuro. Desço do cavalo com as pernas ardendo após cavalgar sem sela por tanto tempo e, em seguida, pego Cherie. Ela imediatamente se deita na entrada de casa. Deve ter passado da meia-noite, muito além da sua hora de dormir.

Guio os cavalos pela cerca precária nos fundos da loja, antes de carregar Cherie até o sofá, depois volto com baldes d'água para os bichos.

Tiro seus adornos bordados e passo as mãos na cabeça deles enquanto bebem. Por trás dos meus músculos doloridos estão escondidas várias emoções. Esta noite me destruiu. Me sinto como a mulher daquele vídeo, a motoqueira que viralizou porque chegou perto demais de um búfalo.

O animal grandioso avançou, enfiou o chifre no passador de cinto da calça dela e a sacudiu de um lado para o outro. Ela ficou à sua total mercê. Poderia ter morrido facilmente. E talvez tivesse, se a força do animal não a houvesse arremessado para fora das calças, caindo no chão. O búfalo ficou parado, vitorioso e cheio de orgulho, com uma calça jeans presa no chifre.

Por mais que eu queira ser o búfalo vencedor, uma força da natureza, não sou. Eu sou aquela mulher, petrificada, sem calça, exposta, prestes a sair correndo.

Fui golpeado, passando de devastado a extremamente honrado e humilde, a horrorizado, a irritado, a apavorado. É demais.

Volto para a casa e tranco a porta ao entrar antes de ligar a lanterna a pilha na bancada. Cherie está deitada no sofá, seu peito subindo e descendo em um sono profundo. Desamarro seus sapatos e a carrego pelo corredor até o quarto.

Coloco-a na cama e a cubro com os cobertores, ainda cheirando a cavalo, e me agacho ao lado da cama. Sua mão é tão pequena na minha. Frágil.

– Sei que não parece – sussurro –, mas vai ficar tudo bem. – Pelo menos na questão financeira, depois que eu vender os cavalos.

Ela puxa a mão e a coloca no pescoço, murmurando enquanto dorme.

– A gente vai ficar com os cavalos?

Sorrio e tiro seu cabelo do rosto. Me sinto mal por vender os cavalos que meu pai acabou de ganhar, mas não tanto quanto sinto por não termos dinheiro para comprar comida. E não é como se eu pudesse arranjar um trabalho, já que preciso cuidar de Cherie o dia inteiro.

– Talvez um. Mas não prometo nada. – Saio do quarto, deixando a porta entreaberta, antes que ela pergunte mais alguma coisa.

Antes que pergunte sobre a Samantha.

Me afundo no sofá com um pacote de miojo cru, e então meu celular apita.

Brody: Tudo bem?

Ele deve estar se perguntando por que saí correndo da maloca.

A luz amarela da lanterna lança um brilho fraco pela sala. Sombras dançam pela estante de CDs e livros não lidos. A TV à minha frente reflete a sala deprimente, a única imagem que exibe há semanas. Mordo o macarrão seco, mas ele derrete na minha boca. Jogo o pacote na mesinha de centro e ele se quebra, pedaços se espalhando pela superfície.

Tudo bem? Não. Não está nada bem há um bom tempo.

Travo a tela do celular sem responder.

Eu devia falar com a Loren, saber como ela está. Mas, se fizer isso, ela vai perguntar de mim, e não quero mentir pra ela.

Meus pensamentos se dirigem, como predadores desconhecidos, a Samantha. À cena que descobrimos, aos seus olhos obviamente vazios. Passo a mão pelo rosto. Não posso pensar nisso. Não posso pensar sobre ela ainda.

O rosto de Loren aparece na minha cabeça. A dúvida em seus olhos quando ignorei os policiais e saí da maloca. Eu sei que ir embora me deu um ar de culpado. Claro que sei. Mas o que mais eu poderia fazer? Valia a pena o risco.

Eu faria tudo de novo.

Preciso ser o búfalo, cuidando de mim mesmo. Cuidando de Cherie.

Não importam as consequências.

Capítulo 6

Desconhecido

Sexta-feira, 12 de julho, 7h

Uma mão paira sobre o café fresco, o vapor pinicando a pele da palma. A pior parte é esperar para ver o resultado. *Provavelmente não vai fazer diferença alguma. Por que faria?* Fones nos ouvidos, silenciando o barulho. Poucas pessoas conhecem o podcast, e isso não deve mudar.

Um anel afunda na pele macia do polegar que pressiona o botão para começar a transmissão.

NOS ARES

EPISÓDIO 113

[VINHETA DO PODCAST]

TEDDY HOLLAND: Bom dia, nação Big Sky! É um belo dia ensolarado, faz 20 graus aqui em Bozeman, com a previsão máxima de 31, então parece que o verão veio com tudo. Não sei vocês, mas estou ansioso para a chegada da época da amora. Na verdade, usei tudo que sobrou do meu sorvete caseiro de amora em um *shake* proteico hoje de manhã.

E para todos os ouvintes assíduos do podcast, escutem até o final para concorrer a ingressos para a Feira Estadual de Big Sky deste mês. Nós temos nossos contatos.

Eu sou Teddy Holland e você está ouvindo *Nos Ares*. Estou com Tara Foster no estúdio comigo, gravando antes de partir para sua viagem de canoagem em corredeiras mais tarde. Ela queria estar presente no episódio de hoje porque temos algo diferente para vocês, ouvintes.

TARA FOSTER: Isso mesmo. Estamos começando uma série de quatro episódios. Ainda vamos falar sobre *true crime* e casos não resolvidos, mas queríamos chamar a atenção para um grande problema. Um problema que, admito, eu também desconhecia.

TEDDY HOLLAND: Estamos falando do movimento de Mulheres Indígenas Desaparecidas e Assassinadas, conhecido como MMIW. É um movimento recente para um grande problema de longa data. Vou compartilhar alguns dados com vocês do último relatório do Centro de Pesquisa NCAI. Mais de quatro a cada cinco mulheres indígenas ou originárias do Alasca já sofreram algum tipo de violência na vida. Quatro de cinco! Mais da metade já sofreu violência sexual. Quase metade já foi perseguida em algum momento. O índice de assassinato dessas mulheres indígenas é dez vezes mais alto do que a média nacional. Dez vezes! Aqui em Montana, pessoas indígenas têm quatro vezes mais chance de desaparecer do que não indígenas. Elas representam 25 por cento dos casos, apesar de serem apenas 6,6 por cento da população.

TARA FOSTER: Os números são assustadores, mas não falamos do assunto o bastante. E, infelizmente, o número exato de pessoas indígenas assassinadas ou desaparecidas não pode ser contabilizado porque muitos casos não são reportados, ou não são investigados como merecem. O movimento MMIW está tentando chamar atenção ao assunto para que as vítimas recebam o cuidado que merecem, e para que as pessoas indígenas obtenham os recursos necessários para apoiar as famílias em luto e evitar que isso aconteça com outras mulheres e meninas.

TEDDY HOLLAND: Há tantos casos que, infelizmente, foi fácil preencher os quatro episódios de *Nos Ares*. Quer dizer, apenas em Montana, há doze povos indígenas e sete reservas, e todas já registraram tragédias assim.

Hoje vamos analisar o caso ainda aberto de uma jovem chamada Rayanne Arnoux. Ela é membra da Nação Blackfeet e desapareceu sem deixar rastros há apenas três meses em Browning, uma pequena cidade rural na reserva Blackfeet à beira do Parque Nacional Glacier. Conversamos com a avó dela, Geraldine Arnoux, sobre o que aconteceu.

GERALDINE ARNOUX [NO TELEFONE]: Rayanne sempre foi uma boa garota. Ela era meu Raio de Sol – era nosso apelido para ela. Desde quando era pequena, sempre foi muito calorosa e empática com os outros. Sempre teve facilidade de fazer amigos e tem vários deles. Também é uma ótima corredora de *cross-country*. Ótima aluna. Tudo que ela decide fazer, ela faz. De um jeito ou de outro. Ela tinha grandes planos de ir estudar na Universidade do Michigan depois de se formar na escola, e já tinha sido aceita. Eu disse a ela que devia virar enfermeira, como eu, mas ela queria ir além. Ela quer ser médica. Ela... Ela tinha tantos planos.

[ALARME ESCOLAR TOCANDO]

GERALDINE ARNOUX [NO TELEFONE]: A Ray nunca perdia um dia de aula. Quando a secretária da escola me ligou no trabalho aquele dia, eu sabia que havia acontecido algo. Não era do feitio dela.

TEDDY HOLLAND: A irmã mais nova dela, Loren, foi a última pessoa a ver Rayanne naquele dia, antes da aula. Loren precisou usar o carro para sair de casa mais cedo e terminar um projeto, e Rayanne ficou esperando o ônibus.

GERALDINE ARNOUX [NO TELEFONE]: Ela não chegou a ir para a escola. Voltei para casa, mas ela também não estava lá. Ela só... desapareceu.

PROFESSOR ANÔNIMO [NO TELEFONE]: Assim que soubemos que ela havia sido dada como desaparecida, nós, professores, sabíamos o que devia ter acontecido. É preciso ter esperança... mas nós sabíamos. Esses indígenas que desaparecem raramente são encontrados.

TEDDY HOLLAND: A polícia da reserva só registrou o desaparecimento dois dias depois que Geraldine os avisou. Diziam que ela ainda podia aparecer. Que era jovem. Talvez estivesse tirando um dia para si. Seu celular não estava na casa, então presumiram que estivesse com ela. Presumiram que ela estava bem.

GERALDINE ARNOUX [NO TELEFONE]: Ela não atendia o celular. Eu queria que os policiais rastreassem a localização do aparelho, mas o novo detetive não me levou a sério. Ele disse que metade dos adolescentes que desaparecem só fugiram de casa e acabam voltando, mas eu sabia que a minha Ray não faria isso. Quando ele finalmente decidiu fazer algo, o celular estava desligado. Só caixa postal depois disso.

TEDDY HOLLAND [NO TELEFONE]: O que vocês sabem sobre o caso até agora?

GERALDINE ARNOUX [NO TELEFONE]: Achamos que ela deve ter sido pega por alguém enquanto esperava o ônibus. O motorista disse que não havia ninguém esperando no ponto dela, então ela já tinha sido levada. Ela não teria se atrasado para pegar o ônibus.

TEDDY HOLLAND: Não havia nenhum sinal de luta na residência Arnoux. Nenhum item de valor foi levado. Nada de estranho no ponto de ônibus. Rayanne simplesmente desapareceu, sem nenhuma testemunha. A polícia Blackfeet não tem pistas.

DETETIVE YOUNGBULL [NO TELEFONE]: Eu não posso comentar uma investigação aberta. O que posso dizer é que continuamos a organizar grupos de busca, coletando pistas da comunidade, entre outras coisas. Também queremos encontrá-la e estamos fazendo tudo o que podemos.

GERALDINE ARNOUX [NO TELEFONE]: A polícia da reserva não está fazendo nada. O detetive acabou organizando grupos de busca ao redor da nossa casa e da parada de ônibus, mas não acharam nada porque, obviamente, alguém a pegou usando um veículo. Sem falar na grande tempestade de neve de abril que tivemos no dia seguinte. Ela cobriu tudo o que poderíamos ter encontrado.

TEDDY HOLLAND [NO TELEFONE]: Foi um inverno mais longo e severo do que esperado, mesmo em Montana.

GERALDINE ARNOUX [NO TELEFONE]: O tempo realmente não ajudou, mas ainda assim saímos para procurá-la. Esse apoio só durou cerca de duas semanas. Quando a neve finalmente derreteu, o Projeto Two Feather contribuiu com dinheiro e voluntários para nos ajudar a organizar mais buscas em outras regiões, mas não achamos nada.

A polícia da reserva acha que, como o celular dela não foi ligado desde então, e já se passaram três meses sem nenhum sinal dela… é provável que a Ray não seja encontrada com vida.

TEDDY HOLLAND: A situação não é nada boa. Se a polícia tivesse emitido um alerta imediatamente, se tivessem rastreado o celular de Rayanne quando Geraldine pediu, se tivessem vigiado as estradas em todas as direções, talvez o resultado tivesse sido diferente. Se tivessem espalhado a notícia e pedido para todos que passaram pela estrada Duck Lake naquela manhã compartilhassem os detalhes de que se lembrassem, talvez alguém pudesse ter visto algo importante em algum lugar.

GERALDINE ARNOUX [NO TELEFONE]: Eu sei que é improvável, a polícia deixou isso bem claro, mas uma pequena parte de mim sempre vai ter esperança de que o meu Raio de Sol volte. Até encontrarmos seu corpo, eu me recuso a desistir. Até lá, vou lutar para ter justiça. Vou lutar por todas as outras irmãs do mundo, levadas de seus povos e suas famílias.

TEDDY HOLLAND: Você está lutando por Mulheres Indígenas Desaparecidas e Assassinadas.

GERALDINE ARNOUX [NO TELEFONE]: Não queremos que mais irmãs sejam levadas. Queremos que ouçam nossas vozes. Onde está a indignação? O espaço na mídia? Somos pessoas muito poderosas e resilientes, sabia? Podemos superar qualquer coisa, mas não deveríamos ter que fazer isso.

TARA FOSTER: Eu entendo, Geraldine. Nosso apoio às vítimas. Depois do intervalo, vamos ouvir mais da Geraldine e falar sobre os recursos disponíveis para aprender mais sobre essas questões e o que podemos fazer.

[VINHETA DO PODCAST]

PUBLICIDADE: A pousada Bozeman está reabrindo após uma reforma…

Dedos trêmulos encontram o botão de *pause* e saem do aplicativo.

A situação não é nada boa...

Um punho pega os fones de ouvido e os enfia no bolso.

Só o tempo dirá.

Capítulo 7

Mara Racette

Sexta-feira, 12 de julho, 7h30

O cereal quadrado adquire formas irreconhecíveis. O leite muda de cor antes mesmo de eu pegar a colher. Minha mãe passa por mim e se serve de uma xícara de café no outro lado da bancada da cozinha. Seu olhar desvia de mim para a TV na sala de estar aberta. Está no mudo, mas sei o que ela teme... Está esperando para ver se há alguma menção sobre a morte de Samantha no jornal.

– Aumenta o volume. – Não sei do que ela acha que está me protegendo. Nada vai ser pior do que ter estado lá. Ver ao vivo.

A preocupação forma um vinco na sua testa, mas ela pega o controle remoto e a voz sem emoção do âncora toma conta da sala. O metal se afunda na minha pele quando pego a colher, esperando. Ele e outro apresentador narram cada segmento, como se fossem torneiras pingando devagar, até passarem a vez para a previsão do tempo.

Eles nem mencionaram a Samantha.

Rayanne também não apareceu nas notícias, mas achei que era porque só tinha desaparecido. Porque ela podia ter fugido de casa. Mas a Samantha... Ela foi assassinada. Foi estrangulada a sangue-frio... E eles nem disseram seu nome.

Se ainda morássemos em Bozeman, não saberíamos de nada.

Largo a colher suada, enfio os punhos nas pálpebras e deixo os olhos de Samantha me assombrarem. Eles não saem da minha mente, sempre à espreita. Eu os vejo assim que fecho meus próprios olhos. Empurro a tigela de papa para longe. Eu mal a conhecia, mas vê-la daquele jeito mexeu comigo.

Meu pai aperta meu ombro e me assusta.

– Quer conversar?

Eu estava bem ali. Por que foi a Samantha? Quão fácil seria ter sido eu? Fecho os olhos, mas o rosto dela aparece de novo.

Não quero morar aqui.

Não quero morar na reserva, onde tenho que enfrentar a realidade de que essas coisas acontecem. Onde parece que vou ter que me acostumar com assassinatos e tentar não esperar que sejam resolvidos. Eu queria que a gente nunca tivesse deixado Bozeman, onde eu nunca tive que lidar com violência na minha frente, mas não tivemos escolha.

Se eu não tivesse falado nada, não estaríamos nessa situação. Nossas vidas não teriam virado de cabeça para baixo.

Talvez eu estaria lidando melhor com a mudança se não tivesse sido tão repentino.

Ele bate no meu ombro e coloca a xícara vazia na bancada.

– Vamos ter que conversar alguma hora.

Conversar sobre o quê? Acho que não há nada que ele me diga que possa melhorar a situação. Ela se foi, e os outros devem estar sofrendo bem mais do que eu. Eles eram amigos dela... Eu nem gostava dela. Porém, mesmo assim, preferiria vê-la fazendo caretas para mim quando eu levantava a mão na aula, ou me chamando de *tranças frouxas* com um sorriso arrogante no rosto. Ao invés disso, só consigo imaginá-la sem vida naquele trailer.

Eu me desvencilho.

– Vou dar uma volta de carro.

Minha mãe chega na porta antes de mim.

– Não pare em qualquer lugar, OK? Você não deveria ficar sozinha logo depois de...

Mal consigo murmurar uma resposta enquanto enfio os tênis e pego minha chave. Não tenho tempo para trocar de roupa, então saio vestindo calça legging e moletom. Preciso de espaço. Por algum motivo, parece que as paredes vão desmoronar sobre mim se eu não sair daqui e respirar ar puro.

Entro no meu sedã branco e amassado e abro as janelas enquanto saio da garagem. Há crianças descalças na grama, correndo, pegando gafanhotos, pulando sobre as cercas frágeis. Eu dirijo pelo bairro de casas simples, me perguntando onde estão os pais dessas crianças. Eles não se lembram que, a qualquer momento, qualquer um pode desaparecer? Ou morrer?

Continuo fazendo curvas até sair do nosso bairro e passar por outro. Finalmente, viro à esquerda na estrada Duck Lake, me afastando da cidadezinha. Acelero e deixo o vento passar pelo carro. O cordão do moletom balança no meu peito e meu cabelo começa a formar nós.

Passo por uma vizinhança mais espaçada, com terras vazias que se estendem quanto mais dirijo. Passo pelo desvio para a longa estrada dos Arnoux, com quadrados de pastos para cavalos atrás de pequenas casas. Passo por *aquele* ponto de ônibus. Finalmente tiro o pé do acelerador quando vejo apenas campos vazios à frente, com vacas e cavalos espalhados, celeiros antigos e casas no final de longas estradas de terra. O verde suave se mistura com o marrom na terra até encontrar os sopés escuros da cordilheira, cercada pelo azul pálido do céu da manhã.

As pradarias já estão morrendo com o calor do verão e a falta de chuva. Há rumores sobre possíveis queimadas, mas espero que sejam só rumores. O marrom opaco já se sobrepõe ao verde que antes cobria a terra inteira, sugando a vida deste lugar.

Talvez devesse *sim* pegar fogo.

Depois do que aconteceu nessa estrada... Pelo fato de alguém ter conseguido pegar Rayanne e fazer algo tão terrível, talvez essa região inteira precise ser limpa.

Eu amava visitar esse lugar. Meu pai nos levava por estradas sinuosas nas florestas aos pés da montanha, com galhos arranhando as janelas do carro, até chegarmos em um dos seus locais de pesca favoritos. Fazíamos nossa própria fogueira nas noites frias, cozinhávamos o que pescávamos, e assistíamos às brasas flutuarem até a montanha Big Sky.

Agora, parece que o fogo está se espalhando nas minhas lembranças, como se o calor estivesse perto demais da minha pele. Preciso ir embora daqui antes que me queime.

Fecho a janela quando finalmente consigo respirar melhor. Ainda há um nó na minha garganta, mas ele nunca vai sumir. Talvez seja algo da noite passada que vou carregar para sempre comigo.

Desacelero ainda mais quando uma silhueta aparece à distância. Um homem andando com as mãos sobre o cabelo preto e os cotovelos para os lados, no formato de uma cruz. Sua camiseta é uma mancha de vermelho vivo em meio à paisagem quase incolor. Suas mãos caem nas laterais do corpo quando me aproximo e, por um segundo, seu rosto se transforma de um desconhecido para Eli First Kill, e então vira um pontinho colorido no meu retrovisor.

Mordo o lábio enquanto olho pelo espelho mais uma vez. Me pergunto que tipo de luto ele deve estar sentindo hoje de manhã. Ele estava lá. Provavelmente vou me arrepender disso, mas faço um retorno com o carro e me aproximo dele de novo. Emparelho o carro a ele no acostamento e abro todas as janelas. Sua testa bronzeada está brilhando com o mesmo suor que desce pela gola da camiseta.

Ele olha para os dois lados da estrada antes de atravessá-la para falar comigo, se apoiando na minha porta com as sobrancelhas franzidas.

– Quer uma carona?

Seus dedos compridos batucam na lateral da porta.

– Não sua, Mara Racette.

– Por quê? – A pergunta sai com mais intensidade do que eu esperava. Acho que há muito por trás dessa pergunta. Por que agora e por que os últimos quatro meses? Não entendo por que ter crescido em outro lugar é motivo o suficiente para me excluir. Eu não fazia parte de nada daqui, diferente deles, mas isso não quer dizer que não mereço fazer parte a partir de *agora*.

Ele semicerra os olhos quando seu olhar encontra o meu. Seu cabelo não parece tão escuro sob o sol forte. Parece estar brilhando. Por fim, ele abre a porta.

Assim que ele coloca o cinto de segurança, volto com o carro para a estrada ainda com as janelas abertas.

– Para onde?

– Perto da maloca.

A lembrança da polícia diante de nós na arena volta à minha mente. Eu assinto e aperto o volante com força.

Eli relaxa em seu assento, completamente tranquilo apesar do suor encharcando sua camiseta.

– É uma distância bem longa para correr.

Ele enxuga o rosto com o braço.

– Só um treino de *cross-country*.

Nunca antes estive sozinha com Eli. Acho que nunca tive um momento a sós com ninguém desde quando me mudei para cá. A menos que considere um parceiro do laboratório de ciências. Olho para o lado e o vejo me encarando, sua mão deslizando pela mandíbula.

Nesse momento me dou conta dos nós no meu cabelo e da calça que uso para dormir.

– Você não devia dar carona para as pessoas no meio da estrada.

– O quê? – Puxo a gola do moletom para afastá-lo do nó na minha garganta.

– É sério. É muito idiota fazer isso.

– Eu não...

Ele dá uma risada seca.

– E ainda mais *nesta* estrada?

– Ah. – Eu seguro o volante com mais força. – Bom, eu te conheço, mais ou menos.

– Isso é mais idiota ainda. Não dê carona para ninguém. Mesmo para quem você conhece. Você mal *me* conhece. Tem certeza que não fui eu quem sequestrou a Rayanne? Ou matou a Samantha?

Tiro os olhos da estrada por tempo o suficiente para encontrar seu olhar sombrio. Uma cicatriz vertical brilha de suor logo acima das suas sobrancelhas.

Me concentro de novo na estrada e nas casas que voltam a aparecer, o medo me causando arrepios na pele. Nunca pensei nisso. Não passou pela minha cabeça, nem por uma fração de segundo, que alguém da nossa idade poderia ter machucado essas meninas.

– Você estava com a sua irmã mais nova – respondo, dando de ombros, como se fosse a resposta certa. Como se eu não estivesse arrependida de ter deixado que ele entrasse no carro.

– Não importa. Qualquer um pode ser um irmão mais velho, um pai.

Um cavalheiro. Um adolescente. Um vizinho. Um colega de classe. – Seu olhar desce pelo meu torso até meus dedos batucando no assento. – Qualquer um pode parecer ter tudo sob controle e ainda ter esse tipo de veneno na mente. Só precisa do momento certo para deixá-lo sair.

Lembro-me do meu pai e do momento em que ele deixou algo sair, algo que nunca vi antes... O motivo de estarmos em Browning e não em casa, em Bozeman.

Eli First Kill tem razão.

Talvez todos tenhamos um pouco de veneno dentro de nós.

Ele relaxa no assento e solta um longo suspiro.

– Já ouviu falar da "rodovia das lágrimas", no Canadá?

Umedeço os lábios antes de responder.

– Não.

– Pesquisa. E nunca mais dê carona para ninguém. – Ele apoia o braço no console central antes de olhar de novo para mim com as sobrancelhas erguidas.

Eu assinto.

– Você tem razão.

Voltamos para a cidade em silêncio, desacelerando ao passar por uma cerca de arame farpado com sacos de plástico enrolados no metal para deixar uma matilha de cães atravessarem a rua. Passamos por algumas lojas, as pinturas geométricas no Posto de Troca Blackfeet, e o mercado Teeple's, mais lotado do que o normal, antes de virarmos em direção ao local do pow wow. Olho para o relógio no painel. Achei que haveria mais pessoas andando pelas estradas de terra até a maloca.

– O que está acontecendo? – pergunto.

– Não tem pow wow hoje. – Ele aponta para a caminhonete cinza no estacionamento. – O rodeio ainda está rolando, mas depois de ontem eles cancelaram todos os eventos na maloca hoje.

Estaciono do lado da caminhonete. Falta um *a* em *Tacoma*.

– Faz sentido.

– Obrigado pela carona – diz Eli ao abrir a porta. – Que seja a última. – Ele lança um olhar severo para mim.

– Aonde você vai? – Não sei por que pergunto. Mas acho que é inevitável querer saber o que os outros estão fazendo hoje e como estão lidando com o que aconteceu. O que alguém faz depois de passar por aquilo?

Ele repousa a mão na porta ao mesmo tempo que tira um cordão com chaves do bolso.

– Cherie e eu voltamos a cavalo ontem à noite. Preciso pegar meu carro.

Olho para a caminhonete cinza com seus pneus sujos e uma rachadura no canto do para-brisa. Sorrio, mesmo constrangida. Ainda não acredito no presente incrível que foram os cavalos. Meu sorriso desaparece assim que lembro o que aconteceu depois.

Ele bate no teto do carro.

– Se precisar de algo bom hoje, assista às corridas de revezamento.

As corridas são incríveis, com os cavaleiros pulando de um cavalo para o outro, sem sela, enquanto circulam pela arena. Alguém sempre acaba sendo arrastado ou deixado para trás por um cavalo.

O sorriso de Eli move uma de suas bochechas e depois some.

– Ou não. – Ele bate a porta e desaparece dentro de sua caminhonete.

As marcas das unhas dele ainda estão aparentes no painel, mas o material volta ao normal quando Eli sai com o veículo, eliminando qualquer prova de que esteve aqui.

Brody Clark

Sexta-feira, 12 de julho, 10h30

– Em algum momento vamos ter que conversar sobre isso – diz Jason quando entra no estacionamento de terra ao lado da arena de corrida. A caminhonete passa devagar pela fileira de carros e trailers de cavalo até que encontramos uma vaga no final. Uma poeira grossa toma conta do ar enquanto ele desliga o motor. A pena de águia presa no retrovisor por uma faixa de couro para de se mexer.

Passo as mãos pelas calças.

– Hoje não. – Não quero falar sobre isso. Não quero nem pensar sobre isso. Preciso me concentrar em preparar os cavalos para a corrida de hoje.

Ele sabe disso. Está me enchendo o saco sobre isso há semanas. Sobre como espera que eu não estrague tudo esse ano, agora que temos uma chance real de ganhar na nossa bateria do campeonato.

Não quero pensar sobre nada que acontece fora da pista. Quando estivermos lá dentro, tudo vai ser como antes.

Antigamente, Eli e eu pegávamos os cavalos e fingíamos estar em uma corrida de revezamento, pulando de um cavalo para o outro, batendo na terra como se estivéssemos em uma aventura de verdade. Eu me tornava o grande dublê Blackfeet do próximo filme de faroeste.

Jason disse para a gente parar de brincar e levar a sério. Ele foi a primeira pessoa a acreditar em nós. Se a gente ganhar, aposto que vai ser igual ao primeiro dia em que ele nos levou para a arena, como se o futuro estivesse diante dos nossos olhos. Isso foi antes de nos distanciarmos. Antes da amargura. Como se o rancor por estar preso aqui comigo, em vez de vivendo sua vida, crescesse lentamente.

Como se ele preferisse estar em qualquer outro lugar do mundo.

Vamos ganhar nossa primeira corrida hoje. Vai ser fácil. Então, quando ganharmos o campeonato, no domingo, talvez eu finalmente sinta, por um segundo, como se tudo estivesse normal de novo.

E o prêmio de cinco mil dólares vai ajudar também.

Jason tira o boné e penteia o cabelo liso.

– A polícia nem começou a investigação ainda, Irmãozinho. Eles ainda vão conversar muito com a gente. O que eu quero dizer é que vai ser mais fácil conversar comigo antes de ter que lidar com eles. – Eu tiro o cinto de segurança. – Sei que não deve ter sido fácil estar lá quando encontraram...

Abro a porta.

– Eu disse que hoje não.

Afasto a sensação que surge no meu estômago toda vez que penso em Samantha. Ou quando o grito devastador de Loren volta para a minha mente como uma música chiclete.

Não importa se conversarmos ou não. Samantha morreu.

Tudo está mudando mais rápido do que consigo acompanhar, uma coisa atrás da outra. O desaparecimento de Rayanne foi a primeira pedra a se soltar nessa avalanche.

Jason se cala e nos encontramos atrás do trailer para descarregar os cavalos: Corrida Bonita, com sua pelagem quase preta; Passo Duplo, de pelagem mate e castanho-escura; e Fox, com uma pelagem mais avermelhada do que marrom. Jason tira uma lata de tinta da caminhonete na mesma hora em que Eli aparece com Cherie na sua cola.

Limpo a garganta seca.

– Ela não pode ficar aqui, você sabe disso. – É cansativo ele sempre levá-la pra todo lado, mas não posso falar nada. Ela também é parente. Mesmo que distante. E ele não tem escolha.

– Loren disse que ficaria com ela.

Jason dá um tapinha na traseira da caminhonete.

– Vem aqui, pequena. – Cherie vai saltitando até Jason, que a coloca na caçamba. Ele faz um soquinho no ar, que ela retribui com um sorriso no rosto. – Use seus olhos de águia para garantir que o Irmãozinho não estrague a pintura.

– Talvez você devesse usar o kit de pintura da Cherie – diz Eli. – Vai ser mais fácil pra você.

Bufo quando ele joga um pincel para mim.

Cada um de nós pega um cavalo e pintamos seu traseiro de vermelho, nos preparando para a corrida. Desenho linhas turvas na lateral do Fox e algumas pintas nas pernas traseiras. Ele se remexe ansioso, resistindo contra as rédeas.

Deve sentir o gosto da poeira no ar, como eu, e ouvir o barulho das conversas nas arquibancadas. O nervosismo faz meus dedos formigarem. Eli pinta três faixas grossas nas pernas do Corrida Bonita, parecendo arranhões de um leão da montanha. Ele larga o pincel na lata e amarra os cadarços dos sapatos.

– Acha que conseguimos ganhar dessa vez? – pergunta Jason. Passo Duplo está com listras vermelhas em cada perna e no peito.

– Se o seu madrinhador aqui não soltar o cavalo de novo. – Eli fica em pé e bate nas minhas costas. Ele esquece quanta habilidade é necessária para pegar o puro-sangue que ele vem montando em disparada.

– Não foi minha culpa, Eli, você sabe.

Jason balança a cabeça e sua boca forma um sorriso irritante.

– Esse cara, olha... Pequena, o que acha? – Ele se vira para Cherie, sentada no alto.

– Com certeza foi culpa do Irmãozinho. – Ela ri e pula nos braços do Eli. – Mas vai dar tudo certo dessa vez.

– É bom mesmo. – Um sorriso toma conta do rosto de Jason, mas seu olhar é claro. Não posso decepcioná-lo. De novo. Mas ser madrinhador é mais difícil do que o que ele faz. Como peão de troca, Jason tem que segurar o próximo cavalo em que Eli vai montar.

– Eu me pergunto quantas pessoas vieram hoje – diz Jason enquanto vai em direção à arena de corridas. – Sabe, depois de...

– Mais do que você imagina – responde Eli.

Ficamos em silêncio ao cruzar o portão. As arquibancadas estão lotadas em frente à pista de terra, com pequenos grupos sentados nos bancos ou apoiados na grade acima da pista. Jason vai nos registrar e assente para alguns amigos no caminho.

Eli ergue Cherie por cima da grade e a coloca nos braços de Loren.

– Obrigado de novo.

– Sem problema. – Loren está com olheiras e sua pele está mais pálida do que o normal, mas ainda assim ela veio. Depois de tudo aquilo. – Ei, vocês vão ao desfile amanhã?

– Claro. – Sacudo as mãos para me livrar do nervosismo. – Nunca deixo passar uma chance de brigar por doces.

Loren quase sorri.

– Que bom. Eu e meus primos vamos na frente. – Ela coloca Cherie no chão, devagar. – Vamos dançar pelo MMIW e coletar doações para o Projeto Two Feather.

O peso de suas palavras é evidente. O mesmo peso que ela carrega para as garotas pelas quais vai dançar.

Eli ainda está do meu lado.

– Não vamos perder.

– Legal. – Ela acena com a cabeça para a pista. – Boa sorte. Esse ano vai ser de vocês.

O olhar de Eli se fixa em Cherie enquanto elas se sentam, antes de se voltar para o nosso grupo de cavalos.

Confiro mais uma vez todos os fechos e fivelas das rédeas dos cavalos.

– Vai ser uma noite louca, hein?

Eli faz carinho no pescoço de Fox, evitando olhar para mim.

– Pode-se dizer que sim. – Seu olhar passa por mim até Cherie, com uma bebida em mãos, e ele balança a cabeça. – Ela estava *logo ali*.

Não sei se está falando de Samantha ou Cherie.

– Você viu para onde ela foi? – Eu olho de soslaio para Eli, passando as rédeas de Corrida Bonita pela cerca de metal. – Samantha. – Lembro-me dela olhando para ele naqueles últimos minutos. E o quanto eu me senti amargurado porque ela não olhava para mim daquele jeito.

Ele finalmente olha para mim.

– Não. – Ele se força a dar uns tapinhas no ombro de Fox. – Eu estava cuidando dos cavalos e da Cherie.

Assinto em resposta.

– Eu também não. Parece que ninguém lembra.

– É. Ela só... sumiu. – Ele solta um suspiro pesado. – Como fumaça em um dia de chuva.

Talvez o assassino tenha sumido como fumaça. Uma hora estava ali, observando, presente. Depois, com um pouquinho de chuva ou vento, suas gavinhas desapareceram por completo.

Sem deixar rastros.

—♦—

Loren Arnoux

Sexta-feira, 12 de julho, 11h30

Abraço Cherie mais forte quando Eli First Kill olha na nossa direção. Ele não parecia preocupado ontem à noite, mas parece estar agora. Sinto minhas próprias preocupações costuradas à pele, repuxando meu peito. Com o cancelamento do pow wow de hoje, vovó achou que seria bom sair de casa e assistir às baterias da corrida de revezamento. Para nos distrairmos, se é que isso é possível. Ela se senta no banco ao meu lado, e o gelo em dois copos gigantes de limonada chacoalha.

Ela oferece um copo para Cherie, que arregala os olhos.

– Desculpa, Loren – diz vovó com um sorriso leve. – A pequena First Kill pegou o seu copo.

Cherie só pega o copo depois que eu rio.

Me aproximo da minha avó.

– O podcast ficou bom. O que achou?

Ela cruza os braços e balança seu copo.

– É um começo.

Minha avó não tinha certeza se deveria falar com o Teddy no podcast. A moça do Projeto Two Feather, Charmaine Momberg, achou que seria um bom jeito de ter exposição. Vovó agia como se eles não fossem fazer diferença, o que me fazia pensar se ela já havia desistido de ter esperanças.

Pelo menos ainda há algo a esperar.

Quando a irmã de Charmaine, Noni Two Feather, sumiu na reserva Crow, encontraram seu corpo alguns dias depois com uma seringa ao lado. Overdose. Mas quando as evidências não se encaixaram e a família começou a achar que fora um crime, a polícia os afastou. Encerraram o caso como uma overdose acidental.

Tanto fazia que Noni estivesse trabalhando com o FBI para coletar informações sobre traficantes de drogas locais. E os traficantes dão um jeito rápido em quem abre a boca – todo mundo sabe disso. Esse mundo é cruel. Os agentes federais deviam protegê-la. Ao invés disso, usaram uma desculpa genérica e disseram que ela voltou aos velhos hábitos e teve uma overdose.

Caso encerrado.

Charmaine começou o Projeto Two Feather para conseguir que famílias que passavam por situações como aquela tivessem mais ajuda do que ela teve. E aumentar a conscientização na mídia, com artifícios como o podcast.

– Você acha que Teddy ou Charmaine souberam da Sam? – Se Cherie não estivesse no meu colo, a dor me faria cair de joelhos e afundar até o chão.

Minha avó joga os ombros para trás e assiste à primeira bateria de cavalos atrás da linha de partida, criando uma grande nuvem de poeira.

– Vou ligar e perguntar.

É terrível ter que me perguntar se as pessoas já sabem da morte de Sam. Se a notícia se espalhou pela nossa reserva. Se alguém ainda se importa.

Olho para as arquibancadas lotadas de gente. Reconheço vários rostos. Minha professora da terceira série. Meu treinador de basquete do ensino fundamental. Alguns dos primos do vovô. Meus colegas de sala com suas famílias. Lewis, o caixa mais rápido do mercado. Até os antigos colegas de escola da minha mãe. Eu conheço essas pessoas. Esse lugar devia ser seguro, mas não parece mais ser.

Poderia ter sido eu no pow wow. Estava ao lado da Sam nas fotos. Por que ela? Simplesmente topou com o assassino logo depois, ou foi escolhida? No dia em que Ray foi levada... E se ela tivesse ido para a escola mais cedo e fosse eu que estivesse esperando o ônibus? Eu que teria sido sequestrada? Provavelmente. Na maioria dos dias, minha irmã ia para a escola mais cedo para estudar, e eu pegava o ônibus. O único dia em que trocamos foi o dia em que ela desapareceu.

E o pior: eu poderia ter impedido que algo ruim acontecesse com elas. Sei que é verdade. Sou o motivo pelo qual as duas estavam sozinhas. Sam, Brody e eu tínhamos que terminar o trabalho de física na noite antes de a Ray sumir, mas quando o Brody furou... eu fiz a gente esperar. Poderíamos ter feito o trabalho sem ele, mas não queria que ele se safasse. Mudei nossos planos por birra e deixei minha irmã sozinha naquela manhã.

Sam queria conversar depois das fotos. Eu disse que podíamos conversar mais tarde. Eu a deixei sozinha naquela estrada de terra.

Se tivesse ficado com as duas, nada disso teria acontecido.

Agora meu Raio de Sol não está aqui para dividir uma porção de nachos enquanto assistimos a Brody e Eli, eu comendo os crocantes e ela os moles, que estavam no fundo.

Sam não vai estar na próxima Grande Entrada contando piadas inconvenientes baixinho enquanto esperamos, sempre falando mais alto do que planejava e nos fazendo ter uma crise de riso.

A ansiedade borbulha no meu estômago quando as equipes se posicionam com seus segundos e terceiros cavalos na lateral da pista, mas não é pela corrida. É o sentimento inquietante de que essas tragédias são só o começo. Não sei se meu coração aguenta mais.

Cherie faz um bico com o canudo na boca. O mesmo pensamento de ontem à noite retorna, aquele que me diz que são as meninas próximas a mim que viram vítimas. Que eu sou a maior conexão entre elas. Cherie não devia ficar por perto.

Minhas tias, tios e primos finalmente aparecem e preenchem os assentos vazios ao nosso redor, mas isso só me deixa mais ansiosa.

Ninguém devia ficar perto de mim.

A bandeira da largada balança e os cavaleiros partem em seus cavalos. A camiseta de Eli já é um borrão ao passar na nossa frente.

Meu sangue gela, o que me diz que, se ninguém for punido logo, isso nunca vai acabar.

Capítulo 8

Mara Racette

Sexta-feira, 12 de julho, 15h30

Meu pé bate em uma caixa semivazia toda vez que piso para trás. Meu quarto não estaria tão abarrotado se eu me obrigasse a desempacotar as últimas caixas da mudança. Mas, se fizer isso, significa que é o fim. Estou presa aqui. Pauso o aplicativo de exercício e jogo minha faixa de resistência no topo da caixa com o resto dos meus aparelhos de exercício. Não os estou usando muito esses dias.

Eu nunca tenho vontade de fazer exercício, exatamente como agora. E nem preciso mais me preparar para o trabalho de verão que tinha conseguido. Outra coisa que foi tirada de mim.

Sinto o peito apertar e não é por causa do exercício leve.

Abro as persianas com força e me jogo na cama onde se formou um quadrado de luz. Está quente demais para sair e ficar sob o sol, mas a luz e o céu azul são as únicas coisas que fazem eu me sentir melhor. Fecho o aplicativo de exercício, abro o SnapShare e deslizo pelas publicações das minhas antigas amigas. Meus olhos ardem ao ver todas as coisas que estão fazendo neste verão. Sem mim. Jantar na pizzaria MacKenzie River. Descer de tobogã no Madison. Passear no *campus* da Universidade do Michigan para flertar com universitários.

Estou perdida aqui. Não posso fazer nada do que fazia antes, mesmo se quisesse. Jogo o celular no cobertor grosso e encaro a nuvem solitária no céu que aparece pela janela.

Eu queria contar para uma das minhas amigas sobre o que aconteceu com a Samantha, mas o que elas diriam? Só a Linzee entrou em contato depois que me mudei. O resto não sabe como agir. E ainda estou ressentida demais para ser a primeira a mandar mensagem.

Meu celular toca, como se fosse um sinal. Uma mensagem de Linzee aparece na tela: **Reid está ficando com a Molly como se nada tivesse acontecido. Acredita?! Ela não me contou. Eu tive que ouvir de...**

O resto da mensagem não aparece na notificação. Sinto um nó no estômago. Esse é o tipo de notícia que *não quero* receber. E ultimamente parece que é o único tipo que recebo dela.

Depois que nos mudamos, Linzee tentou de todas as formas provar que estava tudo bem entre a gente. Que a mudança, e o motivo por trás dela, não afetava nossa amizade. Mas as coisas não estavam nada bem, e eu não estou nem aí para o drama do Reid e daquele grupo, ainda mais agora.

Algumas pessoas têm irmãs que estão desaparecidas, melhores amigas que foram estranguladas. Em comparação, todos os meus antigos problemas parecem ínfimos.

Destravo o celular, mas ignoro a mensagem. Digito *Loren Arnoux* na caixa de pesquisa do SnapShare. Eu a encontro em poucos segundos e seu perfil não é privado. A maioria das fotos mostra seu grupo de amigos. Sentados ao redor de fogueiras, fazendo trilhas no Glacier, posando com seus trajes tradicionais. Minha respiração falha quando vejo uma foto dela e de Rayanne com um bolo de aniversário. Elas se parecem tanto.

Abro a foto mais recente, de Loren e algumas meninas usando moletons em frente à escola. A foto é do dia 9 de abril. *Aquela* manhã. Ela não postou nada desde o dia em que Rayanne desapareceu.

Samantha está marcada na foto. Entro no seu perfil. Ela postava esporadicamente até... até ontem. Ela e os mesmos amigos estão na maioria das fotos, menos a Loren, que só aparece na foto de ontem, posando com seu vestido de Jingle e um sorriso discreto.

Não sei nada sobre essas garotas, mas parece que Loren não está mais saindo com as amigas. Parece que se afastou depois que Rayanne desapareceu, e suas amigas seguiram a vida sem ela. Com quem ela costuma passar o tempo?

Volto para o perfil de Loren e meu dedo paira sobre o botão *Seguir*. Se ela está lidando com tudo isso sozinha, talvez precise de alguém com quem conversar. Certeza que eu iria precisar. E talvez agora ela esteja disposta a ser minha amiga, como a Rayanne queria. Como ela disse na cerimônia. Talvez ela não use mais o SnapShare, mas aperto o botão mesmo assim.

Largo o celular e observo outra nuvem no horizonte. Escura e subindo, em vez de se movendo para o lado. Me levanto da cama e pressiono a testa contra a janela.

Fumaça.

Abro a porta do meu quarto na mesma hora em que meu pai sai do dele com o celular na orelha.

– O diretor já montou um abrigo para quem está sendo evacuado? – Sua voz está firme. – Podemos usar a polícia da reserva. Sim, vamos ter que ir de porta em porta. – Ele calça os sapatos ao lado da porta. – Aham. Te vejo lá.

Lá fora, a fumaça está se espalhando, maior do que parecia da janela do meu quarto.

– É perto daqui? – pergunto.

Minha mãe passa por mim e entrega a carteira e chaves pro meu pai.

– É perto do Duck Lake, mas os ventos estão mudando para o leste e alastrando as chamas. Preciso ir para lá e ajudar a distribuir mantimentos.

– Ficaremos bem aqui? – pergunto.

– Ainda está bem ao norte, mas deixem na Rádio Thunder para ouvir as notícias. – Ele apoia a mão na maçaneta. – Vou ajudar alguns dos fazendeiros a mover o gado.

– Cuidado! – minha mãe grita enquanto ele corre até seu carro.

A espessa fumaceira continua a se espalhar, mas seus limites desvanecem à medida que se espalha. Chega a quase ser bonito, de um jeito horrível. Tenho certeza que não seria se nossa casa estivesse na zona de perigo. Se a polícia estivesse batendo à nossa porta e dizendo para evacuarmos imediatamente.

Meu celular apita com uma notificação do SnapShare. Loren me seguiu de volta.

Minha mãe massageia a nuca enquanto meu pai desaparece ao dobrar a esquina, e eu lembro de como desejei que toda essa região queimasse. Não devia nem ter pensado nisso. A vergonha me faz queimar por dentro.

Eu só estava com medo.

—♦—

Eli First Kill

Sexta-feira, 12 de julho, 18h30

Sinto o gosto da fumaça quase tão bem quanto em uma noite de fogueira no rancho do Brody. Mal posso imaginar como ela está densa no norte. Cherie se empoleira na balaustrada da varanda, em seu próprio mundo, passando os dedos pela crina de um dos cavalos brancos, que ela rebatizou de Marshmallow. Guio o outro cavalo até a entrada de cascalho, onde Jason estaciona o carro com o trailer balançando logo atrás.

Fechamos um acordo antes de sair da arena hoje. Vou lhe vender um dos cavalos por uma pechincha se ele os deixar no rancho por um tempo. Cherie fica com o Marshmallow e nós ganhamos uma boa grana. Todo mundo ganha. Jason provavelmente não seria tão generoso se fosse outra pessoa, mas seu pai e meu avô são primos, e isso faz diferença, acho. E considerando todas as vezes que levei a Cherie comigo para o rancho quando ia passar um tempo com Brody ou treinar para a corrida, em vez de deixá-la em casa com meu pai... com certeza ele adivinhou o motivo. Assim como todo mundo.

Jason provavelmente se sente mal por nós. Às vezes vejo a pena em seu rosto.

Pelo menos ele nunca falou nada a respeito. Não é da conta de ninguém.

Sinto uma pontada de culpa. Os cavalos eram um presentes para o meu pai, em homenagem ao avô da Loren e Rayanne, mas a gente precisa do dinheiro.

Jason dá uma volta na grama e para na frente da casa. Eu o encontro junto à traseira do trailer enquanto ele abre a fechadura. A porta de metal se abre e me faz lembrar do rosto estático de Samantha. Balanço a cabeça para me livrar da imagem assustadora.

Jason não parece ter percebido minha respiração nervosa. Entrego as rédeas para ele antes de me sentar nos degraus e esfregar os dedos trêmulos na calça jeans. Tiro Samantha dos pensamentos.

– Vai ser um bom campeonato esse ano, não acha? – pergunto assim que Jason sai de trás do trailer.

– Aquele grupo da nação Crow tem chance de ganhar, mas a gente ainda pode levar. – Ele mexe no cabelo bagunçado da Cherie com um sorriso antes de soltar as rédeas do Marshmallow.

Assim como a equipe Crow, ganhamos nossa primeira bateria e tivemos tempo para sentar e ver a fumaça subir. Quando as outras baterias terminaram, o locutor disse que era melhor todo mundo ir para casa ou voltar para o acampamento. Esse incêndio ia ser terrível.

A fumaça se espalha sobre as planícies marrons e empoeiradas, e posso quase ver o vento tomando forma. Jason coloca uma pilha de dinheiro na minha mão e segura meu ombro.

– Qual o nome dele? – pergunta, gesticulando para o agora ocupado trailer de cavalo.

– Rayanne o batizou de Caçador de Tempestades. – Tenho que admitir: é um bom nome. E isso me faz lembrar de suas corridas de *cross-country* no ano passado, quando ela chegava com tudo, passos largos e queixo erguido. Ela tinha uma propulsão incrível, ninguém conseguia igualar. Eu nunca mudaria esse nome depois de tudo o que aconteceu. É a marca de Rayanne.

Geraldine batizou o nosso cavalo de Grande Manso, mas quando Cherie ficou toda empolgada com o nome Marshmallow, não pude recusar.

– Ah, ele não é um Caçador de Tempestades. – Jason mexe no seu chapéu. – Vamos mudar isso.

O comentário me incomoda, mas pego minha pilha de dinheiro e me mantenho calado.

– Enfim, pode vir visitar quando quiser. Manda um oi pro seu pai por mim. – Ele pisca para Cherie e volta para a caminhonete.

Assim que ele se afasta e vira na estrada Duck Lake, eu conto o dinheiro. Ainda tenho esperança de contar com o prêmio do campeonato, mas isso vai nos sustentar por um tempo. Cherie sai de cima do corrimão e joga o quadril para o lado.

– Você vai dar isso pro pai? – Ela me segue para dentro da casa escura, onde enfio o dinheiro no velho pote de biscoito da minha avó.

– Não. Eu cuido das finanças e é só isso que você precisa saber.

– Vamos pelo menos ter luz de novo?

Eu me apoio no balcão da cozinha.

– Espero que sim, em breve. Quer ir ao mercado? Pode escolher qualquer doce que quiser.

Seus olhos se arregalam e ela sai correndo da casa antes mesmo de eu tirar algumas cédulas do pote.

Não sei o motivo de Geraldine ter dado esses cavalos para o meu pai. Ele não os merece, de jeito nenhum. Mas Cherie merece isso – e agora podemos comer alguma coisa além de queijo barato e ovos em pó.

Ao seguirmos pela estrada, o marcador de gasolina aponta que o tanque está quase vazio, e o motor barulhento está desesperado por um pouco de combustível.

– A gente só precisa parar no posto primeiro.

Cherie solta um suspiro dramático, mas é interrompida pelas sirenes. Duas viaturas da polícia passam voando com as luzes acesas. Vejo o rosto do detetive Youngbull na primeira e acho que ele me viu também. Estão indo para o norte, na direção da queimada.

Cherie aperta o nariz contra a janela.

– Acha que está tudo bem?

Seguro o volante de novo.

– Sim. Acho que só precisam de ajuda lá.

Cherie se afunda mais no assento e se dá um abraço.

Eu entro na estrada principal.

– Mudei de ideia, irmãzinha. Pode pegar *dois* doces.

Capítulo 9

Loren Arnoux

Sexta-feira, 12 de julho, 20h30

Eu me planto diante da janela da sala de jantar e apoio os pés no batente. A fumaça cobre todo o horizonte. Com o pôr do sol, parece algodão-doce. A parte mais alta das nuvens é azul-marinho, transformando-se em roxo e rosa, e no centro, contra o horizonte escuro, há um laranja ardente. É pior do que aqueles incêndios regulares nas pradarias que surgem e se espalham com o vento. Esse é diferente.

Minha avó se inclina sobre a pia da cozinha e batuca as unhas na porcelana. Ela cresceu perto de Duck Lake, perto da floresta de Saint Mary. Talvez esteja pensando naquela antiga propriedade. Se suas árvores vão queimar até virarem palitos pretos.

– Eu me preocupo com a pequena Cherie First Kill – diz ela, finalmente.

Abaixo os pés.

– Por quê?

– O pai deles está sempre trabalhando. Sem mãe, só tem aquele irmão problemático. Ela é tão magrinha. Será que está comendo o bastante?

– Ele não é tão problemático assim. – Eli é meio difícil de lidar, mas nunca o vi ser grosseiro com Cherie. Nunca. – Achei que você gostava dele.

– Eu gostava. Mas aí ele parou de vir aqui... e agora está daquele jeito.

Não respondo, mas sei o que ela quer dizer. Ele está diferente. Mudou na mesma época em que vi seu pai voltar a frequentar bares ou dormindo no carro no meio da tarde. O que eu não entendo é por que o Eli achou melhor fingir que nada estava acontecendo. Por que achou que tinha que agir assim, rígido, mesmo comigo, quando ele sabe que *eu entendo*. E agora faz meses que não vejo o pai dele, e o Eli continua se escondendo atrás de muralhas.

– Eu só me preocupo com ela, é isso. – Vovó brinca com um pano de prato. – Você acha que tem a ver com o pai deles?

– Parece que você sabe melhor do que eu. – Ela devia ter dado aqueles cavalos para algum dos amigos que a ajudou quando o vovô faleceu. Para o melhor amigo do vovô. – Por que deu aqueles cavalos pra ele?

Ela cruza os braços.

– Ele me ajudou quando mais ninguém o fez.

– Foi o que você disse pro Eli. O que isso quer dizer?

– Quando a sua mãe foi embora, eu fiquei com raiva. Não conseguia entender por que ela deixaria você, ou o que eu tinha feito de errado. O pai do Eli estava sóbrio na época e me ajudou a entender as coisas. Ele disse que, para ela, aquilo não tinha nada a ver conosco. Ele disse que o vício mexe com as prioridades de alguém sem a sua permissão.

O ressentimento me queima por dentro. Eu ainda não entendo, mas a Ray parecia entender.

– Ray costumava dizer algo assim.

– É verdade. Ela odiava como as drogas mudavam a sua mãe. – Sua voz sai gentil ao dizer o nome da minha irmã. – Ela sempre me disse que sua mãe não queria ser uma mãe ruim: as drogas faziam isso com ela. Eu já sabia disso, mas ouvir essas palavras do pai do Eli, de alguém que esteve na mesma situação, que saiu dessa... ajudou. Eu não falei com ele desde que teve a recaída, mas agora ele está se recuperando e achei que os cavalos iriam ajudá-lo a se lembrar. Espero que ele esteja bem de novo.

Eu também.

– Parece que ele tem muito pela frente. Deve estar dando certo se ele está conseguindo mais trabalhos.

Vovó se apoia no balcão.

– Você não acha que ele fez o Eli mexer com drogas, acha?

– Nada. Eli sempre teve tanta raiva do pai que se recusa a ter qualquer semelhança com ele. Odeia o pai mesmo quando está sóbrio. – Nesse sentido, ele é meio que o oposto da Ray. Ele odeia a pessoa; Ray odeia as drogas.

– Demora, né? – Vovó passa a mão pelos longos cabelos pretos com mechas grisalhas. – Talvez a gente possa convidar a Cherie para vir aqui um dia, mostrar os seus brinquedos antigos.

Meu pulso acelera. Não quero que ela venha e corra o risco de sofrer algo ruim. Todo mundo que se aproxima de mim acaba sumindo ou morrendo.

– Não acho que seja necessário. Cherie parece estar bem. Feliz até. – Eu me viro para a janela, pela qual vejo várias viaturas da polícia passarem correndo pela estrada com as sirenes acesas.

– Acho que estou me sentindo meio protetora. – Ela atravessa a sala e senta na cadeira de jantar ao lado da minha. – Tenho uma sensação aqui no peito que não vai embora. De que, se eu baixar minha guarda, algo vai acontecer com *você* também.

Sinto essa mesma ansiedade, a mesma corda enlaçando meus pulmões. Mais apertada a cada dia que passa.

– Talvez ela só tenha ido embora, vovó. – Minha voz sai fraca. É uma frase que usei poucas vezes, e acredito menos nela a cada vez que a falo. Ambas sabemos que a Ray não iria embora assim. E depois do que aconteceu com a Sam... Bom, parece que a ficha está caindo de verdade.

A esperança está desvanecendo, como fumaça no céu aberto.

– Talvez aquele agente do FBI descubra algo sobre a Samantha.

Assinto, mas não me esqueci das palavras que minha avó disse ontem. É baixa a probabilidade de encontrarem evidências que podem levar a suspeitos de verdade. Havia muita gente lá e ninguém viu nada.

Ou, se alguém viu alguma coisa, não está falando a verdade.

Ela me observa com as sobrancelhas finas refletindo a preocupação em seus olhos. Tem me olhado assim com frequência ultimamente.

Como se pudesse ver que tenho cada vez menos esperança.

Encaro a fumaça se espalhando até minha avó levantar da cadeira e ir para a sala de estar. Ela mexe no rádio na estante embaixo da pele de búfalo, que cobre toda a parede e cuja ponta desaparece atrás da primeira prateleira. Meu avô matou esse búfalo alguns anos antes de falecer. Ele dizia que era o maior bicho que já tinha visto, e contava isso para todo mundo que encontrava. Não era de se gabar, mas acho que estava ansioso para falar sobre algo além do fato de a minha mãe nos deixar.

No ano que se seguiu, juro que não fizemos uma única refeição sem carne de búfalo. Ensopados, hambúrgueres, tacos de pão frito e até bife de búfalo com ovos no café da manhã.

Na parede oposta da sala fica uma cabeça de veado-mula empalhada. Vovó não o deixava colocar mais nenhum bicho empalhado em casa, mas, agora que vovô se foi, ela se recusa a tirar esse. Ele e o rifle de caça do vovô não saíram do lugar. A arma está em um suporte personalizado atrás do rádio. É uma antiguidade inútil e talvez valha alguma coisa, mas é provável que não.

Esses eram os tesouros dele, então agora são os tesouros da minha avó.

Talvez, um dia, façamos o mesmo com as coisas da Ray. Vamos emoldurar sua carta de aceite da faculdade e colocá-la na parede. Transformar suas camisetas de corrida em uma colcha de retalhos. Engulo as lágrimas se formando na garganta e deixo as palavras voltarem à minha mente. *Talvez ela só tenha ido embora.*

Ouço a estática soar pelos alto-falantes, então ouço uma voz que reconheço da Rádio Thunder.

– O fogo está contido na região sul, mas o Diretor de Segurança Interna da Nação Blackfeet pede que todos na Zona 2 tenham um plano de evacuação e estejam preparados para sair caso os ventos mudem. Outros municípios estão enviando ajuda para controlar a situação o mais rápido possível.

Uma batida forte à porta assusta nós duas. Ela desliga o rádio e marcha até a entrada, seu cabelo voando às costas. Quando abre a porta, lá estão dois policiais da reserva, as últimas pessoas que eu esperava ver.

Seus braços caem junto ao corpo e a porta continua a se abrir sozinha.

– Não é possível termos que evacuar agora. A rádio acabou de dizer...

Jeremy Youngbull ergue uma mão para interrompê-la.

– Não é isso.

Há uma longa pausa que faz eu me aproximar da porta. O olhar de Youngbull se volta de mim para minha avó. O outro policial está imóvel, nos encarando. Sinto uma pontada de esperança no estômago. Eles descobriram algo sobre a Sam? Têm um suspeito em mente?

Mas eles não viriam aqui em casa para falar isso. Só há um motivo que os faria vir aqui.

– Nós a encontramos – diz Youngbull. Sua voz de fumante é estranhamente gentil.

Vovó leva as mãos ao peito. Seus dedos afundam na camisa, amassando o tecido.

– Encontramos o corpo da Rayanne.

De repente, estou atrás da minha avó, abraçando-a enquanto caímos juntas ao chão. De joelhos, encaro Youngbull como se ele fosse minha única esperança, como se suas próximas palavras fossem a única coisa me mantendo nesse mundo.

Ele se abaixa para ficarmos na mesma altura.

– Alguns homens foram de caminhonete para a zona de evacuação a fim de arrebanhar o gado. Estavam atravessando os campos e viram algo estranho. Era... era ela. Vamos precisar de uma confirmação formal, mas ela estava com todos os acessórios que vocês descreveram. Sem jaqueta. Nem bolsa, nem celular. – Ele engole em seco e junta as mãos. – Estamos com ela. E agora que virou uma investigação de homicídio, Kurt Staccona e o resto da equipe do FBI vão assumir o caso.

Pisco para me livrar das lágrimas.

– Sinto muito não serem boas notícias. Sei que avisamos que isso poderia acontecer, mas saber com certeza... Eu sinto muito mesmo.

Minha avó se solta dos meus braços e se levanta, me puxando junto. Ela passa a mão pelo rosto para limpar as lágrimas das bochechas.

– O que mais vocês sabem?

Youngbull se levanta e troca um olhar com o outro policial.

– Staccona vai entrar em contato.

– Qual é, Jeremy? Eu estudei com os seus pais. Fui ao casamento deles, ora. Você sabe o quanto a gente tem sofrido. – Seu tom fica mais ríspido, cortando o ar frio. – Me conte o que sabe.

Ele mastiga a parte interna da bochecha caída.

– Não temos certeza, mas Staccona acha que existe uma conexão. Entre Rayanne e Samantha.

O medo toma conta de mim, quente e pesado.

– Ele acha que a mesma pessoa matou as duas?

Youngbull puxa a gola da camisa antes de responder.

– Provavelmente.

Eu já imaginava, mas agora só pode ser verdade. Alguém fez algo terrível com as duas meninas mais próximas de mim. E ninguém sabe se vai parar por aí.

– Como? – pergunta vovó com a voz rouca.

– Precisamos fazer uma autópsia, mas parece ser o mesmo caso da Samantha. – Ele esfrega a mão grossa no braço. – Parece que ela foi estrangulada manualmente.

Um soluço sobe pela minha garganta e seguro no batente da porta para me manter em pé. A visão do rosto sem vida de Sam se derrete na minha memória e abre espaço para a imaginação. Se transforma no rosto da Ray, deitada em um campo de grama seca, fumaça cobrindo o céu acima.

– Staccona vai entrar em contato com vocês em breve. Só queria que tivessem um tempo para processar a notícia antes. – Ele assente para o outro policial, e eles se viram ao mesmo tempo e voltam para o carro estacionado na rua.

Fico parada, segurando a porta aberta enquanto eles vão embora. Eles desaparecem de vista e meu braço treme. A fumaça começa a entrar na casa e os vizinhos do outro lado da rua estão nos encarando, provavelmente com uma mistura de curiosidade e medo. Por fim, minha avó me puxa para dentro e fecha a porta. Ela encosta a cabeça na madeira e vira a chave.

– Pelo menos a gente tem certeza – sussurra.

Corro para o meu quarto e bato a porta com tanta força que minhas joias caem dos pregos na parede.

O último fio de esperança se desfaz. Ele se quebra no meu peito, como pedaços de um pavio, pronto para ser consumido pelo calor que emana do meu corpo trêmulo.

Ela se foi. Ela morreu.

O fogo arde no buraco que se formou no meu estômago. Crepita e me carboniza por dentro, torcendo e mutilando minhas costelas. Minha fúria queima sob a pele, desesperada para sair. Desesperada para se espalhar.

Grito e balanço os braços, libertando-a. Tudo no topo da minha cômoda cai no chão. Um frasco de perfume voa contra a parede. Chuto minha cadeira com força. Arranco cabides de plástico do guarda-roupa, que saem voando como estilhaços. Um deles engancha no meu braço. Eu o puxo e seguro firme com as mãos suadas.

Ninguém achou Ray até ser tarde demais.

Ninguém protegeu Sam.

Quebro o cabide ao meio e jogo os pedaços de plástico na parede.

O grito vai sumindo na minha garganta dolorida e, finalmente, as lágrimas caem.

Capítulo 10

Desconhecido

Sábado, 13 de julho, 10h45

Dedos batucaram a mesa laminada e então abriram um envelope pardo. Ir na comitiva de frente do desfile seria uma grande manifestação. Seria bom. Certificando-se de que o volume estava baixo, ligou o rádio. A maioria das pessoas já estava no desfile. Poucos estariam dispostos a perdê-lo. A estática soou pelos alto-falantes até o som ficar nítido.

RÁDIO THUNDER – 107.5 FM

["STADIUM POW WOW", DO GRUPO THE HALLUCI NATION]

DJ EASY PLUME: E aí, ouvintes da Rádio Thunder? Essa foi "Stadium Pow Wow", e eu sou o seu anfitrião, DJ Easy Plume. Estou aqui na contagem regressiva para a cobertura do Desfile Anual da Assembleia dos Povos da América do Norte. As coisas se complicaram um pouco ontem à noite aqui na Nação Blackfeet com aquela queimada, mas o desfile está de pé e vai começar em menos de quinze minutos.

Pra começar, tenho algumas notícias sobre a queimada. Obrigado a todos os municípios vizinhos que vieram nos ajudar, de Polson a Great Falls, o fogo está quase todo contido. Estamos com o Diretor de Segurança Interna da Nação Blackfeet, Pete Three Strikes, no telefone. Ouçam o que ele tem a dizer.

PETE THREE STRIKES [NO TELEFONE]: Obrigado por me receber, Easy. Eu só queria agradecer publicamente aos nossos irmãos e irmãs que lutaram contra as chamas. Os ventos queriam causar uma grande tragédia para nós aqui, mas todos se uniram e foi algo realmente impressionante.

Quero agradecer aos chefes e corpos de bombeiros de todos os municípios vizinhos; eles chegaram com os equipamentos de que tanto precisávamos em um piscar de olhos, e podem ter certeza que vamos fazer o mesmo se passarem por uma situação parecida. Além disso, quero agradecer à Divisão de Trânsito do Departamento de Relações Indígenas, por mover tanta terra para ajudar a controlar essa coisa.

O trabalho em equipe e a liderança foram incríveis. Tivemos um resultado muito bom graças a isso.

DJ EASY PLUME: É incrível, hein? Ei, obrigado, Pete. Espero que você tenha uma folga para poder aproveitar o resto da Assembleia dos Povos. Tudo de bom!

OK, parentes. Quero separar um momento para falar sobre a tragédia que aconteceu em Browning dois dias atrás, quando Samantha White Tail foi assassinada. Ela tinha apenas dezessete anos e uma vida inteira pela frente. Nosso povo está de luto. Sua família gostaria que ela fosse lembrada como uma fonte de luz, calorosa, cheia de criatividade, entusiasmo e alegria. Ela era uma irmã mais velha gentil, uma filha altruísta e uma amiga empática.

A família White Tail tem nossos sentimentos, preces e apoio durante esse momento difícil.

Em poucos minutos o desfile vai começar e gostaria de dedicar a próxima música para Samantha. Descanse em paz.

["REMEMBER ME", DE FAWN WOOD]

DJ EASY PLUME: Estamos de volta, ao vivo com o começo do desfile. Me disseram que houve uma mudança na organização. Na comissão de frente, temos Loren Arnoux, irmã de Rayanne Arnoux, que está desaparecida. Escutem agora.

[TAMBORES COMEÇAM A TOCAR]

DJ EASY PLUME: Estou arrepiado, pessoal. Loren e quatro primas Arnoux estão liderando o desfile com seus vestidos de Jingle e fazendo uma grande manifestação. Têm a marca de uma mão feita em vermelho sobre a boca, um símbolo do movimento MMIW. São mulheres fortes fazendo sua parte para chamar atenção ao número absurdo de mulheres e meninas indígenas que desaparecem ou são mortas.

Elas estão dançando pelas nossas irmãs roubadas.

Também estão coletando doações para o Projeto Two Feather. Charmaine Momberg, irmã mais velha de Noni Two Feather, criou essa organização para apoiar as vítimas de violência doméstica e sexual, e oferecer apoio para as famílias de pessoas indígenas mortas ou desaparecidas. Elas fazem um trabalho incrível, então vamos mostrar apoio.

O Projeto Two Feather também está leiloando uma das pinturas de Samantha. Ela era uma artista incrivelmente talentosa. O nome dessa pintura é *Xales ao pôr do sol*. As inscrições estão abertas no site do projeto. Toda a renda vai ser direcionada para a família White Tail.

Eu conhecia Samantha White Tail pessoalmente e participava das corridas de *cross-country* com Rayanne Arnoux no meu último ano de escola, e sei que as duas ficariam orgulhosas de testemunhar essas jovens no desfile. É uma demonstração de solidariedade e resiliência – uma demonstração poderosa.

Incrível…

Há uma tosse no corredor e o rádio é desligado. A tensão continua, apesar de o som ter cessado. Loren nunca iria deixar isso para trás. Ela sempre iria correr atrás de respostas. Sempre seguiria procurando.

E não era a única.

Capítulo 11

Brody Clark

Domingo, 14 de julho, 9h50

Saio da cama e abro as persianas. O rancho está enevoado. O sol é um círculo amarelo atrás da névoa. É como se estivéssemos cercados. Presos aqui. Começo a me sentir inquieto. Odeio não conseguir ver a terra se estendendo até as montanhas no horizonte. Está me deixando claustrofóbico.

Culpo Jason por isso.

Antigamente, quando a família ainda fazia viagens todos juntos para acampar, ele me enfiava no fundo do saco de dormir e sentava na outra ponta. No começo eu achava engraçado, até começar a sentir um pânico no peito que se espalhava pelo meu corpo, me tirando o fôlego. Ele não saía até eu estar disposto a quebrar as unhas tentando abrir o zíper.

Não lembro se parou de fazer isso porque cansou da piada ou se foi porque eu ganhei um novo saco de dormir com zíper duplo. Ou talvez tenha parado porque minha mãe nos deixou para ficar com o Sr. Riquinho, e nunca mais fomos acampar.

Eu era pequeno. Ele era um adolescente amargurado. Seu trabalho era me atormentar, ou algo assim. Mas ele mudou depois que foi para a faculdade e nosso pai faleceu. Jason abriu mão da educação formal para voltar para casa, cuidar de mim e assumir o rancho. Sabia que eu não queria ficar com a nossa mãe e a nova família dela.

Ele fez isso por mim, e agora é a única pessoa que não me abandonou.

Estamos bem, só os dois, mas eu não o culpo se guardar rancor pelos anos que perdeu.

Sempre estarei em dívida com ele por isso.

Visto minha calça jeans Wrangler e me sento na beirada da cama, em frente à janela. A fumaça ficará aqui até o vento voltar a soprar. Felizmente, à noite, o vento enfim se acalmou o suficiente para os bombeiros conseguirem conter o fogo por completo. Eu devia ficar feliz que o ar está parado, mas agora só quero que ele sopre tudo isso para longe.

Cambaleio pelo quarto até o vestíbulo nos fundos. As botas de trabalho do Jason não estão lá. Calço as minhas e saio pela porta de trás em direção ao estábulo. Quando entro, Jason encosta a pá na parede ao terminar de limpar as baias dos cavalos.

– Ei, preguiçoso, esse aqui é o *seu* trabalho. Se não começar a cumprir suas tarefas aqui, vou fazer você trabalhar em outro lugar.

Resmungo, e o resíduo de fumaça no ar faz minha garganta arder. Ele não faria isso. Sabe que, provavelmente, vou trabalhar aqui até morrer. Como o nosso pai.

– A mãe ligou. Disse que vai assistir ao campeonato hoje.

– Prefiro que ela não venha.

– Eu também. – Ele está levando as escovas para as baias dos dois cavalos *novos*. – Ela quer poder se gabar de que os filhos ganharam a corrida de revezamento, hein? Mesmo não sendo uma mãe presente. – Ele escova as costas do Caçador de Tempestades. Sempre guardou mais rancor do que eu pelo fato de nossa mãe ter nos abandonado, o que não é dizer pouco. Ele era mais velho, tinha o dobro de lembranças com ela, então a traição foi mais forte. – Mesmo ela tendo novos filhos agora. Não é, Relâmpago?

– Relâmpago? Sério, Jase?

– Melhor do que Caçador de Tempestades. Esse cavalo precisa de um novo começo, igual o Marshmallow.

– Nem a pau. Relâmpago está no mesmo nível que Marshmallow. Parece que uma menina de sete anos escolheu o nome do cavalo. Caçador de Tempestades é um nome forte.

Ele se vira, e seu rosto está furioso.

– Não vamos usar o nome que a Rayanne deu. – Ele aperta a escova até rachar. – Como se a gente precisasse de um lembrete desse todo dia. É remédio ruim.

Bufo em resposta.

– Então tá.

Mas ele tem razão.

– Vai fazer algo de útil. Traz o trailer pra cá. Vamos carregar os cavalos antes de preparar a fogueira.

Saio do celeiro, de volta para a névoa. Não preciso de algo me lembrando de Rayanne a todo momento. Ou de Samantha. Sinceramente, essa névoa claustrofóbica é a única coisa que silenciou o grito da Loren em minha cabeça, de quando encontramos o corpo de Samantha.

E a culpa que sinto por Rayanne, que aperta meu estômago, não desaparece.

É óbvio que não fui eu quem a machucou, mas tenho muitos motivos para me sentir mal com isso. O suficiente para perder o sono. Nada se compara ao que a Loren deve estar passando. Isso também me faz perder o sono. Quero estar presente para ela, de novo, mas não sei como. Ou se ela deixaria. Loren se afastou de todo mundo depois que a irmã desapareceu, principalmente de Samantha. De propósito ou não.

Entro na caminhonete, onde o relógio do painel me diz que acordei depois das nove. Jason já encheu outra lata de tinta vermelha para usarmos nos cavalos e ainda teve tempo de comprar vários engradados de cerveja para hoje à noite.

Espero que a gente ganhe. Vai ser uma vergonha ter tanta gente aqui e perder.

Mara Racette

Domingo, 14 de julho, 10h

A casa ainda está cheirando a madeira queimada. Acho que é por isso que meu pai segura sua xícara de café perto do nariz em vez de deixá-la na mesinha de centro. O vapor deve estar queimando suas narinas, mas ele não parece se importar. Seus olhos estão meio vidrados enquanto encara o quadro acima da lareira, de uma tipi ao pôr do sol, que a vovó Racette pintou. Ele está perdido em pensamentos.

Eu entendo.

Conseguiria pintar a cena da morte da Samantha... Está gravada na minha memória, como uma foto em preto e branco cobrindo uma janela por onde entra a luz do sol. Poderia desenhar cada detalhe. A cena brilha como uma vela à noite. Está sempre ali, à espreita.

Nunca imaginei que veria uma cena assim. Nunca imaginei que encontraria um corpo, ainda mais um que foi assassinado a sangue-frio.

Nunca tive uma vista tão próxima de como o mundo pode ser um lugar terrível.

Deve ser tão ruim assim para o meu pai, se não pior. Ele e outro cara da administração da reserva encontraram Rayanne. Três meses depois do que todos esperavam. Três meses de mais detalhes horríveis pulsando atrás de suas pálpebras.

Me sirvo de uma tigela de cereal e me sento na outra ponta do sofá. Não sei se meu pai percebe que estou aqui. Ligo a TV no jornal e tiro o som, lendo as legendas como minha mãe faz. Estão falando sobre como o fogo está praticamente controlado. Nenhuma menção a Rayanne.

Ao menos, dessa vez, há um motivo. A polícia não quer divulgar nada sobre a investigação que *supostamente* estão fazendo agora. Mas a notícia vai se espalhar, quase tão rápido quanto as chamas.

Abro o SnapShare e entro no perfil da Loren. Parte de mim quer mandar uma mensagem, mas não quero me intrometer se ela não me quiser por perto. Me pergunto se hoje ela vai para o pow wow. Se fosse comigo, eu não iria. Não iria querer ver ninguém, muito menos dançar para todo mundo ver.

Minha mãe entra na sala e desliga a TV. Ela encosta a mão no ombro do meu pai e o tira do seu transe.

– Você quer ir hoje? – pergunta. – Seu primo Leni disse que pode guardar uns lugares pra gente.

Ele passa os dedos pelo cabelo fino. Talvez seja ele que está fazendo a casa cheirar a fumaça. Ainda não tomou banho depois que voltou. Mal se mexeu, na verdade.

Ela aperta o ombro dele.

– Talvez seja bom sair um pouco.

Ele toma um gole do café e assente.

– Vou tomar uma ducha.

Derrama o resto do café na pia e desaparece no corredor, deixando minha mãe parada no meio da sala, com as mãos nos quadris.

Enquanto isso, eu brinco com a barra da camiseta.

– Está sendo difícil para ele?

Com cuidado, ela endireita as molduras das fotos da família na parede.

– Vocês dois passaram por muita coisa.

– Não é nada comparado com o que a família da Samantha e os Arnoux têm lidado. – Me afundo ainda mais no sofá.

– Eu sei. Mas não significa que não seja difícil para vocês também.

– Já é ruim o bastante termos nos mudado para cá. – É difícil esconder a amargura na voz, por tudo que passamos e tudo que deixamos para trás. Eu estaria saindo com os meus amigos nesse verão se as coisas não tivessem dado errado. Estaria indo ao cinema toda noite. Assistindo a shows no fim de semana. Fazendo trilhas.

Não teria que desistir de uma oportunidade única de estágio de verão... Uma oportunidade que a maioria dos adolescentes não têm. Minha mãe sabe o quanto isso doeu: foi uma amiga dela que conseguiu a vaga para mim, afinal. Eu ia ajudar no departamento médico do time de futebol da Universidade do Michigan. Ver se queria estudar medicina esportiva ou fisioterapia. Procurei um emprego aqui sem muito entusiasmo... Porém não há muitas vagas e nada se compara ao que eu quase tive. Também teria sido ótimo nas inscrições para a faculdade.

Mas estou aqui, tentando decifrar como lidar com tudo isso.

Sei que minha mãe está pensando a mesma coisa, mas ela apoia demais meu pai para admitir isso em voz alta. Ou talvez me culpe por isso também. Estou empenhada demais em agir como se estivesse tudo bem aqui para insistir no assunto.

Ela arruma as almofadas bordadas do meu lado, depois vai lavar a louça do café da manhã, deixando o momento passar.

Desde a mudança, minha relação com meus pais se distanciou, mas, depois que encontramos a Samantha, a distância parece ter crescido ainda mais. Como se eu fisicamente não conseguisse falar com eles sobre isso.

Escondi muito deles antes da morte de Samantha e, agora, não adiantaria nada eles saberem. Só iria piorar as coisas, como da última vez.

Os sentimentos conflitantes no meu peito são complicados. Sinto o luto pela morte trágica da Samantha, mas o rancor e o ódio que sentia por ela não sumiram. Ainda estão aqui, se misturando a um pouco de culpa. Talvez passar um tempo com Loren ou outras pessoas que gostavam dela me ajude a entender essa confusão.

Abro a foto de Loren e Rayanne no meu celular. Não sei como é ter uma irmã, muito menos como é perder uma, mas aposto que deve ser como se tivessem cortado um pedaço de você. Não imagino o quanto ela deve estar sofrendo.

Digito uma mensagem para ela: **Meu pai me disse o que encontraram. Estou aqui se quiser conversar. Se não quiser também.**

Envio. Depois, mando meu número.

Ela tem várias pessoas com quem pode conversar – ela não é como eu. Tinha várias primas da nossa idade no pow wow. Tias e tios. Os irmãos do meu pai e nossos primos mais próximos moram do outro lado do país, e os outros primos são bem mais velhos ou mais novos. Eu fico um pouco perdida no meio, e nunca passamos muito tempo aqui nas viagens para a Assembleia dos Povos para que me apegasse a alguém.

Loren está rodeada de familiares, mas talvez aceite a proposta de conversar comigo. Talvez também possamos falar sobre Samantha.

Algo aconteceu comigo na noite em que a encontramos, e provavelmente o mesmo deve ter acontecido com Loren, Brody e Eli. Algo que mexeu comigo, e acho que eles são os únicos que entendem. Eles me deixaram de fora por tanto tempo, mas depois desse trauma... Estamos presos em algo juntos. Quer a gente queira, quer não.

A arena da maloca está mais cheia do que na primeira noite do pow wow, apesar do que aconteceu com Samantha. Pode ser coisa da minha imaginação, mas parece que menos pessoas saem das arquibancadas sozinhas. As mulheres andam em grupos e há menos crianças correndo por aí.

Todo mundo está mais tenso. E deveriam estar mesmo... Havia um assassino aqui naquela noite. Talvez ele esteja de volta aqui.

Sei que *eu* não vou sair andando sozinha.

O céu ainda está nublado. A névoa o deixa com um leve tom amarelado e as grandes montanhas à distância parecem mais escuras. Ao meu lado, meu pai aperta as mãos com força. Me pergunto se alguém sabe que Rayanne foi encontrada. O FBI e a polícia da reserva devem estar se esforçando para manter isso em segredo por enquanto.

Temos um mestre de cerimônias diferente hoje. Uma longa trança preta desce sob seu chapéu de caubói bege. Quando ele bate no microfone, parte de mim espera que conte a notícia para a multidão, mas ele só anuncia a Grande Entrada. A roda de tambores começa a tocar, mas dessa vez, a batida não me estabiliza.

Meu coração bombeia uma ansiedade incontrolável a cada batida do tambor, como se cada golpe das baquetas sinalizasse que mais um segundo se passou. Mais um segundo em que assassinos saem impunes. Em que famílias vivem com medo.

Hoje, quando os cantores gritam, meus olhos ardem. Não sei se estão colocando suas próprias dores na canção ou se estão trazendo as minhas à tona. Observo os dançarinos se mexendo na arena. Claro que a Loren está ali.

Ela está dançando perto do centro da arena circular. Os sinos de latão do seu vestido balançam de um lado para o outro em sincronia com os tambores. Ela não sai do lugar, e o resto dos dançarinos gira lentamente ao seu redor. Sua cabeça está jogada para trás e suas bochechas estão brilhando.

A dança do vestido de Jingle é uma forma de cura. O barulho dos sinos e os passos das mulheres que os usam são como uma prece. Espero que ela esteja sentindo esse poder. Espero que isso ajude a curar seu coração. Ela vai precisar.

Todos nós vamos.

Sua postura está diferente hoje. Ela não está dançando para vencer.

Está dançando para sentir alguma coisa. Está dançando para Rayanne.

Desvio o olhar, como se não devesse estar assistindo a algo tão pessoal. Em vez disso, vejo Kurt Staccona entrando na maloca. Ele passa por algumas pessoas perto da mesa de som e para a alguns passos de distância, as mãos repousando na fivela do cinto. A pose faz seu blazer ir para trás e sua arma se evidencia pelo volume que forma.

Ele assente para dois policiais à paisana do outro lado da maloca, percorrendo devagar os bancos na base da nossa seção. Reconheço um deles da noite em que fomos questionados sobre as fotos com a Samantha. Da noite em que ela morreu.

Aconteceu alguma coisa? Ou eles só estão aqui por precaução? Eu devia me sentir mais tranquila por estarem aqui, vigiando, mas não é o caso. Sinto um aperto no estômago, como se estivesse correndo com aquela dor da lateral do corpo.

Kurt Staccona sobe pelas arquibancadas e se aproxima de um homem. Ele gesticula para o homem segui-lo. Eu o reconheço como o motorista do ônibus que Rayanne deveria ter pegado. O que descobriram sobre ele?

Um dos policiais faz gestos para Geraldine tirar Loren da arena. Alguma coisa está acontecendo, com certeza, mas não tenho muito tempo para criar teorias porque o outro policial aparece na nossa fileira e pede para a minha família segui-lo.

Não sei se é coisa da minha cabeça, mas parece que a arena inteira está nos assistindo descer as escadas.

Capítulo 12

Eli First Kill

Domingo, 14 de julho, 13h

As arquibancadas lotadas se elevam sobre a terra quase totalmente plana. Mesmo com um pouco de fumaça ainda no ar, o local está lotado. A neblina faz com que o céu pareça queimado sobre a pista, como se já estivéssemos no meio de uma corrida, avançando a toda velocidade, a poeira nos envolvendo. Não é mais Big Sky: está nos cercando.

Reunimos os cavalos na grade com Jason e seu amigo, Tom, que concordou em ser nosso ajudante este ano. Nós quatro estamos de pé na terra, vestindo nossas camisetas de fitas de seda vermelhas combinando, balançando tão nervosos quanto os cavalos. Fitas amarelas, turquesa e laranja caem em cascata sobre nossas costas, formando um triângulo.

Eu queria camisetas com a estampa de duas penas de águia se cruzando nas costas, mas Jason queria um visual mais tradicional e não hesitou em desembolsar o dinheiro para encomendar essas roupas. Ele tinha razão; estamos estilosos.

A adrenalina corre pelo meu corpo quando o apresentador começar a fazer as apresentações.

– Águia Express, dos povos Shoshone-Bannock, na baia um. Corrida Selvagem, do povo Crow, na baia dois. Relé de Tempestade, do povo Lakota, na baia três. Relé de Rascon, da Confederação Colville, na baia quatro. E os nossos próprios Irmãos de Guerra, da Nação Blackfeet, na baia cinco.

As arquibancadas explodem em aplausos enquanto Jason, Brody e Tom guiam o segundo e o terceiro cavalo para o nosso ponto de troca. Na área da partida, a poeira começa a subir com as pisadas do Corrida Bonita, e luto contra as rédeas para impedi-lo de queimar a saída. O homem com a bandeira de largada laranja se posiciona atrás da linha. Sinto os músculos do pescoço, silenciando tudo ao nosso redor, apagando o estresse que está sempre presente. Agora, a corrida é única coisa que importa.

As rédeas se afundam na minha mão quando Corrida Bonita resiste a elas. O cavalo da equipe Crow gira em um círculo e bate no Corrida Bonita, me empurrando. Eu o puxo para dar uma volta antes que bata no cavalo à nossa direita. Não consigo conter o sorriso, mesmo quando outro cavalo joga terra na minha cara.

Esse é aquele tipo de caos bom.

Aperto as coxas contra as laterais nuas do Corrida Bonita enquanto o homem atrás da linha estica o braço e a bandeira laranja balança com o vento. A poeira escura se espalha ao nosso redor, flutuando em frente à bandeira quando ele a levanta.

– Já! – grita o homem enquanto agita a bandeira. Chuto Corrida Bonita, fazendo-o correr. A multidão grita para nós quando Corrida Bonita larga na frente do grupo, sua crina se chocando contra meu peito. Me inclino durante a cavalgada e nossos corpos se tornam um só.

O cavalo Crow nos alcança, sua respiração fazendo os pelos da minha perna se arrepiarem. O cavaleiro está tão perto que consigo ver as franjas marrons do seu colete e o suor brilhando na sua testa. Nossos cavalos se chocam um contra o outro pela maior parte da volta. Avanço um pouquinho quando passamos pela última curva.

As arquibancadas se erguem, cheia de pessoas em pé, gritando. Desacelero Corrida Bonita e o guio até Irmãozinho, que está pulando com os braços no ar na beirada da pista. Me concentro e foco meu olhar no Fox. Jason o faz dar uma volta, logo depois de Brody.

Pulo do cavalo, que segue desgovernado na direção de Irmãozinho. Então, dou dois passos largos até Fox com o queixo erguido e pulo. Jogo os braços ao redor do pescoço de Fox e passo uma perna sobre ele ao mesmo tempo que Jason lhe dá um tapa no traseiro. Ele voa pela pista enquanto posiciono o corpo nas suas costas e agarro as rédeas.

– Sko, Fox!

Olho para trás. O cavaleiro Crow está logo atrás. Minha camiseta balança ferozmente com o vento e minha visão se turva com a velocidade.

Faço uma curva fechada, esbarrando no cavalo Crow de novo. O cavalo Lakota o empurra do outro lado.

– Vai, Fox! – grito com a garganta seca.

O cavalo preto Lakota avança na metade da curva e corta para dentro, interrompendo a passada de Fox. O cavaleiro Crow se aproxima de nós enquanto o rastro de poeira do cavalo Lakota bate em nosso rosto. Puxo o ar entre os dentes e quase não desacelero Fox enquanto avançamos em direção a Brody. Seus olhos estão arregalados de pânico quando se posiciona.

Pulo de Fox e meus joelhos falham com o impacto veloz contra a terra fofa. Avanço rápido demais, usando os braços para me equilibrar, e acabo em uma cambalhota, morrendo de medo de ter estragado tudo. Consigo me levantar de novo e subir no Passo Duplo.

Meu joelho bate em sua lateral, causando dor em nós dois. Ele se impulsiona para a frente sem que eu esteja firme. Me agarro no seu pescoço, meu rosto se chocando contra seu ombro a cada passada. Em meio à névoa de poeira saindo do meu cabelo, vejo Irmãozinho atrás de mim, caído de cara na terra, sendo arrastado pelas rédeas de Fox. Jason agarra Fox pelo pescoço, fazendo-o parar e nos salvando da desqualificação.

O cavaleiro Crow aparece atrás deles e finalmente tenho vantagem o suficiente para ir a toda velocidade com Passo Duplo assim que passamos pelo cavaleiro Lakota. Seus pés estão se arrastando pela terra enquanto ele se segura nas rédeas, lutando para ficar em cima do cavalo agitado. Uma nuvem de poeira os segue quando o cavalo cinza joga o cavaleiro para longe das rédeas.

O cavaleiro cai na terra e rola para baixo da barreira interna, por pouco não sendo atingido pelos cascos mortais do cavalo Crow que começa a correr ao meu lado. O cavalo sem cavaleiro balança à nossa frente, continuando a corrida obedientemente, mas bloqueando nosso caminho.

O cavalo Crow se choca contra nós e está quase alcançando o cavalo à solta adiante. Eu o deixo tomar a dianteira e guio Passo Duplo até a parte interna da pista, minha perna a poucos centímetros da barreira de metal quando fazemos a curva.

– Sko, irmão!

Minha boca está seca como um deserto, meu corpo repleto de adrenalina. Estamos a poucos passos do cavaleiro Crow, que está tentando manobrar ao redor do cavalo à solta. Quando nos aproximamos do final do trecho reto, ele guia seu cavalo para a parte externa do que está à solta.

Me inclino mais, batendo no ombro de Passo Duplo.

– Yah! – Sua passada infame aumenta e nos espremernos entre o cavalo à solta e a barreira durante a curva. Minha pele arde ao tocar a barreira antes de o cavalo sem cavaleiro passar na frente e se chocar contra o cavaleiro Crow do outro lado. O vento morde meu rosto ao sairmos da curva. – Sko!

Na reta, Passo Duplo voa. Grito para ele correr, os nós das minhas mãos estão brancos. O cavaleiro Crow está a poucos passos de nós, mas sei que vamos ganhar. Brody e Jason estão pulando ao lado da cerca, os punhos no ar quando Passo Duplo passa voando linha de chegada.

A multidão está acenando e gritando. Vejo Cherie assim quando cruzo a linha de chegada, e seu rosto brilha de felicidade. Um sorriso de verdade toma conta do meu rosto. Dessa vez, parecemos crianças normais, sem preocupações ou problemas. Sinto um calor se espalhar por meus músculos quando passo pela torcida.

Esqueci que era possível ficar com o rosto dolorido de tanto sorrir. Depois de nos sentirmos lesados no ano passado, quando nosso cavalo se soltou, a vitória tem um significado ainda maior este ano. E o prêmio de cinco mil dólares vai facilitar as coisas em casa, mesmo depois de ser dividido em quatro partes.

Enquanto o locutor da corrida anuncia os times em terceiro e segundo lugar, procuro por Cherie nas arquibancadas na nossa frente, mas o detetive Youngbull está parado atrás dela, como um abutre. Ele não está celebrando nem aplaudindo. Não está nem sorrindo.

Cherie pula ao lado da amiga da escola e da família dela, sem perceber a presença sinistra de Youngbull a suas costas. Ele não está aqui para ajudar ninguém. Tem um olhar como se estivesse pensando de quem é a próxima vida que pode estragar.

Seus olhos encontram os meus, assim como os dos outros três policiais ao seu lado, quando carrego Cherie por cima da grade para se juntar ao meu time no pódio, junto à família da mãe de Brody e de Tom.

Me forço a dar um sorriso quando alguém tira uma foto nossa. O locutor entrega para Jason um envelope cheio de dinheiro e aperta sua mão. Irmãozinho aplaude ao seu lado.

O locutor agarra meu braço e o levanta no ar.

– Eli First Kill, pessoal! O guerreiro que levou os Irmãos de Guerra à vitória! Mostrando para todos que os Blackfeet são grandes cavaleiros! – Ele solta minha mão e dá alguns tapinhas no meu ombro. – Mais uma salva de palmas para os Irmãos de Guerra, campeões da corrida de revezamento, ay!

Eu devia ignorar o olhar dos policiais e acenar para os meus fãs nas arquibancadas.

Finalmente ganhamos, mas meu pulso acelera ao pensar em tudo que estou prestes a perder.

Quando os outros familiares voltam para os seus assentos, coloco Cherie nas costas de Passo Duplo e ajudo a guiar os cavalos para o trailer de Jason. Olho para trás a fim de me certificar de que os policiais não estão nos seguindo.

Talvez eles nos deixem em paz.

– Você me deixou nervoso na última volta – diz Tom quando chegamos ao estacionamento de cascalho. – Tinha certeza que você ia cair!

– Eu sabia que ele ia se segurar, mas Irmãozinho quase deixou Fox escapar de novo. – Jason joga a cabeça para trás e ri. – Ele estava pronto para aquela deslizada na lama.

Só vi de relance quando Brody foi arrastado de barriga pela terra, mas imagino que tenha sido uma cena icônica.

Brody bufa em resposta.

– Não teria acontecido se o Eli não tivesse entregado o cavalo tão rápido. Ele estava indo quase a toda velocidade!

Estávamos mesmo, e me lembro da sua expressão de medo.

– Você caiu de propósito? Foi o único jeito de esconder que mijou nas calças?

Brody balança a cabeça.

– Que mala...

– Tá tudo bem, Irmãozinho. – Jason dá um tapinha nas costas dele. – Vou pegar a mangueira do jardim e fazer um pouco de lama em você no 49 juvenil mais tarde, que tal? Vai ser o destaque.

– Talvez ele consiga convencer umas garotas a lutarem na lama com você. Vai ser a maior pegação que você teve o ano todo, ays. – Meus lábios relaxam num sorriso provocador.

Jason gargalha.

– Você sabe que isso não é verdade, Eli. – Brody ergue o dedo com uma expressão séria, apesar de ter um brilho no olhar. – Mas eu não vou recusar.

Me aproximo do Jason.

– As garotas iriam.

Jason arregala os olhos.

– Ays! Pode apostar.

– Não enche. – Brody balança a cabeça e ri. Ele desaparece ao levar Corrida Bonita para dentro do trailer. – Olha quem fala, né? Tá sempre de babá.

Nesse exato momento, estou tirando Cherie das costas de Fox. Ele até tem razão, mas não precisa saber disso.

– Jason é sempre sua babá também, mas não estamos na seca. Né, Jason?

Tom e Jason riem enquanto Brody sai do trailer revirando os olhos. Ele abre a boca, pronto para responder, e então congela. Dois policiais locais se aproximam.

As mentiras começam a se desenrolar na minha mente a cada passo que eles dão.

Cherie está se sentindo mal e preciso levá-la para casa.

Prometi pro meu pai que voltaríamos antes do jantar.

Preciso depositar o dinheiro no banco antes que ele feche.

Preciso colocar gelo no meu joelho inchado.

Todas estão na ponta da língua até Jason dar um passo para a frente com um sorriso torto e estender a mão. Youngbull o cumprimenta e ri de volta.

– Muito bem – diz Youngbull. – Uma bela corrida.

– Foi um trabalho em equipe. – Jason dá de ombros. – Mas os cavalos são os heróis de verdade. Você viu o Fox?

– Vi sim. – Youngbull cruza os braços contra o peito e as unhas se afundam nas mangas. – Ele corre como a Stella. Quase uma cópia, hein?

Jason olha para mim e assente para Youngbull.

– Eu e Jeremy éramos amigos no ensino médio. Jogávamos juntos. Um dos cavalos do meu pai teve dois potros. Ele me deixou ficar com eles e eu vendi um para o Jeremy por uma pechincha. Fox e Stella.

Assinto e arrumo minha postura quando o olhar de Youngbull para em mim. Não é um olhar amigável. Com certeza o meu também não é.

Jason tira seu boné de aba reta e passa uma mão pelo cabelo suado.

– Ser pago para assistir à corrida, hein... Deve ser bom demais.

Os policiais riem.

– Por que estão perdendo tempo aqui? – Jason olha para Brody de novo, que finalmente sai do trailer e leva Fox para longe de mim.

O sorriso de Youngbull some.

– Houve alguns desdobramentos no caso da Samantha. Precisamos fazer mais perguntas a todos.

Brody e Jason se entreolham enquanto Brody volta a sair do trailer.

– Eu já falei tudo que lembro – diz Brody. – Que não é muita coisa. – Ele desaparece de novo ao entrar com Passo Duplo.

– Ainda assim, precisamos que venha até a delegacia. – Youngbull apoia as mãos no cinto grosso, ao lado da pistola e do rádio que carrega. – Você também, Eli. – Sua postura é de um predador.

Coloco a mão no ombro de Cherie e abro a boca para usar uma das minhas mentiras.

– É melhor você vir, garoto. Quanto mais evitar, mais vai parecer que tem algo a esconder. – Óbvio que é nisso que ele acredita.

Não quero levar a Cherie para a delegacia, mas não posso deixar que eles se metam na nossa vida se eu continuar os evitando. A última coisa que preciso é policiais indo à nossa casa.

– OK. – Pego a mão de Cherie e dou um passo para o lado.

Ela enfia seus pés minúsculos na terra.

– A gente não fez nada errado. – Sua voz falha.

– Quietinha, Cherie. Eles não precisam falar com você. Só comigo.

– Damos uma carona para vocês. – A voz de Youngbull soa casual, mas sei que isso é premeditado. Ele quer que a gente fique preso lá por quanto tempo ele quiser, esperando uma carona de volta.

– Não. A Cherie precisa ir numa cadeirinha. – É a desculpa mais fácil.

Olho para trás, para Brody, enquanto guio Cherie até minha caminhonete. Ele passa a mão no rosto, provavelmente preocupado com o quanto isso vai reduzir seu tempo de preparação para a festa no seu rancho.

Nunca ia querer deixar Cherie no meio de um bando de policiais da reserva, mas quero menos ainda que eles apareçam na nossa casa.

Tenho várias coisas a esconder, mas quem não tem?

Capítulo 13

Loren Arnoux

Domingo, 14 de julho, 15h

Estou batucando as unhas na mesa laminada, do mindinho ao polegar, do polegar ao mindinho, de novo e de novo. O barulho ecoa alto no quarto vazio. Há uma cadeira vazia na minha frente. Não parece tão fria quanto as salas de interrogatório nos filmes, mas é basicamente a mesma coisa. Minha avó coloca a mão sobre meus dedos, parando o barulho.

Tive sorte de ter tirado meu traje tradicional antes de me trazerem para a delegacia. Senão, estaria suando.

– Por que eles nos colocam aqui como se fôssemos criminosos?

– Tenho certeza que é apenas uma formalidade. Como deve ser. – Ela se abana com a camiseta que veste.

Finalmente, a porta se abre e Kurt Staccona entra com duas garrafas d'água, o plástico coberto por gotas de condensação.

– Me desculpem pela demora. – Ele coloca as garrafas na nossa frente e arrasta a cadeira fazendo barulho. Apoia um tornozelo sobre o joelho e dobra as mãos no colo, como se já tivesse feito isso um milhão de vezes.

– Vocês têm alguma pista? – pergunta vovó enquanto abre a garrafa.

– Ainda não. Estamos juntando informações por enquanto. Está parecendo, cada vez mais, que os casos de Rayanne e Samantha estão conectados. Ambas foram estranguladas manualmente...

Vovó para de beber de repente e coloca a garrafa de volta na mesa.

– Isso vai ser difícil de ouvir. – Ele pausa por um segundo. – Elas têm uma fratura quase idêntica no osso hioide e sinais de trauma na parte traseira da cabeça. É o mesmo método.

Fecho os olhos e aperto a garrafa d'água, deixando a superfície fria beliscar minha pele.

– Sei que isso é a última coisa que vocês querem fazer – diz ele –, mas precisamos repassar tudo o que aconteceu com a Rayanne naquela manhã. Precisamos de todo detalhe possível para encaixar com o que aprendemos na cena do crime e conectar o caso com o da Samantha.

Meu estômago se revira até doer. Não consigo parar de imaginar a Ray jogada em um campo, uma coroa de cabelos castanhos entrelaçados na grama ao seu redor. Seus olhos estavam abertos como os de Sam? Ou fechados, como se estivesse presa em um sono eterno?

Ou será que ela teve... Pisco rápido, tentando apagar a imagem.

– Como sabem, a cena é de três meses atrás. Talvez não tenhamos evidências o suficiente para declarar um homicídio, mas estamos fazendo o melhor possível. Qualquer coisa ajuda. Vamos começar do começo.

Olho para ele e para vovó, minha cabeça latejando. Já fizemos isso antes.

– Não pode só ouvir as gravações?

Ele desliza o pé de volta para o chão e apoia os cotovelos na mesa.

– Estou cuidando do caso agora, Loren, e seria de muita ajuda se você começasse pelo começo. Por que precisou ir para a escola mais cedo?

Tento conter as emoções enquanto minha avó assente para mim, me passando segurança.

– Nós tínhamos um projeto para entregar naquele dia.

Ele abre a mão sobre a mesa, assumindo uma falsa postura relaxada.

– Quem são "nós"?

– Eu, Brody Clark e Samantha. Tínhamos que entregar uma maquete de física que deveríamos ter feito antes, mas não deu certo. Tivemos que nos encontrar na biblioteca para terminar antes da primeira aula.

– E terminaram?

– Mais ou menos. A cola ainda não tinha secado quando entregamos.

– Que horas você saiu de casa naquele dia? E que horas chegou na escola?

Minha perna balança debaixo da mesa.

– Era pra gente se encontrar às sete, quando a biblioteca abre, e fiquei esperando lá por alguns minutos. Então talvez às 6h55. Devo ter saído por volta das 6h45.

– Mesma pergunta para você, Geraldine. – Seu olhar foca na mão da minha avó, que sobe e desce pelo braço. Ele sabe de tudo isso. Só quer ver nossas reações.

– Comecei meu turno de doze horas na enfermaria do hospital às seis da manhã. Ouvi o despertador da Loren tocar quando eu estava saindo, às 5h45. Eles já checaram os registros do computador do hospital.

– A Rayanne estava agindo diferente de alguma forma naquela manhã?

– Eu só a vi por alguns instantes antes de sair. Não me lembro nem se me despedi. – Sinto um nó na garganta que faz minha voz falhar. Ainda estava chateada com ela por causa da noite anterior.

– E nos dias antes do desaparecimento? Ela estava agindo diferente ou falando sobre alguém novo?

Vovó e eu balançamos a cabeça. Ela estava normal.

– Alguma chance de ela ter se envolvido com drogas?

O braço de vovó fica tenso.

– Não. Ela não fazia esse tipo de coisa.

As sobrancelhas do policial se erguem.

– Nem sempre dá pra perceber de cara. Às vezes chegam uns traficantes na cidade e meninas bonitas ganham uma dose de graça.

Claro que o FBI ia falar disso. É o que todo mundo presume, não é? Como se Ray e as outras vítimas soubessem no que estavam se metendo. Sinto meu estômago se embrulhar.

– A maioria dos casos envolve drogas.

Minha avó aperta os lábios antes de falar.

– Não. Esse aqui não.

Deixo a amargura daquela acusação transparecer na minha voz.

– Ela viu como as drogas destruíram a nossa mãe. Jamais chegaria perto disso. Jamais. – É difícil esquecer como nossa mãe envelheceu na velocidade da luz e como parecia se esquecer da nossa existência num piscar de olhos. Ela passava dias sem perceber que estávamos ali.

– OK. Me conte sobre como foi aquela manhã na escola. Como estavam as coisas entre você, Brody e Samantha?

Reflito por um segundo sobre a pergunta depois da mudança brusca de assunto. Youngbull nunca me perguntou isso. Minha irmã não estava nem perto de nós e Staccona sabe disso.

– Tudo bem... Por quê?

– Todos vocês foram para a primeira aula? Para entregar o projeto?

– Sim. O que isso tem a ver com a Rayanne?

Vovó se inclina sobre a mesa.

– Está querendo insinuar alguma coisa?

Ele a ignora e continua.

– Em que momento a sua avó lhe informou que Rayanne tinha desaparecido?

Encaro um canto lascado da mesa, na tentativa de controlar as emoções em minha voz.

– Só depois que voltei da escola. – Ela devia ter me dito antes. Eu teria saído dali e ajudado a procurar por Ray. Não sei se teria feito alguma diferença, mas agora fico me perguntando. Vou me perguntar isso para sempre.

– Rayanne e Samantha eram amigas? – Ele não dá nenhum indício do que está pensando.

– Mais ou menos. Às vezes ela ficava com a gente quando a Samantha ia em casa me visitar. Às vezes íamos para as mesmas festas. – Abro e fecho a boca, me arrependendo na hora de ter mencionado festas.

Ele continua suas perguntas.

– Elas já namoraram o mesmo rapaz?

Eu me abraço mais forte antes de responder.

– Eu... eu acho que não. Rayanne nunca namorou ninguém. – Ela teve um *crush* no Eli durante a temporada de *cross-country*, mas nunca deu em nada. Eu disse que ela não devia investir nessa. Disse que ele era um galinha, mas na verdade não queria que ela atrapalhasse as nossas amizades. Eles com certeza não chegaram a namorar, e ela não era do tipo que ficava com qualquer um.

Mas eu não conto nada disso. Sei que a polícia sempre vai caçar pelo em ovo, e o Eli não precisa disso.

Ele encolhe um ombro.

– Que você saiba.

– Ela teria me contado.

Ele continua.

– Elas faziam as mesmas atividades após as aulas? Tinham alguma coisa em comum?

As duas faziam dança com xales, mas não juntas. Estudavam na mesma escola, mas em turmas diferentes. Ray era talentosa, uma aluna exemplar, com planos de fazer faculdade, cursar medicina. Sam tinha dificuldades em algumas matérias, mas tinha um lado artístico brilhante, sempre criando algo lindo. Ambas foram do time de corrida, mas não na mesma modalidade. Nem gostavam das mesmas músicas. Basicamente, só se viam fora da escola se fosse comigo.

O que mais elas tinham em comum? Eu.

Ambas eram próximas de *mim*.

Brody Clark

Domingo, 14 de julho, 15h30

Jason estaciona a caminhonete e olha para o retrovisor. A viatura da polícia vem devagar atrás de nós e para, deixando o agente sentado no banco do passageiro sair. Youngbull lhe dá um aceno com a cabeça e então segue para estacionar na área para funcionários. O homem caminha até a entrada da delegacia com uma postura convencida e arrogante. Ele nem percebe o vira-lata da reserva deitado no asfalto com a cabeça apoiada na guia como se fosse um travesseiro de penas.

Policiais me deixam nervoso. Não porque estou fazendo alguma coisa errada, mas porque eles têm poder. Nunca se sabe como as pessoas vão usá-lo.

– Acha que ele iria perceber se a gente fosse embora? – digo, tentando aliviar a tensão. Imediatamente, o homem se vira e encara a minha janela. Rígido. Impaciente.

Jason passa os dedos pelo cabelo antes de tirar o cinto de segurança.

– Relaxa, Irmãozinho. Você não tem nada a esconder.

– Duvido que isso faça alguma diferença pra eles.

Ele abre a porta.

– Se controla. É só contar tudo que você viu. Eles só querem ajudar. Não somos suspeitos. – Ele sai da caminhonete e coloca o boné de novo.

– Ainda não – murmuro. Não acho que precisaria de muito para transformarem todos na cerimônia em suspeitos. Fomos as últimas pessoas a ver Samantha viva, e estávamos todos na área onde aconteceu o crime. E agora tem aquele agente do FBI. Aposto que ele se importa mais com encerrar casos do que com resolvê-los de verdade.

Saio do carro, desejando, por um segundo, que meu pai estivesse aqui no lugar de Jason. Ele iria fingir ter um grande discurso motivacional sagrado para dar, e aí diria algo como: *Prepare essas Ostras das Montanhas Rochosas. Tenha culhões. Blackfeet não têm medo.*

Uma grande baboseira.

Mas teria ajudado.

Passamos por um homem com cabelos brancos e pernas compridas, e uma mulher baixinha – os turistas não indígenas que estavam na cerimônia. Ele está com o rosto vermelho e murmurando algo sobre isso ser uma perda de tempo, o que faz o vira-lata sair do seu caminho. Provavelmente estão desejando nunca terem saído de onde vieram.

Youngbull nos encontra no saguão e nos guia por uma sala cheia de cubículos até um corredor cheio de portas fechadas.

– Como estão seus pais? – pergunta Jason. Parece tranquilo apesar de estar sendo levado para uma sala cuja placa na porta diz SALA DE INTERROGATÓRIO 2.

– Estão bem. Mas a queimada foi complicada. Estava indo na direção das terras deles antes de o vento mudar. – Ele gesticula para nos sentarmos nas duas cadeiras atrás da mesa feiosa.

Jason puxa uma cadeira e se joga ali, as pernas abertas como se estivesse na sala de casa, conversando com um velho amigo.

– Certeza que foi um alívio. Esqueci que eles moravam por aquelas bandas.

Me sento na cadeira, imitando sua postura relaxada.

– Foi sim. – Youngbull tira uma caderneta pequena do bolso da frente e pega uma caneta da espiral. – Escuta, sei que já falamos de tudo o que aconteceu lá na arena. Só precisamos esclarecer algumas coisas para os agentes federais. Não é nada de mais. – Ele move a mão com a caneta no ar enquanto fala.

– Claro, Detetive Famosão – diz Jason. – Que bom que Staccona tá levando isso a sério.

Youngbull clica a caneta antes de começar.

– Brody. Você viu a Samantha antes da cerimônia dos Arnoux?

Esfrego as mãos e penso.

– Eu a vi em um grupo com a Loren pouco antes, ela não parecia estar falando muito. Não sei para onde foi depois. Não a vi de novo até estar do meu lado na cerimônia.

– Parecia que algo a estava incomodando?

– Ela ficou com lágrimas nos olhos quando Loren lhe entregou aquele xale. Além disso, não reparei em mais nada. – Não comento como ela parecia estar secando o Youngbull quando passamos por ele. Não preciso amaciar seu ego.

– Jason, depois você levou o grupo para tirar uma foto. Certo?

– Certo. Eu tinha um tempinho durante a dança e achei que a Geraldine iria querer uma foto. Achamos um corredor onde cabia todo mundo. Estava um pouco claro demais para uma boa foto, mas fazer o quê?

– E depois?

Ficamos em silêncio por alguns segundos. Me lembro do que o Jason disse no carro. É só contar tudo que eu vi.

– Depois da foto, todo mundo se separou em grupos – digo –, mas não reparei onde cada um foi parar. Eu fui direto até Eli First Kill e os cavalos. Queria ver se eram tão bonitos quanto pareciam.

Youngbull segura a caneta sobre o caderno, mas não faz anotações. Apenas espera.

– Aquela menina, Mara, se aproximou, e a irmã mais nova do Eli ficou conversando com ela, não lembro sobre o quê. Depois, Loren, Eli e eu levamos os cavalos pelo caminho principal. Não vi para onde a Samantha foi.

– Eli e Loren vão poder confirmar que você estava com eles até a Samantha ser encontrada?

– Bom, não. Saímos dali juntos, mas depois Eli foi com a Cherie para os banheiros químicos e a Loren voltou para a maloca. Mas logo depois eu me sentei com Jason na mesa do mestre de cerimônias. Fiquei lá até sairmos para procurar por Samantha.

Youngbull assente e mira seu olhar em Jason.

– O que você fez depois das fotos?

– Depois das fotos eu devolvi o celular para Geraldine. Ficamos batendo papo por um tempo. Aí ela chamou aqueles turistas de canto para explicar o significado dos presentes, mas eu tinha que voltar para a mesa do mestre de cerimônias antes do anúncio da próxima categoria de dança. Não vi Samantha falando com ninguém, nem a vi enquanto voltava para a arena.

Youngbull passa um dedo pelo queixo.

– Certo. Você voltou com alguém?

– Não – responde Jason. – Estou curioso: por que parece que o foco é no grupo da foto, sendo que o pow wow estava cheio de gente?

– Eu estava trabalhando como segurança naquela noite. Eu e alguns dos outros policiais conseguimos eliminar várias pessoas graças às nossas observações, assim como um vídeo caseiro que mostra metade do público na maloca. E não vi mais ninguém, além do seu grupo, indo para a área deserta dos trailers. – Ele dá de ombros, tranquilo, como se não estivesse nos colocando na lista de suspeitos.

– Entendi. – Jason percebe o mesmo e o encara por alguns segundos.

Esfrego a mão no braço e Youngbull me observa.

– Brody – diz ele, devagar, antes de me encarar. – O que aconteceu na manhã de terça-feira, dia 9 de abril? O que você fez naquele dia?

Pisco algumas vezes antes de responder.

– Uma terça-feira... Provavelmente estava na escola.

– No dia em que Rayanne Arnoux desapareceu você estava na escola?

Meu coração bate forte no peito como um tambor.

– Achei que estávamos falando da Samantha.

Jason coloca a mão na mesa, o que atrai a atenção do detetive.

– Licença, o que tá rolando?

Youngbull volta o olhar para mim.

– Na manhã em que Rayanne Arnoux desapareceu você estava na escola?

– Sim. Eu estava com a Loren, terminando um projeto antes da aula, que entregamos na primeira aula do dia.

– Várias pessoas podem confirmar isso?

Lanço um olhar de canto para Jason, que me encara com as sobrancelhas erguidas.

– Sim. Loren e Samantha estavam comigo o tempo todo.

Isso ele escreve em seu caderno. Sublinha o nome da Samantha antes de apoiar a mão na página. Me forço a não olhar para Jason de novo.

– O que tá acontecendo?

– Jason, onde você estava naquela manhã?

– Ah. Hum, eu devia estar no trabalho. Na oficina. Trabalho meio período de segunda a sexta e não falto um dia sequer desde... nem sei quando. Muito tempo.

– O dono tem algum registro dos seus horários?

Ele balança a cabeça devagar.

– Acho que não, mas ele tem um registro bem detalhado do que fazemos no dia e quanto tempo demora. Para mandar na cobrança dos clientes.

– Oficina do Carlson, certo?

Jason assente enquanto Youngbull escreve em seu caderno.

– Do que se trata tudo isso?

Youngbull continua a ignorá-lo.

– Brody, pode descrever seu relacionamento com Rayanne?

Jason espalma a mão sobre a mesa na minha frente.

– Não responde, Irmãozinho. O que tá rolando, Jeremy? Achei que só queria esclarecer algumas coisas.

Youngbull cruza os braços, o caderninho se enfiando nas mangas da sua camisa.

– É o que estou fazendo.

– É mesmo? Porque tá parecendo que somos suspeitos. Como se devêssemos estar com um advogado aqui.

O detetive pisca uma vez.

– Você pode chamar um advogado, se quiser.

Jason lambe os dentes, um sinal de que está ficando irritado. Conheço a expressão muito bem.

– E por que você está perguntando sobre a Rayanne?

Eles se encaram e minha boca fica seca. Volto a ouvir o grito de Loren na mente e sinto a culpa formar uma cratera na minha barriga. Achei que só teria que falar sobre o que vi no pow wow. Não quero falar sobre a irmã desaparecida de Loren e sobre o fato de que, se tivéssemos terminado o trabalho antes, ela provavelmente ainda estaria aqui.

É bizarro como uma pequena decisão pode causar um efeito dominó.

Finalmente, Youngbull fala primeiro:

– Encontramos o corpo de Rayanne.

Meu queixo cai. Jason congela ao meu lado. Esse tempo todo, ela estava morta. Loren e sua família ainda a procuravam, desesperados. E agora, depois da morte de Samantha, finalmente a encontraram.

– Que horror – diz Jason, com a voz embargada. – Mas o que isso tem a ver com *a gente*?

– Talvez nada. – A voz de Youngbull está tranquila, mas os olhos não. – É o que estamos tentando descobrir.

– Você me conhece, Jeremy. – Jason se inclina sobre a mesa. – Sabe todos os meus segredos sombrios. Não é nada nem perto *disso*.

– O que isso quer dizer? – pergunto antes de um olhar severo de Jason me calar.

Youngbull está imóvel, nem pisca.

– É por conhecer os seus segredos que estou perguntando.

Que tipo de segredos o Youngbull sabe e eu não?

As palmas abertas de Jason viram punhos cerrados.

– Beleza. Já chega. – Ele se levanta, seguido por Youngbull. Já está na porta quando me levanto da cadeira para ir atrás dele. – Nos avise se achar alguma merda sobre a gente. Você vai passar um bom tempo procurando.

Youngbull coloca um braço no batente da porta antes que eu consiga passar.

– Se não falarem comigo, o sujeito do FBI vai dar um jeito de fazê-los falar com ele. Os casos da Samantha e da Rayanne estão conectados. Ele vai investigar as coisas bem a fundo. – Ele olha para Jason. – E não posso te proteger disso.

Ele deixa o braço cair, me deixando passar, e não olho para trás até sairmos pela porta da frente e entrarmos na caminhonete. Youngbull está parado atrás das portas de vidro. Observando. Analisando. Lá fora, Loren e Geraldine estão sentadas em um banco em frente à janela, chorando. Se estivéssemos em qualquer outro lugar, eu iria cumprimentá-las. Tudo que posso fazer é acenar com uma mão antes de entrar no carro.

Pelo menos agora Loren sabe que Rayanne se foi. Ela não está perdida ou sofrendo em algum lugar. Não está agonizando.

Isso deve lhe trazer um pouco de paz.

Capítulo 14

Mara Racette

Domingo, 14 de julho, 15h45

O agente Staccona deve estar assando com sua camisa de manga comprida, mas não aparenta. Esta sala de interrogatório está quente demais e cheia demais com nós quatro aqui. Isso está me deixando ansiosa e eu nem tenho nada a esconder. Eu e meus pais só estamos contando o que sabemos para ajudar Staccona a entender essa tragédia que aconteceu... Só isso.

Não me sinto nervosa de conversar com ele, mas essa situação toda me dá medo. Eu poderia muito bem me tornar a próxima vítima de uma tragédia dessas. Não sou tão diferente de Rayanne. Ou de Samantha, por mais que ela quisesse que eu acreditasse nisso.

Só porque não cresci aqui não significa que não tenho as mesmas vulnerabilidades.

Não consigo decifrar as emoções no rosto do meu pai, ao meu lado, enquanto encara a mesa entre nós e o agente Staccona.

– Isso foi muito útil, Mara – diz Staccona, colocando a caneta com cuidado de volta no caderno fechado. – Pode não parecer, mas cada detalhe nos ajuda a entender melhor os eventos.

Ele me repetiu as mesmas perguntas que fizeram na arena na noite do assassinato de Samantha, mas dessa vez incluiu questões sobre o dia em que Rayanne desapareceu. Acho que é porque encontraram o corpo.

– Mas – ele continua –, há uma peça do quebra-cabeça que eu gostaria de encontrar. – Ele cruza um tornozelo sobre o joelho e, devagar, apoia a ponta dos dedos na mesa. Seu olhar vai de mim para meu pai. – Por que vocês se mudaram para cá em março? Por que não esperaram a Mara terminar o ano escolar?

De repente, a sala fica ainda mais quente. Por que isso seria relevante? As palavras dançam na minha mente enquanto tento formular uma resposta antes dos meus pais.

Minha mãe responde por nós.

– Faz tempo que MJ queria voltar para Browning. É o seu lar.

Meu pai solta um longo suspiro e seu olhar vai de mim para minha mãe antes de repousar em Staccona.

– Tenho certeza que você já sabe o motivo.

Me afundo mais na cadeira, me sentindo tão pequena como quando estraguei tudo.

Staccona abre a boca e pausa por uma fração de segundo.

– Sim, mas eu gostaria de ouvir a sua explicação.

Quero desaparecer. Eu fui idiota. E fraca. E coloquei meu pai numa situação constrangedora.

– Eu tive que pedir demissão do meu trabalho no Departamento de Pesca e Vida Selvagem em Bozeman – diz meu pai. – Tive um desentendimento com o diretor.

– Sobre? – pergunta Staccona. Mas seu tom neutro deixa claro que ele sabe exatamente o motivo.

Ainda consigo ver o rosto vermelho do meu pai, uma veia pulsando na sua testa e saliva voando da sua boca. Foi como jogar um fósforo aceso em uma poça de gasolina. Nunca tinha visto aquele lado dele, o que ele mantém preso dentro de camisas de botão.

A voz do meu pai é calma ao responder.

– O filho dele desrespeitou a minha filha.

– Não precisa se preocupar. – Minha mãe esfrega meus ombros com a mão, fazendo a cadeira de plástico balançar. Estamos esperando no saguão desde que o agente Staccona nos pediu para sair da sala para conversar a sós com meu pai. Não sei quanto tempo mais vão ficar falando sobre ele ter encontrado um corpo. Ele nem estava sozinho... Outro homem que trabalha na administração da reserva estava lá quando a encontraram.

– Eles só estão fazendo o trabalho deles. Com certeza as coisas mudaram muito quando encontraram Rayanne. – Ela suspira. – Coitada.

Parece que ela já deixou de lado a preocupação que sentiu quando Staccona perguntou sobre a nossa mudança. Eu não consigo fazer o mesmo. Ainda sinto a vergonha e o rancor, sem falar no medo do que estão perguntando para o meu pai.

– Aquele agente não tem nada para manipular, certo? – Minha mãe segura meu ombro. – Os jovens daqui nunca tentaram fazer nada como... antes?

– Não. Nada daquele jeito. – Isso é verdade o bastante e tudo que ela precisa saber. Tudo que preciso lhe dizer. Minha perna pende, movendo a cadeira. – Por que separaram a gente?

– Eles só precisam registrar oficialmente a versão do seu pai sobre a descoberta do corpo. E o agente Staccona sabe que você não precisa ouvir os detalhes *disso*. – Me abraço para disfarçar um calafrio. Sua mão cai dos meus ombros e seu olhar se perde no quadro de avisos à nossa frente. Talvez ela já tenha ouvido os detalhes.

Jason e Brody aparecem no corredor. O detetive Youngbull os segue e para na porta principal, observando-os ir embora e entrar na caminhonete. O trailer dos cavalos ainda está acoplado e vejo partes dos bichos pelos buracos na lateral. Não soube ainda se ganharam a corrida. Nem soube quem ganhou a competição de dança.

Brody acena para alguém do lado de fora antes de saírem com o carro, talvez Loren ou Eli. Ainda não consegui falar com eles sobre nada.

– Preciso de um pouco de ar fresco.

Passo pela porta. Lá fora está ainda mais quente do que na sala de interrogatório. Loren e Geraldine estão sentadas em um banco à sombra do prédio. Seus olhos estão inchados e vermelhos e na mesma hora me arrependo de ter vindo aqui. A última coisa que quero é incomodá-las... Não precisam de mais ninguém se metendo na vida delas.

Me viro de novo para entrar, mas Loren me vê antes.

– Achei que ia encontrar você aqui. – Ela me lança um sorriso triste.

– Estamos nos encontrando muito esses tempos. Infelizmente. – Cruzo os braços. – Quer dizer, não quis dizer que...

– Eu sei o que você quis dizer. – Ela se move para o lado e acena para eu me aproximar. – Sinto muito que você acabou envolvida com tudo isso. É minha culpa. – É uma meia-verdade. Se ela não tivesse me incluído na cerimônia, talvez eu não estivesse aqui... Ainda assim, foi meu pai quem encontrou Rayanne.

Me sento na beirada do banco e cruzo as pernas.

– Não precisa pedir desculpas. – Olho para ela e Geraldine. – *Eu* sinto muito. Não consigo nem imaginar o que estão sentindo.

Loren se afunda ainda mais no banco e o sorriso desaparece.

Geraldine assente.

– Pelo menos agora temos certeza. – Ela tira um lenço da bolsa e enxuga as lágrimas. – Não saber o que aconteceu nos consumia todos os dias.

No fim da rua ao nosso lado, dois grupos de vira-latas rosnam e latem uns para os outros, preenchendo o silêncio. Um avança e, depois de uma briga de dois segundos, todos saem correndo pela rua cheia de sobrados.

Loren bate seu Vans contra o asfalto gasto até os latidos sumirem.

– Recebi sua mensagem. Valeu. Tem um 49 juvenil hoje à noite no rancho do Brody. O *timing* é péssimo, mas eles sempre fazem um pra galera mais jovem durante a Assembleia dos Povos. É uma tradição. Você devia vir.

Fico surpresa ao saber que ela vai para uma festa depois de ver como sumiu das fotos dos seus amigos no SnapShare. E depois dos dias que tivemos.

– Você vai?

Ela olha para Geraldine e assente.

– A vovó acha que eu preciso ver mais meus amigos.

– Precisa mesmo. – Geraldine cruza os braços e funga. – Desde que fiquem sempre em grupos. Nada de sair andando sozinha. E nada de fazer besteira.

Uma semana atrás, eu teria recusado imediatamente. Mas agora... Talvez Loren e eu possamos ser mesmo amigas. É difícil saber quão sincera ela está sendo, mas algo nela me atrai. Não sei se é o trauma de encontrarmos a Samantha juntas, ou a vontade de ajudá-la a passar por esse período difícil, ou sei lá.

– Talvez – respondo –, mas não sei onde ele mora.

– Eu posso ir te buscar.

– Só fiquem alertas e tomem cuidado. Comportem-se. – Geraldine olha para seu relógio no pulso. – Vamos indo, Loren. Temos que levar o jantar para os White Tail antes do meu turno da noite.

Loren se levanta.

– Passo na sua casa daqui a algumas horas.

Eli First Kill

Domingo, 14 de julho, 16h

O pacote de salgadinhos de Cherie faz barulho enquanto ela balança as pernas na cadeira ao meu lado. Ela olha para mim a cada mordida. Entende um pouco do que está acontecendo, mas não tudo. E eu quero que continue assim. Não sei ainda como lidar com isso.

A porta se abre e lá está Kurt Staccona. Por um segundo, o pai de Mara Racette passa com o rosto vermelho antes de sair do meu campo de visão. Staccona o observa por um momento antes de entrar na sala. Seu cabelo castanho está dividido de um jeito careta, mas ele se senta com uma postura relaxada. Ou ao menos é o que ele quer que eu pense.

Enfio as mãos nos bolsos.

– Você tem permissão de me fazer perguntas sem a presença de um adulto?

Ele apoia um tornozelo sobre o joelho.

– Alguém está a caminho?

Balanço a cabeça em resposta.

– Meu pai só chega da sua viagem de trabalho amanhã à noite.

– Você pode ir embora quando quiser. Não estamos retendo você aqui. Só precisamos da sua ajuda. – Ele dá ênfase na última palavra como se fosse isso que estou fazendo aqui. Não sou idiota, mas espero que ele não saiba disso.

– O que você quer que eu diga?

– Você foi embora da arena antes que pudéssemos perguntar o que fez naquela noite. Há um motivo para ter ido embora?

– Eu fico de babá quando meu pai está viajando a trabalho. Não queria deixar Cherie acordada até tarde da noite.

Ele inclina a cabeça para o lado.

– Só isso?

Eu o encaro sem piscar.

– É.

– Seu pai está viajando justo no fim de semana da Assembleia dos Povos, hein? Que pena.

– Pois é.

– Por quê? Ele não prefere estar aqui para presenciar a maior celebração do seu povo?

Minhas mãos começam a suar.

– Você já teve que trabalhar no Natal? Ou no aniversário dos seus filhos? – Ele não responde. – Ele precisa do dinheiro, independentemente das datas.

– Então, para onde você foi depois das fotos naquele dia?

– Andei com Brody e Loren até o acampamento para prender os cavalos. Cherie não queria perder a dança entre povos.

– É mesmo, Cherie?

Meu corpo fica tenso.

– Você não vai falar com ela. Só comigo.

Cherie assente mesmo assim, sua boca cheia de comida.

– Parece que houve um certo momento em que você se separou de Brody e Loren. Você teve alguns minutos a sós. – Seu tom mudou.

– Não estava sozinho. Estava com Cherie.

– Você a levou até os banheiros químicos, certo? – Concordo com a cabeça, mas ele continua a falar. – A sua irmã precisa de alguma ajuda dentro da cabine ou você a deixou sozinha?

Mordo a língua conforme seu tom fica cada vez mais sério. Parece que qualquer resposta que eu dê vai me causar problemas.

Cherie se mete na conversa.

– Eu vou sozinha!

Ele assente e o canto da sua boca se ergue.

– Então isso dá, o quê? Alguns minutos sozinho.

A frustração se espalha pelo meu corpo, me deixando inquieto.

– Foi só um minuto e eu estava bem na porta. Não iria deixar minha irmã sozinha. Eu sei o tipo de gente que anda por aqui.

– Do que você está falando exatamente? Conhece alguém em específico que faria mal a ela?

– Não. – Sinto ele me encurralando, tentando causar uma reação.

– Pode descrever o seu relacionamento com Samantha?

Enfio as unhas nas palmas.

– Inexistente.

– Tenho minhas dúvidas. Conseguimos um histórico de mensagens entre vocês dois no celular de Samantha. Parece que ela mandou muitas mensagens para você, sem resposta. Ela lhe deu motivo para ignorá-la tão teimosamente?

Me forço a engolir saliva.

– Ela te irritou?

– Acho que já acabamos por hoje. Não vi para onde a Samantha foi. Não tenho nenhuma informação para você. – Me levanto, em parte esperando que ele me force a ficar.

Ele não se mexe, apenas pergunta:

– Posso ver suas mãos?

Aperto os punhos com força nos bolsos.

– Por quê? – Vou em direção à porta. Ele continua imóvel. Tiro uma mão do bolso para puxar a porta e desapareço pelo outro lado com Cherie no meu encalço antes que ele possa dizer mais alguma coisa.

Levo minha irmã pelo corredor, desesperado para sair deste lugar. Não sei se ajudei ou piorei a nossa situação. Sei que ele ainda não vai me deixar em paz. Isso me faz querer vomitar. Empurro a porta da frente com força e dou de cara com o ar quente do verão.

Me meti em uma situação que só vai piorar tudo. Sei disso. Os erros que cometi achando que ia ajudar. A corda bamba sobre a qual me equilibro está balançando com o vento. A mão de Cherie parece um peso morto na minha. A casa vazia que nos espera me chama como a luz atraindo uma mariposa. Tenho responsabilidades que não queria ter, um pai que odeio, uma irmã que merece coisa melhor.

Eu amo Cherie mais do que tudo, mas às vezes ter que cuidar dela é como tentar subir uma montanha de gelo. Eu tento avançar, caminhando até ficar sem fôlego, até minhas pernas doerem. E, quando olho ao redor, vejo que estou no mesmo lugar. Congelado.

Ela é a coisa mais importante da minha vida. Mas também é uma âncora. Às vezes isso é bom. Necessário. Outras vezes, me afoga.

Ligo o carro e olho para ela na cadeira de criança no banco traseiro. Eu não ia para a festa do Brody hoje à noite, mas, se não tiver uma noite sequer de liberdade, é capaz de essa pressão no meu peito me matar.

Ou pior: destruir esse frágil castelo de cartas que construí para nós.

Capítulo 15

Loren Arnoux

Domingo, 14 de julho, 17h15

A tinta branca do corrimão de madeira está lascada. Suas pontas pinicam minha mão quando seguro firme a madeira. Se não fosse pelos cachorros latindo, eu conseguiria ouvir a grama alta dançando contra o trailer largo ao subirmos os degraus da porta da Sam. Terra seca mancha as solas das botas de criança jogadas pela varanda.

Com todos os cachorros latindo e anunciando nossa chegada, vovó nem precisa bater à porta. Queria que eles calassem a boca para eu conseguir pensar por um segundo. Estou suando só por estar aqui. Não sei como vou encarar os pais dela sabendo que poderia ter impedido tudo isso. Eu sou puro arrependimento.

A mãe da Sam aparece com um pote de comida de cachorro.

– Calem a boca! – grita ela, jogando a ração na grama. Os cachorros correm na direção da comida. – Podem entrar.

– Oi, Cubbie – cumprimenta minha avó com a voz triste.

A mãe da Sam joga o pote dentro de um balde e segura a porta para nós. Quase sorrio com o gesto familiar. Sam fazia a mesma coisa para calar a boca dos cachorros quando eu vinha visitar.

Mas ela não está aqui.

E sinto a sua ausência na casa, como se fosse uma entidade. Ela está entre cada um de nós, sussurrando sobre tudo que perdemos. Senta-se nos ombros caídos do pai. Bagunça o cabelo normalmente penteado da mãe.

Seu pai nos cumprimenta com a cabeça, parado atrás do sofá quadriculado, seus dedos se afundando no tecido gasto. Consigo ver Sam sentada ali, se aninhando entre as almofadas, o notebook usado fazendo barulho contra suas pernas. Quase consigo ouvi-la digitando rápido enquanto conversa com caras ou assiste a um vídeo engraçado.

Desvio o olhar do seu antigo lugar para a mesa ao lado do sofá. Embaixo de papéis e envelopes espalhados vejo uma ponta do notebook velho. Meus dedos tremem quando sinto o impulso de pegá-lo. Talvez haja alguma coisa ali que nos ajude a entender o que aconteceu.

– Ela estava preocupada com você, sabia? – Me assusto ao ouvir as palavras baixinhas do pai da Sam. Minha avó e a mãe dela estão murmurando na cozinha enquanto organizam toda a comida que trouxemos.

O rosto dele está manchado por lágrimas. Ele passa a mão no rosto; suas unhas estão completamente roídas. Ele sempre me passou uma sensação de estabilidade, mas agora seus olhos são incertos. Como se estivesse errado sobre tudo e todos.

Não parecia que a Sam estava preocupada comigo, mas eu deveria ter me preocupado com ela. Estava tão concentrada nos meus próprios problemas que não vi os dela bem ali. Meu sangue borbulha de arrependimento. Eu poderia ter impedido isso. Tudo isso.

O rosto do pai dela se contorce em uma expressão trêmula que destrói o pouco de compostura com que vim até aqui. Não consigo assistir a isso. Eu deveria ter estado lá para ela.

As palavras dançam na minha mente, como um anzol atraindo um peixe. Sam queria falar comigo depois das fotos. Eu disse não. Disse para ela esperar. É minha culpa que ela estava sozinha.

Não consigo pensar. Não consigo respirar.

Eu deveria ter estado lá.

Não aguento mais e saio correndo pela porta até entrar no carro, segurando a respiração durante todo o trajeto. Quando me tranco ali, começo a gritar. A chorar. Minhas mangas ficam encharcadas de lágrimas. Machuco as mãos batendo no painel.

Quando minha avó aparece no banco do motorista, vinte minutos depois, estou vazia. E, pela primeira vez, ela está com mais raiva do que eu.

Ela aperta o volante com força, seus músculos se tensionando.

– Eu me preocupo com eles. O pai dela está sofrendo muito, como se fosse culpa dele. Não consegue trabalhar direito. E mal estavam conseguindo pagar as contas mesmo antes de tudo isso acontecer. – Parece que ela vai arrancar o volante.

Sam ficou preocupada com dinheiro quando o pai dela usou tudo o que tinham para montar uma pequena loja de material de construção. Ela trabalhava no caixa para ajudar quando ele não tinha dinheiro para contratar alguém. Quem vai fazer isso agora?

Olho pela janela e encaro uma árvore solitária no quintal. Um triciclo infantil está pendurado por duas cordas no galho mais grosso. É um típico balanço de reserva. Será que os irmãos mais novos de Sam entendem o que está acontecendo?

– O Projeto Two Feather já entrou em contato com eles?

– Sim. Charmaine conseguiu uma doação para ajudar por enquanto. E ela vai os colocar em contato com uma psicóloga.

– Que bom.

Vovó liga o carro.

– Ela pode arranjar uma pra você também.

Falar sobre como me sinto não vai mudar o que aconteceu. Não vai mudar o destino de Ray. Ou de Sam.

Não vai me dar respostas.

É apenas isso que quero: respostas.

– Não precisa. – É mais fácil para nós duas se eu mentir. – Eu vou ficar bem.

Me sento na beirada do sofá, girando o chaveiro no dedo. A pele de búfalo no alto da parede parece uma sombra. O rifle antigo na prateleira brilha com a luz do iminente pôr do sol que entra pela janela, como se a própria sombra imponente o agarrasse. Caçasse algo. Sinto um calafrio e enfio as mãos no moletom de Ray que estou vestindo, apertando as chaves que parecem cacos de vidro perfurando minha mão.

Meu rosto ainda está quente e inchado de tanto chorar na frente da casa dos White Tail. Não quero ir para a festa, não sem Ray nem Sam.

Não depois de tudo o que aconteceu.

Elas deviam estar entrando no carro comigo. Sam já um pouco bêbada e cantando errado alto demais. Ray, meu Raio de Sol, estaria vestindo esse moletom, revirando os olhos para Sam ao mesmo tempo que estaria sorrindo. Na festa, Sam teria ido atrás dos caras do basquete, os que acham que são alguém na vida. Eu andaria com o Brody para ficar rindo de quem estava agindo como idiota e tentando adivinhar quem ia começar uma briga. Ray estaria de olho em tudo. A gente não andaria juntas na festa, mas com certeza iríamos embora juntas. Em segurança.

Era o que acreditávamos, pelo menos.

Acho que nunca mais vou me sentir segura de novo. Não com o assassino de Sam e Ray à solta por aí.

Preciso de respostas. Nunca vou me sentir melhor se não as conseguir.

É óbvio que Youngbull não encontrou nada. Provavelmente aquele agente do FBI também não vai encontrar, por mais que finja o contrário. Sinto meu estômago se apertar e se revirar.

Alguém precisa resolver isso.

Lembro-me da voz de Kurt Staccona. *Alguma chance de ela ter se envolvido com drogas?*

Encaro a pele de búfalo na parede e balanço a cabeça. Ray não faria isso. Não depois que essa coisa tirou nossa mãe de nós. Éramos apenas crianças quando ela sumiu pela primeira vez. Eu peguei um antigo álbum de fotos e comecei a rabiscar o rosto dela. Ray arrancou o álbum das minhas mãos e gritou comigo. Ela disse que não era culpa da nossa mãe. Eram as drogas. As *drogas* roubaram nossa mãe. Destruíram a nossa família.

Ray não cometeria o mesmo erro.

Staccona *precisa* perguntar esse tipo de coisa.

Jogo minha chave no chão e vou direto para o quarto dela. Alguns policiais locais já o vasculharam quando ela desapareceu, mas eu não.

Paro em frente à porta, me preparo e viro a maçaneta. A porta abre com um rangido longo. Continua o mesmo de sempre. Cama feita, livros didáticos organizados na prateleira pequena, sapatos e tênis de corrida no chão do armário aberto. Seus números de peito das corridas estão presos na parede, alinhados. Há traços de baunilha no ar.

Me jogo na cadeira dela antes que consiga me convencer a desistir e começo a mexer nos seus cadernos e livros. Vasculho sua gaveta da bagunça. Procuro nos bolsos das suas roupas, encontrando fiapos e pedaços de tecido. Esvazio sua caixa de joias. Levanto seu colchão.

Vasculho o quarto inteiro até sentir as lágrimas se formarem. Não há nada aqui. Apenas pedaços da irmã que eu *conhecia* – pedaços que também não sabiam que isso ia acontecer.

Agora o quarto está uma bagunça. Seus pertences estão espalhados no chão como um animal atropelado, assim como nossas vidas após o seu desaparecimento. Saio cambaleando pela porta e a bato com força ao passar. Apoio a testa suada contra a parede e bato com os punhos fechados, fazendo as dobradiças tremerem. Eu conhecia Ray. De verdade. Por que as perguntas do Staccona estão me fazendo questionar isso?

Meu celular vibra alto contra a bancada da cozinha. O barulho me assusta e me afasta dali.

Balanço os braços e volto para a luz dourada que inunda a frente da casa. O celular ainda está tremendo contra o material laminado. Quando o pego e o viro, o nome da minha irmã aparece na tela.

Rayanne Arnoux está me ligando.

Capítulo 16

Eli First Kill

Domingo, 14 de julho, 20h

Depois de dar o meu melhor para fazer espaguete, que Cherie acaba afirmando não chegar nem aos pés de macarrão enlatado gelado, eu a ajudo a se limpar e a coloco na cama. Seus pijamas estão pequenos desde o ano passado. A camisa termina na metade da sua barriga, mas pelo menos vai mantê-la fresca enquanto a casa está abafada pelo ar quente do verão.

Ela parece tão cansada quanto eu. Sinto uma dor no joelho por causa daquela transição na corrida e uma exaustão por todo o resto. É um cansaço que vai além do físico. Me sentiria melhor a respeito de ganhar o prêmio do campeonato se não sentisse como se Staccona estivesse baforando no meu pescoço.

Isso quase me faz desistir de ir, mas preciso de um descanso.

A lanterna enche o quarto de Cherie com uma luz amarelada que vibra de leve. Há livros e brinquedos largados na estante que o vovô construiu para ela.

Minha irmã pega o alce de pelúcia, o segura embaixo do queixo e me observa arrumar sua colcha rosa.

– Por que a gente tem que comer espaguete falso agora?

Eu rio e fico de joelhos ao lado da sua cama, meus cotovelos se afundando no colchão.

– Macarrão de lata que é falso, Cherie. Faz mal.

– Eu não gosto de macarrão de verdade, mesmo se for bom pra mim.

– Você vai se acostumar. – Com sorte, a energia será ligada de novo. Eu arrumo seu cabelo até ela afastar minha mão.

– Talvez você cozinhe mal.

– Ei, não insulte os mais velhos, ou você vai ficar responsável pela faxina da próxima vez. – Eu a encaro, brincando, e tiro o celular do bolso. Está com meia carga por ter ficado carregando no carro enquanto rodávamos. Eu o balanço na frente de Cherie. – Lembra como usar isso?

Seus olhos brilham.

– Ligar para a emergência se alguma coisa acontecer com você. E joguinho quando eu ficar entediada. – Ela estica a mão para pegá-lo.

Afasto o aparelho para perto do meu peito.

– Isso mesmo. Você se lembra de como encontrar o número do Brody? Como se soletra o nome dele?

Cherie revira os olhos como se fosse inteligente demais para essa brincadeira.

– B-R-O-D-Y. Ou I-R-M-A...

– É só Brody. Escuta... – Fico virando o celular na mão. Isso pode ser um grande erro. Mas Cherie está segura aqui. Muito mais segura do que se ficasse dormindo em uma caminhonete estacionada, perto de um monte de gente bêbada ou chapada. Eu vou trancar a porta ao sair. – Eu vou lá no Brody por um tempinho enquanto você dorme.

– Você vai sair?

– Isso. Mas você fica com o celular, não pra jogar. Para ligar pro Brody se acontecer alguma coisa e você precisar de mim. Eu vou ficar perto dele, então, se precisar de mim, usa o meu celular para ligar pra ele. Entendeu?

– Então eu vou cuidar de mim mesma?

– Isso mesmo. Você já é grande o suficiente pra isso. Mas precisa me prometer que só vai usar o celular se precisar de mim. Não gaste a bateria à toa. Deixa na sua cômoda. OK?

Ela assente e seu sorriso forma covinhas.

– Pode deixar.

Pego a lanterna e saio do quarto.

– Boa noite, irmãzinha.

Quando termino de checar a tranca de todas as janelas, Cherie já está roncando baixinho em seu quarto. Visto um moletom preto e calça jeans, e saio pela porta da frente, virando a maçaneta duas vezes para me certificar de que está mesmo trancada. Ela vai ficar bem.

Entro no meu carro e, apesar do nó no estômago por deixar Cherie sozinha, já me sinto mais relaxado.

Nos últimos meses eu fiquei completamente sozinho apenas... Nem sei quantas vezes. Ligo o rádio, abro as janelas e atravesso a cidade até o rancho de Brody, que é longe da estrada e espaçoso. Todo mundo gosta tanto dos 49, dessas festas pós-pow wow, tanto quanto das festas na beira do rio Cut Bank Creek. E as vacas deles ficam afastadas o bastante para não nos incomodar com o fedor. Não muito, pelo menos.

Cerca de uma dúzia de carros já estão estacionados no gramado ao lado da entrada de carros. Reconheço a maioria deles. Alguns devem ser de turistas que vieram para a Assembleia dos Povos. Visto meu capuz, me protegendo do ar gelado da noite, e vou em direção ao brilho laranja atrás da casa de Brody. O cheiro me faz lembrar de acampamentos de verão, como se o vovô estivesse sentado ao meu lado com um graveto em mãos para cozinhar uma salsicha de cachorro-quente.

Há duas fogueiras acesas com várias toras e tocos de madeira ao redor. O lugar está cheio de adolescentes e pessoas por volta dos vinte anos, divididos em grupos, mas não estão segurando gravetos e sim latas de cerveja. Alguns casais estão se beijando apoiados na cerca de metal ao redor do pasto dos cavalos. Há mais pessoas aqui do que Brody esperava.

Ele me vê e enfia uma mão em um dos *coolers* abertos na varanda.

– First Kill! Você veio! – Ele ergue as mãos no ar, uma segurando uma lata de cerveja, e vem na minha direção. Está na cara que já bebeu algumas. O anúncio da minha chegada faz umas pessoas se virarem para mim.

Brody enfia a lata na minha mão.

– Quer dizer que o seu velho voltou pra casa?

Olho ao redor enquanto ele me guia para a fogueira mais próxima.

– O quê?

– A sua sombra não está com você. Ela ficou com o pai?

– Ah. Sim. Foi de última hora. – Não preciso que ninguém saiba que uma menina de sete anos está sozinha em casa. – Ei, que horas são? Esqueci meu celular.

Ele pega o celular para checar. Consigo ver que não há nenhuma chamada perdida. Ufa. Nos sentamos em uma das toras e Brody toma um grande gole de cerveja.

– Duas garotas de Great Falls estão aqui. Elas assistiram à corrida. – Brody aponta com o polegar para a outra fogueira. – Eu disse que elas podiam te conhecer. – Ele ergue as sobrancelhas.

Talvez seja exatamente disso que eu preciso, mas, ao ver Brody as encarando e bebendo o veneno naquela lata, não tenho certeza. Ele olha para mim por um segundo e então abro a lata. Enquanto ele termina a sua bebida, não percebe que nem comecei a minha.

Capítulo 17

Loren Arnoux

Domingo, 14 de julho, 20h40

Meus dedos se movem em câmera lenta quando forço meu polegar a deslizar para o lado e atender a ligação.

Aperto o celular contra a orelha, mas estou em pânico, não consigo falar. Me aproximo do telefone fixo na parede da cozinha, pronta para ligar para a polícia, se necessário.

As palavras finalmente saem da minha boca.

– Quem é?

A voz do outro lado da linha é grossa e nervosa.

– Ei, desculpa. Eu achei esse celular, e esse número estava listado como contato de emergência.

Pego o telefone na parede com a outra mão.

– Você o encontrou?

– Eu e uns amigos estávamos a caminho de um hotel em Saint Mary. Tivemos um problema com um refrigerante que estourou e paramos para nos limpar. – Ele ri, nervoso. – Vimos o celular jogado na beira da estrada, perto de uma pedra grande, e pegamos.

– Que estrada?

– Hum. Duck Road? Algo assim.

Olho pela janela da cozinha – aquela mesma estrada.

– Você ainda está na estrada?

– Não. O celular estava descarregado. A gente continuou dirigindo, mas conseguimos carregar e ligar. Não achávamos que ia funcionar. Como deu certo, achamos que seria bom procurar o dono.

Eu tiro o telefone do gancho e o barulho do pulso preenche a sala.

– Você conhece o dono, né?

Ele pode estar falando a verdade. A empolgação na sua voz e o jeito como ele pausa, como se estivesse esperando um sinal de gratidão, parece sincero. Ou pode ser a pessoa que pegou a Ray. Eu deveria contar para a polícia da reserva agora e deixá-los ir buscar o celular. Interrogar o cara.

Mas sinto um impulso de ver o celular dela com os meus próprios olhos, segurar algo que era parte dela...

Descobrir por conta própria se ela estava escondendo alguma coisa de mim antes de a polícia me contar.

– Sim. – Devolvo o telefone fixo para o seu lugar. – Precisa ser agora. Pode me encontrar no IHS... O Hospital Comunitário Blackfeet?

Estou batucando no volante, olhando para a porta da frente de Mara, e minha cabeça está a mil.

Mara abre a porta do passageiro e senta ao meu lado.

– Obrigada pela carona. – Ela coloca o cinto de segurança e então olha para mim. – Já se arrependeu?

Solto uma risada.

– Que nada. – Tento manter um sorriso, mas ele vira uma careta.

– Você tá bem? Não precisamos ir à festa. Juro que não vou ficar chateada.

Claro que não quero ir à festa. Mas não consigo parar de pensar naquela ligação... Brinco com a bainha do moletom de Ray e solto um longo suspiro. Não sei qual é a melhor alternativa.

– Falei sério naquela mensagem. – Ela desvia o olhar da grama comprida e morta dançando com o vento e me encara. – Podemos conversar sobre qualquer coisa que você quiser. Me sinto muito mal pela Samantha, e eu nem gostava dela. Imagino como você deve estar se sentindo...

Nenhum dos meus amigos perguntou se eu queria conversar sobre o desaparecimento da minha irmã. Eles agiram como se não quisessem me incomodar. Sam parecia ter tanto medo de me incomodar que até procurava me evitar. Agora, essa garota, com quem sempre fui bem indiferente, está se oferecendo pare me ouvir. Talvez eu não teria me afastado tanto se meus próprios amigos tivessem feito isso.

– Estou aqui pro que você precisar. É isso.

Assinto ao ouvir a sinceridade na voz dela. Talvez ela se arrependa da liberdade que não sabe que está me dando.

De repente, me sinto determinada. É algo irresponsável. E eu não deveria envolvê-la. Mas a dúvida de que talvez eu não conhecesse a minha irmã me consome. E o medo de que esse tal de Staccona crie uma história inteira com o que encontrar no celular dela, sem nos dar a chance de ver primeiro, faz eu me sentir ainda pior.

Engato a marcha do carro.

– OK. Você vai se arrepender de ter oferecido.

Ela semicerra os olhos e me encara à medida que faço a curva em direção ao hospital, mas é tarde demais para desistir. Eu conto sobre a ligação no caminho.

O crepúsculo faz a planície atrás do hospital parecer um deserto gelado. As montanhas no horizonte estão em um tom azul tão escuro quanto bagas-de-saskatoon bem maduras, com seu suco rosa-arroxeado se espalhando pelo céu escuro. A vovó não ia gostar disso.

Uma SUV preta estaciona na vaga da esquina no estacionamento e um rapaz loiro e baixinho, que parece amar o próprio reflexo, sai e começa a batucar na porta, impaciente.

Mara se afunda no assento, quase sumindo atrás do painel do carro.

– Isso não é uma boa ideia.

Não é mesmo. Mas não tenho tempo pra refletir agora.

– Ele poderia não aparecer se eu contasse a história toda. Não queria assustar o cara.

– Ou... – Ela gesticula para o carro preto. – Pode ser *ele* quem atacou a sua irmã – diz ela em uma mistura de sussurro e grito, apesar das janelas fechadas. – Só liga pra polícia. Não fale com ele. Espera até o Youngbull chegar.

Me mexo, inquieta, e a encaro.

– Você entenderia se tivesse perdido alguém da sua família. Iria querer ir atrás de respostas por conta própria.

Ela evita o meu olhar e, em vez disso, encara o carro.

– Eles não estão resolvendo nada. Mas se eu tiver a chance de ver se ela estava escondendo algo de mim... talvez *eu* consiga. *Eu* a conhecia melhor do que ninguém. – Tento controlar as faíscas de raiva crescendo no meu peito antes que peguem fogo.

– Mas e se for ele? Ele pode jogar você no carro e... – Ela não termina a frase. – O que *acontece depois*?

Abro e fecho a boca. Não sei o que acontece depois. Só sei que nunca vou parar de me perguntar se não vir com meus próprios olhos.

– Eu vou fazer isso, com ou sem você.

Não digo a Mara que estou com medo. Não digo a ela que a busquei primeiro, apenas para o caso de algo acontecer comigo. De qualquer forma, não importa, porque minha raiva é muito maior do que meu medo.

Ela grunhe e solta um suspiro.

– Tá bom. Mas liga pra polícia primeiro para sabermos que eles estão vindo. E assim você não parece suspeita.

Ela tem razão. Ligo para a polícia da reserva para falar o que aconteceu e então ajo rápido. Ao engatar a marcha e acelerar, sinto como se grãos de areia estivessem escapando pelos meus dedos. Paro o carro na vaga ao lado.

Mara resmunga.

– Tem, tipo, três caras no carro. Loren...

O tempo está passando.

– Tarde demais. – Saio do carro.

– Loren?

Eu assinto.

Reparo no brilho fraco nos olhos atrás das janelas filmadas do carro enquanto o rapaz estica a mão para pegar algo no porta-copos, então dá a volta no carro até mim, devagar demais. Ele tem em mãos um iPhone gasto com uma capa rosa-clara.

Perco o fôlego. Quantas vezes vi aquela capa enquanto Ray tirava fotos minhas, fazendo caretas para eu sorrir de verdade? Enquanto a via sorrir discretamente e rolar pelo *feed*. Enquanto usava sua calculadora, debruçada sobre o dever de casa como uma bela nerd. Enquanto me mandava mensagem do outro lado da sala quando a vovó estava chateada com a gente.

Ele coloca o celular na minha mão. É um peso frio. Uma parte dela que havia sumido. Digito a data de aniversário de Ray, que ela usava como senha, e nossos rostos tomam conta da tela. Prendo o ar para controlar o nó que se forma na minha garganta.

O cara está perto o suficiente para ver o papel de parede.

– Vocês são irmãs? – O reflexo dele está no canto da tela, curioso. Perto demais. Olho para Mara, que está segurando a maçaneta dentro do carro.

De canto de olho, vejo o braço dele se mover e isso desencadeia um pânico pelo meu corpo.

Me lanço em direção ao carro, sentindo a adrenalina pulsando pelos membros. Mil cenários passam pela minha mente, e todos acabam com a minha cabeça no asfalto e os dedos apertando minha garganta... E então o vejo passar a mão pelo cabelo, congelado e de olhos arregalados.

– Desculpa... – Ele olha para as outras pessoas no carro e ergue as mãos no ar, tenso. – Eu vou indo.

– Não. – Me afasto do carro e retomo a compostura. Apesar de a adrenalina ainda tomar conta de mim, controlo o pânico na voz. – Você não pode ir ainda.

Sua boca está entreaberta, como se à espera de uma pegadinha.

Gesticulo para o volume do celular no seu bolso.

– Pesquisa no Google: Rayanne desaparecida em Browning.

Seu rosto fica pálido e ele pega o celular, nervoso.

– Do que você tá falando?

Abraço o celular contra o peito e lágrimas quentes começam a cair pelo meu rosto.

Um cara abre a porta traseira do carro e coloca a cabeça para fora.

– Tudo bem aí?

Mara finalmente aparece, e seu olhar viaja entre nós.

– Esse é o celular *da Rayanne*? – pergunta o primeiro cara ao levantar os olhos do primeiro artigo sobre o desaparecimento dela.

O segundo cara se aproxima e lê por cima do ombro do amigo.

– É sério? Não devíamos dar isso pra polícia?

Mara assume o controle da situação e explica que eles estão a caminho. Conta o que aconteceu nos últimos três meses. Me dando tempo.

Engulo a confusão de sentimentos e olho para a estrada para conferir se alguma viatura se aproxima. Finjo que estou olhando para a nossa foto e me jogo de cabeça, me forçando a ver o máximo de coisas que consigo enquanto Mara os distrai. Procurando alguma pista do que aconteceu. Para ver se há alguma chance de a Ray ter *mesmo* escondido algo de mim.

Youngbull já analisou o histórico de ligações com a operadora e disse que não havia nada suspeito, então não perco meu tempo com isso. Vejo suas mensagens e o e-mail. Vejo suas fotos mais recentes. Procuro por nomes desconhecidos na sua lista de contatos.

O cara loiro anda de um lado para o outro enquanto fala com Mara.

Nada parece fora do normal.

Agarro o celular com as mãos trêmulas, discretamente abrindo as mensagens do SnapShare, enquanto a voz de Staccona na minha cabeça pergunta se ela tinha algum namorado. Ela não tinha mandado mensagem para nenhum cara.

A não ser Eli First Kill.

Rolo pelas mensagens. Há algumas da época da temporada de *cross-country* sobre treinos e reuniões, em meio a alguns links de memes e vídeos engraçados. Mas as mensagens pararam há alguns meses. Então, do nada, Ray mandou: **Sinto sua falta. Por favor, pare de me ignorar**. No dia 8 de abril: um dia antes de ela desaparecer.

Mas Eli nunca respondeu, o que faz sentido.

Isso não quer dizer nada por si só. Eu já sabia que eles tinham se aproximado durante a temporada de corrida, e sabia que não tinha sido nada além disso. É exatamente isso o que essas mensagens mostram.

Não é?

Pressiono o celular contra o peito. Talvez não haja nada aqui que explique o motivo de ela ter desaparecido.

– Sinto muito – diz o rapaz. Ele olha por cima do ombro de Mara. – Eu juro, a gente só achou. – Ele encara o celular nas minhas mãos. – Caramba.

A gente não fez nada. Você não... Eu não... Eu não quero confusão. – Ele se estica para pegar o celular, mas para quando vê as lágrimas no meu rosto.

– Ela só quer se sentir mais próxima da irmã enquanto esperamos – diz Mara, se colocando entre nós. – Porque você deve saber o que isso significa... – Ela diz isso para distraí-los, mas sinto uma pontada no coração. Porque nós duas sabemos que o corpo dela já foi encontrado. Que esse não é mais um caso de desaparecimento.

A maioria das pessoas ainda não sabe disso.

Mara está sussurrando para eles agora, fazendo com que se aproximem. Ouço o nome de Sam.

Encaro a tela mais uma vez, pronta para entregá-lo, mas minha última tentativa é abrir o Safari. Há apenas uma aba aberta em um site de busca. Toco na barra e uma lista se abre.

Seu histórico de pesquisa me tira o fôlego.

Preço do grama cristal.

Fentanil.

Quanto custa um comprimido de fentanil?

O rapaz passa a mão pelo cabelo e olha sobre o ombro. Encaro a lista. Não significa nada. Eu e vovó teríamos percebido.

Tenho certeza.

Eu conhecia a minha irmã.

Olho para os dois e clico freneticamente no X ao lado de cada pesquisa para apagá-las. Eu a conhecia.

Fecho todos os aplicativos que abri e pressiono o celular contra a testa antes que os nervos do rapaz o façam vir até mim. Coloco o celular de novo na sua mão.

Ele fecha os dedos em volta do aparelho.

– Você mexeu em alguma coisa?

Pestanejo antes de responder:

– Não. Eu só queria segurar um pouco antes que o levem embora.

– OK. – Ele olha para a estrada e se remexe, desconfortável. – Espero que isso ajude a polícia a encontrar sua irmã.

Aperto a mandíbula e engulo a verdade. Não sei se outras pessoas já podem saber. Me apoio contra o carro e sinto meu corpo entorpecer. Não perco tempo me perguntando se estraguei tudo. Uma viatura da polícia enfim aparece na rua e entra no estacionamento. Eu conhecia essas duas garotas tão bem quanto a mim mesma. Elas não estavam envolvidas com drogas. Estou desesperada para descobrir o motivo de suas mortes, mas não pode ser isso.

Capítulo 18

Mara Racette

Domingo, 14 de julho, 21h45

Loren desliga o motor em frente à casa de Brody. Os faróis brilham sobre uma fileira de carros estacionados, pneus afundados na grama seca e na lama. Silhuetas se movem dentro de um dos carros, e ela imediatamente desliga os faróis, deixando-as de novo na escuridão. O terreno atrás da casa está iluminado pelo brilho da lua, e mesmo no escuro vejo que ele se estende por vários quilômetros entre as árvores.

Ela está em silêncio desde quando saímos do estacionamento do hospital, deixando a polícia da reserva seguir todos os protocolos com o celular e os caras que o encontraram. Não tinha certeza se Loren estava raciocinando bem essa noite, mas quando sua avó saiu do prédio, no meio do seu turno, para saber o que estava acontecendo, os policiais não a deixaram ver o celular, como Loren imaginara. E nossa, como isso a irritou.

Eles não deram a mínima. Jogaram o aparelho em um saco plástico e pronto.

Apesar de Loren ter me tirado do sério... ela tinha razão. Mas será que valeu a pena?

Ela enfia as mãos embaixo das coxas, encarando a trança de erva ancestral no painel do seu carro.

– Então, você achou algo... relevante?

Ela abre e fecha a boca logo em seguida.

– Não foi estranho o Eli First Kill ter saído da maloca durante o interrogatório?

Me apoio no painel do carro.

– Você acha que ele sabe de alguma coisa?

– Vou descobrir.

– Hoje?

Ela dá de ombros.

– Já estou aqui.

– Quer dizer, parecia que ele estava escondendo algo. Mas eu dei uma carona pra ele no dia seguinte, e ele foi rudemente enfático sobre como eu não deveria dar caronas para ninguém. Por segurança.

– Esse é um bom jeito de descrevê-lo. Rudemente enfático. – Ela abre o espelho do para-sol e limpa o delineado borrado. – É a cara dele ser um cavalheiro de um jeito rude para você não ter certeza se foi algo legal ou não.

– Vocês são próximos?

– Mais ou menos. Éramos quando crianças. Mas faz alguns anos que ele mudou. Ficou mais arrogante e isolado. Às vezes ainda vejo quem ele era, outras me pergunto se ele se importa com alguma coisa.

Eu o imagino segurando Cherie contra seu peito depois do pow wow.

– Com a irmã, ao menos.

Ela fecha o espelho.

– Espero que sim.

– Por que você acha que ele mudou?

– O pai dele voltou a usar metanfetamina. – Ela tira a chave da ignição e a aperta na mão. – Mas não sei por que as coisas mudaram entre a gente dessa vez. Ele sabia que eu e a Ray já tínhamos passado por isso. Sabe que não precisa fingir com a gente.

Acho que isso explica por que Loren e Rayanne foram criadas pelos avós.

– Mas você não respondeu. Viu alguma coisa sobre o Eli no celular da Rayanne?

Ela brinca com as chaves, girando o chaveiro na mão, e se vira para mim de repente.

– Não exatamente. Mas a gente vai arrombar a caminhonete dele e investigar. – Ela sai do carro e eu corro para acompanhá-la.

– O que isso quer dizer? – Por que está falando em *a gente*?

Ela corta caminho entre os carros do estacionamento, mantendo distância do veículo onde o casal está se pegando, até se esconder atrás da caminhonete preta com pneus grandes no final da fileira.

Eu me agacho ao seu lado.

– Você tá brincando, né? – Mas sei que ela não está.

Loren espia por detrás do para-choque. Um bosque de mudas de algodoeiros e um monte de arbustos cobrem a terra à nossa esquerda.

– Já não fomos irresponsáveis o bastante por hoje?

Ela rola os ombros para trás e passa por mais duas fileiras, parando na caminhonete Tacoma velha e cinza do Eli. Acho que essa é a resposta.

Eu a sigo e espio pela janela levemente entreaberta.

– O que você acha que vai encontrar aqui?

– Espero que nada. Me ajuda a subir.

É impossível pará-la. Espanto um mosquito de perto do rosto e então junto as mãos para ajudá-la a subir. Ela sobe nas minhas mãos e enfia o braço pela fresta do vidro da janela, os dedos se contorcendo para alcançar a trava manual.

Ouvimos o clique.

Acho que, tecnicamente, não estamos *arrombando* nada.

Ela pula no banco do motorista, iluminada pela luz amarela do teto.

– Vai rápido. – Não conheço Eli o suficiente para saber o que faria se nos pegasse aqui. Vasculho a fileira de carros enquanto o vento gelado sopra vozes distantes. Sombras se mexem contra a luz laranja da fogueira que brilha perto da última fileira de carros.

Loren mexe nos itens no painel, papéis de chiclete caindo para todo o lado. Um pacote de salgadinhos sabor picante está enfiado no apoio de copo.

Ouço uma porta bater. Me abaixo e parece que fui atingida por uma âncora no estômago.

– Rápido!

Loren xinga baixinho e abre o porta-luvas, os dedos tremendo ao vasculhar os papéis ali dentro.

Quanto mais nervosa ela fica, mais paranoica eu fico de que alguém vai nos pegar no flagra. Ou talvez seja o contrário.

Subo em um dos pneus traseiros para dar uma olhada na caçamba. Nada além de chumaços de grama seca e uma lata de refrigerante amassada. Abro a porta traseira e vejo a cadeirinha rosa da Cherie. Não há nada aqui.

Loren enfia a pilha de papéis de volta no porta-luvas.

– Nada, só o seguro vencido do carro.

– Vamos embora, então.

Ela fecha o porta-luvas com força, me assustando.

Fecho a porta de trás bem devagar e seguro na beirada da porta do motorista, ainda aberta.

– Vamos. – Passos amassam a grama a alguns carros de distância. Talvez menos. – Loren.

Ela se estica sobre o freio de mão e mexe no porta-copos do passageiro.

Pelo vidro de película escura, a silhueta de alguém vestindo um capuz aparece entre os carros, vindo na nossa direção. Ele é alto e anda de um jeito determinado.

Agarro as costas da camisa de Loren, puxando-a para fora com tanta força que ela cambaleia até cair num arbusto próximo.

Fecho a porta e corro para me esconder entre a traseira da caminhonete e outro carro com Loren no meu encalço.

Graças ao brilho fraco das fogueiras nas suas costas e o capuz na cabeça, o rosto do homem está encoberto em sombras. Ele olha devagar para os carros à sua frente.

– Cês tão roubando coisa aí?

Prendo a respiração.

Loren ri, fazendo a pessoa se assustar e virar o rosto na nossa direção. Eu lhe dou uma cotovelada no braço, mas ela não para.

– Não é o Eli – sussurra. Ela reconheceria a voz dele melhor do que eu. – Mas acho que ele está chapado. – Loren se abaixa mais, só com os olhos por cima do carro, e fica estranhamente imóvel.

O cara está tremendo e ansioso, olhando para os carros por baixo do capuz. Não está bem da cabeça, mas não consigo não imaginar aquele rosto encoberto em cima de mim, o ar sumindo da minha garganta estrangulada. Ele enfia um saco plástico com alguma coisa branca no bolso e passa correndo por onde estamos escondidas.

Loren fica em pé e apoia o cotovelo no carro.

Apoio minha testa contra a superfície fria.

– Olha, não é bem *isso* que eu esperava dessa noite. – Meus pais iriam ficar putos da vida se soubessem disso. Já foi bem difícil convencê-los a me deixar sair com a Loren e um "grande grupo", sabendo que há um assassino à solta.

A gente tem se arriscado demais.

Ela arruma a postura.

– E pelo visto, não valeu a pena – acrescento.

– Talvez sim. Encontrei isso no apoio de copo. – Ela abre a mão e mostra uma caixa de fósforos e um amarrador de cabelo. – Esses são os tipos de amarrador de cabelo que eu e a Ray usamos. – Há uma pergunta no seu tom de voz.

– A Cherie também deve usar.

Ela assente, como se fosse a resposta que esperava. Algo brilha no seu olhar e não é a luz de incerteza.

– O que você viu naquele celular?

Ela prende o amarrador ao redor da caixa de fósforos e a gira na mão.

– Talvez Eli e Ray tenham tido alguma coisa ano passado, mas não tenho certeza.

– Ela não teria te contado? – Parece ser o tipo de coisa que irmãs contariam uma para a outra.

Loren lambe os dentes.

– Eu achava que sim. Mas, um dia antes de desaparecer, ela mandou uma DM pro Eli dizendo que sentia falta dele e para ele deixar de ignorá-la. Então agora não tenho certeza.

Pode significar alguma coisa. Ou pode não ser nada.

– Mesmo se eles ficaram, é motivo suficiente para suspeitar do Eli? Isso não quer dizer nada.

– Não é como se a gente tivesse muitas pistas. E o culpado não costuma ser sempre o marido ou namorado? – Há uma nota de raiva em sua voz.

Talvez Loren não conheça o Eli tão bem quanto acreditava.

E eu não conheço nenhum deles.

Ela joga os itens para baixo de um carro aleatório.

– Se ele está escondendo alguma coisa, vou descobrir.

—♦—

Brody Clark

Domingo, 14 de julho, 22h

Tiro minha jaqueta e a jogo no vestíbulo antes de voltar para a varanda. O céu azul, quase preto, está limpo. O quintal está cheio de adolescentes. As fogueiras são acolhedoras. Ganhamos a corrida. Já me sinto leve o bastante para esquecer o que estava me preocupando. Os interrogatórios da polícia foram irritantes, mas já era.

Não sei por que fiquei tão nervoso com isso.

Pego outra cerveja e ando pela grama até onde Eli e duas meninas bem gatas estão. Me sento numa tora da madeira e jogo um braço nos ombros de uma delas, Carly. Ou Camry. Ou Carmel. Alguma coisa assim.

– Não vão me dizer que Eli está entediando você contando os mínimos detalhes da corrida de novo – digo, como se não fosse eu quem está contando tudo para qualquer um disposto a ouvir. Ou fingir ouvir.

Eli aperta sua latinha com as duas mãos.

– Nada, cara. Estamos falando sobre como você ficou todo sujo de lama.

– Ah, é? Pelo menos o meu foi só lama. Se vira aí e mostra o que tem na sua cueca.

Callie joga a cabeça para trás e ri na minha orelha. Não sei se é o álcool falando, mas tenho quase certeza que ela está a fim de mim. Eu a puxo para perto e sinto o cheiro da fogueira no seu cabelo.

Podia jurar que íamos sair de perto da fogueira e ir para o meu quarto, mas então vejo Loren e Mara se juntarem ao grupo na nossa frente. O cabelo da Loren está ondulado por causa das tranças que usou o dia inteiro. Seus olhos escuros estão pretos contra a luz oscilante do fogo.

De novo, não sei se é o álcool, mas ela está olhando para mim com tanta raiva que parece estar com ciúmes. E eu gosto disso. Carmen entrelaça os dedos nos meus em seu ombro. Eu aponto para o outro lado da fogueira.

– Caras damas, essa é Loren Arnoux. – Não sei o que Mara Racette está fazendo aqui, mas estou de bom humor o suficiente para a incluir na conversa. – E Mara.

A garota assente com a cabeça.

– Camry. – Então, solta um suspiro. – Ah, Loren. Não te reconheci sem o traje tradicional. Ainda estou torcendo para encontrarem a sua irmã. – Seus olhos passam por todos nós. – E sinto muito pela Samantha. Ela era sua amiga, não era?

Os olhos de Loren se fixam em mim, depois focam em Eli.

– Sim. Ela era, sim.

Camry solta minha mão e se inclina para a frente.

– Eles já sabem quem fez aquilo?

Todos balançamos a cabeça e nos revezamos observando os outros balançarem a cabeça. Como se estivéssemos respondendo à pergunta que não queríamos fazer.

– Eu tentei ajudar a polícia. – A voz de Camry está mais baixa agora, então todos nos aproximamos. – Eu vi a Samantha naquele dia, mais cedo, na fila da barraca de comida. Aquele velho branco e alto estava atrás dela, e eu estava atrás dele.

Eu me remexo no lugar.

– O turista que participou da cerimônia?

Loren se aproxima ainda mais, tão perto que o fogo deve estar fazendo sua pele arder. Eli também. Ambos esperando.

– E? – pergunta Mara.

– Bom, é isso – responde ela. Volta a falar rápido quando todo mundo se afasta de novo. – Mas ele estava todo distraído, sabe. A moça que o acompanhava tentava falar com ele, mas ele só ficava encarando a Samantha. Foi *bizarro*.

Loren inclina a cabeça pro lado, reflexiva.

– Tem certeza que ele não estava encarando o menu? – pergunta Mara.

Um esboço de sorriso aparece no rosto do Eli.

Camry enrijece ao meu lado.

– Foi estranho. É tudo que eu sei.

Mais uma vez, não sei se é o álcool, mas costumo reconhecer uma boa ideia. Algo dentro de mim me diz que essa é uma delas.

– Na verdade parece bem suspeito – digo, atraindo os olhares do grupo. Quanto mais penso nisso, mais faz sentido. – Naquela noite, ele disse para a polícia que nunca tinha visto a Samantha, mas aparentemente estava a encarando mais cedo? – Balanço um dedo no ar. – Não faz sentido.

Loren assente de leve antes de se virar para Eli.

– E o que você acha, Eli First Kill? – Seu olhar está severo. Ou ela está dando em cima dele? Não sei dizer. Agora eu é que estou com ciúmes.

Devagar, Eli coloca sua latinha de cerveja no chão.

– Acho que a gente deve deixar a especulação para os profissionais.

Loren e Mara trocam olhares e sinto que há algo ali que eu não sei.

Não gosto disso.

Loren cruza os braços.

– Por isso que você foi embora naquela noite? Para deixar os profissionais especularem?

Ele encara as duas garotas entre nós.

– Você disse a mesma coisa quando a Ray sumiu. Que a polícia iria encontrá-la. – A bochecha da Loren treme. – E olha só no que deu.

First Kill assente com a cabeça, devagar.

– Não vou falar disso agora.

– Ah, é? Nem nunca, né? – Ela ri de um jeito ríspido. – A Cherie não tá aqui. Qual é a sua desculpa agora?

Ele aperta os dedos até estalar os nós das mãos.

– Minha desculpa é que eu não devo nada a ninguém.

– Nossa. – Loren olha de novo para mim e não parece que por um bom motivo.

Me afasto alguns centímetros de Camry.

– É isso. Eu vou dar essa cartada. Minha irmã se foi e vocês vão falar comigo sobre isso. Agora.

Nem eu nem Eli nos mexemos. Nem as meninas entre nós.

– Levantem!

Seu grito me faz pular e chama a atenção de vários grupos ao redor. Jason está em pé na varanda com uma garrafa na mão, avaliando a cena.

– Voltamos já – digo para as meninas.

Finalmente, Eli se levanta e vai comigo atrás de Loren e Mara pela grama até o caminho de terra atrás do celeiro.

Ela para nos fundos, onde a luz da fogueira não nos alcança, e se apoia contra a parede de braços cruzados. Bufando de raiva. Há uma leve luz amarela acima das nossas cabeças. As sombras caindo em seu rosto deixam sua expressão ainda mais séria e, quando ela veste o capuz do moletom, fica quase impossível decifrar sua expressão. Tudo isso faz meu estômago se revirar.

Eu devia ter ligado para ela depois de termos encontrado a Samantha, mas não consegui. Achei que só iria piorar as coisas. E nunca sei o que dizer.

– E aí? – pergunto, balançando os braços para aliviar a tensão.

Eli faz uma careta.

– Acho que a gente devia parar de dar voltas no assunto e falar de uma vez – diz Loren.

Não quero fazer isso. É mais fácil fingir que está tudo bem.

– Sobre o que, o Eli? Sei que ele engordou um pouco desde a última temporada de corrida, mas acho que merece um pouco de privacidade.

Loren inclina a cabeça para a esquerda e eu sei que está revirando os olhos. É o que ela sempre faz quando faço minhas piadas idiotas.

– Tô falando sério.

Eli enfia as mãos nos bolsos.

– O que você quer que a gente diga? – Eles se encaram por alguns segundos. – Que cada um jure de dedinho que não estrangulou a Samantha?

Loren fica completamente imóvel.

– Por que não?

A bufada de Eli vira uma risada e eu faço o mesmo.

Bato no braço do Eli com o cotovelo.

– Vamos fazer um juramento de escoteiro também?

Ele olha para mim, sério, como se eu tivesse ido longe demais e devesse ter percebido.

– Parem com isso – diz Loren. – Estão mesmo fazendo piada sobre isso sendo que ela nem foi enterrada ainda?

Meu sorriso some.

– É o álcool. – Ela sabe que não é verdade. É apenas eu sendo eu. Ela costumava gostar.

Não mais.

– Queremos saber em quem podemos confiar. – Mara só olha para mim por um segundo e então seu olhar pousa no Eli. Ele não se deixa afetar por isso, mas também não revida o olhar.

– A polícia interrogou vocês hoje, não foi? – pergunta Loren.

Nós dois concordamos com a cabeça.

– Vocês sabem por quê?

Queria estar com outra cerveja na mão. Eli olha para mim. Eu assinto. Ele balança a cabeça.

A voz da Loren fica mais calma.

– Eles encontraram o corpo da Ray.

Imediatamente, Eli dá um passo para trás.

Capítulo 19

Mara Racette

Domingo, 14 de julho, 22h45

O rosto de Eli parece pálido, mesmo no escuro. Não sei se está em choque ou com medo... Talvez um pouco dos dois? Brody claramente já sabia que tinham encontrado Rayanne, então a polícia deve ter lhe contado durante o interrogatório. Isso o torna mais ou menos suspeito?

Não conheço esses caras bem o bastante para tentar decifrar suas reações, mas observo com atenção e tento mesmo assim.

Eli passa uma mão trêmula pelo rosto.

– O que eles sabem até agora?

Loren se apoia contra a madeira do celeiro, com as mãos enfiadas no bolso do moletom.

– Acham que ela e Sam foram mortas pela mesma pessoa. Então os últimos a ver a Sam...

– São suspeitos pela morte de Rayanne também – Eli termina a frase.

– Isso. Então, eu preciso que vocês falem comigo. Quero acreditar que nenhum de vocês machucou a minha irmã, mas precisam provar.

– Bom, sei que você tá duvidando de mim. – Eli entende de cara o que está acontecendo. – Você e o Brody estavam fazendo o projeto. A Mara não estava na mesma aula?

Assinto. Não que eles fossem lembrar se eu estava naquele dia ou não. Tenho certeza que não pensam tanto sobre mim quanto eu penso neles.

Os lábios de Brody se curvam, formando um sorriso desconfortável.

– Ei, a Samantha sempre pegou no pé da novata. Acha que ela foi se vingar?

Ele diz isso como se eu não estivesse bem aqui, nesse círculo de tensão. Seu sorriso some quando Eli e Loren o ignoram. Ele sabe que é uma piada ridícula, e uma teoria mais ridícula ainda, mas pelo menos está meio que admitindo que a Samantha era fria e cruel... Sempre me lembrando de que eu não era daqui. E ele? Brody fazia piada às minhas custas para qualquer um. Se eu fosse atrás de vingança, ele estaria no topo da lista ao lado da Samantha.

– Não sei como posso provar – diz Eli com uma voz frustrada. – Não sou um assassino. É só isso que posso dizer.

Loren se afasta do celeiro e se aproxima de Eli.

– Mas você teve algo com a Ray, não teve? – Ela diz mais como uma acusação do que como uma pergunta.

Eli dá mais um passo para trás, saindo do círculo de luz formado pela lâmpada no alto.

– E daí?

Loren fica imóvel. Ela tinha razão: sua irmã escondeu isso dela. Eli escondeu isso dela.

Brody está tão chocado que fica em silêncio, e até as vozes perto da fogueira se aquietam um pouco.

Loren agarra o moletom de Eli, puxando-o com força para baixo até ficar na sua altura.

– O que você fez com ela?

A expressão de Eli está inesperadamente neutra – eu não conseguiria decifrá-la nem se o conhecesse há anos como os outros. Ele afasta as mãos trêmulas dela.

– Nada. Tanto faz se você não confia em mim. Não me importo. – Ele se vira para ir embora.

– É só isso, então? – grita Loren com uma voz carregada de raiva.

Ele lança a ela mais um olhar antes de desaparecer na esquina do celeiro. Há um toque de pânico em seu olhar. Porque ele não pode *provar* que é inocente ou porque não é... ainda não sabemos.

Loren volta seu olhar para Brody.

– Você sabia sobre Ray e ele? – Um pouco de sua raiva se foi, mas ela ainda solta fogo quando fala.

Brody ergue as mãos no ar.

– Ei, eu sabia que ele era meio a fim dela... mas não que eles estavam se pegando. – Brody dá alguns passos para trás e segue o caminho de terra até virar a esquina atrás de Eli.

Quando Loren e eu voltamos para a fogueira, sua respiração está mais tranquila, Brody está cambaleando para casa com aquela garota, e Eli sumiu de vista. A outra garota está sentada com uns caras perto da cerca, então não desapareceu com Eli.

– Às vezes eu o odeio. – Presumo que Loren esteja falando sobre Eli, até perceber que ela está encarando a porta dos fundos da casa do Brody.

– Você... *gosta* dele?

– Não é isso. Só não acredito que ele pode simplesmente dar as costas e fazer *isso*. – Ela aponta o dedo trêmulo para a porta.

Eu não costumo causar, mas Brody me irrita.

– Então vai falar com ele.

– Eu não.

– Por que não? Obrigue-o a falar com você. Se ele tá mesmo tão bêbado assim, talvez conte tudo que você quiser saber.

Loren tira o capuz, um brilho surgindo em seu olhar determinado.

– É óbvio que ele gosta de você – continuo. – Se fosse lá, ele nem iria se importar.

– Ele gosta de qualquer garota que respira.

Não de mim.

– É diferente com você. Parece que ele realmente se importa contigo.

Ela brinca com o cordão do moletom.

– Você vai ficar bem aqui sozinha?

– Não vai ser a parte mais estressante da noite.

Ela cobre a boca e ri.

– Foi mal.

Eu me aproximo da fogueira para me esquentar.

– Vai logo, antes que fique um clima desconfortável.

– Beleza. OK. – Ela corre pela grama e passa no meio dos adolescentes na varanda. Depois de sumir pela porta, conto até vinte e a garota que estava com o Brody sai pisando forte pela varanda... como previsto.

Me afasto da fogueira e me sento na cerca, longe das outras pessoas. Já basta eu estar aqui. Não preciso jogar conversa fora com gente que não conheço. Sinto um calafrio e me abraço, me protegendo da noite fria. O cheiro da fumaça encobre o cheiro da grama. Não há vento, e quase me esqueço da queimada e de como isso fez com que Rayanne fosse encontrada. Quase.

Eli aparece do outro lado do quintal, passando por uma fileira de carros. Só o reconheço por causa do seu andar e da paleta de cores toda preta. Capuz na cabeça e mãos nos bolsos. Sozinho. Não sei por que ainda está aqui, mas ele deve estar se perguntando o mesmo sobre mim.

Na mesma hora, ele me vê. Depois de um segundo, muda de rota e vem até mim. Seguro a cerca com mais força. Estou sozinha agora. Será que alguém perto das fogueiras iria notar se Eli me arrastasse para algum lugar? Será que eu conseguiria impedi-lo?

– Cadê a Loren? – Seu tom rude ainda me pega de surpresa. É proposital ou sua voz é naturalmente grossa assim?

– Lá dentro, com Brody.

Ele faz uma careta confusa tão sincera que quase começo a rir.

– Loren queria conversar com ele.

– Não é uma boa ideia. Ele tá bem bêbado. – Eli tira o capuz, soltando o cabelo bagunçado. – Quer dizer, foda-se, ela sabe se cuidar.

Olho sobre o ombro do Eli para um grupo de pessoas rindo perto da fogueira. Jason está mexendo na lenha com um graveto longo.

– Eles estão só conversando.

Eli apoia o ombro contra a cerca, um pouco perto demais das minhas pernas.

– O que você ainda tá fazendo aqui?

Me sinto na defensiva.

– O que quer dizer com isso? Tenho menos direito de estar aqui do que qualquer um deles? – Gesticulo para as pessoas na nossa frente.

O canto da sua boca se move por uma fração de segundo.

– Só queria saber por que tá sozinha. Sozinha em uma festa, sem falar com ninguém. Então por que ainda está aqui?

Ele tem razão.

– Loren é a minha carona. Dois: poderia dizer o mesmo de você. Está com uma cara péssima.

Seus braços tensionam.

– Não estou, não.

– Você não me engana. Por que não vai embora? Ou tá bêbado também?

O rapaz passa a língua nos dentes e sustenta o meu olhar por um bom tempo.

– Vai *você* embora.

Eu devia ter esperado uma resposta dessas... Mesmo assim, fico boquiaberta. Ele volta para a fogueira e se joga em uma cadeira de armar, de frente para mim. Algumas pessoas da escola formam um ciclo ao redor do fogo.

A fumaça mancha seu rosto enquanto se espalha pelo ar entre nós. Ele coloca as mãos atrás da cabeça e me encara. Marcando seu território como um vira-lata da reserva com complexo de macho alfa.

Foda-se.

Começo a batucar os dedos na cerca e encaro a porta dos fundos. Disse para Loren que ficaria bem, mas o frio congelante e o olhar gélido que Eli está me dando fazem meu quarto silencioso e perturbador parecer bem melhor.

E Eli não é único que está me encarando.

Jason, na varanda, toma um gole de alguma coisa, a luz laranja o iluminando de leve. Não consigo ver seu rosto escondido pela aba do boné, mas ele está olhando para mim. Até duas calouras darem a volta na casa e chamarem sua atenção.

Outro menino que não reconheço também me observa. Provavelmente algum turista, mas talvez ele pense o mesmo de mim. Ele passou a noite inteira bebericando de uma garrafa e sendo abordado por pessoas. Conversas rápidas, sussurradas. Dinheiro sendo passado. Está vendendo algo.

O cara chapado perto dos carros deve ter comprado drogas dele.

Não gosto de como está me observando.

Olho para a porta dos fundos mais uma vez, depois para Eli, que ergue o queixo, como se quisesse provar que sou eu a infeliz, não ele. Ele se afunda mais na cadeira, me desafiando. Esperando para ver quanto tempo vai demorar para eu ceder e ir embora. Isso me faz querer resistir, mas o olhar do turista do outro lado da fogueira é a gota d'água.

Começo a me dirigir ao celeiro para ter um pouco de paz de tantos olhos. Eli ganhou de novo.

Queria que a Loren saísse logo.

Passo debaixo da luz fraca nos fundos do celeiro. Lembro-me do rosto chocado de Eli. Uma expressão que dizia nunca ter acreditado que encontrariam o corpo de Rayanne, talvez porque foi ele quem o escondeu.

Ou talvez ele tenha ficado tão insensível que, como quase todo mundo, só agora se deu conta de que ela morrera e que ninguém mais a veria.

Entro no celeiro, o cheiro de cavalos e feno me relaxando de imediato.

Talvez sua expressão quisesse dizer que ele nunca perdeu a esperança de encontrá-la viva. Os dois se envolveram; talvez Eli estivesse sofrendo em silêncio esse tempo todo.

Um dos cavalos estica a cabeça para fora da sua baia ao me ouvir. Faço carinho no seu longo pescoço branco, como fiz depois da cerimônia.

Nem sei como vim parar aqui... como, de repente, virei a ajudante de Loren na sua missão para encontrar o assassino da irmã. Não era isso que tinha em mente quando disse que ela podia contar comigo.

Ela acha mesmo que um dos seus amigos pode ter matado sua irmã?

Deixo a mão no focinho do cavalo, sentindo seu calor.

A porta atrás de mim se abre. Me viro quando a silhueta escura entra no celeiro. A luz amarela que ilumina a porta atrás dele só faz com que sua forma fique completamente escura. Eu reviso todas as lembranças de quem vi ao redor das fogueiras, tentando identificar a figura.

Ele se aproxima o suficiente para evitar que a luz ilumine seu rosto.

– Não está a fim de ficar na festa? – diz ele, baixinho. Ele estava me observando.

Agarro o metal frio na porta da baia.

– Só precisava de um minuto.

Seu sorriso à meia-luz desperta um medo em mim.

– Eu posso te dar alguns.

Olho para as paredes escuras.

– Não, valeu. – Dou um grande passo para trás, passando os dedos pela madeira áspera.

Penso na Samantha. Sozinha e encurralada. É assim que começou? Dou outro passo para trás, o cheiro de palha, cavalo e terra a única coisa entre nós. Esses foram os últimos cheiros que ela sentiu naquele trailer de cavalo? Ela sabia o que ia acontecer? Sinto um aperto na garganta como se houvesse dedos ao seu redor, segurando mais forte a cada batida do meu coração.

Ele avança, seus olhos turvos me analisando.

– Eu vi você de olho em mim. Você quer uns pegas.

– Não. – Meu pulso bate nos dedos quando os passo pelo próximo portão, sem me atrever a tirar os olhos dele. Deve haver alguma ferramenta afiada aqui. Alguma coisa que posso usar para me defender. Dou outro passo para trás e minha mão se choca contra uma pá pendurada na parede. Discretamente, pego o cabo.

Ele puxa a camisa enquanto dá outro passo.

– Eu vi você...

Alguém aparece debaixo da luz amarela.

– Ela disse que não. – É a primeira vez que sinto alívio ao ouvir o tom rude de Eli.

O cara se vira, cambaleando.

– Sai daqui, First Kill. Não estou fazendo nada diferente de você, que dorme com a reserva inteira.

– Pff. Só quando elas querem.

O cara se vira para mim e diz com sua voz grossa.

– Como você sabe que ela não quer?

– Sterling, ela não conseguiria fingir que quer você nem se você *pagasse*.

O outro faz uma careta.

– O que você disse?

– Eu disse... que você não consegue uma menina que queira você nem se fizesse um curso na faculdade comunitária Blackfeet. Aaays. – Um sorriso toma conta do rosto do Eli quando empurra o cara, Sterling.

Sterling tropeça para perto de mim e fecha as mãos em punhos.

– Tá querendo confusão, First Kill?

Passo pela porta, deixando Eli entre nós.

Ele estica os braços.

– Skoden.

Sterling levanta os punhos, mas não se aproxima. Parece que sua cabeça ainda está girando por causa daquele empurrão. E da bebida.

– Vamos. Nessa. Então. – Eli articula as palavras, desafiador. Como o rapaz não reage, Eli se vira para mim e aponta com os lábios para as fogueiras.

Sterling parece menor e mais bêbado agora que Eli o silenciou. Eu poderia ter dado aquele empurrão nele, né? Minha pele pega fogo, meus músculos estão tensos só de pensar em ter que lutar pela minha vida.

E eu lutaria.

Quando paro debaixo da luz amarela, Eli me agarra pelo braço. Tento me desvencilhar, meu olhar fixo em Sterling.

– *Eu* poderia fazer uma aula de teatro na faculdade comunitária e não conseguiria fingir – grito.

Eli me puxa para longe da porta, segurando o riso.

A raiva do que aquele cara queria fazer comigo faz meu sangue ferver. Eu poderia tê-lo impedido. Eu poderia ter usado aquela pá.

– Nem o professor de teatro conseguiria fingir, seu filho da p...

Eli cobre minha boca com a outra mão e me guia pela esquina do celeiro, o peito balançando de tanto rir.

– Relaxa, relaxa. Não o provoque.

Tiro sua mão do meu rosto e puxo meu braço. Ele resiste. Apenas olha por cima do ombro, sorrindo.

Digo para mim mesma que eu poderia impedi-lo, tentando ignorar aquele "e se..." na minha mente. *E se eu não conseguisse?* Eu teria acabado como Samantha e Rayanne? Era nisso que ia dar? Ou ele era só um bêbado idiota que realmente achava que eu estava a fim dele? Eu não preciso descobrir, graças ao Eli.

– Quem era? – pergunto enquanto voltamos para a fogueira.

– Sterling Yellow Wolf. Largou a escola ano passado. – Ele olha por cima do ombro. – Você tá bem?

– Sim. Por um segundo achei que ia acabar como...

– Ah. – Ele para de repente. – Não. Ele não... Ele fica assim quando fica ridículo de bêbado. Fica se achando.

Olho para trás, me certificando de que ele não está nos seguindo.

– Você acha que foi ele quem atacou a Samantha?

– Duvido. Eram primos. Ele é um idiota, mas os dois sempre foram próximos. – Eli volta a andar. – Provavelmente por isso ele está bêbado como um gambá, na minha opinião.

O fato de ele ficar assim quando está bêbado não é reconfortante. Não é desculpa. Na verdade, só me faz pensar do que mais é capaz. Ainda mais por ser um traficante de drogas. Eli o conhece desde criança... Faz sentido não conseguir imaginá-lo de repente como um assassino. Mas a forma como ele me encurralou naquele celeiro – isso diz muito mais do que anos de convivência.

Paramos no mesmo lugar da cerca onde estava sentada antes. Subo ali e fico surpresa ao ver que Eli faz o mesmo.

– Você não precisa ficar aqui. Disse que estou bem. – Não tenho certeza se isso é verdade. A adrenalina está passando, fazendo meus músculos formigarem como depois de um treino aeróbico intenso, e me sinto ansiosa. Não vou ficar sozinha outra vez, de jeito nenhum. Eu já deveria saber disso, e tenho certeza de que Eli está pensando a mesma coisa.

– Sabe, aquilo foi...

– *Ridículo de idiota* – digo mais alto do que ele, lembrando o que ele disse quando lhe dei carona. – É. Eu sei.

– Viu, você tá aprendendo. – Ele me lança um sorriso de aprovação e se passam alguns segundos desconfortáveis. – Você só queria dar oi pro Marshmallow?

– O quê?

Ele ri.

– É o nome que a Cherie deu pra um dos cavalos da cerimônia. Nós o deixamos aqui.

– Marshmallow? – Não consigo conter um sorriso. – Muito... majestoso.

Ele assente com um tom sagaz.

– Muito sagrado também.

Coço o pescoço e olho de novo para o celeiro.

– É sério. Eu tô bem. Pode ir.

– Tudo bem. Não queria ficar conversando com eles mesmo. – Eli acena com a cabeça para o grupo em que estava antes.

– Bom, sei que sou a última pessoa com quem você quer conversar. Vai pra casa.

Odeio como estou encarando a marca que se forma em sua bochecha quando esse garoto sorri. Ele se apoia nos joelhos.

– Acho que ainda não quero ir pra casa.

Eu entendo. Não que eu tenha esse problema com meus pais. É que quando fico sozinha... penso sobre tudo. O jeito terrível como machucaram Samantha. E como ninguém faz ideia de quem fez aquilo. Tudo isso fica na minha cabeça, me tirando o sono. Talvez Eli passe pela mesma coisa.

Deve ser mil vezes pior para a Loren. Ela está lidando com uma tristeza devastadora e uma fúria profunda que ninguém pode curar. Ninguém protegeu sua irmã nem sua melhor amiga. Não é de admirar que ela esteja me arrastando para executar seus planos sem pé nem cabeça de hoje.

Nosso silêncio se estende enquanto tremo no ar gelado da noite. A temperatura continua a cair.

Eli limpa a garganta.

– Eu te daria carona, mas acho que não posso depois do que disse quando saí do seu carro.

– Tecnicamente, você disse que era a última vez que *eu* podia *te* dar uma carona. Não o contrário.

Ele coloca as mãos de volta na cerca e seus dedos tocam de leve os meus.

– A ideia é a mesma.

– Acho que preciso esperar pela Loren. Com sorte, logo mais Brody vai cair no sono e ela vai sair, né? – Estou batendo os dentes quando falo.

Ele olha para meu braço arrepiado e balança a perna.

– Se não posso te dar uma carona, posso ao menos entrar lá e dizer que você está esperando por ela. Preciso ver uma coisa no celular do Brody mesmo. – Ele pula da cerca e cruza o quintal antes de se virar de novo. Olha por cima do ombro para o grupo perto da fogueira e tira seu moletom em um só movimento. Então o joga para mim sem dizer nada e vai em direção à casa.

Capítulo 20

Eli First Kill

Domingo, 14 de julho, 23h30

Não sei o que vou encontrar quando entrar na casa. Só quero ter certeza que Cherie não ligou para o celular do Brody. Coloco a orelha contra a porta. Silêncio. Bato de leve, mas ninguém responde. Tento girar a maçaneta e abro a porta.

Irmãozinho está apagado, a boca aberta, as pernas caindo para fora do colchão, como se tivesse caído de costas no meio da conversa. Não seria a primeira vez. Loren está encolhida ao pé da cama, marcas de lágrimas brilhando no rosto. Sinto a culpa pesar no peito. Não estive presente para ajudá-la. Mas o que posso fazer? Tenho meus próprios problemas para resolver.

Vejo a silhueta do celular de Brody no bolso da calça jeans dele. Tiro o aparelho, ciente de que ele dorme feito pedra quando bebe. Não há nenhuma notificação, mas por precaução destravo a tela. Brody sempre usou a mesma senha idiota: 1111. Ele diz ser um livro aberto. Até parece que já leu algum.

Nenhuma ligação perdida. Coloco o celular na mesa.

Eu devia acordar Loren, mas ela está parecendo como era antes. Não a vejo tão serena desde antes de tudo isso acontecer. O fato de ela se parecer tanto com a Rayanne me atormenta.

Não acredito que finalmente encontraram o corpo dela.

Ouvir isso me abateu tanto que precisei ir me sentar na minha caminhonete por um segundo para não verem o quanto me afetou. Deixo de lado a tristeza que está voltando e saio da casa para o ar frio. Mara Racette ainda está sozinha na cerca, usando meu moletom. Pelo menos ninguém a está incomodando.

Seu cabelo castanho-claro balança nos ombros quando ela se vira ao me ver. A luz laranja das fogueiras faz seu rosto parecer caloroso apesar de, em geral, ser frio e distante. Provavelmente é assim por minha causa.

Enfio as mãos nos bolsos e me encosto na cerca.

– Más notícias.

– O que aconteceu?

– Nada. Eles tão dormindo. Parece que a Loren chorou muito.

Ela se apoia nos joelhos e resmunga.

– Então você também não conseguiu o que queria?

– Consegui. A senha idiota do Brody é 1111. – Espanto um mosquito. – Não queria acordá-la, mas você pode. Ou... posso te dar uma carona. Pela *última* vez, agora é sério.

Ela brinca com os cordões do meu moletom, como se fosse tanto dela quanto meu.

– Loren está desconfiada de você.

Claro que está. Ainda mais agora. Todo mundo está, não é mesmo? Mara observa um grupo passando pelos carros, indo embora. Está ficando mais vazio aqui. Olho além dela, para o celeiro. Me pergunto se Sterling ainda está lá. Os olhos dela estão vigilantes, observando as demais pessoas na festa, até pousarem em Jason, que coloca outro pedaço de madeira em uma das fogueiras. Quando olha de novo para mim, claramente esperando uma resposta, parece relaxar por completo.

– *Você* também? – pergunto.

Ela está me encarando. Mal conheço essa garota e isso deveria ser desconfortável, mas não é.

– Não decidi ainda. – Ela usa o polegar para apontar para o celeiro. – Aquilo ajudou.

Impedir um bêbado idiota de abusar de alguém me faz parecer menos suspeito. Entendi.

Ela ainda segue olhando para mim e, por algum motivo, quero que continue falando. O fato de não ter se decidido de que sou o culpado, mesmo comigo sendo tão evasivo, me faz querer convencê-la de que sou inocente.

Subo na cerca e me sento ao seu lado.

– Me pergunta o que quiser.

Ela semicerra os olhos. Não acredita que vou responder de verdade. E sei que agora vou ter que fazer isso.

– Você sentiu alguma coisa? Depois de encontrar a Samantha? – Ela enfia as unhas nas mangas do casaco. É óbvio que *ela* sentiu.

Não quero admitir algo que provavelmente vai me fazer parecer fraco, mas o faço mesmo assim.

– Sim.

– Não parece.

Olho para o fogo fraco, pouco mais que carvão brilhante.

– Não posso demonstrar.

Ela não me pergunta o motivo, e fico feliz, porque parte de mim quer lhe contar. Em vez disso, ela continua:

– Eu a odiava, sabia? Mas nunca... – Ela balança a cabeça. – Eu *jamais* desejaria isso para ninguém. Sempre que estou sozinha, não consigo parar de pensar no jeito como a encontramos.

Eu assinto.

– Por isso que você veio hoje?

Ela espera um grupo de meninas passar por nós.

– Em parte. O principal motivo é porque eu queria ajudar a Loren. Mas é bom estar perto de vocês que... entendem. Vocês estavam lá.

Coço o pescoço e me forço a continuar falando porque Mara verbaliza algo que eu não sabia que estava sentindo. Fora perguntar se eu vi para onde a Samantha foi, Brody e eu não discutimos nada sobre o assunto.

– Também fico me lembrando da Samantha e me sinto enjoado. Mas aí a lembrança muda e vejo o rosto horrorizado da Loren... Ela já passou por tanta coisa. Isso tudo a transformou, e me dói ver.

Ela assente devagar.

– E a Rayanne? Vocês namoraram mesmo?

Minhas palmas fazem a cerca ranger. Eu não devia responder. Devia fugir, como fiz quando Loren começou a fuçar onde não deveria. Mas eu me permito falar um pouco.

– Por pouco tempo, ano passado. Parece que foi uma vida atrás.

– Não dói?

O luto que deixei na caminhonete ameaça escapar de novo, mas o engulo. Isso é outra coisa que não posso demonstrar.

– Acabamos há muito tempo, mas, sim. Mais do que gosto de admitir. – Até para mim mesmo.

Ficamos em silêncio até ela fazer a pergunta que eu estava esperando:

– Então por que foi embora da maloca naquele dia?

Vejo um grupo de bèbados se empurrando enquanto penso em como devo responder. Alguém uiva do outro lado do quintal. Ouço o motor de uma caminhonete acordar.

– Tudo que eu faço, faço pela Cherie. Essa é a verdade. Fui embora por causa dela. – É tudo o que me permito dizer. E tudo o que importa.

Para a minha surpresa, ela não insiste no assunto.

– Não foi você?

– Eu juro que não tenho nada a ver com nenhuma dessas mortes. – Estamos a apenas trinta centímetros um do outro, e a luz da lua é fraca, mas ela me vê melhor do que qualquer outra pessoa há algum tempo. Levanto o dedo mindinho, fazendo-a sorrir.

Ela prende seu mindinho no meu. Sinto a pele quente na minha.

– Juro que nunca machuquei ninguém daquele jeito. – Não espero que ela acredite em mim. Eu não acreditaria. Não dá para confiar em ninguém nesse mundo horrível, não importa o quanto as pessoas jurem. Mas, por um segundo, é bom pensar que ela acredita.

Mara deixa a mão cair.

– Acho que pode me dar aquela carona agora.

Metade de mim relaxa ao perceber a parcela de confiança que ela está me oferecendo. A outra vê a hesitação dela ao olhar para a porta dos fundos de Brody mais uma vez. Talvez ela só aceite minha carona porque é melhor que a alternativa: esperar o Sterling encontrá-la de novo.

Por algum motivo... eu só preciso que uma pessoa acredite que eu não fiz isso. Só uma.

– Que tal o seguinte: pega o seu celular.

Ela tira o celular do bolso e o destrava.

Estico a mão e ela me entrega o aparelho. Coloco meu número nos seus contatos.

– Vai acordar a Loren. Me manda mensagem quando chegar em casa. – Devolvo o celular. – E tenta acreditar em mim. Se eu fosse o psicopata por trás de tudo, poderia voltar a atacar hoje mesmo. Não fui eu.

Mara desce da cerca e enfia o celular no bolso traseiro.

– OK. – Ela começa a tirar o meu moletom.

– Relaxa. Pode me devolver depois. – Passo pela nuvem de fumaça, indo em direção ao meu carro, mas me detenho para me certificar de que ela está entrando na casa. Vi o fogo em seu olhar quando pegou aquela pá suja. Talvez Mara Racette não seja tão indefesa quanto pensei. Se eu não tivesse visto Sterling a seguindo até o celeiro, ela provavelmente teria acabado com ele. Considerando o estado em que ele estava.

Mas... isso não quer dizer que eu gostaria de vê-lo tentar de novo.

Capítulo 21

Loren Arnoux

Segunda-feira, 15 de julho, 00h20

As fogueiras são apenas pilhas quentes de madeira que soltam leves estalos no ar frio da noite. Atravesso a varanda, as tábuas rangendo sob meus pés a cada passo. Está quieto aqui fora – ninguém à vista. Há latas de cerveja jogadas pela grama. Fico surpresa de não encontrar ninguém desmaiado ou dormindo no chão.

Desço pela grama seca para ir até meu carro, mas ando em linha reta. Tento forçar meu corpo a virar, meu peito arfando e os músculos pulsando. Não consigo parar. Continuo a andar em direção aos carvões quentes.

O calor bate no meu rosto e meus joelhos cedem. Caio para a frente, com o calor chamuscando minha pele até me esparramar sobre as brasas laranja. Finalmente, meu corpo responde e eu rolo para fora do fogo na direção da grama seca, com a camisa em chamas, até chegar nela.

Minha irmã está deitada ao meu lado.

Solto um suspiro com seu nome.

– Ray.

Suas roupas estão sujas e amassadas, mas ela sorri. Seus olhos estão escuros como a noite. As chamas dançam atrás dela, subindo pelas árvores e formando um muro ao nosso redor. Olho sobre o ombro para a casa do Brody. Está desmoronando, fumaça saindo pelo telhado.

Quando olho de volta para Ray, sua pele derrete dos ossos.

Ela agarra meu ombro, o desespero fazendo seus dedos se fecharem ali, e me sacode. O movimento faz seu cabelo cair em chumaços. Eu grito, tentando me soltar.

Balanço seu braço até ele se soltar e cair para trás. O carvão quente e grama seca estalam sob minhas mãos em chamas.

Ela está se desfazendo diante dos meus olhos.

Ainda estou me arrastando para longe quando bato em algo.

As cinzas voam ao meu redor enquanto tropeço em um par de pernas no chão, se assentando ao nosso redor enquanto me aproximo da cabeça deitada ali. Mara Racette me encara, imóvel. O vermelho se espalha pelo pescoço dela, que se contrai enquanto ela tenta respirar.

– Faz isso parar – sussurra ela, pouco antes de sua garganta se desmanchar.

Me sento no quarto do Brody, minha camisa encharcada de suor. Pisco até a figura na minha frente se tornar o rosto de Mara.

Faz isso parar.

– Você dormiu – sussurra ela.

Sinto minha garganta apertar, como a dela no sonho. Como se mãos invisíveis tivessem aparecido em meio à escuridão e me encontrado.

– Desculpa – sussurro. Brody ronca no meio da cama, suas pernas caindo pelas beiradas.

A postura dela relaxa, mas meu corpo inteiro está em alerta. Isso é remédio ruim.

Faz isso parar. Balanço a cabeça, tentando me livrar das palavras que ainda ecoam na minha mente.

Mara precisa ficar longe de mim. Achei que podíamos ser amigas como a Ray queria, talvez até investigarmos mais juntas, mas isso foi um presságio que não posso ignorar.

Deslizo para fora da cama sem falar nada, então saímos do quarto de Brody e encontramos Jason fumando um cigarro na sala. Estou com vergonha demais para cumprimentá-lo. Não é uma caminhada da vergonha, mas parece.

Passamos por Sterling Yellow Wolf na porta de correr dos fundos, com uma bochecha vermelha e inchada, mas ele não olha para nós. Ou está bêbado demais para reparar.

Mara o encara por cima do ombro e em seguida agarra meu braço quando descemos os degraus da varanda.

– O que aconteceu lá dentro?

Faz isso parar.

Eu não entrei no quarto do Brody com um plano em mente. Mas a Mara tinha razão: ele nem pestanejou em mandar a menina embora por minha causa. Achou que eu estava a fim dele, e deixei que pensasse isso por um instante. Depois, lhe dei um tapa na cara.

Eu o fiz falar sobre a manhã em que entregamos o projeto. Falei sobre como todo mundo parou de perguntar como eu estava. Falei sobre como é descobrir que sua irmã morreu. Coloquei os meus sentimentos para fora até nós dois começarmos a chorar.

Sim, Brody Clark chorou. Estava tão bêbado que provavelmente não vai se lembrar direito, mas tudo bem. Eu vou.

Em seguida, ele caiu no sono. Eu não queria ter dormido também. Depois que ele começou a roncar, só fechei os olhos, que ardiam, por um segundo.

– Nada. – Não digo mais nada até deixá-la na porta de casa. Ela pode pensar o que quiser. Só sei que não podemos ser amigas.

Senão ela pode acabar morta.

Não posso ir para casa. Ainda não. Não enquanto não conseguir tirar da cabeça a revelação de Eli First Kill sobre ter namorado minha irmã. Uma névoa vai cobrindo metade da janela do carro até Eli finalmente se sentar no banco do passageiro. Precisei de três ligações e uma mensagem para fazê-lo sair de casa. A vovó me disse para não ficar sozinha com ninguém, mas também me disse para não ser idiota, e já passamos desse ponto há muito tempo.

– Você veio me acusar de alguma coisa de novo? – Sua voz está menos venenosa agora.

Vou direto ao ponto.

– O que aconteceu entre você e a Ray? Vi as mensagens de vocês. Sei que ela sentia sua falta. Por que a estava evitando?

Ele olha para a frente, para sua caminhonete – que arrombei algumas horas atrás.

– Ela fez alguma coisa que te irritou? – Sei que ele não é de ferro. – Por favor, me conta, ou vou achar que ela fez algo que te deixou chateado. O suficiente para fazer você...

– Ela era boa demais pra mim.

Aperto meu cinto de segurança.

– Ela disse isso?

Ele quase ri antes de responder.

– Não. *Eu* disse. Eu sabia. Ela sabia. – O garoto olha para mim agora. – Você concorda.

Eu o deixo refletir sobre suas próximas palavras.

– Ela ia longe. Estava pronta para conhecer o mundo. Eu nunca vou sair daqui. Vou ficar cuidando da Cherie. Dando um jeito nas merdas do meu pai. – Ele diz essa última parte quase bufando. – Ela tinha grandes planos. Eu não. – Sua perna começa a balançar. – Então, terminei com ela no final do ano passado. Não valia a pena arrastá-la para baixo e distraí-la de seus grandes sonhos.

– Então não foi algo casual, foi de verdade.

– Acho que sim. – Vejo um relance de emoção em seu rosto, mas passa rápido demais para identificar. – Por um tempo.

– Por que ela não me contou? – Isso dói mais do que eu esperava.

– Ela não queria te chatear. Sabia que você não ia gostar disso.

Eu disse para ela não se meter com ele... Mas será que teria ficado chateada? Gosto de acreditar que, se Ray estivesse feliz, eu teria aceitado.

– Como ela reagiu ao término?

– Não sei. – Uma espécie de culpa se espalha pelo rosto dele.

– Eli. – Minha voz sai impaciente, mas me contenho. – Qual é?

– Ela não gostou de eu ter tomado a decisão por ela. – Seus ombros tensionam. – Mas era a coisa certa.

Odeio não conseguir me lembrar se Ray estava estranha nessa época. Queria que ela tivesse me contado. O que mais escondeu para não me chatear?

Por que ela estava pesquisando sobre drogas? Por que queria saber o preço de metanfetamina e fentanil? Em silêncio, Eli encara sua casa escura, e me pergunto quanto as coisas devem ter ficado ruins nos últimos anos para ele ter mudado tanto. Por algum motivo, ele construiu muros. Talvez Ray soubesse por quê.

– Pode ser sincero comigo... A Ray passou muito tempo com o seu pai?

Ele contrai o rosto de novo, desfazendo a máscara de neutralidade.

– Não.

– Você acha que ela pegava... drogas com ele ou algo assim?

Eli faz uma careta.

– Não.

– Pode perguntar pra ele? Só pra saber...

– Ela nunca... Por que você tá perguntando isso?

Parece ainda mais ridículo dizer isso em voz alta.

– Foi uma coisa que o Staccona perguntou. É idiotice.

– Ridículo de idiota. – O veneno volta a sua voz.

As perguntas ainda me consomem por dentro, mas pelo menos sei que não sou a única que acha chocante imaginar Ray se envolvendo com drogas. Quanto ao restante do que ele disse, não sei bem no que acreditar. É difícil aceitar que Ray nunca me contou nada sobre ele. Sinto uma espécie de paranoia, imaginando que algo de ruim aconteceu entre eles, tomando conta dos meus pensamentos, mas no fundo ainda me preocupo com o Eli e a sua família.

O garoto olha para o galpão além da caminhonete. A estrutura de metal reflete o brilho da lua. Ele deve estar voltando para o personagem de "cara que não deve nada a ninguém". Tive sorte de ele me contar tanta coisa.

Mesmo assim, continuo a pressioná-lo.

– Não vejo o seu pai pela cidade há um bom tempo. Ele tem trabalhado muito?

Seus dedos deslizam pela maçaneta. Ele ainda não a puxa, mas também não responde.

Deve ser melhor assim. Talvez ele esteja se mantendo ocupado de um jeito bom.

– Isso quer dizer que ele tá bem?

Eli abre a porta e percebo que os nós da sua mão estão vermelhos e inchados.

– Não se mete.

Capítulo 22

Desconhecido

Segunda-feira, 15 de julho, 7h

Olhos pesados, cabeça doendo. Essa ia bater mais forte. A notícia sobre Rayanne já tinha vazado, era domínio público agora, mas se até agora não conectaram os pontos, jamais o farão. O brilho da tela do celular estava no zero em meio à sala escura, mas o botão de *play* foi pressionado.

NOS ARES

EPISÓDIO 114

[MÚSICA DE ABERTURA DO PODCAST]

TEDDY HOLLAND: Boa segunda, nação Big Sky! Espero que o fim de semana tenha sido bom o bastante para aguentar a próxima semana. Com certeza tem sido mais difícil em meio ao verão, ainda mais aqui na bela cidade de Bozeman, Montana. É impossível morar aqui e *não* gostar do ar livre. Temos muitas coisas boas pela frente e, como no último episódio, se ficarem até o final, poderão concorrer a uma chance de ganhar dois ingressos para a Feira Estadual de Big Sky. Não vão querer perder essa.

Aqui é Teddy Holland e você está ouvindo *Nos Ares.* Caso tenha perdido nosso último episódio, estamos mudando as coisas por aqui pelas próximas quatro semanas. Vamos dedicar o próximo mês ao movimento de Mulheres Indígenas Desaparecidas e Assassinadas, conhecido também como MMIW.

Compartilhamos alguns números no último episódio, que está disponível no nosso site, assim como vários links para saber mais. Antes de falarmos do caso do MMIW de hoje, quero falar um pouco sobre o porquê.

Por que os índices de violência contra indígenas e povos originários do Alasca são tão mais altas do que os do restante da população? Tenho uma convidada comigo aqui no estúdio: Charmaine Momberg. Ela faz parte do Conselho Indígena da Universidade do Michigan, é fundadora do Projeto Two Feather, e está aqui para responder essa pergunta.

Charmaine, por que isso acontece?

CHARMAINE MOMBERG: Obrigada por me receber, Teddy. Agradeço o que você está fazendo aqui. Ouvi o último episódio e parece que aquele policial da reserva diria que tem a ver com drogas. Álcool. Pobreza. Má criação por parte dos pais. E com certeza isso tem um impacto. O fluxo da vulnerabilidade é parte do problema. Mas ele vai muito além disso.

TEDDY HOLLAND: E essas coisas acontecem com todas as raças. Em todas as comunidades.

CHARMAINE MOMBERG: Exato. É um tema complexo. Pra começar, há uma carência de recursos essenciais. Com frequência não vemos coordenação e comunicação entre agências intergovernamentais, e há conflitos entre jurisdições de agência dos povos, e das esferas estaduais e federais.

Isso dificulta o acesso a informações precisas sobre as mulheres desaparecidas, que dirá encontrá-las. Com certeza há questões sistêmicas na raiz do problema, e eu vou me aprofundar nisso, mas a pior parte é a seguinte: poucas pessoas sabem o que está acontecendo.

Os principais canais de notícias não ajudam. Eles não contribuem na divulgação, como acontece em outros casos. Os grupos de investigadores da internet não se aprofundam nos casos de MMIW e defendem essas vítimas, como fazem com tantas outras. Não vemos as páginas de financiamento coletivo serem compartilhadas da mesma forma viral. A cobertura da mídia faz uma grande diferença.

TEDDY HOLLAND: Com certeza. Como você ouviu na semana passada, Geraldine Arnoux também comentou sobre esse problema com a mídia.

[BARULHO DE UM CELULAR VIBRANDO]

TEDDY HOLLAND: Que… que estranho. A Geraldine está me ligando neste exato instante. Você se importa se eu atender, Charmaine? Vamos continuar a gravação.

CHARMAINE MOMBERG: Claro, pode atender.

TEDDY HOLLAND [NO TELEFONE]: Geraldine, tudo bem?

GERALDINE ARNOUX [NO TELEFONE]: Oi, Teddy. Eu só… achei que você devia saber… aconteceu uma coisa.

[RUÍDO DE CHORO]
[BARULHO NÃO IDENTIFICÁVEL]

CHARMAINE MOMBERG [SUSSURRANDO]: Pare de gravar.

[BARULHO DE ESTÁTICA]
[GRAVAÇÃO ENCERRADA]
[SOM DE VENTO]

TEDDY HOLLAND: Caros ouvintes… foi uma ligação muito difícil. Para todos nós. Parei a gravação em respeito à Geraldine, mas voltei quando ela se sentiu pronta para dar sua declaração no podcast. Vocês sabem que tínhamos todos os episódios do MMIW planejados, e a maioria do material pronto, mas, como Geraldine disse no começo da ligação, aconteceu uma coisa. Retomaremos nossa conversa com Charmaine Momberg mais tarde. Por enquanto, vamos voltar a falar do caso Arnoux.

Na sexta-feira, falamos sobre Rayanne Arnoux, que estava no último ano do ensino médio da reserva Blackfeet e que desapareceu sem deixar rastros. Conversamos com a avó dela e o departamento da polícia Blackfeet, que não tinha nenhuma pista, mas muitas coisas aconteceram nesse último fim de semana.

A Nação Blackfeet celebrou a Assembleia dos Povos em Browning. Esse pow wow anual acontece por vários dias e conta com competições de dança, rodeios, eventos esportivos, tudo. Milhares de pessoas participam, incluindo pessoas de outras nações e turistas não indígenas.

[TAMBORES TOCANDO DEVAGAR]

TEDDY HOLLAND: Na quinta-feira, a primeira noite do pow wow, outra garota da reserva Blackfeet foi assassinada. Ela foi encontrada na área da celebração, a poucos metros de onde estava a multidão.

Como podem imaginar, isso mexeu com uma comunidade já traumatizada.

Em seguida, houve uma queimada no território da nação que levou a uma descoberta terrível.

[SOM DOS ESTALOS DE UMA FOGUEIRA]

TEDDY HOLLAND: Alguns homens que estavam ajudando a controlar o incêndio encontraram o corpo de Rayanne. Fazia cerca de três meses que ela havia desaparecido.

GERALDINE ARNOUX [NO TELEFONE]: Eu não a vi. Não me deixaram vê-la. Mas disseram que a tempestade de neve em abril que caiu no dia seguinte ao desaparecimento dela ajudou a preservar o corpo por mais tempo do que esperado. Com sorte, isso vai ajudar a investigação.

TEDDY HOLLAND [NO TELEFONE]: Sinto muito pelo que aconteceu com a sua neta. Realmente esperava que você recebesse boas notícias.

GERALDINE ARNOUX [NO TELEFONE]: Obrigada. Pelo menos agora temos certeza e talvez tenhamos o suficiente para ir atrás de justiça por ela. E pela Samantha. Agora que está claro que foi um crime, o FBI assumiu o caso da minha Ray e o da Samantha. Isso devia ter acontecido há muito tempo.

TEDDY HOLLAND [NO TELEFONE]: O FBI já compartilhou alguma coisa com você?

GERALDINE ARNOUX [NO TELEFONE]: O que me falaram até agora é que os casos são similares. As meninas... morreram da mesma forma. A teoria atual é de que a mesma pessoa estrangulou as duas.

[BARULHO DE ALGUÉM FUNGANDO E ASSOANDO O NARIZ]

TEDDY HOLLAND [NO TELEFONE]: Deve ter sido difícil ouvir isso.

GERALDINE ARNOUX [NO TELEFONE]: Sim. Mas isso e a semelhança entre as duas faz com que os casos se conectem. É possível que o FBI consiga fazer algo agora, mas não estou muito confiante.

TEDDY HOLLAND [NO TELEFONE]: Você não acredita que eles possam solucionar os casos?

GERALDINE ARNOUX [NO TELEFONE]: Há um novo investigador responsável pelo caso. Outro não indígena de passagem querendo fechar logo o caso e deixar para trás um posto difícil. Três anos lidando com casos aqui na reserva e pode escolher onde quer trabalhar depois. Ele não se importa conosco, mas se é bom no que faz? Só o tempo dirá.

[BARULHO MISTERIOSO DE VENTO SOPRANDO]

TEDDY HOLLAND: Geraldine nunca parou de procurar por Rayanne ou deixou de ter esperança de encontrá-la viva. Não consigo imaginar a tristeza e a decepção que deve estar sentindo. Infelizmente, ela não é a única nessa situação.

O caso de MMIW deste episódio começou ano passado, quando uma menina de catorze anos desapareceu na reserva Crow. Ela foi vista pela última vez pelo seu guardião...

Um rosto caiu no travesseiro, os olhos ardendo. Um dedo tremeu sobre o botão de *pause*. *Eles não sabem de nada*. Agiam como se tivessem tudo sob controle, mas não era verdade. Isso ficava cada vez mais claro. Eles nunca iam descobrir.

Capítulo 23

Brody Clark

Segunda-feira, 15 de julho, 13h

Quando Loren entrou no meu quarto ontem à noite, eu tinha algumas teorias do que podia acontecer, mas a última coisa que esperava era me sentir culpado depois. Acho que deveria ter previsto isso, porque é assim que tenho me sentido nos últimos dias. Fico pensando em tudo que deveria ter feito diferente com ela.

Isso não vai passar tão cedo.

O problema é que nunca fui muito bom em dar apoio emocional. Prefiro fazer as pessoas rirem. Sempre funcionou com First Kill. Mas quando Loren perdeu a vontade de rir e eu não sabia como ajudar com o seu medo sobre a irmã... eu sumi. E ela finalmente me questionou a respeito.

Sabia que ela estava passando por um período difícil, mas só pensei em mim mesmo.

Eu gosto da Loren há tempos, mas agora só consigo pensar em como nunca fui bom para ela. E sou parte do motivo de ela estar tão mal.

Por algum motivo bizarro, a noite de ontem me lembrou de como éramos antes, antes de tudo mudar. Ela estava consumida pelo luto, mas pareceu que estava saindo de seu estado de isolamento, como se realmente quisesse a minha ajuda. Ela estava se abrindo.

Eu não posso deixá-la sumir outra vez.

Arrasto um saco de lixo sobre a grama, coletando as latinhas de cerveja espalhadas perto da cerca. Alguns idiotas bêbados deixaram algumas até no pasto dos cavalos. O sol faz minha cabeça doer, e já estou suando. Pelo menos não há mais fumaça.

A caminhonete azul-celeste de Jason se aproxima e para na frente de casa. Ele sai do carro com uma sacola de *fast food* na mão.

– É sério que você só acordou agora?

– Não é da sua conta. – Minha voz arranha na cabeça como uma lixa.

Ele bebe do seu copo usando o canudo e joga o saco sujo de gordura para mim.

– Você e a Loren, hein? Acha que é uma boa se meter nisso agora?

– A gente não... não foi nada disso.

– Aquele tal de Staccona vai ficar em cima da gente, pode ter certeza. Acho que a Geraldine não vai gostar de saber de você e Loren juntos, considerando tudo que tá acontecendo.

– Já disse que não foi nada, deixa pra lá.

– Eita, tá irritadinho, né? Foi só um comentário. Você não vai querer dar *mais* motivos pra Geraldine não gostar de você.

Enfio a mão no saco de comida.

– Como assim "mais motivos"?

– A notícia que corre na rede de fofocas de mocassim é que você não é tão adorado quanto pensa, Irmãozinho.

Desembrulho um hambúrguer e congelo no meio de uma mordida quando uma viatura da polícia aparece na rua. Jogo o hambúrguer no saco cheio de latas de cerveja e enfio o saco na lixeira enquanto Youngbull e Kurt Staccona saem do carro com cara de FDPs arrogantes.

– Como posso ajudar? – pergunta Jason.

Youngbull analisa o quintal e aponta os lábios para os restos carbonizados das nossas fogueiras.

– Com certeza vocês não estavam fazendo fogueiras em meio a um estágio dois de restrições pós-queimada.

Jason acena com a mão.

– Foi algo cerimonial. É por isso que veio até aqui?

Staccona mostra uma folha de papel.

– Temos um mandado de busca para revistar o seu veículo e o seu celular.

Pela primeira vez desde que essa confusão toda começou, Jason parece surpreso.

– Por quê? – Ele puxa o papel da mão do Staccona.

Aperto meu celular no bolso com força.

– Temos motivos o suficiente para revistar a sua caminhonete. Temos testemunhas que dizem ter visto um carro com a mesma descrição do seu na área onde Rayanne desapareceu naquela manhã. E depois de averiguar o registro do seu chefe, vimos que você só começou a trabalhar às 8h15. Quinze minutos depois que a garagem abriu.

Só isso? Isso é o bastante para conseguir um mandado?

Jason amassa o papel e cruza os braços.

– Isso é ridículo. Eu sempre preciso de um tempo pra me organizar e decidir em qual carro vou começar a trabalhar. Vocês fazem ideia de quantos carros iguais ao meu rodam por aqui?

– O mesmo modelo com o mesmo tom azul-celeste? Apenas quatro.

Jason caminha inquieto enquanto Staccona e Youngbull colocam luvas de látex ao lado da caminhonete.

– Tem outro desse na reserva. Já o vi por aí.

Staccona assente.

– Há dois registrados por aqui, incluindo o seu. Se nos der licença. – Ele aponta para a caminhonete.

Jason bufa.

– OK. Não tenho nada a esconder. – Ele entrega o celular e encara Youngbull ao usar a chave para destrancar o carro.

Tento chamar a atenção de Jason, mas ele não tira os olhos dos homens que examinam a caminhonete. Eles coletam digitais. Mexem no lixo do porta-luvas. Tiram os tapetes.

É invasivo. Parece que a próxima coisa que vão fazer é abaixar nossas calças e analisar se há manchas em nossas cuecas.

Staccona aponta para o amassado na porta do passageiro.

– O que aconteceu aqui?

– Irmãozinho bateu a porta em um poste de amarração perto da Glacier Treats.

Meu rosto fica quente, mas o agente não fala mais nada. Ele só pega um cotonete e passa pelo amassado.

Isso não vai ajudar a fazer com que a Loren continue a se abrir comigo. Ela vai se fechar tão rápido quanto uma armadilha de pressão.

Os dois parecem se demorar por horas ali.

– O que eu disse? – pergunta Jason quando os dois vão embora. – Staccona vai encher nosso saco. – Ele diz isso como se fosse algum tipo de perseguição contra nós.

Ou contra ele.

Agora não é só seu velho amigo Jeremy Youngbull se metendo na nossa vida. Tem outra pessoa que não está nem aí para nós.

– A gente precisa se preocupar com isso? – pergunto.

Ele segura meu ombro antes de responder.

– Não. Mas vamos precisar de um advogado.

Mara Racette

Segunda-feira, 15 de julho, 14h

Um advogado... Pensar nisso me dá um aperto no estômago, como se tivesse feito um exercício muito intenso. Daqueles que você sabe que passou do seu limite. Fico imóvel no banheiro deixando a água escorrer pelas mãos. Por que precisamos de um advogado? Não fizemos nada suspeito. A única coisa que nos conecta à confusão toda é o fato de eu ter recebido um presente na cerimônia. Se isso não tivesse acontecido, duvido que o agente Staccona teria se importado que foi meu pai quem encontrou o corpo de Rayanne.

Ou não?

Fecho a torneira e deixo as gotas descerem pelas mãos e molharem a pia. Minha mãe disse que o advogado quer garantir que todos sejamos tratados de forma justa. Que todos sejamos ouvidos. Mas não é isso que parece.

Parece que estamos em maus lençóis, e eu não gosto nada disso.

A campainha toca. Aperto a toalha de mão com força até sentir os nós dos dedos arderem. Por algum motivo, sinto vontade de falar com Eli First Kill. Será que o pai dele o está obrigando a falar com um advogado também? Será que ele tem olheiras por não conseguir dormir em meio a pesadelos?

Pego o celular do bolso e abro as mensagens que trocamos ontem à noite.

Eu: Cheguei em casa.

Eli: 👍

Achei que a conversa tinha acabado ali até a vibração me acordar poucos segundos depois.

Eli: Você acredita em mim?

Encarei o brilho da lua passando pelas cortinas e me perguntei por que acreditava nele. Não restava dúvida de que está escondendo algo, mas isso não o torna culpado de nada.

Eli: Tudo bem se não acreditar.

Eu: Acho que sim.

Eli: 🤘

Eli: Esse é o emoji mais parecido com uma promessa de dedinho que encontrei.

Eu: 🤘

Estou sorrindo quando ouço uma batida à porta que faz a maçaneta frouxa mexer. Enfio o celular de novo no bolso e saio para conhecer o advogado que me espera na sala de estar.

– Mara, prazer. Jon Miller. – Ele é um homem barrigudo na casa dos trinta usando uma gravata azul por cima da camisa social listrada. Aperta minha mão e sorri, bem profissional, como se estivesse em um tribunal. Em seguida, se senta na ponta da mesa da cozinha com seu laptop aberto.

Me sento em uma cadeira e apoio as mãos no colo.

Ele começa a fazer quase as mesmas perguntas que a polícia fez – duas vezes –, mas não faz eu me sentir como se estivesse prestes a cair numa armadilha. Parece gostar das minhas respostas, o que faz eu me sentir melhor.

– Eu já disse isso para o seu pai no telefone ontem à noite, mas queria esclarecer algumas coisas para você também – diz ele ao terminar. – Primeiro de tudo, não deixe o policial da reserva ou o agente Staccona interrogarem você sem que eu ou seus pais estejamos presentes.

Assinto em resposta.

– Segundo, tente não se preocupar. O fato de estarem interessados em um grupo de adolescentes como vocês, entre todos que estavam no pow wow, me diz que eles não têm muitas pistas. Sim, o detetive Youngbull disse que não viu mais ninguém entrar naquela área *vindo da arena*. Qualquer um *poderia* ter vindo pelo lado oposto. Não quer dizer nada. Isso nunca vai colar em um tribunal. Ter sido uma das últimas pessoas a ver Samantha White Tail com vida não é algo suspeito. É apenas por onde eles precisam começar a investigar. E a lista de chamada mostra que você estava em aula quando Rayanne desapareceu, então eles não têm nada contra você. – Ele se vira para o meu pai. – O mesmo vale para você, MK, com a série de eventos que o levaram a encontrar o corpo da Rayanne. Você não estava sozinho; estava ajudando a retirar o gado da área que lhe foi atribuída pelo chefe dos bombeiros, e ligou imediatamente para a polícia. Eles não têm nada contra você.

Meu pai assente e minha mãe aperta de leve seu ombro.

– E vocês não fizeram parte da cerimônia de presentes. Estavam nas arquibancadas quando tudo aconteceu com a Samantha.

– Não há vídeos que eles possam analisar? – pergunta meu pai. – Vi pelo menos uma pessoa filmando o pow wow inteiro. Isso pode mostrar quem não saiu da arena.

– Na verdade, há um vídeo, sim. – Ele ergue a mão no ar com calma. – Mas o enquadramento não mostra a sua família ou a entrada principal das arquibancadas. As autoridades usaram o vídeo para descartar várias pessoas que estavam do outro lado da arena e que não saíram dos seus assentos em nenhum momento. A família inteira da Samantha e os donos do trailer onde ela foi encontrada foram retirados da lista de suspeitos.

Sinto um calafrio ao pensar em Sterling, o primo bêbado da Samantha. Me pergunto se ele é um dos membros da família que foi inocentado. Mas perguntar isso vai gerar mais perguntas. Meus pais não precisam saber o que aconteceu naquele celeiro... ou imaginar o que poderia ter acontecido. Eu já resolvi esse assunto.

É frustrante pensar que poderíamos ter evitado tudo isso se tivéssemos nos sentado do outro lado da arena.

O advogado junta as mãos e volta a falar:

– Tentem não se preocupar. Agora, eles estão procurando alguém para culpar. Meu trabalho é me certificar que não inventem nada sobre vocês.

Quero acreditar nele... Ele faz tudo parecer tão simples. Mas a expressão do meu pai está completamente tensa, o que não me deixa muito tranquila. Quando Jon Miller sai da nossa casa, dois pensamentos passam pela minha cabeça.

Quão fácil seria para a polícia da reserva, ou para Kurt Staccona, distorcer os fatos para nos prejudicar?

E se estão mesmo só procurando alguém em quem botar a culpa, como vão encontrar o verdadeiro assassino?

Capítulo 24

Loren Arnoux

Segunda-feira, 15 de julho, 18h20

Coloco o celular na mesa da cozinha e o giro enquanto roo as unhas. Elas estão minúsculas. Eu costumava lixá-las com os materiais da vovó e pintar com um esmalte diferente toda semana – a Ray fazia a minha mão direita. Agora é raro eu não roer as unhas até elas sangrarem.

Está muito quieto aqui em casa.

Vovó está no fogão, ainda vestindo seu uniforme do hospital, mexendo uma panela grande. O aroma de alho e cebola toma conta da casa. Quase me faz acreditar que está tudo como antes. Que vou levantar o olhar e ver minha irmã estudando do outro lado da mesa. Eu perguntaria onde ela guarda seus cadernos de física do último ano para copiar as respostas, ciente de que ela nunca me deixaria fazer isso. Ela iria morder a tampa da caneta e dizer que a estou distraindo.

Mas ela não está aqui.

Minha avó abre a geladeira. Agora que Staccona finalmente deixou que ela contasse para nossos parentes que encontraram a Ray, eles vão vir aqui jantar. Vai ser bom vê-los, mas difícil falar sobre o assunto.

A vovó quase não abriu a boca – esse é seu jeito de mostrar que está com raiva. Quando a frustração pela falta de notícias vira raiva, ela costuma se fechar. Está praticamente em silêncio desde que chegou do trabalho. Devia estar esperando que já tivessem encontrado algo no celular da Ray, mas não quero perguntar no que está pensando, porque ficaria enjoada se tivesse que fingir não ter visto o celular antes. De sentir que estou escondendo coisas dela. Já estou à beira das lágrimas. Estou assim desde ontem à noite.

Mara me fez pensar que talvez eu possa *sim* conversar sobre o que aconteceu. E que talvez eu devesse fazer isso.

Foi meio terapêutico conversar com o Brody sobre tudo o que estava sentindo. Tão terapêutico que, quando ele perguntou se podia vir aqui hoje, eu disse que sim. Não recebo amigos em casa desde antes de tudo isso. Achei que Mara pudesse ser uma amiga... mas aquele sonho deve ter algum significado.

Por melhor que tenha sido conversar com Brody ontem, agora eu quero dar para trás. Eu sempre fui muito sociável. A garota que falava mais alto nas festas. Agora, é uma luta interna para conseguir sorrir para alguém, ainda mais conversar.

A campainha toca e assusta a vovó.

– É o Brody. – Me levanto da cadeira e abro a porta para ele.

– Oi. – Ele ainda está com a mesma roupa de ontem. Ao passar, sinto o cheiro da fogueira. Pela cara dele, ainda está de ressaca.

Eu o guio até a sala de estar e ele se joga na poltrona. Ele se apoia tanto no braço que parece que o cano da espingarda velha do vovô, presa na parede atrás dele, está apontando para sua cabeça.

O barulho da vovó cortando algo na cozinha preenche o ar.

– Você não parece muito bem.

Ele abre um sorriso.

– É o que chamam de beleza rústica.

– A festa continuou até de manhã ou algo assim?

Ele tira o boné branco e bagunça o cabelo preto brilhante.

– Quem dera. – Ele se apoia no cotovelo, o boné apoiado contra o peito. – A polícia revistou a caminhonete do Jason.

O barulho da cozinha para de repente.

– Sério?

Ele aperta os nós das mãos contra os olhos.

– É besteira, Loren. Alguém disse ter visto uma caminhonete azul na estrada Duck Lake naquela manhã. Só isso.

Não respondo. A caminhonete Ram do Jason é bem única.

Ele muda de posição e apoia os cotovelos nos joelhos.

– Tô te falando... Sem chance. – Seus olhos focam nos meus. – Ele não poderia... ter feito isso... e ainda aparecer para trabalhar às oito. Eu só queria que você soubesse.

Continuo sem falar nada. Me concentro no plástico gasto da capa do meu celular.

– Jason ainda estava em casa quando eu saí pra fazer o nosso projeto. Não tem como ele ter vindo até aqui, depois ido lá pro norte da Duck Lake, onde a encontraram, e ainda ter chegado no trabalho a tempo. É impossível.

Ele tem razão. Brody mora na região sudoeste da cidade. Estamos no norte. Ray foi encontrada... bem mais ao norte. Ainda assim...

– Não sei o que você quer que eu fale. É a polícia que vai ter que investigar isso.

O barulho da cozinha começa de novo.

Brody ajusta o boné na cabeça.

– É o meu irmão. Só queria que ouvisse de mim sobre isso.

– OK.

Ele se levanta e dá um sorriso forçado.

– Enfim, não quero te atrapalhar.

Eu o acompanho até a porta, meio surpresa com a rapidez da visita. Sabia que seria rápido, mas ele veio até aqui só pra dizer isso? Não queria conversar sobre o que falamos ontem?

Ele abre a porta e para de repente, sua mão apertando a maçaneta até os nós dos dedos ficarem brancos.

– Por sinal, eles não encontraram nada. E nosso advogado disse que o Jason não precisa se preocupar com nada. Então lembre-se do que eu falei.

Não tenho uma resposta, então Brody sai para o ar empoeirado lá fora sem dizer mais nada. Ele não acena ao sair com o carro e sumir no fim da rua.

Levo um susto quando a vovó aparece na porta da cozinha com uma faca em mãos.

– Você não devia falar com ele sobre essas coisas. É conflito de interesse.

Passo o ferrolho da porta.

Ela balança a faca no ar.

– Estou falando sério. O Youngbull já está com dificuldade de montar uma investigação. Não deixe um marginalzinho como o Brody estragar tudo.

Não acho que ele esteja tentando estragar nada, mas acho que faria qualquer coisa pelo irmão. Eu faria o mesmo pela Ray. Será que ele defenderia Jason mesmo se soubesse que o irmão é o culpado? Isso, eu não sei. Cada um tem o seu limite.

Acho que nunca mais serei eu mesma se a polícia não solucionar esse caso. Não posso deixar isso acontecer. Vou viver em um ciclo de depressão, medo e raiva até deixar de me reconhecer mais. Prefiro morrer tentando encontrar o assassino do que deixar isso acontecer.

Capítulo 25

Eli First Kill

Segunda-feira, 15 de julho, 20h

Cherie está abrindo a boca o máximo que pode para provar que escovou os molares quando a campainha toca. Meu estômago congela e quase me faz escorregar no chão do banheiro.

Os olhos dela ficam tão grandes quanto sua boca recém-escovada.

– É o papai?

– Não. Ele não tocaria a campainha. – Espio do final do corredor pela sala de estar escura até a janela da frente, levemente iluminada pelo pôr do sol. Não sei que tipo de carro está parado lá fora. – Espera no seu quarto, Cherie.

Aponto para o final do corredor até ela ir para o quarto, pisando forte. Só a polícia aparece sem avisar. Brody sempre manda mensagem antes e o resto do mundo sabe que não tenho interesse em vê-los.

Pego a lanterna na pia do banheiro e coloco na mesa de centro da sala antes de ir em direção à porta. Tudo pode dar errado em questão de segundos.

Abro a porta.

– Mara Racette. – Não consigo conter o sorriso de alívio, mas o controlo logo em seguida.

Ela ergue o queixo.

– Eli First Kill.

A adrenalina ainda percorre meu corpo quando abro a porta por completo. Estou tão feliz de não ser a polícia na minha porta que deixo Mara entrar sem pensar duas vezes. Ela passa por mim e me espera fechar a porta.

Fico parado ao seu lado, sem jeito, vendo a sala de estar pequena e quadrada pelos seus olhos. A lanterna não ilumina os cantos da sala.

A luz treme contra a parede, criando uma atmosfera sinistra. A entrada da cozinha, atrás de nós, está quase completamente escura. As sombras caem sobre os porta-retratos velhos na parede à nossa frente. A minha foto é de quando eu estava no oitavo ano. A de Cherie é de quando ela mal andava ainda. Há poeira e teias de aranha nos cantos do teto. Deve ser bem diferente da casa dela.

Depois de analisar a sala, ela se vira para mim. Está vestindo uma jaqueta jeans e uma camiseta de banda, combinando com seu tênis All Star azul-claro.

– Desculpa, a Loren me deu o seu endereço.

Claro que deu.

– O que você tá fazendo aqui? – Meu tom sai mais grosseiro do que eu gostaria.

Ela aperta os lábios enquanto vejo a resposta para a minha pergunta. Meu moletom está dobrado em seus braços. Ela me entrega.

– Ah. Valeu. – Enfio a peça debaixo do braço e mudo de posição.

– Eu lavei.

– Não precisava.

Ela olha para a porta da frente atrás de mim na mesma hora em que Cherie coloca a cabeça para fora do quarto. Eu devia abrir a porta para ela ir embora. Devia. Mas, quando penso nas horas solitárias depois de colocar Cherie para dormir, não é o que quero fazer. Nessas horas só fico olhando para o meu celular ou ouvindo música até meu cérebro desligar e dormir algumas horas.

Mara dá um passo em direção à porta.

– Enfim...

– Espera. Eu já ia colocar minha irmã pra dormir. Quer esperar um pouco? – Eu gesticulo para o sofá. – Se quiser ficar por aqui.

– Cadê o seu pai? – A preocupação em sua voz me diz que até *ela* já sabe dos boatos sobre ele.

– Ele tá voltando de um trabalho. Vai demorar algumas horas.

Ela pega a barra da jaqueta.

– OK. Tudo bem.

Eu gesticulo para ela me seguir até a sala e pego a lanterna.

– Sente-se onde quiser. Desculpa... – Ergo a lanterna. – É parte da rotina da Cherie. Já trago de volta. Só um segundo. – Não vou compartilhar a informação de que estamos sem energia porque não conseguimos pagar as contas.

A lanterna cria um túnel de luz ao passar pelo corredor e então se expande no quarto da Cherie. Ela puxa as cobertas de repente sobre as pernas, como se eu não a tivesse visto espiando pelo corredor, e me lança um sorriso inocente.

Coloco a lanterna na sua cômoda e me ajoelho ao lado da sua cama.

– Hora de dormir, irmãzinha.

– Preciso de uma estória do Napi, Eli.

Ter a Mara esperando na sala de estar me deixa ansioso para sair logo daqui.

– Hoje não.

– Por favor? Só uma. Tô com saudade do papai.

Coloco a mão no rosto dela para que não fale mais nada.

– OK. – Me sento com as costas apoiadas na parede ao lado da porta, de frente para Cherie. Meu avô nos contava histórias do Napi ao redor da fogueira ou quando não conseguíamos dormir. Até meu pai contava uma ou outra às vezes, mas nunca eram tão boas quanto as do vovô.

É doloroso saber que Cherie não se lembrará das versões dele sobre Napi, o Velho Trapaceiro que ajudou a moldar o mundo em que nós, Blackfeet, vivíamos, por isso conto as minhas histórias o mais parecido possível com as dele.

– Numa noite fria, enquanto Napi passeava pela floresta, ele ouviu um barulho. Foi em direção ao som e encontrou vários esquilos brincando com cinzas quentes. Alguns esquilos estavam deitados nas cinzas, outros se enterravam nelas. Quando os esquilos não aguentavam mais o calor, gritavam e outros os ajudavam a sair. Depois que o travesso do Napi os observou por algum tempo, ele saiu de trás das árvores e perguntou se poderia brincar com eles. Os esquilos disseram que sim, mas que ele tinha que esperar a sua vez. Napi disse que não queria esperar muito, então seria melhor enterrar todos eles de uma vez para brincarem mais rápido. Os esquilos acharam que era uma ótima ideia.

Cherie ri baixinho.

– Então, os esquilos deitaram e Napi os cobriu com as cinzas quentes. Alguns começaram a se sentir muito quentes de cara, então disseram: "Tire a gente daqui!". Mas Napi os cobriu com *mais* cinzas. E mais cinzas, até não conseguir ouvir seus gritos. Aquele travesso do Napi os deixou assando até ficarem no ponto para o jantar! Em seguida, ele os deitou em uma grade de galhos de salgueiro para esfriar e dormiu enquanto esperava. Mas, quando pegou no sono, um gato selvagem apareceu e comeu todos os esquilos!

Cherie ri mais alto, se divertindo.

– Quando ele acordou, Napi estava tão chateado com o gato selvagem que puxou suas orelhas tão forte que elas se esticaram e seu rabo diminuiu pela metade. E foi assim que o Napi criou o lince usando um gato selvagem ladrão.

Cherie bate na própria testa.

– Esse Napi é tão dramático.

– Né? – Me levanto e pego a lanterna. – Não é à toa que o chamam de encrenqueiro.

Seu sorriso some aos poucos. Eu não me importo que meu pai não esteja aqui hoje, mas a Cherie ainda é nova demais para ver o lado ruim dele. Ela não entende que as coisas são melhores quando ele está longe. Acho que isso quer dizer que faço um bom trabalho protegendo-a das partes ruins do vício dele. Ou, pelo menos, *o suficiente*.

– Não desanima. Boa noite, irmãzinha.

Cherie acena e enfia as mãos debaixo do travesseiro. Saio de costas pela porta e deixo apenas uma fresta aberta. Quase derrubo a lanterna ao ver Mara sentada no chão do meu lado. Coloco a mão na parede para me equilibrar.

– O que...

– Desculpa. – Ela se levanta. – Estava tão escuro lá. – Ela usa o polegar para apontar para trás. – E silencioso. – Eu entendo. Se ela odeia ficar sozinha em casa, com certeza deve ser pior na casa de outra pessoa. E o sol já deve ter se posto.

Eu rio para me livrar do susto.

– Se queria uma história de ninar também, era só pedir. Mas eu cobro. – Eu a guio de volta para a sala de estar e me sento em uma ponta do sofá. Coloco a lanterna na mesa de centro em meio às coisas de cabelo de Cherie. Mara não pergunta por que eu uso isso em vez de ligar as luzes do teto. Talvez ela tenha tentado mexer nos interruptores quando eu não estava aqui. Eu não devia me importar com isso.

Ela se senta do outro lado do sofá e me encara com as pernas cruzadas.

– Meu pai me contava histórias do Napi também.

– Você sabe que realmente é Blackfeet se ouvia histórias do Napi antes de dormir.

Ela sorri.

– Ou tem uma pena ou algo pendurado no espelho do carro.

– Ou um carro quebrado no quintal.

Ela ri baixinho.

– Eu não tenho.

– Nem eu. Por enquanto. – Sorrio e toco na sola branca e acabada do meu tênis Vans.

– Eu *sou* mesmo Blackfeet, sabia? – Ela cruza os braços. – Todo mundo age como se eu não fosse porque eu não cresci na reserva. Mas eu sou.

Engulo uma pontada de culpa.

– Não, você é um daqueles indígenas falsos.

Ela fica em silêncio por alguns segundos.

– Tá falando sério?

Meus lábios formam um sorriso.

– Então qual é o seu nome ancestral?

Sua postura enrijece.

– Nunca recebi um. Qual o seu?

– Urso Louco.

Ela cobre a boca para conter uma risada.

– Desculpa. É um nome perfeito pra você.

Tento não sorrir.

– Meu avô o escolheu de dentro da nossa linhagem.

– Ele falava a língua Blackfeet?

Assinto em resposta.

– Eu era teimoso demais para aprender antes de ele falecer. – Tiro os sapatos e imito sua posição no sofá, pernas cruzadas, sentado de frente para ela. Ficamos em silêncio, ambos olhando para algum ponto do sofá entre nós. Lembro-me de Samantha. Eu a vejo como na última vez em que se sentou neste sofá: fazendo perguntas demais.

– Eu falei sério – diz ela, por fim. – Eu acredito em você.

Sinto um calor se espalhar pelo peito.

– Não sei quem poderia ter feito isso. Talvez o Brody? – continua.

O calor se transforma em um crepitar, como lenha queimada.

– Por quê?

– Não foi a Loren ou a Geraldine. Sei que não fui eu. E acredito em você. – Ela morde os lábios e percebo que estou prestando muita atenção nisso. – Brody e Jason foram os últimos do grupo a ver a Samantha, e não tenho motivos para confiar em nenhum dos dois.

– Eu tenho. – Eu os conheço a vida inteira. – Somos primos.

Ela inclina a cabeça.

– São?

– Em algum grau. Minha avó e a mãe deles eram... primas de segundo grau, eu acho. Então nós somos...

Ela aperta os olhos, tentando entender a conexão antes de desistir e responder:

– Alguma coisa.

Limpo a garganta.

– Acho que o termo oficial é "parentes".

– Claro. – Ela sorri. – Bom, apesar de ele ser seu parente, tenho minhas dúvidas sobre o Jason. Ele estava naquela festa cheia de adolescentes só observando tudo. De olho nas meninas.

– Ele fica lá para ter certeza que ninguém vai fazer besteira nas terras dele. Ou sair andando a cavalo. Ele fica de olho.

– Ele não pareceu se importar muito quando aquele babaca me seguiu até o celeiro.

Imediatamente começo a refazer meus passos atrás de Sterling. Engulo a raiva que surge no meu estômago.

– Ele não deve ter visto.

– Acho que viu, sim. E ainda acho que Sterling pode ter um lado violento. Ele deixou isso bem claro.

Seguro as costas do sofá. Talvez ela tenha razão. Achava que ele e a Samantha eram próximos, mas as pessoas mudam.

– Acho que sim. Mas e o turista? O cara alto com pernas de gafanhoto?

Ela batuca os dedos contra a perna.

– Ah, sim. Faria sentido com a Samantha durante o pow wow, mas por que ele estaria aqui quando a Rayanne sumiu? Sabe... se elas foram mortas pela mesma pessoa.

– Talvez não. – Me movo e coloco os pés na mesa de centro, quase chutando a lanterna. – Duvido que a polícia tenha certeza disso.

– Bom, então eu diria que o Brody é um suspeito pela morte da Samantha, mesmo que não pela da Rayanne.

– Ele não machucaria nenhuma das duas. Ele nem tem motivos. – Meus pés formam grandes sombras contra a parede quando os movo.

– Ele não tinha nenhum tipo de *relacionamento* com elas? – Ela aperta os olhos de leve.

Isso não é uma prova irrefutável. Ter um histórico com elas não significa nada. E o Irmãozinho nem tem isso.

– Não. Ele não costuma ter problemas em arranjar mulheres, mas as duas nunca lhe deram uma chance, por mais que ele tentasse.

– Bom, *isso* pode ser alguma coisa. Talvez esteja ressentido.

Balanço a cabeça. Soa pior do que é. Acho que as duas sabiam, lá no fundo, que Brody sempre gostou da Loren. Elas não queriam se meter no meio.

– Não foi o Irmãozinho. Eu o conheço.

Ela inclina a cabeça.

– Eu o conheço também e ele é péssimo. Fez meus últimos meses serem terríveis. Ainda mais do que você. – Ela olha para os lados como se percebesse onde está e se perguntando por que ainda está aqui. – Com suas piadas rudes e comentários maldosos sobre eu ser uma forasteira. Sempre fazendo eu me sentir mal, como se eu nem merecesse andar pelos mesmos corredores que ele. Você nunca falou para ele parar. Todos vocês são o motivo pelo qual sinto que não pertenço a este lugar.

A luz suave da lanterna faz seu cabelo brilhar. Seus olhos estão encobertos pelas sombras quando ela olha para mim, e a verdade é que Mara pertence a este lugar. Ela é uma de nós. Se não sente isso, é claro que parte da culpa é minha.

Eu sou uma pessoa isolada porque quero. Ela se sente isolada porque nós a fizemos ser. Eu a fiz ser.

– O Irmãozinho não é tão ruim. Ele tem seus defeitos. Eu sei, pode acreditar. É por isso que... – Boto os pés de volta no chão e passo a mão pela calça jeans. – Ele é rude e convencido. Eu sei.

Ela se inclina sobre os joelhos.

– Por isso que o quê?

Pego a escova de cabelo da Cherie na mesinha de centro e começo a prender os amarradores de cabelo no cabo.

– Nada.

– Ei. Ontem à noite você disse que eu podia perguntar qualquer coisa. Isso tinha um prazo de validade? – Sua voz é firme. – Lembra que estou confiando em você? Você podia fazer o mesmo.

Por algum motivo, eu quero.

– Você parecia tão tímida e quieta quando mudou para cá. Como um cervo. – Todo mundo ficou sussurrando sobre a garota novata com os grandes olhos verdes de fundo dourado. Ela não falava muito, só observava todo mundo. Tem um rosto bonito, mas no começo havia algo de infantil nele. Eu não conseguia decifrar isso na época, mas estou começando a entender.

Ela brinca com os cadarços e me observa com aqueles olhos.

– O Irmãozinho... Ele estava de olho em você. – Eu puxo um amarrador de cabelo na escova. – Como disse, ele é convencido e manipula as pessoas para conseguir o que quer; na maioria das vezes nem percebe que faz isso. Ele ia fazer você dar o que ele queria e te largar. Achou que você era um alvo fácil.

E eu achei que ela era fraca.

Mara aperta o cadarço entre as unhas e exibe uma expressão neutra, esperando.

– Eu não queria que ele mexesse com você, então achei melhor falar com ele. Dar um motivo para Brody não se misturar com alguém como você. Alguém tão diferente de nós. – As palavras deixam um gosto amargo na minha boca. – Achei que estava ajudando.

Ela dá uma risada seca.

– Você presumiu que eu não sabia cuidar de mim mesma? Porque não fui tagarela no meu primeiro dia de aula?

Jogo a escova de volta na mesa. Eu a vi como uma criança. Eu a vi como vejo Cherie. Mas seu jeito não era infantil. Ela só ainda não estava calejada. A vida dela ainda não tinha sido tão difícil. É raro ver esse tipo de coisa com quem cresce na reserva.

– Eu não sou um capacho.

Lembro-me da determinação em seu olhar quando pegou aquela pá. Nunca vi aquilo antes.

– Eu só tentei tirar o Irmãozinho da sua cola. Aí a Samantha entrou na onda e disse que você era quieta porque achava que era melhor do que nós da reserva. Mais rica. Mais inteligente. Antes que eu me desse conta do que estava acontecendo, ela fez todo mundo acreditar que você era uma esnobe arrogante. – É provável que isso diga mais sobre as inseguranças de Samantha do que qualquer outra coisa, mas não digo isso.

– Uau.

– Eu não queria que o grupo inteiro entrasse na onda e que virasse algo tão grande. De verdade.

Ela balança a cabeça.

– Ah, claro. Você sabe a influência que tem.

Eu me mexo, um braço jogado nas costas do sofá.

– Só não queria que o Irmãozinho te usasse.

Ela me encara por um bom tempo. Agora que sabe que fui eu que comecei tudo isso e não fiz nada para impedir quando as coisas saíram do controle, ela devia estar me olhando com raiva, mas não está.

– Você é igualzinho ao meu pai.

Essa é a última coisa que eu esperava ouvir dela.

– O quê?

Ela assente devagar, como se as peças estivessem se encaixando.

– Você presumiu que eu não fosse capaz de me defender, de ter coragem. E nem me deu a chance de lutar minhas próprias batalhas.

Abro a boca para revidar, mas acho que ela tem razão.

– Eu achei...

– Você achou que estava me ajudando. Assim como o meu pai. – Seu tom fica imediatamente mais ríspido. – Por que todo mundo acha que eu não consigo tomar conta de mim mesma?

Ficamos em silêncio por alguns segundos enquanto tento acompanhar sua mudança repentina de humor.

Seu rosto está corado.

– Só... deixa pra lá. – Estamos nos aprofundando mais do que ela queria.

– O que o seu pai fez?

– Nada. – Ela cruza os braços. – Foi minha culpa mesmo.

Eu duvido.

– O que ele fez?

Ela me encara, a dúvida fazendo suas sobrancelhas oscilarem, e então solta um suspiro.

– Tinha um cara na minha antiga escola. Reid. Um babaca. Ele fez de tudo para me fazer acreditar que gostava de mim. A gente saiu algumas vezes. Eu sabia que ele não prestava, mas... – Ela dá de ombros. – Costumo dar o benefício da dúvida pras pessoas.

Esse foi seu primeiro erro.

– Eu e meus pais fomos a uma praça de *food trucks* onde havia várias mesas. Eu vi o Reid sentado com um amigo no meio-fio e o ouvi falando de mim.

Sei o que está por vir pelo jeito como ela evita me olhar nos olhos.

– Ele disse pro amigo que estava tentando adicionar uma indiazinha a sua lista.

Faço uma careta na hora.

– Babaca.

– Pois é.

Se ela está me comparando com seu pai, já sei onde isso vai dar. Porque eu sei o que faria. Só de ouvir essa história, sinto o rosto esquentar.

– Eu estava chateada...

– Com razão.

– Mas não devia ter me deixado abalar. Eu choro quando fico com raiva e acabei contando pra minha mãe o que ele disse... – Suas bochechas ficam vermelhas de vergonha. – Ela contou pro meu pai e... Eu não devia ter falado nada.

– O que ele fez?

Ela observa a lanterna pulsar com o olhar perdido.

– Ele surtou. Foi até o Reid e o empurrou contra uma parede. Com força. Disse para ficar longe de mim e ameaçou acabar com a cara dele ou algo assim. Ele ficou com a cabeça toda machucada.

Que bom.

Mara solta uma mistura de grunhido com suspiro.

– O pai do Reid era o chefe do meu pai. Claro que o Reid contou pra ele. Me senti tão humilhada com toda a situação, e a maioria dos meus amigos acreditou na versão dele sobre ter sido um mal-entendido. Meu pai teve que pedir demissão ou aceitar ser demitido.

– Esse cara mereceu. Eu teria acabado com ele.

Ela ergue as sobrancelhas.

– Eu sei. Assim como um pai superprotetor.

– Prefiro o termo *tio perigoso*.

Ela balança a cabeça, contendo um sorriso.

– Estou fazendo piada, mas não foi culpa sua. Ele que perdeu o controle. Não você.

– Talvez.

– Sinto muito que você teve que lidar com as consequências das decisões dele.

Ela pega um dos amarradores da Cherie da mesa e brinca com ele.

– Parece tão ridículo depois de tudo que aconteceu aqui.

Sei que ela está falando de Rayanne e Samantha, mas não consigo parar de pensar no babaca que queria se aproveitar dela e nos amigos que não ficaram do seu lado. Depois, penso nas pessoas daqui que não a trataram bem, inclusive eu. Achávamos que ela não sabia como era crescer aqui, e ela não sabia mesmo. Mas isso não era culpa dela.

Só porque nossas experiências são diferentes, não quer dizer que não possamos entender um ao outro. Eu devia falar isso, mas ela muda de assunto antes que eu o faça.

– Então... – Ela estica tanto o amarrador de cabelo que acho que vai arrebentar. – Se você arquitetou todo um plano estúpido só para impedir que Brody me seduzisse, por que gosta dele?

Jogo a cabeça para trás e rio. Ela é incrivelmente direta.

– Eu disse que...

– Ele não é só seu parente, é seu melhor amigo. Por quê? Dê três motivos.

Lambo os dentes.

– Ele é engraçado. – Sei que há mais, mas não consigo me lembrar de nada. – Ele está no meu time de corrida de revezamento. – Faço o possível para não sorrir, mas não consigo.

Seu escárnio se transforma em uma risada.

– Sério, me responde de verdade por que ele é seu melhor amigo.

Ele é o mal que eu conheço, mas como posso explicar isso? Quando éramos crianças, passávamos quase todos os dias correndo juntos pelo rancho dele, brincando um segundo e nos batendo no outro. Em viagens de caça, ele sempre fingia ver a presa antes de mim e atirava, errando na maioria das vezes. Empurrávamos um ao outro em riachos assim que algo puxava nossas linhas de pesca, só para zoar.

– Eu o conheço. Conheço todas as suas partes ruins. É fácil ser amigo de alguém que você sabe que nunca vai te surpreender.

– Então quando ele age como um babaca...

– Eu já espero isso dele. Existe certo conforto nisso. – Talvez ele não seja o cara mais legal do mundo, mas grande parte da sua atitude é falsa. E ele faz a gente rir. Sempre esteve por perto, mesmo nos últimos tempos, comigo sempre cuidando da Cherie, resolvendo os problemas do meu pai, mantendo a casa em ordem. Ele sabe que eu tenho que lidar com um monte de merda e não me pressiona quando eu sumo. – Crescemos juntos. – Não consigo explicar melhor do que isso.

– Talvez você esteja certo sobre ele – conclui Mara. – Não tenho certeza se posso confiar nele, mas é mais provável que o Sterling ou o turista na cerimônia tenham feito isso. A gente devia descobrir mais sobre esse cara estranho.

– Desde que você não ache que fui eu, suspeite de quem quiser. – Eu sorrio, mas a tensão pesa no ar.

Ela toca na tela do celular para checar a hora.

– Enfim, é melhor eu ir. Meus pais não sabem que eu tô aqui. Eles se preocupam bastante com a minha *segurança*.

Nos levantamos ao mesmo tempo e eu a acompanho até a porta da frente.

– Eles têm razão. – Abro a porta e apoio a mão na maçaneta. – Obrigado por trazer o moletom de volta – digo enquanto ela passa pela porta.

Ela para, deixando poucos centímetros entre nós.

– Por nada. – Ela quer dizer algo mais; vejo pelo jeito como seus lábios estão entreabertos, mas não o faz. Agora, estou encarando sua boca. – Tchau. – Ela coloca o amarrador de cabelo da Cherie na minha mão e desce os degraus da varanda.

Já estou com receio de ficar sozinho.

– Ah. – Ela para ao lado da porta do carro. – Se ainda não fez isso, devia procurar um advogado. Meu pai e eu temos um. Ele vai estar presente se quiserem nos interrogar de novo ou algo assim.

Me apoio no batente da porta enquanto processo o que ela disse. Não sei por que ela acha que consigo bancar um advogado. Ou que meu pai se importa o bastante para contratar um, se pudesse. E essa é a primeira vez que ouço que alguém que não estava na cerimônia foi interrogado.

– Por que o seu pai precisa de um advogado?

– Ele encontrou o corpo da Rayanne. Acho que Staccona ficou em cima dele depois disso. – Ela abre a porta. – Enfim, até a próxima.

– Me manda mensagem quando chegar em casa.

Ela assente e entra no carro. Me pergunto se comentou com os pais sobre como a fizemos se sentir excluída. Se seu pai superprotetor sabia como Samantha a tratava. O que ele faria se soubesse.

Eles se mudaram para cá pouco antes de tudo isso começar, o pai de Mara encontrou o corpo que mais ninguém conseguiu achar e então arranjou um advogado.

Todo mundo tem um pouco de veneno em si. Mesmo aqueles em quem você mais confia.

Fecho e tranco a porta, mas observo pelas persianas até as lanternas traseiras do seu carro desaparecerem na estrada Duck Lake.

Capítulo 26

Brody Clark

Terça-feira, 16 de julho, 13h20

Aumento o volume da TV, mas ainda consigo ouvir Jason e o advogado conversando, mesmo com o barulho da metralhadora. Ele não queria que eu ficasse lá ouvindo sem necessidade. Quer que eu me mantenha afastado. Acho que Jason sabe que estou mais estressado com tudo isso do que ele.

Preciso ser mais como ele. Equilibrado. Confiante. Não sei como meu irmão fica tão calmo.

Duvido que o carro dos outros tenha sido revistado.

Pelo menos o rancho está indo bem o bastante para ele conseguir pagar um advogado. Um bom advogado. No passado, não teríamos condições de pagar por um. Me lembro da sensação desagradável de abrir uma geladeira vazia e da pressão fantasmagórica nos dedos dos pés por causa dos sapatos apertados demais. Lembro-me da época difícil depois que a mãe foi embora e o pai queria que a gente continuasse na escola em vez de vir ajudá-lo no rancho. Incentivando Jason a ir para a faculdade. Sacrificando tanto.

Espero que a gente realmente possa pagar por tudo isso, que o Jason não esteja nos deixando endividados.

Algum adolescente com o nariz entupido grita no meu fone conectado ao Playstation.

– Bora, EagleRib! Faz alguma coisa.

A contagem regressiva do *respawn* aparece na tela sobre o meu cadáver, e a outra equipe assume a liderança.

– Foda-se, CALLofDOODIE. Não vai sujar sua fralda. – Tento me concentrar na partida de *Battle Shock*, mas minhas pernas estão inquietas. Minha mente se concentra na conversa abafada do outro lado da porta.

Quando morro de novo, o barulho para. Tiro os fones e presto atenção, mas os dois permanecem em silêncio. Depois, o barulho de pneus sobre o cascalho lá fora faz um calafrio percorrer meu corpo, como a água que escorre pela montanha.

Desligo o videogame e olho pelas persianas. Kurt Staccona e Jeremy Youngbull estão parados em frente à nossa porta como se fossem os donos da casa. Esses otários estão até usando óculos escuros.

Sinto o suor se formar na testa enquanto ando pelo corredor. O advogado de Jason se posiciona no final da entrada de carros e assente. Seu cabelo preto trançado nas costas é quase tão longo quanto a gravata texana no seu peito.

Jason abre a porta.

– Vieram revistar mais alguma coisa?

O olhar de Staccona passa por entre os homens.

– Dalton Gaudreau – diz Youngbull. – Bom ver você.

Dalton estica a mão para cumprimentar Staccona.

– Sou o advogado dos Clark. O que você quer com meu cliente?

Staccona me olha, uma sombra no canto da sala, antes de responder.

– Precisamos fazer algumas perguntas para o Jason.

Desço pelo corredor enquanto eles discutem por que Jason deveria ou não aceitar ser interrogado. No fim, decidem ir até a delegacia para demonstrar que ele não tem nada a esconder. Dalton Gaudreau vai se certificar de que eles não tentem armar pra cima dele.

Isso não me tranquiliza.

Mas pelo menos é com ele, não comigo. Eu provavelmente diria algo idiota. Algo que pudessem usar contra mim. Algo que entenderiam errado.

Mas eu nunca machucaria Rayanne. Ou Samantha. Juro pelo meu pai.

Ainda estou preocupado com o que Staccona vai descobrir. O Youngbull praticamente avisou Jason que esse cara vai investigar tudo, mesmo as coisas que meu irmão acha que estão no passado.

Depois que os homens voltam para o carro, Jason me tira do meu canto escuro.

– Não precisa se preocupar. O Dalton vai garantir que eles me escutem. Por isso estamos pagando tanto para ele. – Jason se mexe para me bloquear do olhar de Dalton e então se aproxima. – Entendeu? – O que está me dizendo, de verdade, é para eu parar de parecer tão assustado. Isso é ruim para ele.

Engulo em seco.

– Não tô preocupado.

Ele sorri por um segundo. Meu irmão mais velho me conhece melhor do que todo mundo.

– Vira homem e vai se manter ocupado. Não fica parado, senão vai pirar. – Ele aponta para o meu peito até eu responder.

– Pode deixar. Até mais.

Ele coloca seu boné com mais força do que o necessário e me deixa sozinho em casa, a poucos minutos de começar a pirar.

Só preciso me distrair. Pego a vara de pescar e a caixa de iscas e entro na minha caminhonete branca. São só trinta minutos até o lago Lower Two Medicine. Nada como pescar na terra dos nossos ancestrais.

É a melhor distração que há.

Coloco a minha playlist de rap e saio do rancho em direção às montanhas: a Coluna Vertebral do Mundo. Com os picos irregulares à minha frente e as colinas baixas passando zunindo por mim, quase esqueço que Jason é suspeito de assassinato.

Quase.

Consigo até ver Aquela Que Espera. Uma grande rocha lá no alto parece uma pessoa em pé, observando, como uma mulher indígena esperando o marido voltar de uma guerra.

Nunca seria a minha mãe. Ela já teria ido embora há muito tempo, fodam-se os outros.

Quanto mais perto chego das montanhas, mais verde fica a paisagem e mais densas as árvores. Quando enfim cruzo o rio Two Medicine e passo pela East Glacier, paro para pegar um milk-shake na lanchonete Glacier Treats.

As mesas vermelhas espalhadas pelo asfalto estão cheias de pessoas com sorvetes ou bebendo milk-shakes. A maioria se parece com turistas queimados pelo sol. Entro na fila em frente à pequena construção que parece uma cabana e encaro a lista de sabores sob a sombra dos pinheiros ao redor, tentando não pensar em Jason naquela sala de interrogatório.

Levo um susto ao ouvir meu nome.

– Irmãozinho? É você? – Um cara sentado em uma mesa próxima me encara.

Seu rosto de pele marrom e enrugada está encoberto por um chapéu de caubói branco e a fivela do seu cinto é desproporcionalmente grande. Eu o reconheço, mas não sei de onde.

Ele vem até mim com a mão esticada.

– Bugs Schmidt. Faz tempo, hein?

Aperto a mão dele e dou um passo quando a fila anda.

– Lembra-se de mim? Fui o açougueiro do seu pai por anos. Do Jason também. Nossa, deve fazer uns três anos desde a última vez que te vi. Sou bom com rostos. – Ele sorri e olha de volta para as crianças que devem ser seus netos.

– É verdade. Bom ver você. – A fila anda de novo, mas o homem continua a falar.

– Tentei ligar pro Jason, mas ele não me atende. Parece até que tá me devendo dinheiro ou algo assim, ays. – Ele coloca a língua para fora e ri.

Não consigo brincar sobre isso sabendo que o verdadeiro motivo de Jason não atender às ligações é porque o agente Staccona ainda está com o celular dele. Estou prestes a inventar uma desculpa quando vejo alguém por cima do ombro do cara.

O turista que estava nas fotos da cerimônia.

Ele está na mesa mais afastada, tomando um sorvete de casquinha. Jason está suando em uma sala de interrogatório, com um advogado, e esse cara está aqui, curtindo o sol. Por que a polícia não está em cima dele? Ele é tão inocente assim?

Bugs continua a falar, mudando de posição e bloqueando minha visão do homem.

– Faz tempo que não falo com o seu irmão. Tô tentando descobrir se ele arranjou outro açougueiro.

A fila anda e eu olho ao redor de Bugs. Estou tentando ver com quem o homem das pernas compridas está sentado.

– Ele arranjou? – A voz do Bugs me incomoda como uma mosca perto do ouvido.

O turista dá uma grande mordida na casquinha.

– Não sei. – Jason é quem cuida do rancho, não eu. Ele não me inclui na parte dos negócios.

– Pode pedir pra ele me ligar? Se ele tá levando o gado pra outra pessoa, eu quero saber por quê. E queria tentar fazer negócios de novo, né? Trabalho com o seu rancho há muito tempo. Esse tipo de coisa deveria fazer diferença.

Enquanto dá uma última mordida na sua casquinha, o turista observa uma família com uma filha adolescente passar pela rua, e nessa hora decido segui-lo.

Se o turista está escondendo alguma coisa, vou descobrir.

Camry, aquela garota da festa, disse que ele estava observando a Samantha no pow wow. Isso devia ser motivo suficiente para o tornar um dos suspeitos. Vou descobrir alguma coisa para confirmar que é.

– Tá, OK – digo para Bugs, mas estou observando o cara se levantar e limpar a boca com um guardanapo.

– Próximo! – alguém grita da janela.

Olho da janela para Bugs e então para o turista jogando o guardanapo no lixo à prova de urso.

– Esquece – digo para a garota na janela. Lanço um aceno discreto para Bugs e corro até a minha caminhonete antes que eu mude de ideia.

Acho que não vou mais pescar.

Em vez disso, sigo o carro azul do turista até seu acampamento a poucos minutos de carro da Glacier Treats. Passo pelas fileiras de trailers e barracas até ver o número do seu *motorhome*, então estaciono perto do escritório do acampamento.

Pego o celular do bolso e mando mensagem para Eli para checar algo.

Onde a Rayanne trabalhava aos fins de semana?

Não espero que ele me responda rápido.

Depois de ver a rua em que o turista estacionou, saio e vou ao escritório. Passo por uma placa gigante que lembra os hóspedes de não acenderem fogueiras enquanto o risco de incêndio estiver no nível extremo, e um sininho toca quando abro a porta.

A cabana estava cheia de presentes cafonas e freezers com sorvete. Passo por camisetas e casacos do Parque Nacional Glacier pendurados nas paredes e viro em um corredor de chaveiros e itens de cozinha temáticos de alces.

Uma mulher na casa dos cinquenta com um cabelo castanho opaco como um ninho de pássaros sai de uma sala dos fundos e chegamos a lados opostos do balcão ao mesmo tempo. Há um livro encadernado de couro no final do balcão. Bingo.

– Como posso ajudar?

Bato no balcão, passando o dedo pela lateral do livro.

– Quero estender a minha a estadia.

– Qual o nome da reserva?

Droga.

– Então, não sei se a minha tia fez a reserva ou se foi no nome do meu pai. É o número dezessete.

Ela move o mouse do computador velho apoiado em uma prateleira ao lado do balcão.

– Dezessete. Stern. Quantos dias a mais?

– Só um.

– Vinte dólares.

Olho para o livro de visitas. A mulher me encara, esperando.

– Espera aí. – Pego o moletom horrível e entrego para ela. – Isso também.

– 69,99.

Ai.

Entrego um monte de notas para ela e coloco o moletom sobre o livro de visitas enquanto ela conta o dinheiro e guarda na caixa registradora. Ela puxa o recibo e o entrega para mim segurando entre os dedos, como se fosse um cigarro.

Enfio o papel no bolso e então pego o casaco e o livro e me viro para ir embora. Passo pela porta e entro na minha caminhonete estacionada na esquina.

É um tiro no escuro, mas não custa nada tentar. Abro o livro nas páginas cheias de rabiscos e examino as assinaturas dos hóspedes que preencheram as linhas à caneta e a lápis na última semana. Na quarta-feira, a véspera do começo da Assembleia dos Povos, Andrew Stern assinou seu nome quando chegou.

Encaro a assinatura, memorizando cada volta e curva, e viro as páginas até chegar em abril.

Não seria interessante se eu encontrasse seu nome aqui um pouco antes do dia em que Rayanne desapareceu?

Seria bem suspeito.

Meu celular vibra ao receber uma mensagem de Eli.

Glacier treats, na east glacier. Pq?

Paro o carro na entrada de cascalho da casa do Eli, a varanda da casa à minha direita. Estou de frente para a oficina. Sua caminhonete cinza está aqui. A do pai não está. O sol está baixo, próximo às montanhas, fazendo os campos amarelos ficarem rosa. Eu ainda estava correndo pelo cascalho quando Eli abre a porta e se encosta no corrimão da varanda.

– Me deixa ver.

Liguei para Eli no caminho de volta do acampamento e disse o que tinha achado no livro de visitas. Não consegui esperar.

Tiro o livro de baixo do braço e jogo para ele. Eli analisa as páginas rabiscadas até encontrar a assinatura de Andrew Stern pela sua estadia atual, então abre a página em que coloquei o marcador de tecido.

A página do dia anterior ao desaparecimento de Rayanne, no livro de visitas do acampamento perto do lugar onde ela trabalhou em quase todos os fins de semana desde o verão passado.

– Caramba! – Ele se inclina sobre o livro, o nariz quase tocando a página. Ali estava a assinatura de Andrew Stern, no dia 8 de abril. – Temos que mostrar isso pra polícia.

Tirei o livro das mãos dele.

– Você confia mesmo neles? Youngbull tem algo contra o Jason, e o

Staccona não se importa com nenhum de nós. Ele só quer se livrar desse caso difícil e ir embora da reserva. Jogaria a culpa em qualquer um de nós sem pensar duas vezes.

– Isso é muito importante, irmão.

– Não é. Ainda não. Não prova nada, exceto que ele gosta de visitar a região. E talvez ele tenha visto a Rayanne lá na Glacier Treats. Precisamos de mais. – Eu preciso de mais.

– Tipo o quê?

– Precisamos segui-lo.

Ele suspira e ri.

– Até parece.

– Tô falando sério. Vamos ao acampamento amanhã, e aí a gente fica no rastro dele até o pegar no flagra.

Ele balança a cabeça, mas não fala nada.

– *E aí* a gente chama a polícia.

– Tá bom, mas tenho certeza que não vamos pegá-lo fazendo nada demais. E a Loren e a Mara vêm junto.

Ótimo. Quanto mais, melhor. Ainda mais a Loren. Se eu puder provar para ela que o Jason não tem nada a ver com isso, talvez a gente finalmente consiga fazer com que a polícia nos deixe em paz e volte a ter uma vida mais *normal* de novo.

Depois, posso parar de me preocupar com Staccona remexendo no passado do Jason. Algo que ele não contou nem para *mim*.

– Combinado então. – Coloco o livro debaixo do braço e ouço o cascalho sobre meus pés. – Ei, achei que o seu pai já tinha chegado em casa.

Eli cruza os braços.

– Ele chegou tarde da noite ontem, mas arranjou uma diária hoje em Kalispell. Pagam bem.

Mordo a língua. O pai de First Kill trabalha como um condenado para ganhar dinheiro e depois gasta tudo com drogas.

Na verdade, é triste, mas pelo menos o pai do Eli está vivo.

O meu, não.

Capítulo 27

Mara Racette

Quarta-feira, 17 de julho, 6h30

Troco de camiseta três vezes e até pego algumas opções das caixas fechadas. Não sei por quê. Acho que não sei qual é a melhor roupa para espionar alguém. Não tem nada a ver com Eli... Pelo menos é o que digo a mim mesma.

Meus pais só concordaram com meus planos de ir até Glacier quando prometi que o grupo ficaria sempre junto e em lugares públicos. Não é mentira. Em parte. Mandei uma mensagem no grupo ontem me voluntariando para dirigir e, depois que Brody e Loren concordaram, consegui a reação que eu queria.

Eli me mandou uma mensagem no privado.

Eli: Eu sei o que você tá fazendo.

Eu: 😏

Eli: Você é espertinha, Mara Racette.

Eu: Acho que vai ter que me deixar te dar uma carona.

Eli: Boa jogada.

Depois de buscar Loren, vamos para a casa de Eli, em silêncio. Pelo visto não vamos ser amigas. Talvez ela só precisasse de companhia na sua investigação amadora naquele dia. Mas fico feliz que eles me incluíram nos planos de hoje porque, desde que Eli mencionou aquele turista, não consigo parar de pensar nisso.

Outra caminhonete está na entrada da garagem de Eli agora, ao lado da sua Tacoma cinza. Há manchas de ferrugem laranja nos eixos das rodas, onde a pintura marrom apresenta lascas. Acho que seu pai voltou. Não preciso ter amigos na Escola de Ensino Médio de Browning para ouvir os rumores sobre o pai de Eli. Metanfetamina é um problema sério na reserva.

Com certeza ele não é o único aqui lidando com esse problema na família.

Talvez seu pai esteja com tudo sob controle se está trabalhando tanto. Espero que sim, pelo bem do Eli e da Cherie.

Eli sai da casa vestindo o moletom preto que lhe devolvi. Seu cabelo escapa do capuz quando senta no banco traseiro e resmunga um "oi".

– Bom dia pra você também – diz Loren.

Ele resmunga de novo.

Em seguida, vamos buscar Brody, que desfila até o carro com um pedaço de carne-seca pendurado na boca antes de voltar correndo para a casa. Ele aparece de novo na porta com seu moletom cinza e preto de sempre, que tem uma cruz amarela gigante do Guns N' Roses no peito, e aí entra no carro com seu bafo de carne. Ele é ainda menos falante do que Eli. Só quando passamos pelo East Glacier, vinte minutos depois, é que os dois se animam. Brody me guia até o acampamento dos visitantes. É pouco depois das sete e meia quando passamos pelo escritório principal.

– Estaciona aqui – diz Brody enquanto aponta para uma vaga perto de uma área de recreação. Abro a janela e desligo o carro. Há pinheiros por todo o perímetro do acampamento e mais alguns espalhados entre os trailers estacionados.

Há uma brisa leve lá fora, mas o ar está abafado o suficiente para saber que o dia vai ser quente. O canto dos pássaros e o aroma de pinho se espalham pelo carro, vindos das árvores ao redor. Alguns campistas estão se movendo pelos seus espaços, acendendo suas fogueiras matinais ou levando bolsas para os banheiros.

– Qual é o trailer do girafão? – pergunta Eli.

Brody aponta para o *motorhome* a alguns veículos de distância de nós, azul-claro e de quatro portas.

– Qual o nome dele mesmo? – pergunta Loren. Ela mexe nos brincos. Círculos de miçangas coloridas envolvidas por uma pena preta. Não sei já a vi sem brincos.

– Andrew Stern – os meninos dizem ao mesmo tempo.

Ficamos em silêncio até o meu estômago roncar.

– A gente devia ter trazido uns donuts.

Loren mexe na bolsa.

– Eu tenho umas balinhas de goma. Elas têm o formato de donuts.

Pego uma e a coloco na boca. Parece até que somos... amigas.

– Olha – sussurra Brody.

A porta do Stern se abre e uma mulher sai com uma bolsa no ombro. É a mesma mulher que estava com ele na cerimônia. Deve ser sua esposa. Nos afundamos nos assentos quando ela vem na nossa direção e vira no final da estrada, em direção aos banheiros.

Pouco depois, Stern sai. Ele abre um compartimento na lateral do *motorhome* e tira uma rede dobrável. Bato os dedos no volante.

– E se ele nunca sair? Vamos ficar aqui o dia inteiro?

Loren apoia a cabeça na janela.

– Estamos perdendo tempo.

– Qual é, gente? – Brody se inclina para a frente e apoia os cotovelos no console central. – Vai valer a pena. – Ele balança a perna e mal percebe que isso faz o carro inteiro balançar.

– Duvido – diz Loren.

Brody a cutuca no ombro.

– Você ouviu a menina na festa. O Stern tava olhando pra Samantha de um jeito estranho.

– Também ouvi ela dizer que a polícia não levou isso a sério. – Loren se afunda no banco e apoia os pés no painel do carro. – *Talvez* levassem a sério se a gente entregasse o livro de visitas.

Brody volta para o banco traseiro e passa a mão no cabelo comprido.

– Vamos entregar. Só precisamos de mais provas antes. O suficiente para chamar a atenção do Staccona.

Loren não diz nada. Encontro o olhar de Eli no retrovisor.

– Vamos ficar aqui por duas horas – diz ele. – Depois a gente vai embora, beleza?

Os três ficam discutindo sobre quanto tempo a gente vai ficar aqui espiando enquanto o homem monta sua rede. Ele desaparece dentro do trailer por alguns minutos e reaparece com sanduíches em dois pratos de papel.

Na mesma hora, sua esposa aparece no final da rua com uma toalha na cabeça e vestindo outras roupas. Eles têm uma rotina perfeita.

O estômago de alguém no banco traseiro ronca enquanto assistimos ao casal comer os sanduíches. Em seguida, a mulher pega um livro do *motorhome* e se deita na rede.

– Tá de brincadeira – resmunga Eli.

Não consigo conter o riso.

– Eles não vão a lugar nenhum por um bom tempo.

Brody se aproxima do console de novo e depois volta pro seu lugar.

– Duas horas. Só duas horas.

Eu pego o celular. Já são 8h10.

– Eu vou até pegar uns salgadinhos. Trago uns minidonuts cobertos de açúcar só pra você, Mara. – Ele está tão desesperado para ficar que está até fingindo que *eu* faço parte do grupo. Isso me faz gostar menos dele.

Arrumo minha postura.

– Olha. – Stern se inclina e beija a mulher com as chaves do carro na mão. Não ouvimos o que falam um para o outro e depois ele entra no carro pequeno.

Nos afundamos nos assentos quando ele passa dirigindo, mas ele nem olha para nós.

– Vai, vai, vai – sussurra Brody. Eu ligo o carro e o sigo pela saída do acampamento, mantendo certa distância.

Meio que espero que Stern esteja indo para as montanhas ou para a estrada Going-to-the-Sun. Se ele não fizer nada suspeito hoje, o que é muito provável, pelo menos a vista daqueles penhascos vai valer a pena. Sempre que visitávamos a região no verão, encontrávamos um mirante para parar e meu pai pegava seus binóculos. Ficávamos observando animais selvagens nas montanhas, no cânion ou no vale abaixo de nós. Ursos, alces, cervos de cauda branca. Uma vez, vimos até um leão da montanha perto da cabana da tia dele em Saint Mary.

Não é de admirar que nossos ancestrais chamassem esse lugar de lar. Cada detalhe do Glacier é de tirar o fôlego.

Mas Stern não pega a estrada Looking Glass para seguir até a entrada de Saint Mary. Em vez disso, vira de repente em um estacionamento da Pousada Parque Glacier. Há uma colina perfeitamente bem cuidada aos pés da pousada com trilhas cheias de flores.

Uma tipi branca está montada no meio da grama, contrastando com a grande pousada de madeira atrás dela. Aposto que os turistas adoram tirar fotos lá dentro.

Estaciono em uma vaga livre.

– O que ele tá fazendo aqui? – pergunta Eli, se inclinando para ver aonde Stern foi.

Loren tira o cinto de segurança.

– Deve ter ido encontrar alguém pra tomar café da manhã.

– Ele já tomou café. – Brody abre a porta. – A gente precisa segui-lo.

– Ah, claro – diz Loren. – Ele vai me reconhecer. E provavelmente vocês também.

Eli coloca o capuz e diz:

– Agora não vai mais.

Brody fecha a porta e olha para mim com meu moletom que também tem um capuz. Loren está só de camiseta e o casaco do Brody não tem capuz.

– Tá. – Visto meu capuz e saio, seguindo Eli. Cruzamos a estrada da pousada até uma trilha de árvores entre a nossa vaga e a do Stern.

Ele está andando no meio da grama alta, mexendo na sua camisa quadriculada. Sua calça jeans é curta demais para as pernas compridas dele, o que o faz parecer ainda mais alto. Estou prestes a sair do meio das árvores para correr atrás de Stern quando ele para fora da tipi.

Ele se apoia em uma das vigas de suporte e tira o celular do bolso. Digita alguma coisa e fica observando um homem e uma adolescente do outro lado do estacionamento cruzarem o estacionamento e subirem a colina em sua direção.

– Ah, esqueci meu celular – diz a menina. Sua voz é tão clara quanto o sol da manhã.

– Te vejo lá dentro – diz o homem. Ele joga as chaves para ela e continua a andar em direção à pousada, passando por Stern, enquanto a menina caminha entre os carros com seu rabo de cavalo balançando.

Stern observa o homem se afastar e em seguida segue apressado em direção aos carros.

O lugar está quieto, então consigo ouvir o barulho da menina destravando a porta do carro a poucos metros de nós.

Stern segue em direção à adolescente que está com a cabeça dentro do carro, procurando seu celular. Ele está indo pegá-la.

Eli sai de trás das árvores e entra no estacionamento. Estou logo atrás dele quando nos escondemos atrás de um carro sedã, sem tirar os olhos da menina. Ela está de costas para Stern, completamente alheia a sua aproximação rápida.

– Ele não vai... – Minha voz sai como um sussurro.

Eli pressiona a mão contra o capô do carro, seus músculos tensionados. Stern olha por cima do ombro para a pousada onde o pai da menina desapareceu, então se volta para a menina na sua frente. Está a poucos passos dela quando Eli fica em pé de repente.

Em quanto tempo ele conseguiria pegá-la pelo pescoço e estrangulá-la? Quão rápido foi para matar a Samantha? Um minuto sem testemunhas?

Os sapatos do Eli fazem barulho contra o cascalho quando ele para de repente. Stern passa direto pela menina. Ela se assusta ao ver a proximidade com que ele passa, mas continua a remexer embaixo do assento. Eli fica congelado no lugar com as mãos abertas, enquanto Stern abre a porta do próprio carro.

Quando Eli volta a se agachar ao meu lado, olho uma vez mais para o meu carro. Brody pressiona a testa contra o vidro e Loren está apertando o cabelo no alto da cabeça. Pelo menos não fomos os únicos a acreditar que outra coisa ia acontecer.

Stern pega duas garrafas de refrigerante roxo com frutinhas desenhadas no rótulo e volta a subir a colina em direção à pousada.

Eli balança a cabeça e eu o sigo, esperando atrás de uma grande tora de madeira antes de entrar no prédio atrás de Stern. A entrada dá em um grande salão com o teto abobado. Há colunas ao redor do salão que vão até o teto, marcando os corredores do segundo e terceiro andar, formando postes para os corrimãos.

Móveis ornamentados de madeira tingida estão agrupados ao redor do salão e uma luz quente brilha das lâmpadas nos lustres gigantes.

Nos apertamos contra a parede de um dos corredores do segundo andar, perto da loja de presentes. Stern cruza o salão até uma mulher sentada em um sofá, de costas para nós. Ele se aproxima dela, entrega uma das garrafas e a beija.

Loren Arnoux

Quarta-feira, 17 de julho, 12h

Brinco com o fiapo desfiado da minha calça jeans enquanto Mara, Eli e eu estamos sentados no carro em frente à casa de Eli. Andrew Stern, o turista de cabelos brancos, é suspeito, sim. Ele está até traindo a esposa. Mas, se está matando pessoas, não vamos pegá-lo no ato com tanta facilidade. Precisamos fazer algo com as informações que temos.

As datas no livro de visita podem significar algo. Se o Brody entregar o livro como prova, talvez a polícia possa pedir um mandado e provar que Andrew Stern estava na região quando as mortes aconteceram. Talvez possam analisar sua conta bancária e ver se ele esteve na Glacier Treats quando a Ray estava trabalhando.

Não temos como encontrar uma conexão entre Stern e minha irmã, mas talvez Staccona consiga.

Brody ficou chateado quando o deixamos em casa, mas não podemos fazer muita coisa. É ele quem está com o livro e ainda não quer entregá-lo à polícia. Quer se certificar de que temos o suficiente para Staccona levar os registros a sério. É verdade: ele pode considerar uma mera coincidência. E Brody provavelmente teria problemas por pegá-lo.

– O Brody tá bem empenhado nisso. – Mara enfia as unhas no cinto de segurança cruzando seu peito. – Acham que encontraram algo comprometedor sobre o Jason?

Eli coloca o braço para fora da janela. Os nós da sua mão, que percebi estarem inchados na outra noite, agora estão com leves hematomas.

– Eu não acredito nisso. Ele é um cara legal. – Ele defende Jason com muita rapidez. Talvez rápido demais.

E se for o Eli? Por mais que eu queira, ainda não o excluí da equação. Ele admitiu ter tido um relacionamento secreto com Ray. Eles podem ter acabado em maus termos, mesmo que ele negue. O *timing* da mensagem dela dizendo "sinto sua falta" é, sem dúvida, suspeito.

– Quem *você* acha que foi, então? – pergunto. – Conta sua teoria.

Ele olha para fora da janela em direção à caminhonete velha e enferrujada ao nosso lado. Deve ser um trabalho do pai dele. Um pássaro canta no teto da oficina.

– Qualquer um. – Ele solta um suspiro. – Pode ser qualquer um.

Assim que Mara para o carro na entrada da minha casa, abro a porta antes que ela diga alguma coisa. Antes que pergunte sobre sairmos juntas de novo. Nem agradeço pela carona.

Ela precisa ficar longe de mim. Eu sou a única pessoa que vai solucionar isso.

Não olho para trás para ver sua expressão. Não preciso adicionar mais culpa à lista de coisas que sinto. A raiva de não conseguir descobrir a verdade já contrai todos os meus músculos, fazendo-os doer de tanto querer liberar a tensão antes que se rompam.

Abro a porta com força e jogo minha bolsa no móvel da entrada, liberando a raiva e bufando. A tigela de moedas vira e moedas se espalham pelo chão enquanto a porta bate na parede e me acerta de novo no quadril.

Minha raiva cessa quando vejo Youngbull sentado à nossa mesa de jantar, suas pernas se espalhando pelo chão.

– Desculpa. – Me jogo no chão e começo a juntar as moedas para colocá-las de volta na tigela. Pela porta entreaberta, vejo a viatura parada do outro lado da rua. Nem reparei que estava ali quando a Mara parou.

Estava com a cabeça nas nuvens.

Vovó aperta sua camisa e acena para mim com a outra mão.

– Desastrada, essa menina. – Ela força uma risada. – Tudo bem, Loren. Pode deixar.

Fecho a porta e ando pelo carpete com o rosto quente de vergonha e tentando conter a raiva.

– O que aconteceu?

– Jeremy está me atualizando sobre o caso da Rayanne. – Percebo um leve tom de frustração na voz da minha avó, como se ele não estivesse contando muito. – Eles *ainda* não acharam nada no celular dela.

Ele não me cumprimenta, só me encara.

Minha avó esfrega as mãos pela clavícula.

– Tudo bem?

Nem um pouco.

– Sim. Desculpa pela bagunça. Sou desastrada. – Gesticulo para as moedas ainda espalhadas pelo chão.

Youngbull bate com os dedos na mesa.

– Sem problemas. É normal ter muitas emoções quando uma tragédia como essa acontece. – Ele para de bater os dedos. – É compreensível precisar liberar os sentimentos. E normal. Só vira um problema quando você começa a descontar em alguém. Já fez isso antes?

Nego com a cabeça. O que ele está tentando dizer?

– As pessoas podem surtar, ainda mais se tiverem algum problema de saúde mental. Todo mundo entende se...

– Não... Não, eu só tô processando muita coisa. – Não gosto do que ele está pensando. Eu nunca machucaria alguém, não importa quão chateada esteja. Eu me forço a manter a voz tranquila e me sento ao lado da vovó. – Você já tem algum suspeito em mente?

Youngbull abre sua grande palma sobre a mesa e me observa, desconfortável, por alguns segundos.

– Temos algumas pessoas de interesse, mas nenhum suspeito. Quero deixar isso bem claro.

Eu assinto.

– O motorista do ônibus nos deu uma pista. Ele se lembrou de ter visto um carro passando pelo seu bairro naquela manhã. Ele tem quase certeza que era uma caminhonete Dodge Ram azul-celeste.

– Como a do Jason – diz a vovó.

– Como ele estava junto do grupo da cerimônia antes do assassinato da Samantha, queremos investigá-lo mais a fundo. Revistamos sua caminhonete. Achamos digitais de outra pessoa, mas não a temos no sistema. Não encontramos mais nada. Estava tudo bem limpo. Já o interrogamos, mas vamos levá-lo de novo.

– Mais alguém? – Aperto meus dedos até os nós ficarem brancos.

– Temos algumas pistas que podem nos dar mais informações sobre possíveis suspeitos, mas por enquanto vamos manter em sigilo. – A intensidade do seu olhar me deixa sem fôlego.

– E aquele turista que participou da cerimônia? – pergunto.

– Ainda não o eliminamos do caso da Samantha, mas ele nos deu um álibi para o dia do sequestro da Rayanne.

Não era isso que eu esperava.

– Que álibi?

– Não podemos compartilhar esse tipo de informação, mas o seu álibi o coloca em outro estado.

Isso me faz hesitar por um segundo.

Não faz sentido. Aquele turista está mentindo. Abro a boca para falar sobre a assinatura de Andrew Stern no livro de visitas do acampamento, mas a vovó não sabe onde eu estava hoje. Ela achou que eu finalmente saí com amigos para passear no Glacier, não para espionar um homem.

Isso é um crime?

A voz tensa do Youngbull corta minha linha de pensamento.

– A sua avó me disse que o Brody estava assediando você sobre o caso.

– Ele não...

– Eu recomendo fortemente que você não fale sobre o caso com ninguém. Sei que ele é seu amigo, mas com o irmão dele sendo uma pessoa de interesse...

Não era nem de longe um assédio, mas não quero bagunçar as coisas. Eu assinto. Hoje foi uma idiotice. Preciso ser mais esperta, pela Ray.

Vovó cruza os braços.

– Você não deveria nem estar falando com o Brody.

Youngbull vira as palmas para cima, tão grandes quanto luvas de beisebol. Preciso me livrar da imagem que me vem à mente de mãos grandes como essas no pescoço da minha irmã.

– Só vamos manter tudo confidencial – diz. – Se ele tentar falar de novo com você sobre o caso, pode me ligar. Eu vou avisar para ele que isso é inapropriado.

Cruzo os braços, imitando minha avó.

– Tá bom.

Só preciso falar com ele mais uma vez. Só para avisar que o turista mentiu sobre o álibi dele. Que isso deve ser o suficiente para Brody levar o livro de visitas para o FBI. Staccona não vai poder ignorar isso. E o turista não vai ter uma desculpa.

– Isso é tudo que tenho a dizer. – Youngbull afasta sua cadeira da mesa. – A menos que tenham alguma pergunta.

– E o Eli First Kill? – pergunta a vovó.

O ar nos meus pulmões vira gelo. Encaro seu perfil, mas ela não encontra meu olhar.

– A gente conhece o Eli, vovó.

– Conhecemos todos nessa reserva. Não quer dizer que eu confie em qualquer um deles.

Youngbull apoia as mãos nas pernas e me observa.

– Achamos uma troca de mensagens estranha entre ele e Samantha, indicando um relacionamento que não deu certo.

Como assim? Sam nunca me disse que teve alguma coisa com o Eli, mas não é como se tivesse me contado muita coisa nos últimos meses. Nem o Eli, no caso. Talvez todo mundo tenha guardado segredos de mim. Assim como eu não soube que a Ray e o Eli ficaram juntos no ano passado. Talvez todo mundo ainda esteja guardando segredos de mim.

– Rayanne também fez uma ligação de dois minutos para o Eli na véspera de seu desaparecimento.

Sinto um nó no estômago.

– Você disse que não encontrou nada estranho no celular dela. – Eu devia ter olhado quando tive a oportunidade, mas acreditei quando ele disse que não tinha encontrado nada no histórico de ligações que conseguiram da operadora telefônica. Eu devia ter imaginado que não iriam nos contar tudo. Não acredito que fui tão idiota a ponto de deixar de ver seu histórico de ligações.

– Não é necessariamente estranho. O Eli estava na escola quando a Rayanne sumiu. Certo, Loren?

Consigo ver um Eli de oito anos sentado na minha sala. Sua família tinha acabado de se mudar para a casa dos avós dele enquanto o pai se cuidava. Nossa mãe viciada tinha acabado de sumir pela segunda vez.

Ele chorava às vezes, mas a gente fingia não ver.

Sinto uma lealdade àquele menino. Aos anos que passamos juntos na escola com nossas lutas silenciosas.

Mas sou mais leal à minha irmã. À minha carne e osso.

– Sim – digo. – Mas todo mundo sabe que o Eli tinha a primeira aula livre.

Youngbull leva a mão ao queixo. Ele tenta fazer o gesto parecer casual, mas sei que ele não sabia disso até agora.

– Como assim?

– O Eli era assistente da professora da primeira aula. Ele sempre chegava atrasado, mas a professora não se importava desde que ele fizesse tudo que ela precisava.

Ele fica imóvel.

Eu também.

Não quero que seja Eli. Não quero que ele passe por algo que não merece, mas, se não investigarem tudo, talvez a minha irmã nunca tenha a justiça que merece. Nenhum de nós terá.

Capítulo 28

Eli First Kill

Quarta-feira, 17 de julho, 23h30

Depois de me virar na cama pela milésima vez, desisto. Destravo a tela do celular e pauso a música. Eu devia me sentir melhor. Em vez de olhar para o luar azul entrando pelas beiradas do cobertor que cobre a janela, olho para a luz quente da varanda. Graças ao dinheiro da venda do Caçador de Tempestades, restabelecemos a luz e a geladeira está cheia outra vez. Mas algo me inquieta... Eu deveria ter contado mais coisas para Mara Racette quando ela estava aqui. Abro nossa troca de mensagens. Fecho logo em seguida. Quero contar para ela, mas também não quero. Quero que ela confie em mim, mas ela não deveria.

Ela vai ter que ir embora daqui algum dia. Não precisa de mim atrasando sua vida.

Mas ela acredita em mim.

Abro as mensagens de novo.

Eu: Mara Racette, tá acordada?

Mara: Infelizmente.

Eu: Já tentou ouvir música? Talvez ajude.

Mara: Eu tô ouvindo, mas não ajuda.

Eu: O que você tá ouvindo?

Mara: Sam Smith. E você?

Eu: Uma playlist de rock pesado aleatória.

Mara: Bom, isso nunca vai te ajudar a dormir.

Eu: 🤘

Eu: Dessa vez é rock mesmo, não promessa de dedinho.

Um minuto se passa, e parece que o silêncio fica ainda mais intenso enquanto espero.

Eu: Posso ir te ver?

O aviso de que ela está digitando aparece e depois some.

Eu: Só por uns minutos.

Mara: OK.

Ela já está sentada na varanda da frente quando estaciono na rua. A luz acima dela pisca, fazendo o padrão geométrico do cobertor Pendleton em seus ombros parecer estar se mexendo. Saio da caminhonete para a escuridão da noite e fecho a porta devagar.

As estrelas são manchas brancas no infinito céu azul-marinho. Território Big Sky em toda a sua glória. Visto meu moletom, que ainda está com o cheiro do sabão de Mara, e vou até ela.

– Eu ia perguntar como você tá – diz Mara quando me sento ao seu lado –, mas é quase meia-noite e você tá aqui. Então imagino que não muito bem. – Ela dá um sorriso discreto.

– Me lembrei de uma coisa que deveria ter te falado.

Ela aperta mais o cobertor ao seu redor.

Me levanto e me apoio contra o corrimão, mas parece que estou brigando com ela, então me sento de novo, tentando ficar de frente para ela. Um dos meus joelhos toca no dela.

– O quê? – O arco de sua sobrancelha muda de curiosidade para impaciência.

– Eu não pedi desculpa. – Ignoro a voz em mim que me pede para calar a boca. – Quando te contei sobre o Irmãozinho e o motivo de ter excluído você. Sinto muito por isso.

– Ah.

– Foi idiota da minha parte presumir coisas sobre você e achar que não saberia se defender. Eu estava errado sobre você e queria me desculpar.

Ela se inclina sobre os joelhos, batendo na minha perna.

– No que você errou sobre mim?

Apoio o cotovelo no degrau mais alto. No que eu não errei?

– Eu achei que você era tímida e frágil.

– Você disse que eu era como um cervo. – Ela balança a cabeça de repente.

– É. Presa fácil para os predadores à solta – Soa ainda pior quando falo em voz alta. Enfio os dedos no joelho. – Não que o comportamento de uma pessoa a transforme em presa ou não... Só quero dizer que eu errei. Você tem uma presença marcante, mas não é como uma presa. Você é como um gavião. Outro tipo de predador.

Ela sorri, e isso me faz querer continuar falando.

Uso minha voz de indígena sábio e olho para o horizonte.

– Sinto que você tem uma presença forte. Você é quieta, mas presente, observadora. Como uma águia analisando a terra. Você é remédio bom.

Ela bate no meu joelho de leve.

– Vou encarar isso como um elogio.

Retomo a minha voz normal.

– É, sim.

Quando ela volta a sorrir, percebo que estamos com o rosto a poucos centímetros de distância um do outro e me pego reparando na curva dos lábios dela quando seu sorriso some.

– Se eu sou uma águia, o que você é?

– Já deixamos claro que eu sou o Urso Louco.

Ela ri.

– Não, você não é um urso. Você é tipo um... um búfalo.

Mordo a língua para esconder meu choque.

– Às vezes você também é quieto, mas tem uma *grande* presença. Todo mundo sabe que, se mexer com você, vai se dar mal. Você parece calmo, mas a sua força é muito aparente. – Ela inclina a cabeça para o lado e assente. – Como um búfalo.

– Você não vai entender o motivo, mas *nunca* na vida me senti tão visto de verdade quanto agora. – É isso que sempre tento fazer. Ficar longe de problemas e cuidar da Cherie. Ser o búfalo pronto a defendê-la de qualquer um que nos ameaçar.

– Que bom. – Seu sorriso brilha sob a luz da lua, e não consigo não sorrir de volta.

– Achei que você ia me odiar. *Eu* odiaria.

Seu olhar se vira para a calçada rachada.

– A questão é que eu não esperava me enturmar faltando três meses para o fim do ano letivo. – Sua boca se curva em um sorriso fraco. – Eu sabia que não ia fazer amigos por um tempo, e nem tentei. Todo mundo é tão próximo aqui. A maioria de vocês se conhece desde sempre. Vocês têm um monte de família pra todo lado. Eu sou a estranha que não tem essas coisas. Eu sabia que seria difícil ser uma recém-chegada que não fazia parte de... nada. O que doeu foi que não aceitaram a minha identidade. Como se eu não pudesse ser quem sou... Como se eu tivesse que provar que merecia isso, ou algo assim.

– Não foi isso.

Mara continua a falar.

– Era como se... Eu não sou indígena dos dois lados da família, então eu não conto. Eu não cresci aqui e minha família não é muito tradicional, então não devo saber nada da cultura. Eu não vivia *aqui* com vocês, então não sou uma de vocês.

Balanço a cabeça.

– Eu também não sou indígena dos dois lados. Não é isso... Acho que todo mundo aqui só achou que você não *queria* ser uma de nós. Não queríamos insinuar nada disso.

– Bom, eu já me preocupava sobre onde me encaixo, em todos os aspectos, e isso só piorou com a mudança. Sei quem eu sou, mas quando tenho que provar para alguém... Acho que isso me faz duvidar de mim mesma. Não tenho as mesmas experiências que vocês, mas ser Blackfeet é uma grande parte de quem sou. – Ela ergue o queixo ao me fitar. Ainda orgulhosa, mesmo quando duvida de si mesma. A luz fraca do céu faz suas maçãs do rosto brilharem. Ela sabe quem é; ela só quer que a gente saiba também.

– Você é Blackfeet, Mara Racette. Ninguém pode tirar isso de você.

Ela olha para o chão e sorri devagar.

– Eu sei.

– Eu sinto muito *mesmo*.

Ela olha para mim.

– Eu te perdoo.

Estico o mindinho no ar.

– Promete?

Ela solta o cobertor e prende seu mindinho no meu.

– Prometo.

Estamos ainda mais próximos. Eu solto meu mindinho e passo os dedos pela pele macia do braço de Mara, que congela enquanto observa meu polegar no seu antebraço.

Quando volta a olhar para mim, eu me aproximo. Seu olhar cai para os meus lábios...

Um rangido corta o ar. Mara se afasta de mim e se vira para o seu pai, segurando a porta de tela aberta.

– O que raios você tá fazendo? – questiona ele, apertando os olhos contra a luz da varanda. Veste uma calça de pijama estampada com trutas coloridas e seu cabelo está bagunçado de um lado só.

Mara e eu nos levantamos ao mesmo tempo. Ela puxa o cobertor ao seu redor.

– A gente só estava conversando.

Ele me olha de cima a baixo.

– Você não devia estar aqui fora sozinha. Não é seguro. Você sabe disso. – Ele aponta com o polegar para trás. – Entra logo. – Ele dá um passo pro lado e espera Mara passar. Sua voz grossa de quem acabou de acordar é intimidadora, mesmo com a calça de pijama fofa.

Mara passa pela porta, um sorriso fraco nos lábios que eu estava prestes a beijar.

Ela não parece preocupada por seu pai estar me fuzilando com o olhar. Me pergunto o que esse pai superprotetor faria se tivesse aparecido alguns segundos depois.

– Sai da minha varanda. – Ele diz em uma voz mais calma, mas ainda cheia de veneno.

Meus faróis iluminam outro carro na frente de casa. O relógio no painel do carro mostra que são 00h37. Raiva e paranoia fazem meu sangue ferver quando meus pneus giram sobre o cascalho e param atrás do outro carro.

Meus dedos tremem, prontos para estrangular quem quer que esteja xeretando nossa casa ou para sentir o peso do meu rifle. Abro a porta com força e estudo o carro na minha frente.

Solto o ar quando vejo Irmãozinho sair da caminhonete e parar no feixe de luz. Eu já devia ter reconhecido sua caminhonete branca, mas acho que a adrenalina foi mais rápida do que meu cérebro. E continua assim.

– O que você tá fazendo aqui? – Meu tom sai venenoso, mas é culpa da adrenalina.

Ele tira o cabelo dos olhos.

– Preciso conversar com alguém.

Olho para a varanda escura e falo mais baixo.

– Não podia mandar mensagem antes?

– Eu já estava dirigindo, tentando espairecer. Eu tô pirando, cara. O Jason disse que o FBI tá tentando distorcer tudo contra ele.

– Ele não tem um advogado?

Ele se remexe, inquieto.

– Sim, mas se quiserem sacanear com ele, eles conseguem! O FBI só quer dar isso como *caso encerrado*. Estão dispostos a sacrificar quem quer que seja. Não sei o que vou fazer se levarem o Jason. Meu pai morreu, minha mãe me trocou pela família nova. O Jason é a única pessoa que não me abandonou.

A dor afeta sua voz, então não digo que ele está errado. O fato de a mãe ter ido embora mexeu muito mais com ele do que está disposto a admitir. Mas eu nunca o abandonei. E a mãe o receberia de volta, se ele precisasse. Ele tem algumas tias em Heart Butte. Ele não estaria *sozinho*. Só está surtando.

– Então entregue o livro de visita. Se não confia no Staccona, entregue pro Youngbull.

Ele dá uma risada sarcástica.

– Confio bem menos nele.

Desde quando?

– O Youngbull não era amigão do Jason? Você acha mesmo que ele iria sacanear com o seu irmão?

Ele hesita e começa a andar entre os carros.

– Não dá pra confiar em ninguém. Vai saber, talvez seja o Youngbull que está escondendo alguma coisa. Ele tá em toda parte. Estava no pow wow trabalhando como segurança. A Samantha ficou olhando para ele como se estivessem se pegando. Do mesmo jeito que ela olhava pra você. E pra quase todo mundo menos eu... – Ele balança a cabeça. – Ele que começou a suspeitar da gente. A Rayanne também teria confiado em alguém como ele.

Brody está desesperado, cuspindo qualquer teoria. Eu desligo o carro, nos deixando em meio à escuridão, e paro na frente da escada.

– Não sei o que dizer. Jason tem um advogado. Confia *nele* pelo menos. É pra isso que vocês tão pagando, né?

– Você não entende. Tem sorte que o seu pai estava fora durante a Assembleia dos Povos. Se a polícia buscasse seu pai para interrogá-lo toda hora, você entenderia.

Eu subo os degraus.

– Talvez. – Afasto o pensamento de que, se eu realmente estivesse nessa situação, não seria ruim se levassem meu pai embora. Me sinto culpado por isso, mas tê-lo por perto às vezes pode ser pior do que se estivesse preso.

– O seu pai estava mesmo fora? Você não acha que ele faria alguma coisa quando chapado, né?

– Uau. Sério, Irmãozinho? – Ele geralmente não fala nada sobre o meu pai.

Ele passa a mão no rosto.

– Deixa pra lá. – Depois dessa, ele volta para o veículo e dá a volta no cascalho, passando pela caminhonete enferrujada e minha Tacoma cinza antes de desaparecer noite adentro.

Capítulo 29

Mara Racette

Quinta-feira, 18 de julho, 8h

Pela primeira vez desde que Samantha morreu, dormi mais tranquila. Em vez de ver o seu rosto na minha mente, via o Eli. Fiquei repassando o momento em que seus olhos concentrados e aquela cicatriz na sobrancelha se aproximaram. Pensar que quase nos beijamos me faz sorrir...

Até eu sair do corredor e encontrar meu pai sentado à mesa da cozinha com uma xícara de café quente em mãos.

– No que você estava pensando ontem à noite?

Eu congelo ao ouvir seu tom grosseiro.

– Do que você tá falando?

Meu pai se afasta da mesa e se levanta.

– Do que estou falando? Você a sós com aquele menino no meio da noite.

Acho que eu já devia esperar uma bronca, mas a sua reação está tensa demais para o ocorrido.

– Não era o meio da no...

– Mara. – Minha mãe entra e fica ao lado do meu pai. – Não é seguro. Você sabe disso. Você não devia...

Eu me mantenho firme.

– Eu estava sentada na varanda da frente. Conversando.

Vejo um conflito no olhar da minha mãe, como se ela estivesse avaliando o quanto de raiva é necessário.

– Você devia ter nos contado. Poderia ter acontecido alguma coisa.

Ela não faz ideia do quanto não contei para eles.

– Não exagera.

Meu pai se aproxima de mim. Seus olhos estão inquietos, como se não dormisse há dias.

– Vejo o corpo de uma adolescente se decompondo e eu *não* devo imaginar que poderia ser você?

Estremeço com a mudança repentina de volume.

– Alguém está matando meninas como você! – Ele está gritando agora. – E você sai com um garoto que não conheço nem confio. *Você* não está levando isso a sério o bastante.

Minha mãe coloca uma mão no seu braço, seus olhos arregalados indicando que ela está tão surpresa quanto eu.

– Você está saindo escondida. Pedindo para algo acontecer. – Seu pescoço fica vermelho.

– Você devia ter falado conosco e trazido o garoto para dentro de casa. – Por algum motivo, a voz contida da minha mãe me deixa mais nervosa do que os gritos do meu pai.

Ele está como no dia em que atacou Reid. O dia em que perdeu o controle sobre si. A amargura vaza na minha voz.

– Por que você acha que eu não falo?

De repente, o rosto do meu pai congela. Ele sabe o motivo. Desvia os olhos para o relógio, mas não antes que eu veja a vergonha em seu olhar.

Não devia ter contado para os meus pais sobre o comentário de Reid. Devia ter resolvido isso por conta própria. Mas o meu pai devia ter se controlado. Foi ele quem perdeu o controle.

Ele que surtou.

– Eu... Eu preciso ir. – Meu pai enfia o celular no bolso e pega sua bolsa do trabalho e fones de ouvido no balcão antes de sair pela porta da frente sem dizer mais nada.

Minha mãe se encosta no balcão em meio ao silêncio constrangedor.

– Ele só quer te proteger.

Eu entendo. De verdade. Mas já vi essa proteção não ser sempre útil. Ela também.

Meu celular vibra com uma nova notificação.

Eli: Quando a gente pode terminar a conversa?

Eu queria ter lhe mandado mensagem ontem, mas não sabia se ele tinha ficado aliviado com a interrupção do meu pai. Olho para minha mãe, que encara o balcão com um olhar vazio, e respondo à mensagem.

Eu: Não sabia que não tínhamos terminado.

Eli: Ah, acho que temos algumas coisas para resolver.

Eu: AH, você quer "conversar"

Eu: Podemos terminar quando você quiser.

Eli: Que tal agora? Tô fazendo panqueca

Talvez ele tenha razão. Talvez eu *deva* odiá-lo pelo jeito como me tratou na escola. E talvez Loren tenha razão. Talvez a gente não deva confiar nele. É, ele era idiota. Mas sempre pelos motivos certos... Qual o problema em lhe dar outra chance?

– Vou dar uma volta de carro. – Imito meu pai e saio de casa antes que minha mãe consiga me convencer do contrário.

Assim que entro na rua do Eli, freio de repente. Há um monte de carros na frente da casa. A porta da oficina está aberta. Luzes vermelhas e azuis piscando. Algo horrível aconteceu.

Deve ser Cherie dessa vez, ou será que foi Eli? Será que o pai deles machucou um dos dois?

Enquanto fico ali sentada, encarando a cena, minha perna trêmula contra o pedal do freio, percebo que não há uma ambulância ali... Nenhum caminhão dos bombeiros. A saliva na minha boca vira cascalho.

Ela cai no meu estômago como um peso morto.

Kurt Staccona guia Eli para fora de casa, suas mãos algemadas às suas costas. Seu cabelo sacode enquanto ele desce os degraus sendo segurado por Staccona.

Ele olha para a rua antes de ser enfiado no banco traseiro da viatura e me vê. Seu rosto está pálido, os olhos fixos nos meus... Sei que ele me vê.

O pior de tudo é que ele parece realmente culpado.

Capítulo 30

Loren Arnoux

Quinta-feira, 18 de julho, 11h30

O rancho do Brody está tranquilo, mas não tão silencioso quanto a minha casa. Quando a vovó está no hospital, o silêncio em casa é devastador. Aqui, o ar está limpo. Vazio, exceto pela grama seca dançando no vento, carregando o aroma terroso que mistura o cheiro de terra e cavalos.

Brody já está do lado de fora antes de eu fechar a porta do carro. É assim que funciona aqui, longe da cidade; você consegue ouvir alguém se aproximando da casa. O sol da manhã já está a pino, e ele abana a camisa contra o peito.

– E aí?

– Não ouviu? – Me apoio no capô do carro dele. – Prenderam o Eli.

Seu queixo cai.

– O quê... Eli? Eli First Kill?

Essa foi a minha reação quando Youngbull contou para mim e vovó hoje de manhã.

Brody passa pelo carro e dá voltas no cascalho.

– Eu não... Por que o Eli?

– Youngbull descobriu que o Eli tinha a primeira aula vaga. – Graças a *mim*.

Brody fecha os olhos e assente. Não era exatamente um segredo que Eli chegava na metade da aula da sra. Littlefield. Só que ninguém se importava muito.

– Depois, receberam uma pista, ele não disse o que era, que fez com que revistassem a casa do Eli hoje de manhã. Encontraram uma jaqueta da Ray no carro dele. – Talvez eu não tenha revistado bem o carro dele. Talvez estivesse presa embaixo dos bancos.

Brody para de andar de um lado para o outro.

– Eu não... Eu não achava que... – Ele se agacha e apoia o rosto nas mãos.

– Eu sei. – Achei que iria me sentir melhor. Eles têm um suspeito de verdade. Mas os nós no meu estômago não são bons. Não quero acreditar que Eli machucaria minha irmã.

Talvez naquela ligação de dois minutos que Youngbull mencionou, Ray e Eli tenham concordado em se encontrar naquela manhã. O que mais poderiam ter dito em tão pouco tempo? Talvez tenham brigado.

Brody se levanta e volta a andar.

– Eu achei que talvez o imprestável do pai dele pudesse fazer algo assim. Mas o Eli...

– Mas faz sentido. – Aperto a nuca. – Ele teve um relacionamento em segredo com a Ray. E o Youngbull disse que acharam uma troca de mensagens estranha entre ele e a Sam. Eu não sabia de nada disso.

Ele assente devagar.

– Eles transaram uma vez. A Samantha não o deixou em paz depois disso.

Ele teve um relacionamento físico com as duas e ninguém me contou.

Segredos. Sinto um gosto ácido na garganta.

– Mas... é o Eli.

Brody cruza os braços, um pouco do pânico desvanecendo do rosto.

– Quer dizer... se eles encontraram algo... – Ele para quando os músculos do seu queixo começam a pulsar tanto que consigo ouvir.

– Mas você também encontrou. Se entregar o livro de visitas, eles podem investigar. Vai provar que o Stern mentiu sobre o álibi.

– Não parece que eles precisam mais do livro. – Os músculos do seu queixo se tensionam.

Sei que ele tem razão, mas insisto.

– Você nos arrastou atrás do Stern para limpar o nome do Jason. Não faria o mesmo pelo Eli First Kill?

Ele abandona sua trilha no cascalho e volta para a casa.

– O Jason é meu irmão, Loren. Você devia saber disso melhor do que ninguém.

Abro e fecho a boca ao segui-lo.

Ele para em frente à varanda.

– Por que você tá questionando isso? Não devia estar feliz por finalmente terem prendido alguém?

Claro que ele tem razão. Eu deveria, mas também é sofrido.

– Porque é o Eli.

Ele se apoia no corrimão, fazendo a madeira velha gemer.

– Eu sei.

Meus olhos ardem no ar quente.

– Só entrega o livro pra gente não ficar pra sempre se questionando e podermos ter certeza que foi mesmo o Eli.

Ele passa os dedos pela testa brilhante.

– Aquele livro foi um tiro no escuro. Não prova nada.

– Prova que o Stern mentiu pro Staccona sobre o seu álibi. Só entrega pra eles. E aí vamos saber *de verdade*.

– OK. Tá bom. Pelo Eli. – Ele não olha para mim. Acha que não vai fazer diferença, e talvez seja verdade, mas preciso ter certeza.

Ele vai até sua varanda sem dar tchau e enfia os dedos no cabelo longo, fazendo-o parecer que está abrindo grandes asas pretas. A porta bate atrás dele. Primeiro seu irmão, agora seu melhor amigo...

Agora sei como ele estava se sentindo. Se perguntando se conhecia Jason de verdade.

Achei que conhecia Eli. Achei que o tinha visto em seus piores e mais difíceis momentos. Talvez eu não faça ideia do que seja o seu pior.

Brody Clark

Quinta-feira, 18 de julho, 18h

Enfio os pés entre as pedras na beira do lago. O frio da água translúcida do lago Lower Saint Mary faz minha pele arder. Pego algumas pedras lisas e retas e escolho as melhores para quicar sobre a água. Agora que as queimadas acabaram e estão apenas monitorando os pontos de risco, minha mãe nos convidou para jantar.

Ela disse que sente nossa falta.

Seus monstrinhos gritam da balsa de madeira na água. Parecem palitos de dente vestindo grandes coletes laranja.

Uma corda amarela se estica pelo lago, prendendo-os à borda. Parte de mim quer cortar essa corda para que saíam boiando para longe, assim podemos ter um pouco de paz.

Aposto que iriam boiar até chegar a Thunderbird Island.

Meu padrasto sai do galpão com o equipamento de pesca em mãos. Fico em pé e jogo minhas pedras pela água, vendo-as quicar para além da balsa.

– Quer me ajudar com as linhas de pesca noturnas? – pergunta ele. O sol brilhando no seu cabelo loiro mostra que está mais grisalho agora. Ele abre sua caixa de pesca com várias divisórias, preparando as varas para a noite e para pescar maruca de manhã. Parece que a encomendou em um catálogo chique. É muito diferente da caixa enferrujada do meu pai, cheia de uma mistura de suas velhas iscas de reserva.

Ele tem todas as iscas coloridas e chiques que o seu salário de médico pode comprar.

– Não. – Atravesso a margem de pedras irregulares e volto para a casa em forma de cabana.

Lá dentro, Jason está apoiado na bancada da cozinha ao lado da nossa mãe, o rosto cansado dela cheio de preocupação.

Ter uma segunda família na idade dela faz isso.

– Enfim – diz Jason quando fecho a porta ao passar –, eles devem me deixar em paz agora.

– Não consigo acreditar que foi o Eli. Ele é um menino tão bom. – Minha mãe não vê o Eli há anos, mas está agindo como se o conhecesse de verdade. Ela balança a cabeça até a fivela começar a deslizar pelo cabelo preto e liso. Seu olhar repousa em mim como se quisesse mais alguma coisa, mas eu me viro para a janela da frente com vista para o lago.

A água brilha com a luz dourada do sol que se põe atrás das árvores. As crianças na balsa estão se empurrando. Gritando. Tropeçando. Uma delas cai e o seu colete salva-vidas fica preso pelas costas na quina da balsa.

– Não acredito... – Minha mãe passa por mim e sai pela porta.

Jason pula na bancada, deixando os pés balançarem no ar.

– Tá chateado por causa do Eli? – Sinto um aperto tão forte no estômago ao ouvir o nome que quase me faz colocar o jantar para fora. – Eu entendo.

Bufo em resposta.

– Não entende, não. Ele é o meu melhor amigo. Primeiro você, depois ele. Eu não consigo proteger todo mundo.

– Do que você tá falando, Irmãozinho?

Passo a mão pelo balcão até o material ranger. Lá fora, minha mãe puxa a corda amarela para trazer as crianças para a orla.

– Eu estava procurando algo pra limpar o seu nome.

Ele dá de ombros.

– Eu também. Não encontrei muita coisa. Mas achei interessante que a minha primeira escolha de advogado já tinha sido contratado por Mara e MJ Racette.

– Por quê?

– Eu só não sabia que o pai dela precisava de um advogado. Ele nem participou da cerimônia. O que você achou?

– Tentei achar algo contra o turista. Não deu muito certo, e comecei a achar que a gente já era. E agora... o Eli. Acho que não consigo consertar isso.

Jason se aproxima, diminuindo o espaço entre nós.

– Ei. Se eles acham que ele fez isso... não tem o que fazer, Irmãozinho. E por mais horrível que seja, é bom que tenham alguém sob custódia agora.

Cerro os dentes para não vomitar. First Kill é meu melhor amigo desde sempre. Somos mais do que primos distantes. Devíamos conhecer um ao outro como irmãos.

Mas não nos conhecemos. E não somos irmãos.

Talvez fosse verdade antes, mas toda vez que alguma coisa muda nas nossas vidas, nos afastamos mais e mais. Acho que não há nada que eu odeie mais do que mudança.

Temos tão pouco controle sobre o que acontece na vida.

– Agora eles têm provas que o conectam à Rayanne. Você não pode mais se envolver. – Ele joga as mãos no ar, seus dedos compridos estão firmes. Ele está tão tranquilo a respeito disso tudo. Feliz por não ser mais um suspeito.

Eu também sinto alívio, mas vem misturado com decepção. Culpa por não ter percebido isso. Tristeza do que estamos perdendo.

– Sei que ele parece culpado. Eu só não queria que fosse o Eli.

– Você precisa superar isso. Estamos bem agora. E a gente sabe que eu não matei a Rayanne. – Ele ergue as sobrancelhas e espera eu concordar.

Eu assinto.

– Com todas as evidências contra o Eli, vamos torcer para nos deixarem de fora disso tudo daqui pra frente. E você, fica na sua. O First Kill se vira.

Meu irmão me encara até nossa mãe voltar. Não precisa dizer mais nada para eu entender o peso das suas palavras. *Não se mete*. Culpado ou não, o Eli tem que se virar sozinho.

O pai dele com certeza não vai ser de grande ajuda.

– Vocês precisam vir visitar mais – anuncia minha mãe enquanto tira os pratos da mesa. – Vocês não vêm desde o meu aniversário em abril. Eu fico preocupada.

– Você nunca se preocupou com a gente. – Jason faz uma careta enojada. – Não é por isso que eu larguei a faculdade pra cuidar do Irmãozinho, para você não ter que cuidar dele?

Minha mãe franze o cenho, chateada.

– Eu não pedi pra você...

– E você tem muito para te manter ocupada. – Jason tira as chaves da caminhonete do bolso. Na hora, os três monstros entram correndo na casa, pingando e fungando.

– Você ainda tem planos de voltar? – pergunta a minha mãe em meio ao caos. – Pra faculdade?

Jason abre a porta da casa.

– Não preciso.

– O rancho está indo bem?

– Não precisa se preocupar com isso. Eu tô cuidando de tudo. Melhor até do que o pai. – Nosso pai trabalhava muito mais do que o Jason, mas de alguma forma o Jason parece ter mais sucesso. Talvez a saúde do pai estivesse piorando há muito mais tempo do que a gente pensava.

– Sério? – A dúvida na voz da minha mãe é clara. Ela, mais do que ninguém, devia se lembrar de como mal conseguíamos sobreviver. Por isso que ela foi embora, não é? Reorganizou suas prioridades e vazou.

Decidiu que Jason e eu não valíamos a pena.

Ela nunca se importou comigo.

– Aham – responde Jason, mas não conseguimos ouvir com as crianças resmungando sobre estarem com frio. Uma delas cai de uma cadeira e grita, chamando a atenção da minha mãe.

Mal posso esperar para ir logo embora daqui.

Capítulo 31

Mara Racette

Quinta-feira, 18 de julho, 18h

Coloco minha faixa de resistência nos ganchos que prendi na parede acima da minha prateleira de equipamentos de ginástica, agora cheia de *kettlebells* e halteres. A caixa de papelão vazia está desmontada no meio do quarto. Só tenho mais uma caixa para desempacotar, com livros e fotos dos meus antigos amigos, mas não consigo. Ainda não.

Me jogo na cama e encaro o teto. Encontrar formas na textura é quase tão bom quanto em nuvens, como eu costumava fazer no trampolim do quintal. Era o que eu fazia quando ficava estressada, mas tivemos que deixá-lo para trás na mudança. Na época em que a minha maior preocupação era a prova de matemática ou quem ia me convidar para o baile da escola. Quais amigas estavam brigadas. Quais aulas ou atividades extracurriculares ficariam melhor no meu histórico para a faculdade.

Quando eu não precisava me preocupar com a possibilidade de o cara de quem eu gosto ser um assassino.

Esfrego os olhos, mas não consigo me livrar da cena de Eli sendo colocado dentro da viatura. A lembrança está marcada no meu cérebro para sempre.

Mas não pode ser verdade... Já vi facetas opostas do Eli e não consigo aceitar que exista outro lado dele capaz de fazer isso. Mesmo se estivesse evitando a polícia e guardando segredos, como seu relacionamento secreto com Rayanne. Ele estava na escola no dia em que a Rayanne deixou de aparecer. Ele estava com a Cherie no pow wow. É tão protetor com ela, nunca a deixaria sozinha.

Não faz sentido.

Se foi ele quem matou aquelas meninas, como vou confiar em alguém de novo? Por que tentar, se as pessoas podem mentir com tanta facilidade?

A campainha toca no final do corredor. Saio da cama e espio pelas cortinas, vendo o carro de Jon Miller na entrada da casa. O advogado.

Rolo de volta para a cama e enfio o rosto no travesseiro. Eu só quero que tudo isso acabe logo. Essa história está tomando conta da nossa vida, preenchendo um pedacinho de cada vez.

Pelo menos é melhor do que o que a Loren tem enfrentado. Alguém deixou o ralador de lado e jogou a vida dela e da Geraldine em um moedor de carne.

E agora Eli. Tenho certeza de que ele está por um fio. Todo mundo deve acreditar que ele é o culpado. Há um tremor nos meus ossos que me diz que isso não é verdade.

Não foi ele que fez tudo isso. Ele foi arrastado para o meio de tudo isso, como nós... Tenho quase certeza.

Não posso permitir que alguém escape ileso dessa. Saio do quarto e percorro o corredor.

– Com os novos avanços, acho que você realmente não vai precisar se preocupar com isso – diz o advogado. Hoje ele não está de gravata, só usa uma camisa de botão estampada com as mangas enroladas até os cotovelos.

– Que alívio – diz meu pai, batendo a mão contra o braço do sofá. – Estava começando a ficar preocupado.

Entro na sala.

– Com o quê?

Meu pai coloca a mão no joelho.

– Ah, nada. A polícia pegou o responsável.

Olho para meu pai e Jon Miller.

– Preocupado com o quê?

Meu pai troca olhares com Jon.

O advogado junta as mãos.

– Alguém ligou recentemente, perguntando sobre a agenda de trabalho do seu pai em abril. Mas isso foi antes de prenderem o responsável hoje. Acredito que isso deve impedir que alguém tente envolver seu pai nisso...

– Antes de eles prenderem o Eli. – Enfio as unhas nas palmas das mãos.

Meu pai molha os lábios.

– Isso. É um grande alívio, filha.

Não pode ser verdade. Uma sensação de pânico que não consigo descrever toma conta de mim. Eles entenderam tudo errado.

– É por isso que fiquei tão chateado de você ficar sozinha com ele – diz meu pai. – Não se pode confiar em ninguém. Com ele preso, talvez a gente possa ter um pouco de paz agora. Talvez os Arnoux e os White Tail consigam virar a página.

Pisco para me livrar das lágrimas. Não estou aliviada. Ainda não.

Minha mãe aparece, saindo da cozinha.

– Eu sei que você era amiga daquele menino. Deve ser muita coisa pra processar.

– Ele não fez isso.

Todos os três me encaram. O rosto de Jon congela em uma expressão neutra, mas o da minha mãe é empático, quase com pena. Meu pai mal consegue conter sua frustração.

Eu me mantenho firme.

– Não foi ele.

– Eles encontraram evidências no carro dele – diz Jon, mantendo a expressão. – Uma jaqueta, parece.

Jogo minhas mãos no ar.

– E só encontraram isso agora? Depois de tanto tempo? Depois que o pai viciado dele voltou para a cidade?

Minha mãe fica de queixo caído. Meu pai passa a mão pelo cabelo. Jon não se move.

– Uma bela coincidência, não acham? Eu estive na caminhonete alguns dias atrás e não vi jaqueta nenhuma.

Meu pai inclina a cabeça para o lado.

– Quando você esteve na caminhonete dele?

Quando arrombei a porta.

– Não importa. O Eli está preso, mas garanto que não me sinto mais segura.

Saio correndo da sala antes que alguém me pergunte mais alguma coisa, lágrimas escorrendo pelo meu rosto. Meu instinto me diz que eu estou certa, assim como me disse que eu deveria confiar no Eli.

Quando você sabe se seu instinto está completamente errado?

Capítulo 32

Eli First Kill

Sexta-feira, 19 de julho, 8h

Eu sabia que essa farsa não ia durar muito. Esperava que durasse, e me empenhei muito para tentar mantê-la. Ouço passos ecoando pelo corredor vazio. Alguém vomita em uma cela próxima e a luz fluorescente zumbe. Jogo as pernas para o lado sobre o colchonete fino como papel e apoio meus pés no chão frio. Sinto um nó na garganta e meu estômago embrulha, me dizendo que tudo está prestes a se desfazer.

Ou talvez tudo já estivesse se desfazendo desde abril.

Engulo a dor. Como vou sair dessa? De qualquer forma, eu saio perdendo. De qualquer forma, sou um búfalo na queda de um desfiladeiro. Morto, pronto para ser esfolado e eviscerado, útil apenas para os caçadores que me guiaram até lá.

Não sou bom para a Cherie.

Os passos param em frente à minha cela. Youngbull abre a porta engradada com um rangido sinistro.

– Hora de falar com o Staccona.

Ele me guia pelo corredor e me coloca em uma sala de interrogatório quase idêntica àquela onde conversamos antes, mas desta vez Cherie não está aqui. E ele não me oferece um lanche ou bebida.

E estou algemado.

Minutos se passam. O suor encharca minha camisa. Staccona enfim entra e vai até a cadeira do outro lado com um sorriso de quem diz "te peguei".

Com tranquilidade, coloca o tornozelo sobre o joelho.

– Hoje é o dia de contar a verdade, rapaz. Se você cooperar, as coisas serão bem mais fáceis para você. Ser honesto é o melhor jeito de tornar tudo isso muito menos doloroso para todo mundo. Entendeu?

Vai ser doloroso, sem dúvida, com sinceridade ou não. Ele não me oferece um defensor público e provavelmente espera que eu seja ignorante o suficiente para não pedir um. Mas eu não preciso de um. Já sei o preço que tenho que pagar aqui.

Eu o olho nos olhos.

– Eu sou inocente.

Ele lambe os dentes e assente.

– Achamos uma jaqueta da Rayanne na sua caminhonete. Temos a confirmação que era dela.

A raiva faz meu sangue ferver, mas tensiono os músculos para não demonstrar.

– E eu tenho certeza que você destruiu minha casa inteira procurando por mais. E não encontrou nada, não é?

Ele abre os dedos sobre a mesa.

– O que temos... é irrefutável. – Ele não admite que não tem mais que isso. Eu já sei que não tem nada.

– Onde tá a Cherie?

Ele ignora minha pergunta.

– Por que a Rayanne? Você a viu esperando na beira da estrada quando estava indo pra escola?

– Me diz onde tá a Cherie e eu te conto o que você quiser.

– Um policial a levou para a casa de uma amiga da escola, como você pediu. Ele até deixou um bilhete pro seu pai ver quando chegar do trabalho.

Um pouco da tensão se esvai do meu pescoço.

– Você e a Rayanne brigaram?

Passo o polegar pelo metal frio das algemas. Já estou chegando à beira do precipício. As próximas palavras só vão acelerar a queda. É impossível parar.

– Aquela caminhonete nem é minha. – Ergo meu olhar para encontrar o dele. – Pergunta pra qualquer um. Ninguém me vê dirigindo aquilo.

– Estava estacionada na frente da *sua* casa.

– Eu não dirijo aquela lata-velha. Eu dirijo a caminhonete Tacoma cinza que tenho certeza que vocês também revistaram, sem encontrar nenhum vestígio da Rayanne por lá.

– Suas digitais estão na maçaneta e no câmbio.

– Porque dois dias atrás eu coloquei no ponto neutro e tirei da oficina. Aquela coisa não funciona há quase um ano. Pode conferir.

– Se não funciona, por que a tirou de lá? – Ele inclina a cabeça. – Quis fazer funcionar de novo?

– Porque eu tô tentando fingir.

Staccona semicerra os olhos, desistindo de tentar entender o que eu estou dizendo.

– Já chega, moleque. Encontramos a jaqueta da Rayanne nas suas coisas. Soubemos que você costuma chegar atrasado na escola, mesmo que a lista de chamada não mostre isso. Sabemos que você estava perto de onde a Samantha foi morta. Temos registros de você ignorando as mensagens constantes da Samantha. Você e a Rayanne se falaram por telefone um dia antes de ela sumir. O que queremos saber é por quê.

– E o que eu tenho pra dizer é que aquele carro velho não sai da oficina há quase um ano. Não vê a luz do dia desde antes do inverno. Bem antes de abril. Rayanne nunca chegou perto daquele carro. E no dia em que o tiro da oficina, uma evidência aparece magicamente?

– Grande coisa. Você pode ter colocado a jaqueta lá em qualquer momento.

– *Eu* não coloquei nada.

Ele dá uma risada grossa e rouca.

– Você está tentando me dizer que armaram pra cima de você?

– Você tá me fazendo as perguntas erradas, cara.

Seu sorriso some. Ao menos ele não fica irritado. Parece realmente estar pensando a respeito.

– O que você está tentando fingir? – Deixo a pergunta no ar por um segundo. – Por que você tirou o carro da oficina?

– Eu não matei as meninas, Staccona, e posso provar. Infelizmente, vou ter que destruir minha família pra isso.

Seu pé balança sobre o joelho, impaciente.

– É sobre o carro do seu pai? Você disse que ele foi trabalhar em Kalispell com o próprio carro. – Agora ele deve estar se perguntando se meu pai é o culpado. Se devia mandar um pessoal atrás dele. – Ele teve algo a ver com isso?

– Na manhã em que a Rayanne desapareceu, em toda manhã desde o começo de abril, eu chego atrasado porque tenho que levar a Cherie pra escola primeiro. Ela morria de medo do ônibus. – Firmo os pés no chão. – Pode averiguar a chamada. E confirmar com o motorista do ônibus escolar. Ela nunca foi com ele. Talvez a escola tenha até uma câmera de segurança.

– O seu pai a podia ter levado naquele dia.

– Não.

Ele junta as mãos sobre o colo, seu pé ficando imóvel.

– O que você está tentando fingir? – Ele está finalmente entendendo.

Acabou. Eu me forço a responder.

– Nosso pai foi embora no começo de abril. Nunca mais voltou.

Tirei a primeira pedra que vai derrubar o muro que construí com tanto cuidado ao nosso redor, contei o segredo pelo qual tenho sacrificado tudo, e ele fica em silêncio. Esperando.

– As pessoas têm feito muitas perguntas. Eu tirei a caminhonete para fazer parecer que ele voltou.

Ele fica em silêncio por mais alguns segundos.

– Você e a sua irmã estão sozinhos desde abril? – Mais pedras caem. Sinto o controle escorregar das mãos.

– Sim, mas, pra ser sincero, não é muito diferente de quando ele *estava* aqui. – A diferença é que as pessoas vão saber. Vão decidir que não posso cuidar dela. Vão nos separar.

– Ele apenas foi embora... E você não teve notícias desde então?

Engulo um nó na garganta.

– Até onde eu sei, ele pode estar morto em qualquer lugar.

Staccona assente devagar.

Eu poderia só ter dito que foi um dia em que eu tive que levá-la para a escola porque meu pai estava viajando, ou talvez porque ele estava chapado, mas eles iriam adivinhar mais cedo ou mais tarde. Meu pai teria que assinar os avisos de atraso da escola e eles tentariam entrar em contato com ele. Ou colocariam assistentes sociais para investigar. Acabou.

– Por que esconder isso?

O medo se espalha pelo meu corpo.

– Primeiro achei que ele ia voltar. Depois, quando entendi que não... Não queria que Cherie fosse colocada para adoção. Esse sistema é uma merda. Eu não confio em mais ninguém pra cuidar dela.

Já ouvi muitas histórias sobre lares provisórios. Irmãos separados por anos. Meninas sendo abusadas de vários jeitos.

– Bom. Talvez ele não tenha ido tão longe quanto você pensa. – Ele continua suspeitando do meu pai.

– Na minha opinião, alguém realmente achou que ele tinha voltado e tentou incriminá-lo. É fácil fazer o bêbado e drogado da cidade parecer culpado, mas ele se foi.

Staccona agarra o tornozelo, suas unhas perfurando o tecido. Ele me encara com uma expressão séria e pensativa.

– Vamos conversar em breve. – Ele se levanta e sai da sala.

Eu devia me sentir aliviado pelo silêncio que ele deixa, mas a sala está se fechando ao meu redor. Não consigo respirar. Todas as mentiras, os sacrifícios para manter a ilusão de que estava tudo normal em casa... Tudo foi em vão.

Alguém jogou uma bomba na nossa vida.

E Cherie é quem vai pagar o preço.

Capítulo 33

Brody Clark

Sexta-feira, 19 de julho, 18h

Minha mandíbula dói de tanto ranger os dentes. Parece como antigamente, quando eu e o Eli pegávamos carona com os meninos mais velhos até o lago Lower Two Medicine, com nosso equipamento de pesca em mãos.

A gente ria tanto zoando um ao outro para tentar impressionar os outros caras que minha boca doía de um jeito bom. Certa vez, apareceu um urso preto na clareira e nós nos jogamos na caçamba e saímos correndo de lá. Dentes cerrados. Pulmões tensos.

Os músculos da minha mandíbula ficaram doloridos no dia seguinte.

Me sinto do mesmo jeito agora, mas com uma mistura de decepção e preocupação. Sem risos. Só medo. A semana passada foi um tormento sem fim.

Na verdade, talvez seja mais do que isso.

Me reclino na poltrona, a TV ligada na tela do Playstation. Encontro minha bolinha antiestresse no meio da pilha de jogos na mesa, lanço-a para o alto e volto a pegá-la, o logo do BIA, o Gabinete de Assuntos Indígenas desenhado nela.

Alguém que trabalha nele foi à nossa feira de profissões da escola ano passado, tentando divulgar o estágio de verão deles. Peguei a bola mesmo sem me interessar pelo programa. Nem um pouco. Meu destino é cuidar do rancho. Assim como o Jason e todos antes de nós. Jogo a bola de novo. Não sei quem achou que bolas antiestresse seriam uma boa ideia. Elas não prestam para nada. Muito menos para aliviar o *estresse*.

Aperto a bola. Ela não me ajudou a relaxar essa semana. Jogo de novo.

Foi um problema atrás do outro. De um irmão para *outro irmão.*

Por que Eli?

Me sento e jogo a bola contra a parede. Há um barulho de batida dura e a bola cai no chão, de volta na sua forma redonda perfeita. Patético.

Nem me dá a satisfação de ser uma boa pancada. Foda-se.

Pego o controle do Playstation e ergo o braço, pronto para jogá-lo contra a parede, quando ouço pneus parando na frente de casa.

Jogo o controle na cadeira e saio pelo corredor até a porta da frente. Não é o Jason. Ele está trabalhando nos pastos.

Abro a porta com força na mesma hora em que uma caminhonete cinza para ao lado da Ram do Jason.

First Kill me olha sobre o volante.

Minha mandíbula dolorida se abre.

Ele foi solto? Não consigo negar que sinto um alívio se espalhando pelo peito. Ele não teria saído se não fosse inocente. Né?

Sua porta range ao abrir e então ele pisa forte pelo cascalho até a varanda.

– Quem você teve que subornar pra sair? – brinco, mas a careta dele acaba com o meu bom humor. – Digo, tô feliz em te ver, cara. Fiquei preocupado quando soube.

Ele para em frente aos degraus, suas mãos fechadas em punhos.

– Ah, é? Não deve ter ficado *tão* preocupado assim.

Umedeço os lábios.

– Não ficou preocupado o bastante para entregar a porcaria do livro de visita.

Ah.

– Eu...

– Você teve um dia inteiro. Fiquei esperando você finalmente aparecer para dar algo que tirasse o foco de mim. Mas você não fez nada.

Qual é o problema de todo mundo com o livro de visita?

– Eu não achei que ia ajudar. Eu soube que... Eu soube que tinham algo muito sólido contra você.

– Você podia ter tentado, cara de cachorro.

Ai.

– Não me chama de *imiitāisskii*, cara.

Ele aponta um dedo trêmulo para mim.

– Você podia ter tentado. Mas não. Então eu tive que me virar. Tive que admitir que o bosta do meu pai *se foi*.

– Do que você tá falando?

– Meu pai foi embora em abril, deixou a gente sozinho.

– Eu... Eu não sabia.

– Exato. Ninguém sabia. Por isso mesmo. Era o meu segredo, mas agora já era, e a Cherie vai ter que ir para um lar temporário. Então vai se foder.

Abro e fecho a boca como uma truta faria.

– Não teria te ajudado em nada.

Ele sobe um degrau, ficando quase na mesma altura que eu. Está poucos centímetros abaixo, mas sua raiva compensa.

– Você faria qualquer coisa para limpar o nome do Jason, mas nem se mexeu para limpar o meu.

Achei que era o fim dele. Achei que nunca mais seríamos amigos porque ele passaria o resto da vida preso. Agora, nunca mais vamos ser amigos porque ele acha que o deixei na mão. Que dei as costas para ele.

Ele não se foi. Está aqui, em carne e osso. Preciso fazer alguma coisa para mantê-lo aqui comigo.

– Eu não podia entregar o livro.

Ele balança a cabeça.

– Você não *quis* entregar.

– Me escuta, Eli. Eu vacilei.

Ele sobe o último degrau e me olha de cima.

– É. Vacilou mesmo. Eles levaram a Cherie e nunca vou te perdoar por isso. Você e o maldito que...

– Não. – Sacudo os braços. – Eu realmente vacilei feio, tipo caguei no saco de ervas.

– Do que você tá falando?

Passo a mão suada pelo braço. Ele e a Loren, tão obcecados com esse livro de visita.

– Eu fiz uma besteira. Eu... estava tão preocupado com o Jason que eu mexi no livro.

Ele dá um passo para trás e inclina a cabeça.

– Como?

Paro por um segundo, tentando ouvir se Jason está chegando.

– Achei uma assinatura aleatória naquela semana de abril escrita a lápis. Apaguei e forjei a assinatura do Andrew Stern com uma caneta. Eu sabia como fazer porque já tinha visto na página da semana passada.

– Você fez o quê? – Seu olhar é o suficiente para eu me arrepender de ter contado, mas já era. Acabou.

– Eu sei, foi idiotice. Só queria que você me ajudasse a seguir o cara e talvez a gente conseguisse descobrir algo de verdade. Eu me arrependo e vou me lascar se descobrirem. Por isso que nunca entreguei o livro pro Staccona. Por isso que nunca posso entregar.

Ele apoia a mão no corrimão da varanda e aperta os olhos.

– Isso é loucura, mesmo vindo de você.

– Eu sei.

Foi uma decisão impulsiva, uma das coisas mais idiotas que já fiz. Acho que entrei em pânico quando as coisas começaram a desmoronar. Eu já perdi muito, já vi minha vida ser virada de cabeça para baixo. Minha família me traiu. Foram tirados de mim. Fui deixado para trás. Destruído. Cansei disso. Cansei de perder tudo que importa para mim.

Agora meu instinto me diz para me manter firme e lutar pelo pouco que ainda tenho.

Mesmo que isso me machuque.

Ele solta um suspiro barulhento.

– Sinto muito que estava esperando algo disso. E sinto muito pela Cherie.

Ele bate no corrimão, me assustando.

– Eu vim aqui pra te quebrar, ay. Alguém bem que devia fazer isso.

Troco o peso entre as pernas.

– Skoden. Só me deixa chamar os vira-latas da reserva pra ser uma luta justa.

Ele sorri, passando os dedos pelos nós da mão direita. Estão mais retos do que deviam estar depois de tantas brigas.

Ao longo dos anos, ele já me bateu algumas vezes, mas nunca com vontade. Meu pai via a gente brigando no quintal e sempre compartilhava mais uma das suas autointituladas sabedorias indígenas: *Vocês podem bater cabeça, mas não devem bater chifres.*

Eu não quero mesmo receber um golpe em que o Eli coloca toda a sua força.

– Para onde vão levar a Cherie?

– Uma família na cidade. A assistente social perguntou pra sua mãe. Ela recusou. – Ele pausa por um segundo, me observando. – Disse que não tinha muito para oferecer agora.

– Isso eu podia ter te falado. – Minha mãe não faria isso nem para um próprio filho. Por que ajudaria um primo?

– É. Eu devia saber.

– A Cherie vai ficar bem – digo. – Vão ficar de olho nela. E você? Não vai ter que ir pra algum lugar?

– Não. A família que vai cuidar da Cherie só aceita crianças com menos de nove anos. A assistente social e o Youngbull passaram um tempo discutindo sobre o que fazer comigo. Sabiam que eu não ia ficar onde quer que me colocassem. E faço dezoito em menos de três meses, então posso ficar em casa. A assistente deve passar lá algumas vezes.

– Legal.

– Mas não posso pegar a Cherie de volta até ter dezoito anos e provar que tô trabalhando.

– Que droga.

– É. Agora eu vou nessa. – Ele dá uns passos para trás e me lança um sorriso sarcástico. – Mas pelo menos não tô mais preso por assassinato.

Seus passos fortes no cascalho me fazem sentir uma pontada de dor na cabeça.

– Ei. Quando o teu pai foi embora?

Eli para com a mão na porta da caminhonete.

– Abril. Pouco antes da Rayanne.

– Hum. *Timing* meio suspeito, né?

Ele abre a porta.

– Ele é um vagabundo viciado em metanfetamina, não um assassino.

Além do mais, ele já tinha ido embora quando tudo aconteceu. – Ele entra no carro e vai embora sem olhar para trás.

Não sei se a polícia vai concordar.

Loren Arnoux

Sexta-feira, 19 de julho, 18h

A casa pequena de Sam está muito apertada. Há pessoas cobrindo cada metro quadrado da sala de estar aberta, todas aqui para apoiar sua família. Estão espalhadas ao redor da mesa da cozinha, cheia de comida, sentadas nos braços do sofá com pratos de papel equilibrados em uma só mão, conversando em pequenos grupos. O ar está pesado com o cheiro de pimenta e suor. Amargo, como se tivesse passado por pessoas demais antes de chegar em mim.

Os White Tail não podem ter um funeral porque a investigação ainda está aberta, mas queriam fazer algo. Eles precisam do apoio. Da comunidade.

Minha avó e a mãe da Sam estão na cozinha, rodeadas por outras mulheres, sussurrando e enxugando lágrimas enquanto preparam mais comida. O pai da Sam está em pé com um grupo de homens, atrás do sofá, incluindo alguns amigos do vovô. Estão contando histórias de pesca enquanto comem, fazendo o melhor que podem para se distrair da dor.

Até Jeremy Youngbull, vestindo uma camiseta e boné de beisebol, está ali, dizendo que pegou um kokanee de quatro quilos.

Não acredito que só faz uma semana que a Samantha morreu. Parece que foi há um mês. E esses três meses sem a Ray parecem um ano. Por que o tempo passa mais devagar quando você está se afogando?

E por que, quando o Youngbull nos contou que soltaram o Eli, tudo que senti foi alívio?

Talvez meu lado egoísta não quisesse perder alguém tão próximo de mim. Ou talvez eu só sabia, lá no fundo, que não podia ser ele.

Mas o alívio se mistura com uma preocupação terrível. Não sei se, algum dia, vamos ter paz. Youngbull não parece muito confiante. O jeito como ele mexia as mãos grossas quando me contou me diz que está tão preocupado quanto nós.

Preocupado que o assassino já tenha desaparecido feito fumaça no vento, deixando o carvão preto e destruído para nós.

Eles nem sabem quem colocou a jaqueta na caminhonete velha dos First Kill. Talvez o pai do Eli saiba mais do que a gente pensa.

Amasso meu prato descartável limpo com as mãos trêmulas. Ver todo mundo segurando pratos cheios de comida cria um buraco no meu estômago, mas não porque estou com fome. Porque está tudo errado. Me dá nojo saber que isso está acontecendo. Que a sala de estar onde eu e minha melhor amiga ríamos tanto se tornou um lugar de luto.

Que há dezenas de pessoas pela casa e Sam não está entre elas.

Eu me encosto na janela da sala de estar. Mais pessoas estão sentadas nas cadeiras dobráveis no quintal, latas de refrigerante espalhadas aos seus pés. O irmão mais novo de Sam está sentado sozinho no balanço de pneu atrás da multidão, balançando devagar. Seus pés descalços mal tocam na ponta da grama comprida.

Aposto que está desejando que a Sam estivesse aqui para empurrá-lo.

O vazio no meu peito se racha como vidro, e a raiva e tristeza entram pelas rachaduras, se misturando como ácido. Meus dedos tremem, implorando para fazer algo – para quebrar algo. As paredes se fecham ao meu redor. O ar fica ainda mais pesado.

Empurro a janela, desesperada para sair, e então o vejo na mesa do lado do sofá.

O notebook velho da Sam.

Capítulo 34

Eli First Kill

Sexta-feira, 19 de julho, 18h

A bolsa de lona azul desbotada é grande demais para Cherie. Repleta de todas as suas roupas e alguns de seus brinquedos favoritos, ela a arrasta a passos largos, esfregando no tapete da entrada e depois no capacho sujo da varanda. Seus bracinhos ficam tensos, mas ela insistiu: consegue fazer isso sozinha. Então eu a deixo.

Ela bate em cada degrau da varanda no mesmo ritmo do meu coração.

Cada passo seu é um golpe no fio que sempre nos conectou. Ao que tenho me agarrado com tanta força, fazendo minhas mãos sangrarem.

Cherie solta a alça da bolsa que arrastou pelo cascalho, e a mulher do Departamento de Serviço Social Blackfeet a coloca no porta-malas do carro.

Cherie se senta no último degrau com os olhos cheios de lágrimas.

– Eu não quero ir.

Me abaixo na sua frente e ficamos cara a cara.

– Eu também não quero que você vá. – Passo a língua pelos dentes, me forçando a controlar a respiração. – Mas você precisa ir. Eu não posso...

– Você disse que o pai ia voltar. – Seu punho pequeno bate no seu joelho fraco. – Você disse que ele estava trabalhando.

Cherie me encara como se fosse eu quem a traiu. Como se eu tivesse falhado com ela. E talvez eu tenha. Depois de tudo, eu a perdi.

– Eu sei. Eu não queria que você ficasse triste.

Minha irmã não olha para mim.

Eu menti para ela. Menti para todo mundo. E pelo quê?

Não me arrependo de muita coisa. Fiz o que precisava fazer. Me afastei de todo mundo, construí muros, sempre coloquei minha irmã em primeiro lugar. Faria tudo de novo, menos mentir para ela.

Demonstrei que ela nem sempre pode confiar em mim, e isso dói quase tanto quanto mandá-la para outra família.

Ela encara seus sapatos, lágrimas descendo pelas bochechas.

– Por que ele me deixou?

Cerro os dentes, tentando manter a calma. Não posso perder a cabeça na frente dela. Como explico isso para uma menina de sete anos? Ela merece muito mais do que teve. Apoio os cotovelos nos joelhos e puxo suas mãos para as minhas.

– Ele sabia que você ficaria segura comigo.

Mechas de cabelo escapam de sua trança e caem sobre o rosto dela. Não é uma trança tão firme quanto as que faço nela. Outra pessoa está fazendo suas tranças, escovando seu cabelo. Será que vão escovar direito para não doer? Será que vão ser pacientes quando Cherie se mexer muito?

Será que ela vai estar segura?

Os passos da mulher amassam o cascalho. Meu peito está se quebrando e o tempo está sendo derramado.

Sempre fomos nós dois, eu e ela. Ninguém nunca cuidou dela como eu.

Cherie olha por cima do ombro para a mulher se aproximando e se aproxima de mim até nossos narizes se tocarem.

– Talvez o pai volte – sussurra ela, nervosa. O pingo de esperança em sua voz me atinge como uma pedra de gelo. – Talvez ele venha me buscar e me leve pra casa.

– Não. – Eu solto as mãos e seguro o rosto dela, afastando as mechas de cabelo. – Me escuta, Cherie. Se o pai for te ver, não vai com ele.

– Por quê? – A esperança dela se rompe.

Sendo sincero, eu não confio nele. Não confio há um bom tempo. Eu nunca disse isso para ninguém, mas, nos meses que antecederam sua partida, ele estava mal. Gritava à noite, ameaçando matar alguém que não estava ali, à procura de algo na casa que nunca conseguia encontrar. A droga o deixava paranoico.

Outra verdade: eu fiquei aliviado quando ele foi embora.

– Promete pra mim, Cherie. Se ele vier, não vai com ele. Só comigo.

– OK – sussurra ela.

– E eu prometo pra *você* que vou te trazer pra casa. Assim que eu puder, vou te buscar. – Eu a puxo para os meus braços e me levanto, encostando a bochecha contra sua trança frouxa. Meu peito está desmoronando nesses últimos segundos juntos. Fiz tudo que podia. Dei o meu melhor.

Mas parece que, por mais que eu tente, as coisas nunca dão certo.

Para nós dois.

A mulher abre a porta traseira do carro e a segura aberta, esperando.

– É uma família boa, Eli. Eles fazem isso há muito tempo.

Tento acreditar nela. Nós conversamos muito sobre as opções. A mãe de Brody parecia a melhor opção, mas ela recusou. Minha tia em Billings a aceitaria, apesar da sua mobilidade reduzida, mas ela mora longe. Longe demais para visitas. A família da minha mãe do outro lado do estado cortou contato com a gente há seis anos. Nenhuma palavra. E com tudo que tem acontecido, não consegui juntar coragem para sugerir a avó da Loren.

Isso é para ser temporário, então escolhemos uma família Blackfeet local. Uma família de confiança. Que vai me deixar visitar quando eu quiser.

– Seja boazinha, ay? – Abraço Cherie mais uma vez. – E me avisa se acontecer alguma coisa que você não gostou.

Cherie assente, sua cabeça encostada na minha bochecha, suas lágrimas manchando minha pele. Tento colocá-la no chão, mas ela prende as pernas na minha cintura e se agarra no meu pescoço.

– Está na hora de ir. – Eu só consigo sussurrar, senão minha voz vai se quebrar e não vou conseguir me conter.

Ela me aperta mais forte.

– Não – grita ela, caindo no choro.

Tento afastá-la, mas ela enfia as unhas no meu pescoço, me machucando. Seus soluços vibram nos meus ouvidos. Se pudesse, eu sairia correndo com ela. Mas temos que fazer a coisa certa. Isso me mata por dentro, me eviscera como se eu fosse um cervo abatido, mas preciso tirar suas mãos de mim.

– Por favor – sussurro, mais para mim mesmo do que para ela, enquanto ela tenta resistir. As lágrimas caem dos meus olhos, se misturando com as da Cherie enquanto ela tenta enfiar os dedos na minha camisa e se joga contra mim, em um estado de pânico.

Um soluço escapa da minha garganta quando a tiro de mim, desviando das suas mãos desesperadas. Tirando-a da única coisa estável que já teve na vida.

Essa é a pior dor que já senti na minha vida.

A mulher envolve Cherie nos braços e a puxa para o carro. Para longe de mim. Os olhos de Cherie se fixam em mim, em meio às lágrimas, e por um segundo infeliz eu me pergunto se ela vai me perdoar por isso. Se algum dia ela vai entender.

Mordo a língua, ficando imóvel como o ar entre nós. Pisco para afastar as lágrimas.

– Te vejo em breve. Prometo.

Meu rosto está pegando fogo, meus pulmões doem. Uso todas as minhas forças para me manter ereto e acenar enquanto o carro faz uma curva fechada e desce a rua.

A corda se rompe. Cherie, a âncora que me prendia aqui, foi tirada de mim. Mas não sinto que um peso foi tirado. Estou solto e perdido. Sozinho, ao vento.

Loren Arnoux

Sexta-feira, 19 de julho, 18h30

Sinto um formigamento na nuca, como se todos na casa dos White Tail estivessem olhando para mim. Como se todos soubessem o que vou fazer. Há uma foto na mesa de Sam com seus irmãos mais novos. Eu pego a foto e passo os dedos pela moldura de plástico, o canto do notebook pressionando minha barriga.

Mexo nos papéis que cobrem o notebook quando devolvo o porta-retratos no lugar para ver a luz de carregamento. Ele está ligado debaixo de toda essa bagunça. Olho para minha avó na cozinha, conversando com a mãe de Sam, e então tiro o cabo do laptop e o coloco debaixo do braço.

Desviando dos móveis e dos recém-chegados, sigo pelo corredor que leva aos quartos. O murmúrio das conversas diminui quando entro no quarto que Sam dividia com o irmão mais novo. Fecho a porta.

Está silencioso. O ar está parado, como se o irmão não estivesse mais dormindo aqui, mas sinto um cheiro de couro e algo doce. Acendo a luz. Um cobertor de lã está pendurado sobre uma janela. Na outra parede, há um quadro de dançarinas em um pow wow. Sam o pintou ano passado, reproduzindo perfeitamente os movimentos dos xales e das saias em cores neon. Essa pintura é ainda mais bonita do que a que seus pais deram para a rifa do Projeto Two Feather. Fico feliz de terem guardado essa. É colorida e dinâmica, assim como Sam era.

Um brinco de miçangas incompleto está colocado sobre potinhos de miçangas de vidro na mesa. Há uma pequena trança de erva ancestral no meio das miçangas do brinco. Ela era a pessoa mais artística que conheci. Tinha tanto para criar. Tanto para compartilhar.

Sinto como se estivesse fazendo algo errado. Me enfiando onde não devo. Relembrando coisas que não deveria.

Me sento na beira da cama dela e abro o computador. Ele demora alguns segundos para ligar.

Sam deve ter sido a última pessoa a tocar nele. Um dos seus primos lhe deu depois de ter comprado um melhor para trabalhar. É muito velho, mas ainda funciona. O bem mais precioso de Sam. Ela nunca deixava os irmãos tocarem nele.

– Me desculpa, Sam – sussurro quando o círculo colorido desaparece. Primeiro de tudo, abro o aplicativo de mensagens. A conversa mais recente é com Eli First Kill. Youngbull mencionou algo sobre o histórico de mensagem "estranho" entre eles... Agora, preciso ver com meus próprios olhos.

Um dia antes de sua morte, Sam mandou para ele: **Posso te fazer 1 pergunta?**

Alguns dias antes: **vai participar esse ano?**

Ela mandava mensagens para ele com uma certa frequência, nunca obteve resposta. Nenhuma.

Pode falar?

Q tá fazendo?

Deixa isso pra lá

Ei

Tá fazendo oq?

Teu pai tá em casa?

Por que ela estava perguntando sobre o pai dele?

Enquanto rolo por mais um mês de mensagens em que Sam tenta falar com um Eli que não cede nunca, a porta abre com um rangido alto.

Youngbull entra no quarto.

Ele parece mais alto nesse quarto minúsculo do que na minha casa. Ou em outros lugares. Sua cabeça quase toca o batente da porta e ele me olha na cama. Meus dedos congelam sobre o laptop.

Ele fecha a porta, que faz um clique – não sei se foi a lingueta ou se ele a trancou.

– O que está fazendo? – pergunta ele.

Espalmo a mão no computador.

– Nada. Eu...

Ele cruza o quarto em um passo e puxa o computador do meu colo com uma das suas mãos gigantes. Olha para a tela e balança a cabeça.

– No que você estava pensando?

Minhas mãos, de repente vazias, tremem sob o seu olhar. Ele está perto demais. O aroma forte de seu desodorante me atinge.

– Está tentando fazer sua própria investigação? – Sua voz grossa me impede de responder. Ele fecha o laptop e o segura do lado do corpo. – Pare.

Eu devia ficar calada.

– Por quê?

Sua mão livre forma um punho. Os tendões gordos rolam nas costas da sua mão.

O medo se espalha por meu peito, fazendo o tempo desacelerar. Ele estava de olho em nós durante o pow wow. Ele teria visto Sam depois da cerimônia e aonde ela foi. Se tivesse oferecido uma carona para Ray, naquela manhã de abril, ela não teria pensado duas vezes para aceitar. Ray e Sam teriam confiado nesse cara até suas mãos gigantes se fecharem no pescoço delas.

– Não faça isso com você mesma – diz ele. – Só vai dificultar as coisas para nós.

Nós? Meu olhar foca no seu punho fechado.

– E acabar se machucando.

Encontro seu olhar. Isso é um aviso? Uma ameaça?

Enfio os dedos na colcha da minha melhor amiga, meu coração batendo forte. Seu rosto foi o último rosto que ela viu?

Um rangido soa pelo quarto, fazendo Youngbull se virar, assustado.

Vovó está na entrada do quarto, olhando para nós.

– O que está acontecendo aqui?

Saio tropeçando pelo quarto e paro ao seu lado.

Youngbull levanta o computador com uma mão.

– Loren está xeretando nas mensagens da Samantha, tentando investigar sozinha.

Vovó não fala nada.

– Isso é sério – diz ele. – Ainda há um assassino à solta por aí...

– Acha que não sabemos disso? – Minha avó sussurra com um tom sério. Agarra a maçaneta e o mede de cima a baixo com um olhar de asco.

Ele passa a língua nos dentes e olha de novo para mim.

– Um assassino ainda está à solta. Você precisa deixar a investigação com a gente. Para a sua própria segurança.

Vovó me puxa pela porta e pelo corredor afora, murmurando baixinho até chegarmos ao carro.

Já estou com o cinto de segurança quando ela bate a porta com força.

– Está chateada comigo?

Vovó solta uma risada seca.

– Estou irritada, mas não com você.

Um carro para ao nosso lado e dele saem os bisavós de Sam, mas não entram na casa: eles vão direto para o balanço, onde está seu irmão mais novo, e o abraçam.

Observo a porta da frente, aberta, e minhas mãos formigam com a adrenalina. Se minha avó não tivesse aparecido, o Youngbull iria me machucar? Ou ele estava realmente preocupado comigo? De qualquer forma, ele tem razão: sair procurando por um assassino é idiotice. Mas não posso parar.

Vovó dá um soco no volante.

– Esse cara. Quem é ele para falar sobre investigação? Ele não fez quase nada pela minha Ray. Nem levou o desaparecimento dela a sério. Ele e todos os outros viraram o rosto e deixaram Samantha morrer. Isso é culpa deles. *Eles* fizeram isso. Mesmo se, por um milagre, encontrarem quem foi, já falharam.

Eles falharam.

Eu também. Mas não vou parar de tentar descobrir quem fez isso. É a única maneira de conviver com a culpa de não ter evitado nada disso.

Capítulo 35

Desconhecido

Sexta-feira, 19 de julho, 20h

A luz da lâmpada acariciava os dedos nervosos. *Os idiotas não sabem o que estão fazendo*. Eles iam ficar dando voltas para sempre. Dedos foram estalados, depois abriram um navegador. *Vamos começar pelo começo*.

REGISTRO DA POLÍCIA, 9 DE ABRIL

CENTRAL: Serviço de emergência, qual é o problema?

LIGAÇÃO: Aqui é Geraldine Arnoux. Minha neta, Rayanne Arnoux, desapareceu.

CENTRAL: [digitando] Quando foi a última vez que você a viu?

LIGAÇÃO: Ela não foi para a escola. Era pra ela pegar o ônibus, mas nunca apareceu.

CENTRAL: Ela poderia ter ido para algum outro lugar?

LIGAÇÃO: Não. Eu sei que aconteceu alguma coisa.

CENTRAL: Qual o seu endereço?

LIGAÇÃO: [censurado]

CENTRAL: [digitando] Você não acha que ela saiu de casa por vontade própria?

LIGAÇÃO: Não. Eu sei que algo ruim aconteceu.

CENTRAL: Você não a viu pela manhã?

LIGAÇÃO: Tive que sair para trabalhar cedo. Ela ainda estava dormindo.

CENTRAL: Você acha que ela saiu no meio da noite?

LIGAÇÃO: Eu não... Ela não saiu. Preciso de um policial da reserva aqui. Aconteceu alguma coisa a Rayanne.

CENTRAL: [digitando] OK, uma viatura está a caminho. Só preciso de mais algumas informações para eles. Algum pertence sumiu?

LIGAÇÃO: O celular e a mochila da escola.

CENTRAL: Então ela pode ter ido embora. Alguma coisa fora do lugar? Algum sinal de luta?

LIGAÇÃO: Ela não... Não, me parece tudo normal. Não sei. Preciso que alguém venha procurar!

CENTRAL: OK... [digitando]... OK, aguarde um segundo.

LIGAÇÃO: OK.

CENTRAL: Estou falando com os policiais. Então você não a viu antes de sair para o trabalho... Quando percebeu que algo aconteceu?

LIGAÇÃO: A escola me ligou e disse que ela não foi para a aula. Ela nunca mata aula. Ela não faz isso.

CENTRAL: Então ela não foi para a escola. Você foi para casa logo depois da ligação?

LIGAÇÃO: Tentei ligar para o celular dela, mas ela não atendeu. Tive um mau pressentimento, então saí do trabalho para vir confirmar. Ela não está em casa. Ela não teria ido para outro lugar.

CENTRAL: Então ninguém a viu desde ontem à noite?

LIGAÇÃO: Minha outra neta deve ter visto ela pela manhã antes da aula. Ela teria me dito se não tivesse. Ela teve que ir para a escola mais cedo.

CENTRAL: [digitando] OK. Você já falou com ela?

LIGAÇÃO: Não. Ela teria me dito.

CENTRAL: Tudo bem. A viatura deve chegar em [censurado] em breve. Eles vão conversar com você sobre registrar um boletim de ocorrência de desaparecimento.

LIGAÇÃO: Aconteceu alguma coisa com ela.

CENTRAL: Faz pouco tempo. Aguarde a chegada dos policiais. Vou desligar agora.

LIGAÇÃO: Eu não... OK.

REGISTRO DA CENTRAL, 9 DE ABRIL

CENTRAL: Unidade 530 para [censurado]. Possível pessoa desaparecida.

DETETIVE YOUNGBULL: Na escuta, 530. Quem?

CENTRAL: Rayanne Arnoux.

DETETIVE YOUNGBULL: Qual é o código? O que...

CENTRAL: Um momento, detetive. [ruído de estática] Código 1. Sem sinais de luta. A pessoa tem certeza de que algo aconteceu, mas não consegue fornecer nenhum motivo.

DETETIVE YOUNGBULL: Ah. Quando ela foi vista pela última vez?

CENTRAL: Hoje de manhã.

DETETIVE YOUNGBULL: [inaudível] Ainda é de manhã! Código 1, então. Vou lá quando puder.

CENTRAL: Ela vai querer preencher um boletim de ocorrência de desaparecimento.

DETETIVE YOUNGBULL: Câmbio.

As palavras crepitantes se demoraram no ar por muito tempo após o fim da gravação. "Vou lá quando puder." Algo terrível de dizer. Ainda pior eram as palavras que não foram ditas, mas não era como se pudessem usar isso como prova.

Loren Arnoux

Sexta-feira, 19 de julho, 21h

Meu corpo está inquieto, como se ainda não tivesse me recuperado do susto de Jeremy Youngbull. Sinto pontadas de nervosismo por minha pele. Não consigo me livrar da sensação ruim de que, se ele quisesse me machucar, eu não conseguiria impedi-lo. Não teria nem chance. Tive uma leve ideia do desespero que Ray e Sam devem ter sentido naqueles primeiros momentos.

Pego o moletom de Ray da secadora, já sem o cheiro da fogueira, e o visto. O calor no tecido não me ajuda a me acalmar. Volto para o corredor, passo pelo quarto silencioso de Ray, e me afundo na cama.

Quero acreditar que Youngbull entrou no quarto da Samantha com boas intenções, mas não consigo me decidir se ele estava me ameaçando ou me protegendo. O que teria acontecido se a vovó não tivesse aparecido naquela hora?

Ele teria me jogado no chão, suas mãos esmagando minha garganta?

Eu poderia ter encontrado algo mais útil nas mensagens da Sam se ele não tivesse me seguido até o quarto dela. Ele arruinou minhas chances.

Esfrego os olhos até formas cintilantes dançarem na escuridão das minhas pálpebras. Ainda há um histórico de mensagem que posso ver. Pego o celular e abro minha troca de mensagens com Sam. Há anos ali, várias fotos, reclamações de madrugada, brigas, risos. Eu nunca apaguei essa janela, e a memória do meu celular quase inexistente é prova disso.

Começo a rolar pelas mensagens, sem pretensão, os balões azuis e cinza se misturando na tela. Meu polegar se movimenta num ritmo constante. Não sei por que estou fazendo isso. Reler nossas mensagens antigas só vai me machucar. Vai me fazer desejar que nossas versões mais jovens e idiotas previssem o que ia acontecer.

Finalmente chego ao começo, quando consegui esse telefone velho. Sam sempre esteve ao meu lado. Quando eu ficava com raiva de a minha mãe ter ido embora, Sam a xingava de tudo quanto é nome, mas mudava quando eu tinha esperanças de que ela voltasse. Quando eu estava triste.

Ela sempre me respondia na hora depois que o vovô faleceu e sempre tinha uma piada pronta para contar. Eu passei por períodos difíceis, mas Sam sempre esteve por perto. Ela sempre foi uma amiga de verdade.

Então por que isso mudou quando a Ray desapareceu?

Por que ela se afastou como se estivesse com medo de mim? Como se o fato de eu estar sofrendo tanto fosse algo contagioso? Não faz sentido. Ela era melhor do que isso, mas eu estava tomada demais pelo medo e pelo luto para perceber.

Talvez estivesse acontecendo alguma outra coisa.

Ray teria me ajudado a perceber isso. Ela sempre conseguia ler as emoções das pessoas e sempre conseguia entender *os motivos*. Era a pessoa mais atenciosa e empática do mundo.

Ray era a *única* pessoa que teria me ajudado a entender o que estava acontecendo com a Sam antes que fosse tarde demais. Eu não consegui fazer isso sozinha.

Não funciono direito sem a minha irmã.

Paro de rolar a tela na última conversa que tivemos antes de a Ray desaparecer. Antes de tudo mudar. Fico enojada de ver as palavras. De saber que, se eu não tivesse sido tão teimosa, Ray ainda estaria aqui.

Eu: Brody tá dando pra trás. Disse que o irmão dele precisa de ajuda no rancho.

Sam: Típico dele. A gente não precisa dele. Eu tô indo aí.

Eu: Não. Não vou deixar esse folgado se safar de novo. Ele sempre faz isso.

Sam: Não é nada de mais. Eu quero ir mesmo assim. Vai ser mais fácil fazer sem ele.

Eu: Tarde demais. Acabei de falar pra ele nos encontrar na escola amanhã uma hora mais cedo.

Sam: blz.. vou ver se consigo uma carona.

Sam: tá em casa com a Ray?

Eu: tô

Sam: posso ir ficar com vocês?

Eu nunca respondi. Ray tinha ficado fechada no quarto desde que chegara do treino, depois apareceu de repente no meu quarto e começou a me dar uma bronca sobre Mara Racette. Falando sobre como estávamos sendo imaturos e como isso era pequeno comparado aos "grandes problemas do mundo". Ela não fazia ideia do quanto tinha razão.

Ela não costumava ficar tão chateada assim. Talvez *ela* estivesse ansiosa naquela noite. E por que Sam queria nos ver? Ela nunca se importou se Ray estava por perto ou não.

Encaro a mensagem e sei que estou tentando justificar algo que talvez nem seja real. Mas se por acaso Ray estivesse mexendo com drogas... talvez a Sam soubesse. Talvez ela tenha se afastado depois porque tinha os mesmos segredos. Talvez fosse isso que ela ia admitir depois da cerimônia. Que elas se meteram com as pessoas erradas.

Quando se envolvem com as pessoas erradas, meninas podem desaparecer por qualquer motivo.

Em uma das mensagens para Eli, Sam perguntava se o pai dele estava em casa. Tanto ela quanto Ray tiveram um rolo com o Eli, o que me fez duvidar dele. Talvez eu devesse duvidar do pai dele. Talvez ele ainda esteja por perto e talvez esteja pior do que nunca.

Me afundo no travesseiro, apertando o celular com tanta força que a capa range. Há muitos "talvez". O suficiente para moldar essa história como eu quiser.

Tudo o que essas suposições fazem é me tirar o sono e me lembrar de como são escassas as nossas certezas.

Capítulo 36

Mara Racette

Sexta-feira, 19 de julho, 23h

Ainda há marcas no cascalho. Minivales de rochas destruídas que se encontram, formando curvas fechadas ao redor das duas caminhonetes velhas na frente da casa de Eli.

A superfície irregular é o único lembrete do caos que aconteceu aqui ontem de manhã. Agora, nem a grama ao lado do caminho de cascalho se mexe. A noite está completamente imóvel. Tudo isso faz a cena do Eli sendo preso parecer ainda mais errada.

O brilho pálido da lua bate na estrutura de metal da oficina e a luz azul fraca acaricia o corrimão da varanda. As persianas se abrem quando estou descendo do carro. Me abraço para me proteger do frio e chego à porta na mesma hora em que Eli a abre.

Ele está acabado. Como um boxeador que levou uma porrada e continua erguendo as luvas, pronto para continuar. Em vez de olhos roxos, ele está com olheiras, e percebo o muro que ergueu a sua volta no lugar das luvas. O brilho estranho da varanda o deixa ainda mais pálido e assustador. Como se não tivesse muito mais em si.

– Mara Racette. – Há algo ácido na sua voz, mas isso não é estranho, e ele abre a porta o suficiente para se posicionar no batente.

Vim aqui querendo ouvir a história... Esperando que ele se explicasse, porque *sei* que ele pode. Mas, ao vê-lo assim, só consigo fazer uma pergunta:

– Você tá bem?

Suas sobrancelhas tremem. A luz brilha sobre a cicatriz na testa, e tenho quase certeza que essa é a menor que tem, mesmo que as outras sejam emocionais e não físicas. Olho para a caminhonete de seu pai. É por causa dele que Eli só entreabre a porta?

Eu devia ter ligado antes. Ou perguntado se ele queria me encontrar em algum lugar. Claro que estou me intrometendo...

Mas ele abre a porta e dá um passo para o lado.

– Já estive melhor.

Olho para a caminhonete mais uma vez e passo por Eli. Vou em direção ao mesmo lugar do sofá onde já me sentei, mas Eli não faz o mesmo.

Ele tranca a porta e fica parado na entrada.

– Então, por que veio até aqui?

Eu mudo de posição, parada em frente ao sofá.

– Você tá me devendo panquecas.

Finalmente, um sorriso aparece em seu rosto. Some rapidamente, mas Eli vem até a sala de estar e se joga no seu lugar no sofá.

Eu me sento e me posiciono para poder ver Eli e o corredor atrás dele.

– Seus pais sabem que você tá aqui?

Sinto meu rosto queimar de vergonha. Nunca fui de mentir, mas eles não me deixariam ficar a sós com Eli agora.

– Eu disse que ia ver a Loren.

– Ah. Estou surpreso de te ver. Não tá com medo de mim agora?

Seguro meu joelho.

– Não acreditei que era você.

– Você me viu sendo jogado na viatura.

– Sim. Eu vi sua expressão e, admito, você parecia ser culpado de *alguma coisa*. Mas eu sabia que não machucou aquelas meninas.

Seu rosto continua imutável.

– Você mal me conhece.

– Você jurou de dedinho.

Seus lábios formam outro sorriso rápido.

– Mara Racette, não queria te contar isso, mas, no mundo real, promessas de dedinho não significam nada.

Contenho meu próprio sorriso.

– Lá no fundo, eu sabia. Até disse isso para os meus pais, que, claro, acharam que eu havia enlouquecido. Mas tive minha vingança quando vi a reação deles hoje.

– Você falou mesmo isso para eles?

– Falei. – Abaixo a voz e me inclino para a frente, em direção ao meio do sofá. – E disse pro advogado do meu pai que era uma baita coincidência terem encontrado essa tal evidência depois que o seu pai voltou pra casa. – Olho para trás dele, para o corredor.

Ele inclina a cabeça.

– Estamos a sós. Não tem ninguém em casa.

– O seu pai não tá em casa?

Ele balança a cabeça.

– Eles prenderam... – Repasso suas palavras na minha mente. – A Cherie não tá aqui?

As bochechas dele ficam vermelhas.

Ele me conta onde a Cherie está, e por quê.

Ele não chora, mas eu queria que chorasse. Parece mais doloroso segurar as lágrimas. Acho que está acostumado a manter essa fachada e agir como se tivesse tudo sob controle... guardando tudo para si. Isso faz meus olhos arderem – vê-lo tão desesperado para provar a si mesmo que não precisa de ninguém. Eu me arrasto para o meio do sofá, perto o suficiente para sentir o calor irradiando dele. Seus punhos estão fechados sobre as pernas, mas ele não olha para mim.

– Sinto muito – sussurro. Afinal, o que mais posso dizer? Apoio os dedos em seu braço. A pele que cobre os músculos tensos está quente.

– Ela devia estar aqui, comigo, mas alguém armou para a gente. – Ele inclina a cabeça e olha para o teto. O músculo da sua mandíbula se mexe sem parar.

Ele estava cuidando de tudo por ela. Sozinho. Todo esse tempo, ele estava tentando ser um pai em vez de um garoto.

Passo o polegar pelo músculo trêmulo da sua mandíbula, que congela sob o meu toque.

– Ela vai ficar bem.

Ele aperta os olhos, mas não se afasta da minha mão.

– *Você* vai ficar bem? – Passo o dedo pelas manchas vermelhas na sua bochecha. Ele fez de tudo para cuidar de Cherie, sem ninguém para cuidar dele. Claro que tem sido frio e distante. Quem não ficaria assim?

Ele vira a cabeça, prendendo minha mão entre sua bochecha e o sofá.

– Eu sempre estou bem. – A distância entre nós parece muito menor quando ele olha nos meus olhos. – Mara Racette. Você acreditou em mim quando eu disse que não era o culpado?

– Sim.

– Por quê? – Ele se mexe no sofá, pegando minha mão antes que ela escorregue.

É uma ótima pergunta. Ele passa os dedos pelas costas da minha mão, como um aperto de mão casual, apesar de eu duvidar que seja assim que cumprimenta os amigos. Fico feliz que a camisa de manga comprida esconda o arrepio que percorre minha pele.

– Talvez porque você não tenha apenas *dito*. Você quis demostrar.

Ele desliza a mão pela minha, devagar, terminando o aperto de mão improvisado. A ponta de seus dedos traçam os meus, despertando mais arrepios no meu braço. Em seguida, ele passa os dedos entre os meus antes de se soltarem com um estalo seco.

– Obrigado. – Seu sorriso faz seus olhos se estreitarem.

– Mesmo que tudo tenha ido pros ares, pelo menos mais pessoas acreditam em você agora.

Seu olhar cai com a alusão ao fato de Cherie ter sido levada.

– Eu quase te contei, sabia? Eu queria te contar.

Balanço a cabeça em resposta.

– Tudo bem.

– Em abril, quando comecei a me perguntar se ele tinha mesmo ido embora, fiquei com a Samantha. – Ele passa os dedos sobre as costas da mão. – Foi uma noite idiota, mas depois ela começou a me perguntar do meu pai, e eu... cortei tudo de vez. A ficha caiu, e eu sabia que não podia deixar ninguém descobrir que ele tinha ido embora. Eu me afastei de todo mundo.

Eu entendo. Ele tinha que proteger sua irmã como podia.

– Mas mesmo com tudo que tá acontecendo... eu quase te contei. – Há uma certa reverência em seus olhos escuros, como se fosse a coisa mais íntima que já falou para *alguém*.

Mordo o lábio, mas congelo quando ele diminui o espaço entre nós para tocar em uma mecha do meu cabelo com os dedos.

– Sinto muito que você teve que contar para alguém.

– Era uma questão de tempo. O que eu ia fazer quando virasse o ano e houvesse uma reunião de pais e mestres e tal? Eu só consigo forjar uma assinatura. – Seus olhos estão fixos nas pontas do meu cabelo, se movendo entre seus dedos.

Erguemos os olhos ao mesmo tempo, agora a poucos centímetros um do outro.

– Mas você acreditou em mim antes de eu precisar contar meu segredo. – Seu olhar para na minha boca.

Estou morrendo de medo de que ele vá me beijar, mas acabo passando a mão por seu braço para garantir que é isso que vai fazer.

Ele se aproxima, mantendo aquele sorriso que sempre odiei ver. Solta a mecha, enfia os dedos no meu cabelo e repousa a mão atrás da minha orelha. Ele só abandona o sorriso quando pressiona os lábios na minha testa.

Ele tem cheiro de sabonete e lenha recém-cortada. Quando se afasta o suficiente para encontrar o meu olhar, há uma dúvida em seus olhos e um resquício do sorriso. Eu me aproximo dele, deixando apenas nossas respirações entre nós, e ele me encontra ali.

Os melhores primeiros beijos são aqueles que parecem familiares. Como se os seus lábios soubessem exatamente como se encaixar. Como se vocês já tivessem feito isso um milhão de vezes. Os dele estão nos meus, quentes. Quando finalmente nos afastamos, ele apoia a cabeça de lado no sofá, seus dedos deslizando pelas pontas do meu cabelo.

– Você é impressionante, Mara Racette. – Seus dedos roçam minha clavícula e seu sorriso some. Ele tira o celular do bolso e olha a hora. – Por acaso você disse pros seus pais que ia dormir na casa da Loren?

Arregalo os olhos.

Uma risada preenche o ar entre nós.

– Não é isso que quis dizer. Eu só realmente não quero ficar sozinho.

O corredor vazio atrás dele parece maior. Sem pais. Sem Cherie. Falta uma lâmpada na luminária acima de nós, e ela só ilumina o começo do corredor, fazendo-o parecer uma caverna solitária.

Ele passa os dedos pelo cabelo e segura a nuca, esperando por uma resposta. Eu traço sua mandíbula com o polegar. Às vezes as pessoas que constroem mais barreiras ao seu redor são as que mais precisam de ajuda. Eu me aproximo e o beijo de novo. Seu suspiro contra meus lábios é suave, seus dedos descansando no meu pescoço. Ele está com medo de me assustar.

Sua casca grossa está se abrindo. Ele tirou a armadura. Parece que nunca se expôs assim e isso faz meu peito doer. Eu o puxo para um beijo mais profundo. Seus lábios se movem devagar contra os meus, como se tudo fosse frágil e precisasse aproveitar cada segundo.

Passo os dedos pelo pescoço dele e, quando minha língua encontra a sua, sinto sua pegada apertar. Ele me puxa para mais perto e pega meu lábio com os dentes. Me derreto contra ele e me esqueço de tudo, menos do seu corpo contra o meu.

Ele finalmente se afasta e sorri.

– Isso é um sim?

Também não quero que ele fique sozinho. Hoje não. Não logo após ter se despedido da Cherie.

– Vou mandar mensagem pros meus pais. – Não gosto de mentir, mas é o que faço.

Nos acomodamos no sofá, os pés sobre a mesinha de centro, o braço do Eli ao meu redor, e conversamos sobre a vida. Filmes favoritos. Bandas favoritas. Todos os esportes que já praticamos. Maiores vergonhas. Primeiros *crushes*. Melhores dias. Piores dias. Nos beijamos. Muito. Mas só isso.

– Por que você parou de dançar? – pergunto. – Soube que tinha muitos fãs.

Começo a achar que ele não vai responder até finalmente limpar a garganta.

– Vendi meu traje. Manter uma casa não é barato. – Ele ri, seco. – Achei que não seria um problema, mas quando a Música da Bandeira começou a tocar, senti uma coisa dentro de mim. Me arrependi na hora.

– Queria poder ter te visto dançar.

Ele tira o celular do bolso e abre o SnapShare.

– Tem muita coisa na hashtag da Assembleia dos Povos. – E tem mesmo. Ele demora um pouco rolando a tela pelos posts até encontrar as postagens desse ano.

Há várias fotos de pessoas sorrindo no desfile, nas arquibancadas, no rodeio, exibindo trajes impressionantes. Ele para em um vídeo da corrida de revezamento.

– Preciso ver esse depois – diz ele, colocando a língua entre os dentes. – Pra saber o que meus fãs acharam de mim.

Finalmente, as publicações mostram a edição do ano passado. Ele apoia a cabeça na minha e clica em um vídeo de dança Fancy na categoria júnior.

Ele está na frente da câmera. Debaixo de todo aquele pelo de porco-espinho e das penas escuras no topo da cabeça, um círculo de miçangas de um azul-esverdeado se apoia na sua testa, com traços de amarelo, azul-escuro e vermelho. Fitas bordadas com as mesmas cores descem da faixa na testa até suas têmporas e se transformam em uma explosão turquesa no peito.

Mais bordados de miçanga e franjas coloridas saem da pele de animal sobre seus ombros, sacudindo com os movimentos rápidos junto com a batida do tambor.

O tom cinza-escuro das suas penas, saindo dos adornos nas costas e cintura, se misturam com o movimento, e a franja vermelha e amarela que cai dos detalhes geométricos azulados até seus joelhos dança a cada pulo dramático.

Todas as cores giram e dançam ao seu redor, destacando ainda mais o bronzeado da sua pele nos braços flexionados que balançam os bastões com penas e nas laterais do torso nu e musculoso debaixo do traje.

Ele se move com tanta potência, e é inegavelmente atraente.

Quando o vídeo termina, ele enfia o celular de volta no bolso.

– Eu não devia ter vendido. Minha avó o fez pro meu pai, e ele passou pra mim, mas a gente estava desesperado. Eu estava desesperado.

– Sinto muito.

Ele me puxa mais para perto.

Com o tempo, deslizamos cada vez mais para o lado até ficarmos deitados cara a cara, cabeças no braço do sofá, corpos se tocando. Seus dedos deslizam pelo meu braço e minhas costas, e eu seguro sua camisa.

– Se alguém me dissesse algumas semanas atrás que eu iria beijar Eli First Kill, eu nunca ia acreditar.

Ele sorri contra a minha testa.

– Se alguém me dissesse que eu iria beijar Mara Racette, eu diria: quem é essa?

Bufo em resposta.

Ele ri no meu cabelo e abre a palma da mão nas minhas costas.

– Eu não ficaria tão surpreso. Você é linda, só que discreta, como o pôr do sol.

Descanso a cabeça no seu peito e seu coração ecoa na minha cabeça, como a batida de um tambor. Ficamos em silêncio, mas não entro em pânico agora que ele está aqui comigo.

Acho que ele está quase dormindo, mas quando me viro para olhar ele está encarando o teto. Pelo visto, os pensamentos não vão embora só porque estamos sozinhos.

Passo o dedo pelas letras na sua camisa da equipe de corrida.

– Ainda me pergunto se foi o Jason.

Ele entrelaça os dedos nos meus e os apoia contra o peito.

– Talvez. Mas ele tem um álibi muito convincente para a Rayanne. E durante o pow wow ele não conseguiria ficar muito tempo longe da mesa do mestre de cerimônias. Não faz sentido.

– Eu também me pergunto... se poderia ser o seu pai.

Ele solta um suspiro devagar e olha de novo para o teto.

– Ele foi embora antes. Não ficaria por aqui sem nos ver, eu e Cherie. Ele tem problemas, mas não é *tão* insensível assim.

Aperto seus dedos e fixo o olhar na cicatriz acima da sua sobrancelha.

– Talvez ele tenha mais problemas do que você sabe.

– Claro que tem. Todo pai é assim, não?

Imagino meu pai sentado imóvel na cozinha. Sem comer. Sem beber. Ele deve conversar com a minha mãe sobre Rayanne quando estão a sós.

Com certeza pode haver mais problemas do que eu imagino. Sei que ele se sente culpado por quase atacar um adolescente e nos fazer mudar. Ele deve ter me visto sofrer com a mudança, apesar de eu ter feito o melhor possível para esconder.

Eli abre a boca e a fecha logo em seguida.

– Se estamos falando de pais suspeitos... E o seu?

– O que tem o meu?

– O interrogatório dele foi tão pesado que até contratou um advogado.

– Nós dois. – Eu puxo minha mão.

Ele apoia a sua no meu quadril.

– Vocês se mudaram pouco antes de a Rayanne desaparecer. Mais ou menos na mesma época em que meu pai foi embora.

– Isso não quer dizer nada... – Do que ele está falando?

– Quando o seu pai ameaçou bater naquele idiota, você achou que ele seria capaz?

Sinto um frio na barriga.

– Não. Ele só estava blefando.

Sua mão continua no meu quadril, mas não é mais reconfortante. Parece um peso.

– Ele sabe como nós fomos maldosos com você?

– Não. – Eu nunca reclamei. Fiz questão de mantê-los de fora disso dessa vez para que não sentissem a necessidade de consertar as coisas. Não queria que fizessem dos meus problemas os problemas deles.

E talvez porque tivesse medo de meu pai reagir daquele jeito de novo.

– O que eu quero dizer é... Ele perdeu o controle uma vez para te proteger. Talvez tenha sido pior aqui. Nós te tratamos tão mal. Especialmente a Samantha.

Eu me sento, aumentando a distância entre nós.

– Meu pai *nunca* mataria ninguém. – É uma ideia tão absurda. Tão longe de quem ele realmente é. O fato de o Eli achar que ele poderia fazer uma coisa dessas sem nem o conhecer... quando só sabe do pior momento do meu pai. Mas acho que fiz a mesma coisa. – Eu só mencionei o seu pai porque ele tem um problema que... muda quem ele é.

– Meu pai faria muitas coisas questionáveis, mas também não mataria ninguém. Não de propósito. – Seus olhos encontram os meus, sérios. Ele se senta e pega a minha mão. – Não faz sentido ficar especulando. Vamos falar de outra coisa.

Se eu quero que o Eli confie no meu pai, preciso acreditar que ele também conhece o próprio pai.

– Tá bom. – Me derreto contra ele, deixando seu calor me acalmar. Nos deitamos e ele faz carinho nas minhas costas até sua respiração ficar cada vez mais profunda.

O problema é que eu não confio no pai do Eli, nem um pouco. Ele abandonou os próprios filhos. Os deixou sem *nada*.

Passo o polegar pelas sobrancelhas dele e sobre a cicatriz. O sono deixa seus traços mais suaves, fazendo-o parecer mais com o adolescente que deveria ser. Meu dedo passa pelos seus lábios e então o beijo uma última vez.

Um esboço de sorriso está em seus lábios enquanto encaro o teto com suas palavras se repetindo na minha cabeça.

Ele perdeu o controle uma vez para te proteger.

Alguém deve estar fazendo de tudo para jogar a culpa em algum de nós.

Tiro o celular do bolso com cuidado e abro a hashtag da Assembleia dos Povos no SnapShare.

Capítulo 37

Loren Arnoux

Sábado, 20 de julho, 10h

Vovó tem uma folga hoje, o que devia fazer eu me sentir melhor, mas só me deixa mais ansiosa. Encaro o espelho embaçado do banheiro e passo a mão pelo vidro. Vejo meu rosto no círculo limpo, rodeado pelo borrão de condensação por todos os lados. Parece que estou afundando em águas turbulentas. Como se mal conseguisse me manter à superfície antes que a água me afogue.

Passo a toalha pelo meu cabelo molhado e penduro ao lado da toalha de Ray. Vovó nem deve lembrar que aquilo ainda está ali. Ou talvez ela saiba e não consiga colocá-la na máquina de lavar, como eu.

Não sei o que fazer. O que eu devo fazer. A inquietação se instala no meu peito como cordas geminadas que pinicam e apertam as minhas costelas. A única outra pista que tenho são as pesquisas de Ray, mas não tenho como saber se elas significam alguma coisa. Ela podia só estar curiosa. Ou talvez fosse para um trabalho da escola. Talvez estivesse preocupada com Eli e o pai dele – é algo que ela faria. Ela devia achar que ele estava piorando.

Mas... se ela estava mexendo com drogas, não seria a única coisa que escondeu de mim. Só a pior.

Eu puxo minha gaveta do banheiro, mas ela não se mexe. Eu a sacudo e puxo de novo. A raiva se mistura com o pânico, borbulhando no meu peito, rompendo o fio.

Puxo de novo, fazendo seu conteúdo balançar, bufando. Seguro o puxador com as duas mãos, os braços tensos, e puxo com força. Pincéis e tubos de maquiagem saem voando pelo banheiro quando o puxador escapa das minhas mãos e a gaveta inteira se choca contra a parede.

O canto da gaveta faz um buraco na parede e cai no chão. O pó do gesso voa do buraco recém-formado enquanto tento recuperar o fôlego com as mãos trêmulas.

Minha avó bate na porta do banheiro.

– O que está acontecendo aí?

Tiro o cabelo da testa úmida, olhando para os itens espalhados pelo chão.

– Nada.

– Loren. – Ela tenta mexer na maçaneta.

Fico em silêncio até meu peito acalmar, a raiva saindo de mim aos poucos. Destranco a porta e a deixo abrir. Vovó olha para o banheiro e o buraco na parede.

– Tudo bem?

Me agacho, evitando fitar sua careta, e começo a colocar tudo de volta na gaveta.

– Sim.

– Estou preocupada com você. Isso está ficando fora de controle. Você está agindo como...

Ela não precisa dizer. Enfio a gaveta frouxa de volta e passo por ela. Não quero ouvir a vovó me comparar a *ela*. Aos episódios de raiva que minha mãe teve depois que eu nasci.

Foi quando tudo começou, não foi? Minha mãe teve depressão pós-parto e raiva pós-parto. Ela devia ter procurado ajuda. Em vez disso, tentou se ajudar do pior jeito possível e se voltou para as drogas. Ela parou e voltou várias vezes ao longo dos anos. Dividida entre essa vida e nós. A outra vida ganhou, no fim.

Já soube o suficiente sobre os problemas de saúde mental da minha mãe para perceber que todo esse trauma está fazendo algo parecido comigo. Às vezes meu pavio é tão curto que eu explodo antes de entender o motivo. Está me destruindo. A única coisa que vai fazer isso parar é descobrir quem matou Ray. Tenho medo de nunca encontrar o assassino – e aí ficarei presa nesse luto horrível para sempre.

Minha avó me segue pelo corredor, esperando me ouvir negar.

Não posso.

– Está piorando. Deixe o Projeto Two Feather arranjar uma psicóloga para você.

– Eu só preciso de mais tempo. – Não sei se isso é verdade, mas preciso que seja. E não tenho mais nada a dizer.

Por sorte, a campainha toca.

Vou direto para a porta e espio pelo olho mágico. Alguém está perto demais da porta para eu ver algo além da águia na sua camisa.

Abro a porta para uma Mara Racette inquieta, suas mãos enfiadas no bolso do moletom. A preocupação aperta meu peito e faz uma paranoia descer pelos meus braços como gotas de chuva. Quero fechar a porta. Quero lhe dizer para ficar longe de mim, pelo seu próprio bem.

Mas a águia vermelha no seu moletom preto está me encarando. É o mascote da sua antiga escola em Bozeman, mas me lembro do meu avô. Alguns anos atrás, quando ele estava querendo comprar cavalos, uma águia pousou no poste em frente à casa do dono. Ficou ali, parada, durante toda a visita.

Ele sorriu para a águia e disse que isso era remédio bom. Um sinal de que algo bom estava por vir. Ele comprou os cavalos, e ele e vovó ganharam muito dinheiro com criação e venda depois disso.

– Ei – diz Mara. Desvio meu olhar da águia para os olhos nervosos da garota. – Pode conversar?

– Posso. – Levo Mara para os sofás na sala de estar, engolindo a ansiedade que se forma na minha garganta. Digo para mim mesma que a águia é remédio bom, mas me lembro das palavras que ela disse no meu sonho. *Faz isso parar.*

Vovó olha por cima do ombro para nós antes de desaparecer na cozinha, mexendo na geladeira e ligando o fogão.

Me sento em frente à Mara e coloco as mãos embaixo das coxas.

– E aí?

Ela entrelaça os dedos.

– Você não acha que o Staccona já devia ter solucionado isso?

– É provável que nunca solucione nada.

– Parece que estão dando voltas, investigando as pessoas erradas – diz ela. – Vou te falar: não confio no Jason.

– Por quê?

– Senti uma vibe muito estranha dele na festa, observando as meninas. Ele foi o único do grupo da foto que não saiu andando com mais ninguém. Eu vi você, Brody e Eli irem embora. Sua avó foi com os turistas. Pra onde ele foi? Será que ele e a Samantha se afastaram juntos?

Eu queria ter falado com Sam naquela hora. Ouvido o que ela tinha para dizer. Ela pediu para conversar, mas eu não estava pronta. Queria ter lhe dito o que significava para mim lhe dar aquele xale, em vez de ficar esperando vê-lo na dança entre povos. Queria não ter deixado que se afastasse de mim quando meu luto pela Ray estava me destruindo. Quem sabe ela teria me contado se algo estivesse acontecendo com ela também. Quem sabe ela ainda estaria aqui.

Talvez eu tivesse morrido no lugar dela. Sam poderia ter continuado viva e eu estaria com a minha irmã.

Ouço minha avó quebrar ovos na cozinha. Se eu tivesse morrido, ela estaria sozinha, e vai saber quanto tempo iria sobreviver assim.

Espanto esses pensamentos para longe.

– O chefe do Jason tem um registro dele começando a trabalhar em um carro pouco depois das oito na manhã em que Ray foi sequestrada. É possível, mas seria muito apertado.

– Foi isso que o Staccona disse?

Eu assinto.

Mara morde o lábio, me encarando por um bom tempo.

– Você conhece bem o pai do Eli? Acha mesmo que ele foi embora de vez?

Metanfetamina. Vejo a caixa de pesquisa ser preenchida por essa palavra. Eu costumava ver o pai do Eli por aí. Às vezes cambaleando na frente de um bar. Às vezes indo buscar o Eli na nossa casa quando as coisas estavam mais ou menos bem. Depois, raramente o via. O vício falou mais forte. Ray deve tê-lo visto quando estava com o Eli, em segredo.

Encaro o espaço entre nós por muito tempo, me perguntando se deveria contar para Mara o que vi no celular da Ray. E nas mensagens no notebook da Sam. Me perguntando se existe alguma possibilidade de Ray ter se envolvido com drogas. Tenho algo em comum com a minha mãe. Talvez essa seja a semelhança da Ray com ela.

Isso partiria o coração da vovó. E o meu.

Mara se levanta e vai até a pele de búfalo pendurada na parede.

– Você acha que o pai dele poderia ter feito algo? Talvez ele não tenha ido embora quando a Rayanne desapareceu; talvez *esse* seja o motivo de ter ido embora. Nós revistamos a caminhonete do Eli na festa. Não havia jaqueta nenhuma ali. Talvez o pai dele ainda esteja por perto. Talvez tenha colocado a jaqueta ali.

É um dos "talvez" que não sai da minha cabeça. Mas parece muito improvável.

– É difícil acreditar que ninguém o teria visto andando pela cidade. – A reserva é gigante. Ele poderia se esconder em algum lugar remoto, se quisesse. Mas se estivesse por aqui, em algum lugar, por que voltaria para incriminar o próprio filho?

Mara sopra a mecha de cabelo que cai nos seus olhos.

– Há alguma coisa que não estamos vendo.

Me sento no sofá, enfiando as unhas nos meus braços. Talvez o pai drogado do Eli tenha feito as meninas se meterem com drogas. Talvez o Eli ainda esteja guardando segredos. Talvez o turista sinistro tenha mentido para todo mundo sobre o seu álibi. Talvez Youngbull tenha um lado violento que vem mantendo em segredo.

Pouco a pouco, esses "talvez" estão me matando.

– O que você se lembra sobre aquela manhã? – pergunta ela.

– Já contei tudo para a polícia sobre a última vez que vi a Ray.

– Quero dizer na escola. O que você lembra sobre o Brody?

Passo os dedos pelos braços. Mal me lembro de Brody, o que é estranho. Geralmente ele está contando piadas e desperdiçando nosso tempo com comentários inúteis.

Não reparei nisso na época.

– Ele estava quieto naquele dia.

Ela passa a mão pelo couro do búfalo.

– O Brody estava quieto, hein?

Mal me lembro dele naquela manhã. Sam estava distraída. Ela estava falando sobre corrida e como mal podia esperar para conseguir uma bolsa de atleta depois do último ano e ir morar em Browning. Acho que o que ela disse foi que queria "sair dessa maldita cidade". Só que ela estava preocupada que suas notas a fossem prejudicar – ela estava com algumas dificuldades. E nunca ia conseguir ir embora sem uma bolsa integral. Eu estava tentando não me deixar abalar pelo quanto ela queria ir embora, sendo que nunca quis o mesmo. Ela não estava falando com o Brody. Na verdade, ele estava concentrado em trabalhar no projeto. Sam é que estava distraída.

– É. Mas isso não quer dizer nada. Era cedo. Ele não é uma pessoa matinal. – Além disso, eu o forcei a estar ali. Deixei Ray pegar o ônibus sozinha. Ficamos em silêncio por um instante até a vovó aparentemente começar a fazer ovos mexidos na cozinha.

– Eu achei que não era nada, mas olha isso. – Mara tira o celular do bolso e se senta do meu lado. – Estava olhando as fotos da Assembleia dos Povos. – Ela rola a tela por vários quadrados coloridos no SnapShare. – Quase não reparei nisso.

Ela abre uma foto de duas meninas do primeiro ano usando trajes tradicionais em frente a tendas brancas. Lá no fundo, estão os dois cavalos brancos da cerimônia.

Só o braço de Eli aparece na foto, Cherie está em algum lugar do seu lado. Minha mão está no pescoço do Caçador de Tempestades. Ao meu lado, Brody anda com a cabeça quase completamente virada para trás. Como uma coruja.

Pego o celular da Mara e dou o máximo de zoom possível com os dedos. Entre a cabeça do cavalo e a primeira fileira de trailers está Sam. Não dava para ver o entorno. Ela parece encarar o celular e Brody parece observá-la.

Todos nós dissemos não ter visto para onde Sam foi depois das fotos, mas o Brody deve ter visto.

Talvez ele esteja escondendo algo.

Capítulo 38

Brody Clark

Sábado, 20 de julho, 16h

O suor desce pelas minhas costas com o ar seco e o calor irradiando do Fox embaixo de mim. Esse lado do rancho é alto o suficiente para ver os limites de Sweet Grass Hills ao leste, e os picos irregulares das montanhas no oeste. Sou apenas um floco no meio dos campos secos entre os dois.

Por mais intenso que seja, cozinhar aqui no sol é melhor do que ficar sentado dentro de casa, deixando a culpa me consumir.

Prefiro deixar isso para os mosquitos.

Seguro as rédeas com uma mão e um balde com cerejas-da-virgínia na outra. A maioria ainda não está madura ainda, mas peguei algumas. O suficiente para fazer um pouco de calda. Meus dedos estão manchados de vermelho-escuro.

Como sangue.

Sou embalado pelo balanço da caminhada de Fox, deixando que ele me leve pelo bosque de salgueiros que acompanha o resto do trajeto até em casa. Deixando meus arrependimentos invadirem meus pensamentos.

Não devia ter contado para Eli o que fiz com o livro de visita, mesmo que ele me odiasse. Agora ele sabe o quanto eu estava desesperado.

Isso me faz parecer culpado, como se eu tivesse algo a esconder. Eu nunca toquei na Samantha, de jeito nenhum – ela fez questão disso. E eu com certeza nunca machucaria Rayanne.

Mas a palavra de alguém não é lei.

É assustador saber que as pessoas podem se enfiar na sua vida e deixá-la de cabeça para baixo. Eu só queria que as coisas voltassem a ser como eram antes de a Rayanne sumir. Nada era perfeito. Nem um pouco. Mas eu era feliz. Tínhamos algo bom.

Eu queria que a polícia nos deixasse em paz e que pudéssemos voltar um pouco à normalidade.

Baguncei tudo.

Parece que é isso que sempre faço.

Não quero pensar sobre meus arrependimentos com relação à Loren também, mas é difícil não pensar. Eles se enfiam na minha pele como carrapatos, me sugando.

Naquela noite, quando a Loren entrou no meu quarto, eu podia estar bêbado, mas sei que disse mais do que deveria sobre a culpa que carrego.

A questão é que não consigo parar de pensar que foi minha culpa. Foi por minha causa que Rayanne estava sozinha naquela manhã. Estávamos trabalhando no projeto por minha causa. Não posso ignorar o fato de que minhas escolhas podem ter sido a causa de toda essa situação e de todas as mudanças absurdas que vieram com ela.

Fox me leva por uma pequena colina e se aproxima da cerca do pasto, onde Marshmallow e Relâmpago estão comendo com Passo Duplo. A casa está longe, uma mancha marrom-escura no mar opaco de verde morto. Já consigo sentir a claustrofobia se espalhando por mim só de olhar para ela.

Começou na noite em que Loren apareceu no meu quarto. Ela me deixa fraco quando quero ser forte. Firme. Não sei por que a deixo ter esse poder sobre mim. Eu disse que era porque estava bêbado, mas sempre foi assim com ela.

Fox me leva até o celeiro dos cavalos, onde Jason me espera com um sorriso e o rosto brilhante.

Eu desmonto e empurro o balde de cerejas contra o seu peito.

– O que foi?

– Meu advogado, Dalton Gaudreau, tá vindo aqui.

Sinto um nó no estômago.

– Por que você tá feliz com isso?

Agora que First Kill foi liberado, eu sabia que era apenas uma questão de tempo até Youngbull se virar para Jason. Ele e o Staccona não podem ir encher o saco de mais ninguém?

Ele tira a cabeçada do cavalo e o guia até sua baia.

– Ele tá vindo porque enfim achei um jeito de limpar meu nome de vez.

– O quê?

– Lembra quando eu disse que estava investigando umas coisas? – Ele pisca. – Agora eles vão ter que me deixar em paz.

– O que é?

– Venha ver por conta própria como pessoas como eu resolvem as coisas. – O seu tom é uma alfinetada sobre eu não ter conseguido encontrar nada útil, mas ele precisa saber que eu tentei de verdade.

Eu o sigo para fora do celeiro, cruzando o quintal seco. Dalton Gaudreau chega quando estou lavando as mãos na pia da cozinha. A porta de tela se abre e Jason gesticula para Dalton se sentar à mesa, ainda com aquele sorriso ridículo no rosto.

Enxugo as mãos devagar e me sento em frente aos dois.

– Então, o que você achou? – pergunta o advogado, as mãos juntas sobre a mesa.

– Eu sabia que eu tinha chegado ao trabalho na hora no dia em que Rayanne sumiu – diz Jason. – Eu sabia. Nunca chego atrasado.

Dalton assente.

– Acabei de me lembrar que tive que ligar para o nosso fornecedor de peças no começo de abril. – Ele para, me lança um olhar, e então continua. – Hoje, eu liguei pro cara e pedi pra ele verificar o histórico de chamadas dele. Eu liguei na manhã em que Rayanne sumiu, exatamente às oito.

Dalton leva a mão ao queixo, processando tudo na cabeça.

Jason se apoia na cadeira e estrala os dedos.

– Staccona disse que o ônibus da Samantha devia passar às 7h40. Ela não poderia estar esperando por muito tempo antes. É fisicamente impossível eu ter pegado ela no ponto, dirigido até onde a encontraram e chegado no trabalho às oito.

O advogado murmura em resposta.

– Tipo, já era quase impossível quando eles acharam que eu cheguei quinze minutos atrasado aquele dia. Eu teria que voar pra conseguir chegar a essa hora. Agora eles têm que admitir que é impossível. – Ele dá um soco na palma da outra mão e abre um grande sorriso. – Eu sou inocente.

– Eu acredito em você – diz Dalton. – Me dá o número do cara e eu vou conseguir o registro da ligação para ser uma evidência válida. – Ele bate com os dedos na mesa, um sorriso se espalhando devagar pelo seu rosto. – Isso é bom, Jason. Ótimo trabalho. Claro, talvez o agente Staccona ainda tente provar outra coisa. Alegar que você poderia ter guardado o corpo dela no carro enquanto trabalhava, em algum lugar por perto e ter ido buscá-lo depois, ou algo assim.

Jason olha para nós, satisfeito consigo mesmo.

– Eu fui pro bar Oki depois do trabalho e fiquei lá por um bom tempo. Depois, passei no mercado antes de ir jantar. Pode checar minha fatura do cartão.

Dalton solta uma exclamação de triunfo.

– Ays, isso ajuda.

Jason bate a mão na mesa e aponta para mim.

– Finalmente livres das garras do Staccona.

Eu sorrio, apesar dos meus nervos.

– Vaza aqui, seu Kurt Está-Sempre-Errado.

Jason ri. Não ouço essa risada há muito tempo.

– Agora sim eles vão ter que acreditar em mim.

Dalton bate no seu ombro, e o alívio dos dois é perceptível.

– Vão mesmo.

Volto para o meu quarto enquanto Jason e Dalton conversam sobre como vão entregar a evidência para o FBI. Talvez eles realmente o deixem em paz agora. Talvez as coisas enfim voltem ao normal para nós.

Eu deveria ter confiado que ele encontraria um jeito de resolver o problema, como disse que faria, em vez de me desesperar.

Meu celular vibra na mesa. Uma mensagem da Loren aparece na tela.

Loren: Podemos conversar?

A culpa morde minha garganta como um coiote atacando. As coisas nunca vão voltar ao normal para Loren. Ou para a família da Samantha. É egoísta da minha parte ficar feliz porque não vão mais nos incomodar.

Meus polegares pairam sobre a mensagem, prontos para deletá-la, mas eu congelo. Ela faz isso comigo.

Ela provavelmente não deve ficar perto do Jason por causa da investigação, ainda mais com o advogado aqui.

Eu: Onde?

Loren: Aqui em casa não.

Eu: Nem aqui.

O aviso de que ela está digitando aparece e some logo em seguida.

Eu: Que tal o celeiro de mantimentos no final da propriedade?

Fica a cerca de um quilômetro da casa. Acessível apenas por uma estrada de terra. Reservado. Fizemos uma festa lá uma vez, então eu sei que ela sabe onde é, mesmo que tenha sido há alguns anos.

Loren: Te vejo lá.

Passo pelo Jason e o advogado ao sair e eles ainda estão conversando.

– Mais uma coisa – diz Jason. – Achei estranho que MJ Racette tenha contratado um advogado novo e famoso se não era suspeito. Então fui investigar.

Vou embora antes que possa ouvir o resto.

Entro na caminhonete e pego o caminho mais longo. Quando chego ao portão e pego a estrada traseira, o carro sacode pela terra. A grama alta dança entre as linhas formadas pelos pneus. Os galhos baixos das árvores arranham o teto quando passo pelos trechos arborizados. Marmotas entram e saem de buracos nos campos.

Pauso quando vejo o gado na última curva. Não há tanto gado quanto antes, mas ainda temos que prestar atenção quando estamos nessa parte da propriedade, se não quisermos enfiar o pé em cocô de vaca.

Buzino até eles saírem da estrada e irem em direção às árvores, então continuo pela estrada até o pequeno celeiro cinza. Não está muito quente na sombra da estrutura, mas a área cheira a esterco. Me sento na caçamba da caminhonete, balançando os pés até ouvir o motor à distância.

O carro sedã da Loren balança mais do que a caminhonete na estrada turbulenta. Ela tem uma careta concentrada no rosto quando faz a curva e desce a colina. Seus olhos se arregalam quando acelera e os pneus deslizam na terra seca.

As vacas começam a mugir.

Há tanta fumaça subindo atrás do seu carro quando ela desce a colina que mal vejo o coelho passar correndo pela estrada. Ele desaparece debaixo do pneu quando ela derrapa e para a alguns metros depois de mim.

A poeira paira no ar, me fazendo tossir. Loren fecha a porta do carro com força.

– Desculpa – diz ela, balançando a mão no ar para dissipar a poeira.

O gado finalmente fica em silêncio e então o ouço. Loren congela, me encarando enquanto tenta decifrar o barulho.

É um guincho irritante e repetitivo. Baixo, mas perturbador. Algo que eu deveria conhecer bem. Caçadores de coiote usam o lamento de um coelho para atrair seu alvo, mas agora o som lança um calafrio pelo meu corpo.

Loren olha ao redor.

– O que é isso?

Pulo da caçamba e ando pela estrada. Loren me segue.

– Você atropelou um coelho.

– O que... – Seu queixo cai quando o vê.

O coelho ferido está parcialmente escondido pela grama. Prestes a encontrar o seu criador.

Loren geme. Ela se agacha e depois se levanta com um punho em frente à boca.

Os olhos do animal estão entreabertos e seu guincho continua a lançar um frio pelo meu corpo. Eu me forço a me afastar.

– Não podemos ajudá-lo? – pergunta Loren para as minhas costas. – Eu mexo com a fechadura da porta do celeiro e a abro. – Brody? – Loren me chama, ainda encarando o animal sofrendo. Ela não consegue parar de olhar, mas que serventia tem isso?

Estudo as paredes do celeiro, encontro o que preciso e saio de volta para o sol. O guincho se mistura com a lembrança do grito que não sai dos meus pensamentos.

Os olhos de Loren parecem quase tão desesperados como estavam quando ela soltou aquele grito ao ver o corpo da Samantha.

– O que você...

Balanço os braços e desço o machado, calando o coelho de vez.

Loren me encara, em choque.

– O que você...

Volto para o celeiro e jogo o machado em um canto vazio. O metal bate no concreto até se assentar, com a lâmina meio manchada brilhando à luz da janela. Eu me apoio em uma prateleira de ferramentas, arfando.

O lugar está silencioso, como se estivesse cheio de água morna, me puxando para um lugar indesejado.

– Brody!

Ajusto o boné e me recomponho antes de sair. Forço meus ombros a relaxarem quando a vejo.

Ela olha para mim como se eu fosse um monstro.

– O que você... Por quê?

– Por quê? O que mais a gente podia fazer, Loren? – Fica nítido a imagem que ela tem de mim. Sem coração. Sangue-frio. Cruel. Mesmo assim, não me arrependo de ter acabado com a agonia dele.

Ela me encara, com o olhar fixo nos meus olhos.

Não sei lidar com o jeito com que ela me observa. Como se... eu tivesse *gostado* de ter feito isso. Jogo as mãos no ar para esconder um calafrio.

– A gente ia ficar aqui parado deixando o coelho gritar?

Loren abre e fecha a boca.

– A gente podia...

– O quê? Levar pra um veterinário? Ele teria morrido antes de chegarmos lá. – Meu estômago se revira com a agonia de querer fazê-la entender. – Ele teria sofrido o caminho inteiro. – Ela anda de um lado para o outro sob a grama. – Eu o livrei do sofrimento. É a coisa mais humana que poderíamos ter feito por ele.

– Mas você... Foi tão rápido...

Não consigo não rir, incrédulo.

– Você queria ligar pro padre Nielson e fazer uma oração? Qual é.

Ela gagueja.

– Eu... Não.

Cruzo os braços, me firmando.

– Tive que acabar com o sofrimento dele o mais rápido possível. Por favor, me diz que você entende isso.

Ela esfrega a testa e se afasta da cena.

– Eu só não sei como processar isso.

Eu a sigo até minha caminhonete e me sento ao seu lado na caçamba.

– Você nunca foi caçar com seu avô?

Ela balança a cabeça.

– É isso que se faz. Você mata o animal. Faz isso do jeito mais rápido e indolor possível. Eu consigo fazer isso. O que *não* consigo fazer é ficar sentado aqui, esperando que ele morra devagar. *Isso* é doentio.

Ela se inclina para a frente.

– É. Você tem razão. Só não acredito que você fez isso na minha frente.

– Desculpa se esqueci de pedir *licença* e *por favor*.

– Você devia. Não sabia que ia matar o coelho.

Meus braços tensionam. Eu preciso que ela saiba que é diferente.

– *Eu* o ajudei. *Você* que atropelou o bicho.

Ela revira os olhos, mas vejo que finalmente entende que eu fiz a coisa certa, ou pelo menos o melhor possível para lidar com a situação.

– Bom, isso que eu chamo de fugir depois de um acidente, né?

Sua boca se abre, mas os cantos se levantam, sorrindo.

– Cala a boca. Você é terrível, sabia?

Eu a empurro de leve com o ombro. Parece quase um dia normal. Quase. Mas seu sorriso desaparece rápido demais.

– Então, do que você queria falar?

Ela encara o gado à distância até um deles começar a cagar.

– Tenho uma pergunta. – Ela puxa o celular e o destrava. – Você disse que não viu Sam depois das fotos, mas isso aqui mostra que você mentiu.

Pego o celular e vejo todos nós, incluindo os dois cavalos, nos fundos de uma foto do pow wow. Quando dou zoom, parece que estou olhando para Samantha, e percebo que, se a foto tivesse sido tirada segundos depois, poderia ter capturado algo. Relembro os eventos daquele dia da melhor forma possível.

– Eu não estava olhando pra ela. Estava olhando pro Youngbull na entrada das arquibancadas. Ele estava olhando pra você quando passou, e fiquei me perguntando se ele se sentia culpado por nunca ter encontrado sua irmã.

– Ele estava? – Loren pega o celular devagar quando o devolvo.

– É. Aposto que *ele* é quem está mentindo. Ele fica falando sobre tudo o que viu naquele dia; devia ter visto para onde a Samantha foi também.

Ela encara o movimento da grama seca ao vento e coloca o celular de volta no bolso.

– A Samantha estava de olho nele depois da cerimônia, talvez eles estivessem se pegando.

Ela pensa sobre isso por um segundo.

– Hum, a Sam fazia algumas loucuras, mas nada *assim*.

– Foi só um comentário. – Eu não diria que é impossível. Nem um pouco.

Um silêncio se forma entre nós enquanto ela mexe com um fiapo do short jeans. Está incomodada com outra coisa. O verdadeiro motivo de ter me chamado para vir aqui.

– Fala logo.

Ela arranca o fiapo do shorts e o joga no vento.

– Tem uma coisa me incomodando.

Esse é o eufemismo do ano.

– É? Só uma?

Ela segura mais um sorriso.

– Tô falando sério.

Ela chuta um pouco de terra presa na minha caminhonete.

– Aquele dia, na festa...

Eu sabia que ela ia falar disso.

– Eu estava te falando sobre como eu me sentia culpada por ter deixado Ray sozinha naquela manhã.

Eu assinto.

– Depois de me dar um tapa, né? E não do jeito bom.

Ela ignora meu comentário.

– Você disse que se sentia mais culpado e não sabia o que fazer com isso. Achei que estava falando sobre o fato de termos que fazer o projeto de manhã por sua causa. Você estava muito bêbado, então não liguei muito para isso. Mas então...

– Eu chorei.

– Você chorou. E agora não consigo parar de pensar se havia mais...

Mal consigo pensar olhando para os olhos castanhos com manchas douradas da Loren. E a culpa que sinto torna isso quase impossível.

Forço uma risada.

– Você sabe que você chorou primeiro, né? Acredita se eu disser que sou um empata?

– Qualquer um que te conhece sabe que isso não é verdade.

– Acreditaria se eu dissesse que sou um bêbado chorão? Meu pai soluçava quando bebia demais. Talvez seja hereditário...

– Eu já te vi bêbado mil vezes. – É impressão minha ou a voz dela está ficando cada vez mais afiada?

Uma vaca muge, preenchendo o ar tenso entre nós. Eu desço da caminhonete e ando de um lado para o outro, pronto para dar voz à culpa que carrego comigo. Talvez sua opinião sobre mim mude. Ela com certeza vai me odiar por ter mentido.

Seus olhos me seguem até eu parar na sua frente.

– A Rayanne foi sequestrada por minha causa.

Capítulo 39

Mara Racette

Sábado, 20 de julho, 17h

Pauso o vídeo de exercício e confiro minhas mensagens pela milésima vez. Eu não devia ficar tão nervosa... Loren já ficou a sós com o Brody várias vezes. Eles são próximos. Ela tinha certeza de que o que ele lhe disse na festa não era nada de mais, que ele sentia o mesmo nível de culpa que ela por deixar Rayanne pegar o ônibus por causa do projeto. Mas quando você junta isso com a foto em que ele possivelmente estava olhando para a Samantha... Pode ser alguma coisa.

Ela não devia ter ido encontrá-lo sozinha. Só por precaução. Mas eu já aprendi que não há como impedi-la quando acha que há alguma chance de encontrar uma pista sobre o assassinato da irmã.

Coloco meu celular na cômoda, aperto o botão *play* e imito a instrutora, colocando a faixa de resistência entre os joelhos. Agora que a minha última caixa da mudança está vazia e desmontada, tenho mais espaço aqui. Minhas pernas queimam enquanto conto os agachamentos, tentando me distrair do motivo para a Loren estar demorando tanto. Ela disse que queria ir enquanto a avó estava visitando uma prima, então já devia ter terminado. Espero que volte logo.

Meu celular apita e a prévia da mensagem cobre o rosto da instrutora, mas é só Eli. Eu rio para mim mesma. *Só* Eli.

Você viu o vídeo da corrida?

Assisti. Umas vinte vezes. Ele é bem atlético. Estou prestes a pegar o celular e responder à mensagem quando uma batida forte à porta ressoa pela casa inteira. Minha faixa cai dos joelhos.

Poucos segundos depois, a batida começa de novo. É urgente e me faz estremecer. Eu tiro a faixa das pernas enquanto espio pela janela e me deparo com uma viatura da polícia ao mesmo tempo que ouço a porta sendo aberta.

Não.

Saio correndo do meu quarto até a sala de estar.

– Você pode vir para a delegacia de boa vontade, ou podemos algemá-lo e te colocar na viatura – diz Youngbull. – E temos um mandado para revistar o seu carro.

O rosto do meu pai está pálido.

– Não vou falar sem meu advogado presente.

– É o seu direito – diz o agente Staccona. – É melhor você ligar para ele agora.

– Qual o motivo disso? – pergunta minha mãe com a voz trêmula. – Você já o interrogou.

Staccona encara meu pai, que está tentando desbloquear o telefone.

– Averiguamos com o seu trabalho. No dia 9 de abril você estava trabalhando no campo. Não foi para o escritório.

Meu pai não fala nada enquanto coloca o celular junto à orelha, esperando o advogado atender.

– Ele está sempre trabalhando no campo! – diz minha mãe. – Ele trabalha no Departamento de Pesca e Vida Selvagem Blackfeet!

Meu pai ergue a mão, fazendo-a se calar. Ele fala para o advogado que está sendo levado para interrogatório.

Minha mãe anda de um lado para o outro.

– Isso não quer dizer nada.

Staccona foca seu olhar na minha mãe agora. Ele inclina a cabeça e pega seu celular.

– Nós já estabelecemos que MJ tem um histórico de ameaçar os amigos da filha quando eles a tratam mal. – Ele olha para mim.

Sinto o olhar da minha mãe, esperando que eu diga que ninguém me tratou mal. Não consigo.

– Recebemos uma dica. – Staccona toca no celular algumas vezes e o vira para minha mãe. – Ninguém comentou que MJ *deixou* as arquibancadas depois da cerimônia.

Me aproximo da minha mãe para ver uma captura de tela de uma postagem no SnapShare. Uma foto que não vi.

É uma foto da parte de trás das arquibancadas banhada em uma luz dourada. O sol está se pondo sobre o território do pow wow e os dançarinos estão agrupados, se preparando para a competição. O rosto do meu pai quase não aparece na beirada da abertura da arena. Seu cabelo comprido balança ao observar um grupo de dançarinos, olhando para algum lugar além da pessoa que está tirando a foto – na direção do local aonde fomos tirar as fotos. Seu braço está esticado e seu passo está largo, ou porque está se alongando, parado no lugar, ou porque está com pressa.

Youngbull também está na foto, de costas para o meu pai.

Parece que ele está se escondendo.

Mas a foto não significa nada. Ele está praticamente dentro da arena.

Meu pai passa a mão pelo cabelo, mas ele cai de novo em seu rosto quando ele se aproxima para ver a foto.

– Isso não quer dizer nada. Eu... – Ele para de repente, ciente de que precisa esperar pelo advogado.

– Vamos – diz Staccona. Sua voz está cheia de arrogância. – Não dificulte as coisas.

Meu pai abraça minha mãe.

– Você sabe quantas vezes eu tive que sair para fazer a pesquisa sobre a enfermidade debilitante crônica – diz ele, baixinho. Ele olha para mim por cima do ombro. – E eu só queria confirmar se você estava com seus amigos depois da cerimônia... Eu não sabia se você tinha amigos. – Seus lábios formam um sorriso reto.

E então ele se vai.

Some pela porta e entra na viatura da polícia.

Capítulo 40

Loren Arnoux

Sábado, 20 de julho, 17h

O rosto do Brody está pálido e seus olhos fixos nos meus. Preciso de todas as minhas forças para não enterrar os dedos na sua garganta.

– O que você quer dizer com "ser sua culpa"?

Ele lambe os lábios.

– Eu menti pra você, Loren.

Os músculos da minha mão se contraem quando aperto as unhas na palma em vez de no rosto dele.

– Na noite antes de Rayanne... sumir, eu não estava ocupado.

O que isso tem a ver?

– Eu, você e a Samantha devíamos terminar o projeto naquela noite...

Aí eu entendo.

– Você disse que não podia porque o gado fugiu e Jason precisava da sua ajuda para trazê-lo de volta.

Ele olha de novo para as vacas pastando.

– Eu *estava* com o Jason, mas não era importante.

– O que vocês estavam fazendo?

– Foi idiota. – Ele esfrega as mãos nas calças. – Jason estava jogando videogame comigo e ele quase nunca mais faz isso. Era como se as coisas estivessem voltando ao normal. Eu não queria ir fazer a lição de casa e estragar tudo.

Não consigo mais ficar sentada. Desço da caminhonete e ando pela terra.

– Então, porque você queria ficar *jogando videogame*...

– Tivemos que ir mais cedo na manhã seguinte para terminar o projeto. E você teve que deixar a Rayanne sozinha. – Pelo menos ele tem a decência de parecer humilhado. Envergonhado.

A raiva forma suor na minha testa. Meus braços estão ansiosos para se mexer, para empurrá-lo, para enfiar meus dedos em sua camisa e sacudi-lo.

– Então, é *minha* culpa – sussurra ele. – Nada disso teria acontecido se não tivesse mudado nossos planos de propósito. E pra quê? – Ele balança a cabeça, suas bochechas puxadas. – Eu não a machuquei, mas tenho culpa nisso.

Eu me agacho e esfrego os olhos. Sam e eu poderíamos ter terminado o projeto sem ele na noite anterior... mas eu fiz a gente esperar por Brody. Fui imatura e não queria que ele se safasse de novo. Passei esse tempo todo me culpando por ter deixado Ray sozinha naquela manhã, mas agora... Ondas vermelhas de raiva surgem por baixo das minhas pálpebras. Eu o odeio agora. Eu o odeio tanto que sinto meu peito se expandir. Eu o encaro, bufando. Suas bochechas estão manchadas de lágrimas.

Brody, inconveniente e espertinho. Chorando. De novo.

Ele também se odeia. Provavelmente mais do que eu.

Estou quase chegando em casa e Mara *ainda* não atendeu o celular. Ela fez tanta questão que eu ligasse assim que terminasse de conversar com Brody, e agora nem atende? Talvez seja melhor assim.

Aquele pesadelo ainda me assombra e não é com esse tipo de remédio que quero mexer. Me aproximar de Mara Racette é idiotice. Depois de um aviso daqueles, eu estaria provando do meu próprio remédio – o pior tipo possível.

Passo pelo ponto de ônibus e prendo a respiração quando entro na rua de casa.

Se o Brody estiver falando a verdade, as fotos não significam nada. Mas ele já mentiu para mim antes.

Não sei em quem acreditar. Em quem confiar.

Quando chego à frente de casa, Mara está sentada no capô do seu carro, estacionado na rua. O sol poente lança sombras pelo seu corpo, deixando sua expressão mais dura e assustada.

Não deve ser coisa boa.

Depois de estacionar e sair do carro, olho de verdade para ela.

– O que aconteceu?

Seus olhos estão inchados de tanto chorar e ela está inquieta.

– Eu juro pela minha vida, Loren: meu pai é inocente.

Dou um passo para trás e repito:

– O que aconteceu?

– O Staccona o levou para um interrogatório de novo. Você não sabia?

– Eu estava com o Brody durante a última hora.

– *Alguém* encontrou uma foto dele olhando para o grupo da cerimônia da entrada da arena. – Ela cruza os braços. – Achava que tinha sido você.

– Não foi. Mas ele não disse que não saiu de lá?

– Ele saiu do assento. Mas não saiu da arena. Ele parou na entrada. – Ela não sai do carro e eu não me aproximo.

– Foi o que ele disse?

Ela assente.

– O que o Brody disse?

Eu lhe dou um resumo da mentira de Brody que levou Rayanne a ficar sozinha naquela estrada deserta.

– Eu juro... – diz Mara de novo. – Meu pai nunca machucaria ninguém. Ele é uma boa pessoa.

O relinchar de um cavalo preenche o ar. Olho para as casas à distância na minha rua. Quão bem conhecemos as pessoas? Todo assassino é o filho de alguém. O amigo de alguém. Às vezes, é possível até prever o que vai acontecer, mas, na maioria das vezes, não é.

Mara se abraça com tanta força que está quase se dobrando no meio.

– Eu estava pensando... A gente continua encontrando fotos que revelam a história do que aconteceu no pow wow. Pequenos registros dos momentos que antecederam o assassinato da Samantha. Talvez não signifiquem nada, mas pelo menos estão ali. Rayanne não tem momentos que podem investigar. Ninguém tem fotos *daquele* dia.

Ela tem um ponto. Isso faz os sentimentos familiares de desespero se espalharem por mim.

– Teria ajudado.

Mara apoia as mãos no capô do carro, me encarando. Se ela não estivesse com lágrimas nos olhos, eu diria que está me olhando com pena. Mas não consigo sentir pena dela.

– Espera. – Ela tira o celular do bolso. – Há uma foto.

Percorro o resto do caminho até o carro dela e me inclino sobre o seu celular. Ela está abrindo o *meu* perfil do SnapShare. Minha última publicação foi naquela manhã. Sam, outra amiga e eu estamos do lado de fora da escola, em frente ao estacionamento, com nossos capuzes.

Nós tiramos aquela foto entre uma aula e outra. Acho que chegamos atrasadas para a segunda aula por causa disso. Apesar de estar frio, estávamos curtindo o sol, acreditando que era um gostinho do começo da primavera. Não sabíamos que ia nevar no dia seguinte e, claro, não sabíamos que algo ia acontecer com a Ray.

Mara e eu nos entreolhamos ao mesmo tempo, com os olhos arregalados.

Algo no fundo da foto cria um nó gigante no meu estômago.

Capítulo 41

Eli First Kill

Sábado, 20 de julho, 20h

Esvazio uma lata de óleo no motor do carro, e penso sobre Cherie enquanto aguardo. Sua família adotiva quer que eu espere uma semana antes de ir visitá-la. Eles acham que vai ajudá-la a se acomodar melhor. É muito tempo. Aposto que o motivo real é que eles não confiam em mim. Acho que não é muito bom quando uma garota entra para o sistema de adoção porque seu irmão foi preso por suspeita de assassinato.

Seria de esperar que ter sido solto ajudaria.

Puxo a vareta para checar o nível do óleo, mas congelo quando vejo faróis brilhando na estrutura de metal da oficina.

Coloco a vareta de medição de volta e pego um pano sobre o capô aberto. Não sei quem pode ser. Mara Racette não dá sinal de vida há algumas horas. Irmãozinho está estranho desde quando admitiu que forjou aquela assinatura.

Minha boca está seca. A polícia não deve ter acabado o serviço comigo.

O barulho do motor se aproxima. É impossível ser meu pai. Se fosse, Cherie poderia voltar? Ou ele se tornaria o próximo alvo da investigação?

Me forço a abrir a porta da garagem, enfiando os dedos sujos de graxa no pano.

Os faróis se apagam e Mara Racette bate a porta do carro antes de vir correndo na minha direção. Tenho uma piada na ponta da língua até o farol do carro iluminar seu rosto molhado. Ela passa correndo por mim.

– Ei, o que aconteceu?

Ela dá a volta na minha caminhonete enquanto limpo as mãos.

– Eles levaram meu pai para interrogatório de novo.

– Ah. – Engulo, sem saber mais o que falar. Me sinto mal por não estar mais surpreso.

– E estão revistando o carro dele agora.

Me apoio na mesa no fundo da oficina e aceno para ela sobre o assento.

Ela quase se senta e então continua a andar de um lado para o outro.

– Eles nem têm nada. *Nós* temos.

– "Nós" quem? Do que você tá falando? – Jogo o pano na caixa de ferramentas.

Por fim, ela para de andar e se senta na beirada do banco ao meu lado.

– Olha o que eu e a Loren encontramos. – Ela abre o SnapShare e enfia o celular nas minhas mãos.

É uma foto de Loren, Samantha e Kat. Eu não vejo nada de estranho. Elas estão do lado de fora da escola, provavelmente no intervalo entre aulas, com outras mil pessoas no fundo.

– Olha a data.

Nove de abril.

– O dia que a Rayanne...

– Dá zoom no fundo.

Toco na tela para ver quem está no fundo e imediatamente reconheço um moletom. É cinza e preto com uma estampa da cruz do Guns N' Roses na frente. Apesar de a pessoa estar olhando para baixo e seu boné de aba reta estar cobrindo a maior parte do rosto, eu o reconheço. Qualquer um o reconheceria.

Irmãozinho.

Ele está sempre usando aquele moletom. Na foto, está andando em direção à escola, vindo do estacionamento, com a cabeça baixa e um molho de chaves na mão. Mas isso é tudo que vejo.

Entrego o celular para ela.

Mara arregala os olhos.

– Viu?

Passo a mão pelo cabelo.

– Isso não quer dizer nada.

– Ele saiu durante as aulas! Está vindo do carro.

– Talvez ele tenha esquecido alguma coisa lá e foi pegar. Talvez não lembrasse se trancou o carro naquela manhã. Ele estava lá cedo para fazer o projeto, talvez tenha ido comer alguma coisa no carro entre as aulas.

Ela me encara como se outro nariz estivesse crescendo na minha cara.

– Ou ele saiu. – Ela toca no celular e rola a tela antes de me entregá-lo de novo. – E olha isso.

É uma foto do pow wow. No fundo, vejo os cavalos que Geraldine nos deu e Irmãozinho, que está olhando para trás. Para Samantha.

– Não é estranho?

Seguro o celular.

– São apenas fotos. Você pode criar a história que quiser com elas.

– Sério? Você não acha que significam alguma coisa?

– Sinceramente? Não. Acho que você tá procurando pelo em ovo.

Ela suspira, impaciente.

– Elas têm que significar alguma coisa.

– Sinto muito sobre o seu pai, mas...

Ela se levanta.

– Mas o quê?

– Talvez ele tenha descoberto que fomos cruéis com você. Você mesma disse: ele é superprotetor.

– Ele não sabia. Eu nunca contei nada sobre a escola. O máximo que ele já disse foi hoje, quando falou que achava que eu não tinha amigos.

Abaixo o queixo e absorvo suas palavras.

– Rayanne e Samantha eram as meninas mais extrovertidas da escola. Elas deviam ser suas amigas. Talvez ele estivesse tirando satisfação com elas. – Ela precisa entender como isso parece.

– Pare de falar besteira. Meu pai é inocente.

– Então você não precisa se preocupar. Se ele é inocente, vão liberá-lo. Como eu fui.

Ela pega o celular de volta.

– Eles precisam falar com o Brody.

Apoio a mão na beirada da mesa, tentando controlar o meu temperamento.

– Eu já te disse, o Irmãozinho nunca machucaria ninguém.

– Você apostaria sua vida nisso? A vida da Loren? – Ela se abraça. – A vida da Cherie?

Aperto a madeira gasta.

– Eu apostaria a *minha* vida. De mais ninguém.

Ela começa a andar de novo.

Isso me irrita.

– Você tá desesperada.

Ela dá uma risada fria.

– Todos estamos, não? Duas garotas foram assassinadas e a polícia não tem nada. Não devíamos estar fazendo de tudo para encontrar esse psicopata?

– Ignore seus sentimentos por um instante. – Solto a mesa e apoio meus cotovelos nos joelhos. – Você tem certeza que não foi o seu pai?

Ela revira os olhos.

– Faço a mesma pergunta sobre o Brody.

Penso por um segundo. Por ela, eu *realmente* penso sobre o assunto.

– Tenho certeza que ele não matou Samantha. Eu estava com ele até precisar levar a Cherie ao banheiro por *um minuto*. Ele já estava nas arquibancadas quando voltamos.

Ela para de andar.

– E?

– Acho que não posso afirmar cem por cento que ele não matou a Rayanne. Eu geralmente nunca o via na escola até o terceiro período. Mas posso dizer com 99,9 por cento de certeza. Além disso, ele estava com a Loren a manhã toda...

– Mas ele saiu da escola depois da primeira aula... E se...

– Para. – Passo uma mão no rosto. – Um intervalo entre aulas não é tempo suficiente para fazer nada. Agora, você pode dizer com total certeza que o seu pai não fez isso?

Mara resmunga.

– Quando você me pediu para acreditar em você, Eli, eu acreditei. Mesmo quando você foi colocado naquela viatura, eu acreditei em você. Agora, estou te pedindo pra acreditar que meu pai é inocente. – Uma calma estranha toma conta do seu rosto. – Você pode fazer isso?

Junto as mãos e a encaro. Não sei no que acreditar. Só sei que nossos pais não são perfeitos, não importa o quanto a gente queira que sejam. Ela aperta os lábios e acena com a cabeça enquanto os segundos passam.

Mara passa pela porta. Eu devia impedi-la. Eu quero. Mas também sei que, no fim, ela está melhor sem mim.

Capítulo 42

Loren Arnoux

Sábado, 20 de julho, 21h30

Depois que Mara vai embora, me sento na varanda até a luz dourada do sol poente se tornar azul. Sinto um arrepio quando o azul vira cinza. Agora, conforme a escuridão se instala ao redor da casa, com apenas o luar pálido piscando contra os telhados baixos das casas mais afastadas na minha rua, ainda não consigo me mover.

A foto de Brody possivelmente deixando a escola não deve ser nada. Mas se for...

Quero acreditar no que Mara diz sobre o pai, mas é impossível ter certeza. Assim como sobre o do Eli. Será que ele foi mesmo embora?

Acima de tudo, quero acreditar que eu conhecia minha irmã de verdade.

Mas será?

Retorço o cabelo até sentir a dor no couro cabeludo. Estou dando voltas. De novo e de novo. Se apenas os mortos pudessem falar. Assim Ray e Samantha poderiam nos falar o que não estamos vendo. Quem está nos enganando.

Um piar sombrio ecoa pela noite silenciosa. Me levanto e olho para os postes, a paranoia tomando conta de mim, como se alguém estivesse me observando. A coruja pia de novo, um som longo e ríspido.

Saio da varanda, meu coração batendo forte. Me viro ao ouvi-la mais uma vez e quase perco o equilíbrio. Seus olhos brilham como duas luas laranja. A coruja me encara de cima do meu telhado, tirando meu fôlego.

Seu chamado parece um lamento. Subo os degraus e abro a porta com dificuldade. Bato a porta atrás de mim e me deito no chão, tapando os ouvidos com os dedos.

Esse mau presságio está me seguindo. Ele está monitorando minha vida, levando a morte aonde quer que eu vá. Ou sou eu... Será que estou atraindo essa fera?

Eu sou o presságio da morte.

Um medo intenso recai sobre mim e não consigo me mover. Minha respiração fica acelerada e a sala fica turva.

Ou ela está aqui para avisar sobre minha morte ou porque sabe que estou prestes a causar a morte de outra pessoa.

Meu corpo inteiro está travado como um cabo de par trançado. Lágrimas descem pelas minhas bochechas e, de repente, as mãos da vovó estão no meu rosto.

– Respira. – Ela vira meu rosto para o seu, a poucos centímetros de distância. – Inspira... – Ela inspira para me acalmar. – Expira.

Meu peito está em pânico enquanto forço o ar a entrar e sair no mesmo ritmo dela.

– De novo. – Ela solta meu rosto e me abraça. – Você está tendo um ataque de pânico.

Não sei se passam segundos ou minutos, mas ela continua a me apertar.

– O que aconteceu? – ela finalmente pergunta quando meu corpo relaxa e eu me solto no chão.

Falo as palavras que estão enraizadas nos meus ossos.

– Eu acho que todo mundo tá morrendo por minha causa.

– Psiu. Não.

– E acho que eu sou a próxima.

Ela me encara por um bom tempo, e lhe conto quase tudo. Conto sobre como deveria ter conversado com Sam depois da cerimônia, sobre como me culpei por deixar Ray sozinha naquela manhã. Conto sobre as fotos de Brody e do pai da Mara no SnapShare. Conto sobre o livro de visita que Brody se recusa a entregar e como o cara estava traindo a esposa. Conto sobre a noite em que Brody chorou e como ele mentiu para não fazer o nosso projeto e ficar jogando com o irmão. Conto como dói duvidar dos meus amigos. Conto que não acredito que a polícia da reserva ou o FBI vão solucionar isso. Sobre como me senti pequena quando o Youngbull me intimidou naquele quarto minúsculo.

Conto para ela como não aguento mais dar voltas.

A raiva aguça seu olhar. Acho que vovó vai me falar que preciso de terapia. Que eu fui tola e irresponsável, que eu arruinei tudo. Mas tudo que ela diz é:

– Me mostra.

– Jeremy Youngbull é um vigarista inútil – diz vovó. – Eu nunca o respeitei muito. Se quer saber, ele sempre passava pano para os amigos dele. Deixava que saíssem ilesos.

Abraço as pernas, me aproximando do lado da vovó no sofá.

– Como quem?

– O primo dele andava com a turma errada há alguns anos e foi pego em uma apreensão de drogas, mas escapou sem nenhuma acusação. E sei que uma vez ele livrou Jason de ser autuado por dirigir embriagado.

– Como ele faz isso?

– É a vida. – Ela balança a cabeça. – Vou ser sincera: eu suspeitava dele há um tempo.

– Sério? – Ainda o sinto se impondo sobre mim, apertando o laptop de Sam. Pensei que fosse só eu.

– Parecia que ele estava *tentando* desacelerar a investigação do caso da Ray. Enrolando. Não levando a sério. – Seu olhar se perde no carpete. – Não sei por quê. Mas não acho que ele faria isso. Acho que é inexperiente demais para ser detetive e não sabe o que fazer, mas não admite. Arrogante demais. Ele provavelmente não queria que você investigasse e encontrasse algo que ele não viu. Eu tinha esperanças com o Kurt Staccona, mas depois de tudo que aconteceu com o Eli First Kill, elas estão acabando. Ele não se importa o bastante para buscar justiça para as nossas meninas. – Vovó enfia o punho em uma almofada do sofá, seus anéis desfiando o tecido. – Eu tinha razão. Eles não vão solucionar isso.

Alguém precisa. Eu daria *qualquer coisa* para garantir que isso acontecesse. Qualquer coisa.

E, pela primeira vez, parece que vovó está tão desesperada quanto eu.

Há apenas uma coisa que não contei para ela.

– Vovó... você acha que a Ray estava se metendo com drogas?

– Sem chance.

Eu queria ter a confiança dela ao responder aquilo. Eu me odeio por ter dúvidas. O silêncio e a dúvida pairam entre nós como uma nuvem de poeira.

Ela passa os dedos pela costura da almofada até quebrar o silêncio.

– Jeremy Youngbull ligou hoje de manhã antes de você acordar.

Mudo minha postura no sofá.

– O que ele disse?

– Eles receberam outro laudo da autópsia. – Ela passa a mão pelas clavículas, tristeza e raiva irradiando dela. – Acharam algumas fibras cinza e pretas no que restou da garganta da Ray.

Me forço a engolir, minha própria garganta parecendo estar cheia de tecido.

– Por que você não me contou?

Seus olhos se fecham com tristeza.

– Como se fosse ajudar. Cinza e preto são as cores de tecido mais comuns em roupas e cobertores ou... – Ela para de gesticular. – Não. O único jeito que Youngbull e Staccona vão resolver isso é com ajuda.

– Eu estou *tentando*.

– Quer saber, eu tenho uma foto também. – Ela pega o celular do bolso do uniforme e abre uma foto do grupo da cerimônia. Meu peito fica pesado ao ver Sam do meu lado. Nossos ombros estão quase se tocando. De alguma forma, estamos escondendo a distância que se formou entre nós. Seu joelho está dobrado para dar espaço para a mochila entre seus mocassins, e a barra do seu vestido quase toca o meu.

Se eu soubesse o que ia acontecer.

Vovó dá um zoom em nós duas, encarando, buscando por pistas que não existem. Quanto mais olho, pior me sinto. Também fui uma amiga ruim. Devia ter conversado com ela. Com certeza havia algo errado e a ignorei.

Quando a vovó finalmente tira o zoom, vejo Brody em pé atrás de nós. Ele está com um sorriso largo e seu rosto brilha de suor. Ela dá zoom na Sam de novo.

Meus dedos tremem com a vontade de jogar o celular na parede.

– O que você está olhando?

– Aquela mochila – sussurra ela. Entre os pés da Sam. – Você a viu no trailer... onde a encontraram?

Tento não me lembrar daquela cena. Ver seu rosto sem vida e o xale jogado sobre ela. O trailer estava tão vazio quanto seus olhos.

– Não. A polícia levou o celular dela. Não havia mais nada.

Ela assente devagar.

A descoberta vem com um calafrio.

– Quem a matou roubou a mochila. – Ninguém encontrou a mochila da Ray também. – A gente devia falar pro Staccona...

– Me escuta – diz ela, sua voz agora baixa e séria. – Estamos sozinhas nisso. Ninguém está cuidando de nós além de nós mesmas. Ninguém vai lutar pela Ray como *nós*. Se você quer ter certeza que o seu amigo Brody não tem nada a ver com isso, precisa ir na casa dele e pegar o celular dele. – Enfio as unhas nas palmas, memorizando as cores das miçangas na alça da mochila e o formato do zíper vermelho. – E procurar por essa mochila roubada.

Então, montamos um plano.

Capítulo 43

Mara Racette

Domingo, 21 de julho, 10h45

Bato à porta até minha mão doer. Sei que Eli está ali dentro. Ele sabe que eu sei. Onde mais poderia estar? As duas caminhonetes estão estacionadas na frente da casa: a que funciona e a quebrada.

Ele não abre a porta. Nem sei por que estou aqui. Ele realmente acredita que meu pai poderia ter matado aquelas meninas. Ele me chamou de desesperada. E *claro* que estou. É como se ele tivesse esquecido que mentiu para todos por meses porque *ele* estava desesperado para garantir a segurança de Cherie. Acho que ele impôs seu limite.

Ele luta por *sua* família e por quem lhe importa. Defende o vagabundo do pai e o babaca do seu amigo Brody.

Não a mim ou a minha família.

Estou do outro lado dessa linha... com aqueles que ele deixaria para trás, se precisasse.

Acho que é melhor saber disso agora do que depois. Bato pela última vez, fazendo ondas de choque subirem pelo meu braço. Ele ficou feliz de ter a minha confiança – tanto que me beijou. Mas, na hora de retribuir, pulou fora.

– Tá bom – grito. – Acho que vou sozinha, então.

Saio pisando forte, amassando o cascalho. Não preciso de ninguém.

– O que isso quer dizer? – Ele coloca a cabeça para fora da porta.

Não sei se fico feliz ou mais irritada por ele finalmente ter aparecido.

– Loren foi confrontar o Brody.

– Por quê? – Ele sai da casa, descalço e sem camisa. – E o que isso tem a ver com você?

– Porque a foto pode significar alguma coisa. – Olho para a hora no meu celular: 10h50. – Ou talvez não. Mas faz dez minutos que ela não me responde e eu tô preocupada.

Ele se apoia no corrimão, balançando a cabeça.

– Vocês estão tentando pegar ar com as mãos.

– Estamos tentando pegar *alguém*.

Ele joga as mãos no ar.

– O que você quer que eu faça?

– Achei que você podia ir comigo para ter certeza que nada aconteceu com a Loren, mas devia ter imaginado sua resposta.

Seus dedos se fecham ao redor do corrimão.

– Você sempre defende o Brody, mesmo ele não tendo duvidado que foi você quem as matou.

– Isso não é verdade.

Eu sigo pelo cascalho até meu carro e abro a porta.

– Então aposta a minha vida nisso. – Mostro o dedo do meio para ele e entro no carro, derrapando ao fazer a curva e ir embora.

Pelo retrovisor, eu o vejo apoiar os cotovelos no corrimão e a testa nos punhos. No fim, acho que não estava errada sobre Eli First Kill. Ele é egoísta e teimoso e cabeça-dura. E confia nas piores pessoas possíveis.

Que se dane.

Capítulo 44

Loren Arnoux

Domingo, 21 de julho, 10h45

Nunca vou ter tempo suficiente. Brody finalmente sai do quarto para conferir os cavalos no celeiro, como eu queria. Coloquei minha bolsa em cima do seu celular na mesa mais cedo, para me certificar de que ele o deixaria ali. Ele demorou mais do que deveria para sair.

E pode voltar a qualquer momento.

Vejo suas mensagens e abro o menu para procurar por 9 de abril. As únicas mensagens naquele dia são para alguns amigos à tarde, e algumas da mãe dele sobre o jantar de aniversário dela. Nada incriminatório.

Abro seu histórico de ligações e rolo até chegar em abril. Não demoro muito porque ele quase não liga para ninguém. Há duas ligações para o mesmo número na manhã de 9 de abril. Tiro uma foto com o meu celular e mando por mensagem para a vovó.

Ouço um barulho no final do corredor.

Fecho os aplicativos e coloco o celular do Brody de volta na sua mesa bagunçada. Mexo na gaveta aberta e vejo seu moletom do Guns N' Roses no topo da pilha de camisetas. O tecido preto e cinza desbotado dá destaque para a cruz amarela – assim como na foto dele no estacionamento.

Cinza e preto.

Puxo o moletom e o coloco em cima da cômoda para tirar uma foto com as mãos trêmulas. Outro rangido me deixa em pânico, mas corro para o guarda-roupa de Brody e abro a porta com cuidado, procurando pela mochila da Sam com a alça bordada.

Há rifles de caça no canto, atrás de um cesto de roupa suja. Caixas identificadas como "coisas do pai" na prateleira mais alta, assim como uma pilha de cobertores e bagunça.

E uma coisa roxa.

Está pendurada entre papelão e tecido. Eu puxo, fazendo uma avalanche de coisas caírem no chão. A porta do quarto se abre de repente enquanto a mochila roxa da Ray balança na minha mão.

Capítulo 45

Mara Racette

Domingo, 21 de julho, 11h11

Eu devia ter ido para a casa do Brody assim que a Loren me disse o que ia fazer. Se houver alguma chance de que ele seja o assassino... Ela nunca devia ter ido investigar sozinha. Devia ter me levado junto. Gastei um tempo precioso tentando recrutar o Eli. Eu já devia estar lá.

Espero que esse erro não me assombre.

Consulto meu celular mais uma vez antes de estacionar no começo da entrada para a casa do Brody. Sem sinal de Loren ainda, mas seu carro está estacionado do lado do carro dele. Meu estômago dá voltas.

Não deve ser coisa boa.

Saio do carro e corro pela grama em vez de pegar o caminho de cascalho. Sem sombras nas janelas. Sem barulhos vindo da casa. Me agacho atrás do carro da Loren, me certificando que ela não está lá dentro, e mando uma última mensagem pro Eli. Como se ele se importasse.

Nada ainda. Vou entrar.

Não preciso dele. Nunca precisei. Posso lutar minhas próprias batalhas. Meus dedos se fecham no ar, mas imagino que estou com uma pá. Eu poderia ter me protegido de Sterling. Poderia ter encarado o idiota do Reid. E posso fazer isso agora também, se for preciso.

Eu me abaixo para correr pela lateral da casa e olho para a parte traseira da propriedade. Ninguém está aqui fora e ainda não ouvi vozes. Me esgueiro até a frente da casa de novo e subo os degraus da varanda.

Tento girar a maçaneta, que abre com facilidade. Espio pela fresta antes de entrar e fechar a porta devagar. Estou na entrada com uma vista direta para a sala de estar e de jantar, até a porta dos fundos da casa. Consigo enxergar metade da cozinha, com a pia cheia de louça e uma lixeira lotada. Do outro lado há um longo corredor escuro.

Deslizo pela parede em direção à escuridão e congelo quando finalmente ouço algo.

Uma mola de colchão guincha. Será que eles... Não. Loren não teria deixado de me avisar. E com certeza ela não ficaria com Brody depois de todas as coisas suspeitas que descobrimos.

Por favor, não.

Avanço no corredor, o silêncio pesando o ar. Passo pela porta aberta do banheiro. A pia está molhada e há uma saboneteira ao lado.

Me aproximo da próxima porta, que está levemente aberta. Congelo quando meus olhos encontram os do Brody. Ele está sentado na beirada da cama, mas fica em pé na hora.

De repente, me sinto tão pequena. De mãos tão vazias. Só tenho uma corrente com as minhas chaves e meu celular. Nenhuma arma. Eu devia ter pegado uma faca na cozinha primeiro.

Ele me encara pela abertura da porta entre nós, seu rosto pálido, os olhos marejados. Já vejo o suficiente, mas não resisto a escancarar a porta. Ela abre com um rangido alto, revelando a cena entre nós.

O tempo desacelera até rastejar, e absorvo todos os detalhes em meio a um soluço.

Ele está imóvel como pedra, com um celular turquesa em mãos com uma rachadura na tela. Há sangue em sua camiseta. Manchas de sangue no carpete entre nós. Uma marca de mão no batente da porta. Grandes manchas na cômoda onde seu moletom do Guns N' Roses está pendurado. Sinto a bile subir pela garganta.

– Não é o que parece. – Sua voz sai rouca como se fosse ele quem perdeu todo aquele sangue. Como se fosse ele que perdeu a vida.

Seu rosto está tão pálido que quase acredito. Mas no chão, ao lado da cômoda, está um dos brincos de Loren. Aquele aro com vermelho, amarelo, turquesa e uma pena preta no meio. Sua marca registrada. E o celular dela está na mão dele, a tela aberta em uma foto do moletom dobrado na cômoda.

Esse sangue é de Loren. E há sangue demais aqui.

Raiva e medo se chocam no meu peito, gritando para eu fazer alguma coisa. Agora. Giro as chaves na mão, deixando as pontas para fora. Minha visão fica turva e escura, e passo a ver tudo em vermelho como o sangue entre nós.

Avanço contra ele, apontando as chaves para o seu rosto. Ele se abaixa como um jogador de futebol americano, com os braços esticados, e as chaves passam raspando pelo seu cabelo.

Seus braços me envolvem quando caímos no corredor. Sua testa bate na parede e ele fica atordoado por um segundo. Um segundo longo o suficiente para eu passar a corrente com as chaves pelo seu pescoço e juntar as pontas. Eu a forço contra sua garganta, meu corpo doendo com o peso dele sobre mim.

Meus dedos ardem quando puxo as pontas com força. Brody tosse por conta da pressão e tenta se levantar. Estou segurando a corrente tão forte que acabo sendo puxada junto.

Ele segura meus braços e me empurra contra a parede. Bato a cabeça com tanta força que vejo estrelas, porém continuo a puxar a corrente com força o suficiente para as chaves se enfiarem na minha pele.

Ele enfia os dedos no meu cabelo e, com a outra mão, luta contra a corrente no seu pescoço. Ele a agarra, desesperado, sangrando. Sua bochecha se contrai enquanto manchas vermelhas brotam em seu rosto. O pânico aumenta seu foco em mim.

Ele me puxa pelo cabelo e bate minha cabeça com mais força na parede. Prendo o ar, vendo as manchas vermelhas em seu ombro. Minha visão está turva. A raiva ferve dentro de mim, me dizendo que preciso lutar para não morrer.

Ele não vai me levar também.

Jogo o peso do corpo contra a corrente e enfio o joelho no meio das pernas dele. Ele cai, mas a corrente se arrebenta. Voa da minha mão, me fazendo cair de lado, e vai para trás de Brody. Libertando-o.

Ele vem na minha direção, tossindo e puxando o ar, seus olhos pretos e brilhantes no escuro, e eu entro cambaleando de novo no quarto dele. Minhas mãos deslizam pelo carpete ainda úmido; minha boca saliva ao sentir o cheiro acre metálico. Ele me segue, seus olhos selvagens.

Seu rosto está completamente fora de controle, como se ele estivesse pronto para lutar até a morte. É uma reação doentia e primitiva, como se ele fosse um animal encurralado, embora seja eu quem está literalmente encurralada entre a escrivaninha e a cama.

Brody respira, as veias em seu pescoço machucado e vermelho ainda pulsando visivelmente. Eu me apoio na cadeira para me levantar, tentando pegar algo na mesa atrás de mim. Jogo um copo cheio de canetas, mas ele o rebate, fazendo as canetas voarem pelo chão.

– Para! – Sua voz está grossa e áspera. – Me escuta.

Seus dedos pegam alguma coisa ao mesmo tempo que agarra minha camisa como se fosse me estrangular. Eu bato na sua cabeça de lado com um controle de videogame, mas isso mal o afeta. Ele me empurra para o lado enquanto arranho seus olhos, seu rosto, qualquer coisa que consigo alcançar.

Ele me joga no chão como uma boneca, tirando meu ar e me fazendo perder os sentidos com o impacto. Está em cima de mim, deixando seu peso me prender enquanto tenta agarrar meus braços agitados.

– Para! – grita ele de novo.

Eu arfo enquanto ele ergue meu tronco e me empurra de novo contra o chão.

Ondas de dor inundam minha cabeça. Finco as unhas em seus braços e alcanço seus olhos, tentando superá-lo com um arranhão de cada vez. Estou lutando pela minha vida. Há manchas de sangue em sua pele, tanto dele quanto de Loren. Ele prende um dos meus braços e apoia o antebraço contra minha garganta, me enforcando. Ele se afunda em mim, como se estivesse esmagando meus ossos e me espremendo até minha cabeça estourar como um balão. Meu peito se contrai, desesperado por ar.

Soco as costelas dele com a mão livre, mas minha visão embaçada escurece como uma fumaça preta que preenche o ar até o rosto desesperado do Brody ser a única coisa que vejo.

Em seguida, até seu rosto vira fumaça.

Ele estava aqui o tempo todo, a fumaça que estávamos tentando segurar por entre os dedos. A trilha de cinzas que estávamos caçando.

Capítulo 46

Eli First Kill

Domingo, 21 de julho, 11h11

Eu não queria me envolver, Mara Racette. A investigação já destruiu o que restava da minha vida. Depois de tudo que passamos, com tantas mortes na nossa família, seus membros morrendo um por um, nosso pai nos abandonou. Eu só tinha Cherie. A única coisa que impedia que aquela casa se tornasse meu inferno pessoal.

Agora, Cherie foi levada embora.

E apesar de Irmãozinho sempre ter sido como um irmão para mim, eu não vou apostar a vida dele contra a de Mara Racette. Ainda mais depois de ter percebido uma coisa.

Estou voando pela estrada, segurando o volante com força, dizendo para mim mesmo que não significa nada. Torcendo para não ser nada.

A náusea no meu estômago me diz que a alternativa é séria demais para ignorar. Eu finalmente lembrei que Brody passou na minha casa no dia em que tirei a caminhonete da oficina. Eu achei que ele estava saindo do seu carro quando cheguei em casa, dizendo que precisava conversar, mas ele estava entrando, não saindo. Deve ter sido ele quem escondeu a jaqueta de Rayanne. Ele não forjou a assinatura no livro de visitas pelo Jason – foi para se proteger.

Se ele é realmente o culpado, e a Loren estiver em perigo...

Meu celular vibra com uma mensagem de Mara.

Nada ainda. Vou entrar.

Acelero ainda mais, fazendo minha caminhonete rugir. Os pneus cantam quando faço a curva em direção ao rancho de Brody.

Não deve ser nada.

Passo pelo carro de Mara na beira da estrada e disparo sobre as pedras até a entrada da casa. Paro bruscamente, fazendo o cascalho voar para a grama. A estática do cascalho contra os pneus faz meus ouvidos vibrarem quando deslizo até parar em frente à casa.

O carro de Mara está vazio, e o de Loren também.

Corro para a nuvem marrom de poeira cobrindo a entrada e abro a porta da frente, meus olhos se ajustando à escuridão lá dentro. Há uma movimentação no corredor. Corro nessa direção.

No final do corredor, vejo que a porta do Brody está completamente aberta, deixando a luz entrar no corredor escuro. Há um amassado na parede em frente à porta e poeira branca no carpete.

Paro à porta, e meu coração congela.

É como se uma arfada de vento viesse do quarto e me jogasse no ar. Estou suspenso, congelado no tempo, encarando a cena horrenda na minha frente.

Vermelho.

Está manchando todo o carpete.

Deve ser sangue. Mas não pode ser real porque isso quer dizer...

O cabelo de Mara se mexe sobre o carpete manchado enquanto Brody bate sua cabeça no chão.

Seus olhos se fecham e ela está quase imóvel, mas seu braço pega algo debaixo da cama.

Finalmente, volto para meu corpo queimando de raiva e entro no quarto. Brody olha para cima, em choque, na mesma hora em que os olhos de Mara se abrem e ela bate com um haltere no queixo dele.

O impacto provoca um estalo forte e o faz cair para o lado. Mara respira fundo, soltando com um gemido horrível e deixando o haltere cair de sua mão enquanto se afasta dele. Brody tenta se levantar, e avanço sobre ele.

Eu o prendo contra a mesa, sacudindo o conteúdo das gavetas. Soco repetidas vezes o rosto dele, os ossos se chocando, até outro guincho áspero sair do canto do quarto onde está Mara.

Há muito sangue aqui e não sei o quanto é dela. Nem onde está Loren. Elas precisam de ajuda.

Eu o jogo na cama, prendendo-o sob mim, e arranco as persianas da janela.

Ele ainda está atordoado por causa das pancadas no rosto, então é fácil girá-lo e prender seus pulsos com as cordas brancas. Dou voltas e mais voltas e amarro com nós fortes. Sua pele fica branca debaixo das cordas.

Seus músculos se tensionam contra os nós, mas eles estão firmes.

Mara abraça os joelhos contra o peito, de costas para a porta do guarda-roupa. Seu pescoço está vermelho. Avanço sobre o chão manchado e a pego nos braços. Ela agarra minha camiseta, puxando o ar.

Cruzo o corredor e chuto a porta da frente.

– Cadê a Loren? – pergunto com o rosto no seu cabelo enquanto atravesso a grama seca.

Um soluço desesperado sai da sua garganta.

– Ah, Mara.

Caio de joelhos na grama marrom, encarando a casa onde já estive um milhão de vezes. Mara enfia o rosto no meu peito, tremendo e soluçando. Tiro o celular do bolso, os nós da mão abertos e sangrando, e ligo para o socorro.

Alguns minutos depois, Youngbull e vários outros policiais aparecem na casa e os paramédicos voam para cima de nós. Eles colocam a Mara em uma maca e a cercam. Luzes brancas e vermelhas brilham atrás dela. Instrumentos médicos brilhantes pairam sobre ela.

Eu seguro a única coisa que consigo, em meio ao caos: seu queixo manchado de sangue. Seu olhar encontra o meu, e nessa hora percebo a gravidade da situação. Ela pisca uma vez, e seus olhos mudam.

– Ele a matou – grita Mara. Sua voz está áspera, como uma lixa polindo pedras. Ela se senta e empurra a mulher com o estetoscópio para o lado, a fim de olhar para a casa.

Uma visão da fortaleza onde Brody se esconde.

Seu peito arfa e ela se apoia no ombro da mulher. Tenta gritar de novo.

– Ele matou a Loren. – Tudo o que sai é um sussurro rouco.

A mulher a empurra de volta para a maca e lágrimas caem dos seus olhos, molhando seu cabelo.

Ele matou Loren.

Eles colocam Mara em uma ambulância. Assim que as portas se fecham, um paramédico da outra ambulância corre até mim e coloca a mão no meu ombro.

– Deixe-me dar uma olhada. – Ele pega minha mão e a examina.

– Ela vai ficar bem?

O homem mexe na sua bolsa e olha para a casa.

– Ela está estável. – Tira um pequeno pacote da bolsa e o abre. Minha pele arde enquanto ele passa algo nas feridas, mas me concentro no policial que se aproxima com uma mão no cinto. – Parece não haver nada quebrado – diz o paramédico.

O policial para na nossa frente, observando o paramédico fazer um curativo nas minhas feridas enquanto me explica como devo limpá-las. O sangue nas minhas mãos é a última das minhas preocupações. Estou muito mais preocupado com o sangue nas mãos de Brody.

– Onde está o corpo? – pergunta o policial quando o paramédico volta para a ambulância.

Balanço a cabeça.

– Não sei.

– Tem certeza que aquele sangue é de Loren Arnoux?

Eu conto o que Mara me disse na minha casa. Ele se afasta e fala no seu rádio.

– Vamos precisar fazer uma busca completa na área. – Ele se volta para mim e pede a história completa.

A minha história não é longa o suficiente. Mara tem uma história maior.

Eu devia ter estado aqui. Devia ter vindo com ela. Talvez tivéssemos chegado aqui a tempo de salvar Loren.

Meus olhos ardem. Loren. Primeiro Rayanne, e agora sua irmã mais nova.

As meninas que fizeram eu me sentir como se não fosse a única criança com o mundo de cabeça para baixo. O único com pais que não me amavam o suficiente para *parar*. As meninas que me apoiaram e nunca me fizeram sentir como um empecilho.

E Samantha. A menina que eu afastei, sendo que só estava preocupada comigo.

Elas não mereciam isso.

A porta da frente da casa se abre e vejo o rosto inchado de Brody. Tem um dos seus olhos fechado por causa do inchaço. Eu me levanto e cuspo no chão. Ele está mal, mas queria que estivesse pior. Se Mara não estivesse lá, machucada, eu provavelmente o teria socado até a morte.

Youngbull o guia pelos degraus e ele demora um segundo para enfim me ver parado ali. O lado do seu rosto que não está inchado e irreconhecível está contraído de medo. Ou tristeza. Não sei dizer.

– Seu desgraçado! – grito. – Por quê?

Youngbull o enfia na viatura da polícia, mas ele ainda está olhando para mim, balançando a cabeça frenético.

– Cadê ela? – Minha voz falha no meio do grito.

Ele entra no carro e o barulho da porta batendo faz meu peito tremer. Depois que o carro desaparece pela estrada principal, Youngbull volta para a casa, falando no rádio.

– Precisamos do Staccona aqui. E tente entrar em contato com o irmão e a mãe de Brody Clark.

O policial do meu lado me guia com a mão.

– Vamos lá, precisamos ir para a delegacia.

– O quê?

– Você não tá encrencado. Só precisamos do seu depoimento.

– Não posso ir pro hospital ver a Mara primeiro?

Ele olha para as minhas mãos enfaixadas.

– Tá. Vamos indo.

Capítulo 47

Brody Clark

Domingo, 21 de julho, 12h

O dia passa em um piscar de olhos. Segundos escorrem como gotas de chuva em um toró. Não tive um segundo para pensar. Nenhum. Ainda não sei como tudo saiu do controle.

Agora a chuva parou. O tempo se arrasta como um verme na terra seca. A raiva faz a ponta dos meus dedos formigarem enquanto espero. Meu rosto inteiro está pulsando no mesmo ritmo do relógio em cima da porta da sala de interrogatório.

Apoio as mãos algemadas na mesa gelada. O sangue ainda está incrustado nas palmas e enterrado nos cortes ao redor das minhas unhas.

Quando a porta finalmente se abre, eu as enfio embaixo da mesa. Fora de vista.

Kurt Staccona entra e puxa a cadeira na minha frente, fazendo um barulho alto.

Ele junta suas mãos limpas sobre a mesa e me encara por uns bons quinze segundos. Uso todas as minhas forças para não me contorcer.

– Onde está Loren Arnoux?

As palavras não saem da minha boca. Só consigo dar de ombros.

– Temos unidades procurando por ela agora mesmo. Você pode se livrar de muitos problemas se nos disser onde encontrá-la agora mesmo. É uma questão de tempo.

– Eu não fiz isso.

Ele aperta os olhos.

– Não fez o que, exatamente?

– Nada disso.

Ele batuca os dedos em um ritmo assustador.

– Sinto muito, mas não é o que está parecendo.

– Foi o Jason.

– Você vai precisar ser mais específico.

– Jason matou Samantha e Rayanne. E... acho que a Loren também.

– É uma história muito conveniente. – Ele coloca as mãos no colo. – Escuta. A mochila roxa da Rayanne está no seu quarto. Encontramos fibras de tecido cinza e preto na garganta da Rayanne que batem com o moletom que estava no seu quarto.

– Isso não...

– Você nos disse que não viu a Samantha depois das fotos, mas temos uma imagem daquela noite em que você está olhando para ela. E ela está sozinha.

– Eu não estava fazendo isso.

– O carro da Loren Arnoux está estacionado na entrada da sua casa. Ela disse para Mara Racette que ia conversar com você. E agora ninguém consegue encontrá-la, mas o celular e bolsa dela estão no seu quarto. E também há manchas de sangue no seu quarto.

Fecho os olhos, tentando ignorar a bile subindo até minha boca.

– Onde ela está, Brody? Ela está morta?

As algemas fazem barulho quando bato as mãos na mesa.

– Eu não matei a Loren. Eu a amo desde que me entendo por gente. Se ela... Se ela estiver morta, foi o Jason. – Meu olho bom está ardendo.

Staccona passa a mão pelo queixo.

– Vamos dizer, por um segundo, que eu acredito em você. Você viu o que aconteceu?

Pisco para voltar a focalizar a visão.

– Não. Encontrei meu quarto daquele jeito.

– Então por que não ligou para a polícia?

– Eu só vi... Eu não... – O relógio em cima da porta continua com seu tique-taque. Nunca me senti tão indefeso. Tão sem controle.

– E se você é mesmo inocente, por que atacou Mara Racette?

– Ela *me* atacou. Estava me estrangulando. – Aponto para o ferimento no meu pescoço. Por um segundo, acreditei que ela ia me matar.

Staccona se concentra no meu pescoço por alguns segundos.

– De novo... Vamos dizer que acredito em você. Por que não falou nada sobre o assassinato da Samantha e da Rayanne? Por que acusar o Jason agora?

– Jason é meu irmão... Eu não... Eu não devia ter...

– Ele foi atrás da *Loren*, a garota que você gosta. Isso te deixou com raiva?

– Sim! – A palavra ecoa pela minha cabeça pulsante.

– Então por que você não ligou pra polícia?

– Quando a Mara chegou, eu ainda estava tentando entender o que tinha acontecido. Eu não sabia o que fazer. Ainda não estava raciocinando direito. – Uma lágrima desce pela minha bochecha quente. – Eu odeio Jason por isso.

– Então você disse que ele matou a Rayanne e a Samantha, mas, quando ele matou a Loren, você decidiu que ele tinha ido longe demais? *Agora* você o odeia?

– Sim.

– É por isso que o matou?

Capítulo 48

Mara Racette

Domingo, 21 de julho, 12h

O policial deixa o hospital com seu bloco de notas coberto de anotações feitas com pressa. Uma enfermeira com uma longa trança preta caindo pelas costas entra no quarto assim que ele vai embora.

– Sinto muito por isso. Ele insistiu para poder te interrogar.

– Tudo bem. – Minha voz está rouca e dolorida, e imediatamente levo a mão ao pescoço, mas paro quando isso puxa meu acesso intravenoso. Eles podem me perguntar qualquer coisa se isso os ajudar a encontrar a Loren.

– Pelo menos eles esperaram pela tomografia computadorizada – resmunga meu pai.

A enfermeira sorri com educação.

– E a boa notícia é que sua tomografia está ótima. Poderia ser muito pior do que uma concussão leve. Aperte o botão se precisar de mim. Volto daqui a pouco. – Ela atualiza algumas informações no quadro-branco do outro lado da sala antes de sair com pressa para o corredor.

Minha mãe aproxima sua cadeira da cama e segura minha mão.

– Pelo menos agora vão te deixar em paz, pai. – Minha voz está tão fraca que mal passa de um sussurro.

Ele mal consegue olhar para mim.

– Preferia que ficassem vasculhando a minha vida do que ver você ... – Ele olha para mim e acena o braço. – Passando por isso. – Cruza os braços e olha para o teto.

– Me desculpa por não ter te contado para onde estava indo.

Meu pai finalmente olha para mim e coloca sua mão sobre a minha e a da minha mãe.

– Queria que tivesse, mas sei por que não contou. Me desculpa ter feito você sentir que não podia contar.

Agora eu entendo, mais do que antes. Quando vi Brody naquele quarto... meus instintos falaram mais alto. Assim como os do meu pai fizeram naquela vez e como fazem quando ele sente que precisa proteger a família. Eu sei que ele faria qualquer coisa para me proteger da dor.

Seus olhos brilham.

– Não acredito que ele fez isso com você.

– Poderia ser pior.

– Você tem razão. – Ficamos em silêncio, pensando em Loren. Em Rayanne. Em Samantha.

Poderia ser muito pior. E quase foi.

Não sei por quanto tempo mais eu ia conseguir continuar lutando ou quão longe conseguiria ter ido se o Eli não tivesse aparecido naquela hora.

Bem neste momento, ele aparece à porta do quarto. Ainda está tenso e quieto. Suas mãos estão enfaixadas e suas roupas têm manchas secas de sangue. Mas, quando seu olhar encontra o meu, seu rosto é puro alívio. Ele apoia uma mão no batente e olha para os meus pais.

Minha mãe cutuca meu pai e os dois se levantam.

– Vamos dar alguns minutos para vocês – diz ela. Meu pai aperta o ombro do Eli quando passa e minha mãe o puxa para um abraço surpresa. Seus olhos encontram os meus por cima do seu ombro e então ficam marejados. Ela o solta e sai do quarto.

Ele se aproxima e se senta na cama, ao lado das minhas pernas, pegando minha mão como se fosse fazer um aperto de amigos.

– Eu sinto muito, Mara.

Procuro algo em seus olhos. Assim como no dia em que ele perdeu Cherie, a culpa os assombra. Como se ele tivesse alguma culpa.

– Eu devia ter acreditado em você antes. – Eli passa os dedos pelas costas da minha mão. – É minha culpa que tudo isso tenha acontecido. – Seu olhar se demora no meu pescoço manchado e segue para a via intravenosa no meu braço.

– Você veio. – Sinto como se minha garganta estivesse cortada por dentro.

Ele solta minha mão e passa as costas da sua na minha bochecha.

– Eu cheguei tarde demais.

– Eu também.

Eu me encosto no peito dele. Ele me abraça e choramos por Loren.

Aquele monstro nos enganou.

Em pouco tempo, a camiseta do Eli está encharcada com minhas lágrimas. Ele só se afasta quando a enfermeira volta para conferir meus sinais vitais de novo. Ele continua sentado na cama, segurando minha mão, então se levanta quando meus pais voltam para o quarto acompanhados de um policial.

– Podemos conversar por alguns minutos? – o policial pergunta para a enfermeira.

Ela olha para cada um dos adultos.

– Só por alguns minutos. Mara precisa descansar.

Meus pais voltam para as cadeiras e Eli fica do meu lado com a mão no meu ombro. O policial permanece parado ao pé da minha cama com as mãos apoiadas no cinto gigante.

Por cima do seu ombro, vejo Geraldine, seu rosto molhado e inchado. Ela anda de um lado para o outro no corredor, como se não soubesse o que fazer. Acho que o policial me pergunta como estou, mas ver o pânico de Geraldine faz minhas costelas se transformarem em gravetos podres. Uma a uma, elas se desmancham.

– Ainda não localizamos a Loren – diz o policial. – Mas vasculhamos a propriedade e encontramos Jason em um velho celeiro de mantimentos. – Ele fica em silêncio por muito tempo. – Ele levou um tiro no peito e já estava morto.

Arquejo e sinto pontadas de dor na garganta.

– O quê? – sussurra Eli.

Geraldine esfrega as mãos nas clavículas, amassando seu uniforme de enfermeira.

– Não temos a história completa ainda. Brody diz que Jason matou as três garotas.

Geraldine chora no corredor.

– Há duas teorias. Ou Brody está falando a verdade e ficou com tanta raiva de Jason por ter ido atrás da Loren que o matou. Ou Brody as matou e depois assassinou Jason quando ele descobriu tudo. Com base no que descobrimos até agora, e o que ele fez com Mara, a segunda teoria é a mais provável. De qualquer forma, está claro que Brody atirou no Jason.

Eli se inclina na beira da cama, apertando meu ombro com mais força.

Geraldine se aproxima da porta, enxugando o rosto.

– Você disse que o Brody atirou no Jason?

O policial se vira de leve, a simpatia contorcendo o rosto.

– Ao que parece.

Geraldine dá mais um passo para a frente.

– O que mais vocês descobriram?

O policial parece pequeno no meio do quarto com todos nós o encarando, esperando mais.

– Nada por enquanto.

– Quero dizer onde encontraram o corpo do Jason. Havia algo... suspeito, alguma pista do motivo por trás de tudo isso? – Seus dedos tremem sobre a testa.

O policial balança a cabeça.

– Não. Nada.

Geraldine se segura no batente da porta, balançando a cabeça devagar.

– Precisa ter alguma coisa. Por que ele estava lá? O que mais havia no celeiro?

– Tudo o que vimos foi uma janela quebrada e um machado velho com uma possível mancha de sangue. – Ele segura seu cinto de couro. – Nenhum sinal da Loren.

Meu pai olha para mim. Ele mal consegue se segurar, provavelmente se imaginando no lugar de Geraldine. Quase esteve.

– Vocês revistaram tudo? – Geraldine está se desfazendo na nossa frente. Se prendendo a detalhes do celeiro em vez de no plano para encontrar a Loren.

O tom do policial fica impaciente.

– Sim.

– Deve haver alguma coisa. Por que... Por que ele faria isso? – Sua voz falha, mas de raiva. Não de tristeza. Ela se empurra do batente com uma energia nervosa. – O que mais havia lá?

Suas perguntas constantes estão me destruindo. O que mais ela acha que vão encontrar ao lado do corpo do Jason no celeiro velho? Uma confissão por escrito do que aconteceu? Prateleiras cheias de ferramentas e um mapa caseiro que vai nos levar até a Loren? Ela está desesperada por respostas. Meus olhos ardem ao vê-la lutar por isso.

A voz do policial está irritada agora.

– Estamos mandando mais equipes de busca. Vamos encontrar a sua neta. Só precisamos de um pouco de tempo.

Já disseram isso antes.

É um tapa na cara, e até eu consigo sentir o ardor. Não a culpo por estar pronta para destruí-lo.

Seu olhar passa por todos nós no quarto, como se não conseguisse nos ver, e se volta para o policial.

– Pode ao menos me dizer quem foi o primeiro a chegar ao local? Quem encontrou o Jason?

– O detetive Youngbull encontrou Jason e notificou a central.

Geraldine torce as mãos com tanta força que elas podem ficar machucadas de verdade.

O policial se vira para mim, voltando para o motivo de estar ali.

– Vamos mantê-la atualizada. Enquanto isso, se pensar em qualquer coisa que possa nos dar uma ideia da localização de Loren, entre em contato imediatamente.

Eu assinto.

Ele sai e gesticula para Geraldine o seguir. O rosto dela passa por todas as emoções possíveis, mas para em um estado de fúria antes de desaparecer no corredor. Não consigo imaginar pelo que essa pobre mulher está passando.

De novo.

Talvez a Loren ainda esteja viva. Não vamos saber até a encontrarem. Mas o fato de que, de alguma forma, Jason acabou morrendo... Isso me diz que não temos muita chance.

Assim como senti quando vi o quarto de Brody.

Era óbvio que algo havia acontecido ali, e que Brody ficou apavorado por eu ter visto a cena.

Capítulo 49

Brody Clark

Domingo, 21 de julho, 12h20

– Eu vou contar tudo. A pura verdade.

Staccona não se move. Ele está tão imóvel quanto as paredes da sala de interrogatório.

– Primeiro nos diga onde está a Loren.

– Eu te disse que não sei onde está a Loren. E não sei quem matou o Jason. – Cada respiração faz meu peito doer, como se a pressão para achar o melhor jeito de sair dessa estivesse me esmagando.

Loren está morta. Ou quase.

Pensar nisso faz meu coração doer ainda mais.

Eu devia parar de falar, mas não tenho como sair dessa e não é nem minha culpa. Ele precisa entender isso.

– OK – diz Staccona. – Me conte.

– Na noite da véspera de Jason pegar a Rayanne, era para eu estar trabalhando em um projeto com a irmã mais nova dela e a Samantha. Eu furei com elas, disse que precisava ajudar o Jason com uma emergência com o gado. – Esse foi o meu primeiro erro. A mentira que nos colocou nesse caminho conturbado. – Staccona se inclina na cadeira, controlado. – Elas não queriam fazer o projeto sem mim. Então eu disse pro Jason que ia me encontrar com elas mais cedo no dia seguinte. Ele *sabia* que a Rayanne ia ter que pegar o ônibus. Naquela manhã, até me perguntou se a Loren tinha o próprio carro ou se o compartilhava com a Rayanne. Eu tinha que sair uma hora mais cedo do que ele, mas ele já estava pronto quando eu saí. Estava todo ansioso.

Staccona me encara, incrédulo.

– Ele sabia. Acho que foi por isso que passou direto pela oficina até

Duck Lake e aquela parada de ônibus. Ele sabia que a Rayanne estaria esperando sozinha.

– Você *acha*?

– Eu acho que Jason teve uma oportunidade e não conseguiu resistir. Ele pegou a Rayanne naquela manhã antes do trabalho. Ele a estrangulou e a colocou na caçamba da caminhonete.

– Mas ele chegou no trabalho às oito. Não é tempo suficiente para levar o corpo dela até o local onde foi encontrado. Você está me dizendo que ele a deixou na caminhonete, no estacionamento, com clientes passando por ela o dia todo?

Eu me forço a engolir. Sinto o gosto de sangue.

– Ele me ligou do trabalho. Me implorou para trocar de carro comigo. Disse que ia explicar depois.

Staccona se mexe na cadeira, que faz um barulho discreto.

– Então eu troquei. Saí depois do primeiro período e trocamos. Ele me disse para não olhar na caçamba. Disse que ia ligar de novo depois.

– Você olhou a caçamba?

– Não. Eu estava tentando não chegar atrasado na próxima aula.

– E depois?

Mal consigo continuar.

– Ele me ligou de novo no próximo intervalo. Me disse que tinha atropelado a Rayanne sem querer e a colocado na caçamba da caminhonete. Disse que agora eu estava envolvido e tinha que me livrar do corpo dela.

– Você poderia ter ligado para a polícia.

Vou vomitar.

– Eu devia ter feito isso. – Mas ele precisava de *mim*. Eu precisei dele por tantos anos e, naquela hora, ele precisava de mim. – Mas ele me convenceu de que eu também estava encrencado.

– Então ele disse para você se livrar do corpo.

– Logo depois da aula, eu a levei para fora da cidade. Joguei seu celular pela janela. Estava indo para a casa da minha mãe em Saint Mary mesmo. Só peguei algumas estradas de terra e achei um lugar distante.

Ele semicerra os olhos de leve.

– Então olhei para ela. – Há meses que tento esquecer aquela imagem. – Era óbvio que ele não a tinha atropelado. Ela tinha marcas no pescoço.– Tento me controlar, mas as lágrimas caem do meu olho bom. Abro e fecho a boca, tentando achar as palavras certas. – Então a larguei lá, xingando o Jason baixinho.

– Você sabia que ele a matou de propósito.

– Era o que parecia.

– E ainda assim, não ligou para a polícia.

– Sabia que devia ligar, mas ele me pressionou e, quando comecei a questionar o que tinha feito, ele disse que eu era cúmplice.

Ele me encara e mil cenários passam pelos seus olhos.

– E a Samantha?

– Acho que ele a viu, sozinha, depois das fotos.

– E você acha que ele a pegou quando o resto de vocês foi embora? Por quê?

– Talvez porque gostasse.

Staccona segura o joelho.

– Essa é uma teoria bem fantasiosa. Isso aqui não é um filme. Na vida real, sempre há um motivo.

Encaro a mesa, com os pensamentos embaralhados.

– Qual é o verdadeiro motivo para o Jason ter matado Rayanne e Samantha?

Fecho os olhos com força, me forçando a refletir sobre tudo que estava evitando. Encaixando todas as peças.

– Ele começou a ficar com um humor estranho e meio isolado. Há alguns anos, parou de querer passar tempo comigo. Alguma coisa mudou. – Eu sentia isso há um tempo, mas não sabia como consertar. – Achei que eram drogas.

– Hum.

– Pesquisei os sintomas de uso de metanfetamina, mas ele não tinha nenhum deles. Só que ele começou a desaparecer de vez em quando e não me dizia pra onde ia. – A expressão do Staccona não muda. – Quando meu pai trabalhava no rancho, éramos pobres pra caramba... mas de repente o Jason começou a gastar dinheiro como se não fosse nada de mais. Eu me convenci de que talvez ele só fosse melhor nos negócios. E ele tinha o trabalho na oficina. Mas às vezes eu me perguntava se estava vendendo drogas ou algo assim... Só que eu nunca perguntei. Não queria saber.

– Preciso te dizer, você não está me convencendo. Não encontramos nada na casa ou no seu rancho que indique que ele vendia drogas. Nada no celular dele. – Ele cruza os braços.

– Você checou os celeiros de mantimentos?

– Sim. Os agentes revistaram todos os prédios da propriedade. Ele poderia esconder essas coisas em outro lugar?

Balanço a cabeça. Arranjei uma justificativa para todo o dinheiro que parecíamos ter ultimamente. Me convenci de que havia uma explicação lógica para isso. Talvez ele só estivesse se metendo em dívidas, desesperado para ter uma vida diferente da do meu pai. Para provar para minha mãe que ela era uma egoísta por nos deixar e não estar presente.

– Então mesmo depois que o seu irmão fez você se envolver, como você diz, livrando-se do corpo da Rayanne, você nunca perguntou o motivo de ele a ter matado?

Ranjo os dentes e sinto o maxilar vibrar de dor.

– Quando eu perguntei por que ela parecia ter sido estrangulada... ele me disse para não me meter. Que saber disso só ia me meter em mais confusão. Eu achei que ela devia ter roubado as drogas dele ou delatado alguém... mas me convenci de que era melhor não saber. Assim como a coisa toda do dinheiro. E nunca perguntei sobre a Samantha. Eu só... imaginei. Não queria mais motivos para me meter em confusão.

As drogas são o único motivo plausível. Por que mais ele nos colocaria nessa confusão?

Ele assente devagar. Não acredita em nada. Em nenhuma palavra. Ele vê o sangue nas minhas mãos. Literalmente. É só isso que importa.

– E por que a Loren?

– Ela estava xeretando no meu quarto... Achou algumas coisas que incriminavam o Jason. Acho que ele ouviu a gente conversando.

– Loren buscava provas no seu quarto? Por isso você a machucou?

Enxugo a bochecha com a manga.

– Eu nunca a machuquei. Nunca machuquei ninguém.

– Desculpa, filho. Nada disso faz sentido. A meu ver, é você quem está se divertindo com isso e Jason descobriu, assim como Mara, quando você tentou matá-la.

– Não.

– As evidências mostram o contrário.

Olho para as minhas mãos presas. Tudo já desmoronou. O chão embaixo de mim já ruiu há muito tempo. Não tenho mais nada a perder. Coisa nenhuma. Não importa o que eu faça, eu já perdi.

Por causa do Jason.

Quem sabe meu pai tinha razão. Talvez eu devesse ter previsto isso. Jason estava agindo de modo estranho. Ele se ressentia de mim pela vida da qual abriu mão... Eu devia ter visto os sinais de que estava mudando. Devia saber que ele ia fazer algo assim comigo. Mas eu era teimoso demais, me prendendo a como as coisas deveriam ser.

– OK – digo, encontrando seu olhar. – Eu deixei uma parte de fora.

O agente fecha os dedos ao redor do seu joelho inquieto.

– Quando subi na caçamba da caminhonete para tirar a Rayanne... um dos olhos dela se abriu.

O joelho dele para. Tudo naquela sala para. Preciso forçar meus lábios a se mexerem.

– Ela não estava morta ainda, mas... algo estava errado. Ela não se mexia. E quando seu outro olho abriu, eles não pareciam normais. Só um deles estava seguindo meus movimentos.

– O que você fez?

Os gritos daquele coelho atropelado soam na minha mente. Seu corpo quebrado cega minha visão.

– Cara, ela estava sofrendo.

– Você podia ter chamado uma ambulância.

Quase fiz isso.

– Eles não iam conseguir ajudar.

– Como você sabe disso?

– Eu já vi animais moribundos antes. Juro que nunca machuquei a Rayanne. Eu a ajudei.

Pela primeira vez, em todos os interrogatórios, as bochechas do Staccona se contraem num rosnado.

– Se ela fosse para um pronto-socorro, você teria sido um herói.

– Não havia como salvá-la.

Ele tenta retomar uma expressão neutra, mas seus lábios ainda estão curvados.

– O que você fez, então?

– Tirei o moletom e a asfixiei.

– Então você admite ter matado Rayanne Arnoux.

– Jason machucou Rayanne. Ele a machucou tanto que ela devia ter morrido. Eu a libertei do sofrimento. *Eu* nunca a machuquei.

Ele cruza os braços, os tendões de suas mãos tensos.

– Mentira. Eu sei que você não acredita nisso.

Eu não a machuquei. É uma mentira que conto a mim mesmo há meses. A mentira que me permitiu continuar olhando Loren nos olhos. Fogo corre nas minhas veias. Foi tudo culpa do Jason. Tudo. Ele me meteu nessa bagunça. Me usou. Está me manipulando há tempos. Eu não entendia isso no começo. Eu queria ajudá-lo.

Estava com medo de perdê-lo.

Quando vi que Rayanne ainda estava viva, senti um nó no meu estômago, como sempre. Eu sabia, naquele momento, que, se ligasse para alguém, Jason estaria encrencado. E eu também. Nossa vida iria pelos ares. Eu iria perder *tudo*, e nunca mais as coisas iriam voltar ao normal.

Eu fui covarde.

Na verdade, foi nesse momento que as coisas mudaram de vez. Quando tirei meu moletom. Eu que destruí todas as chances de voltar atrás.

Me dói pensar nisso, mas eu me forço a falar:

– Eu tomei uma decisão impulsiva, por medo. Não queria que Jason se metesse em confusão por causa dela. E... *eu* não queria me meter em confusão. Então me certifiquei de que isso não ia acontecer.

Ele assente, sua expressão cheia de desgosto, formando uma careta.

– E é por isso que eu não falei nada. Jason estava me chantageando com isso. Disse que, se ele fosse preso, eu também seria. Porque eu estava com a Rayanne no final, ele não.

– Então você matou o Jason para ele não continuar usando isso contra você?

– Não.

– Você o matou porque ele foi atrás da garota de que você realmente gostava?

Eu engulo fogo.

– Não.

– Qual o motivo, então?

– Eu não matei o Jason. – Eles podem pensar o que quiserem. Vou jurar de pés juntos, todos os dias da vida, até encontrar o Criador.

Capítulo 50

Mara Racette

Domingo, 21 de julho, 15h

Me agarro às bordas da pia enquanto a dor sufoca a minha garganta com o meu próprio arquejo. Há manchas vermelhas no meu pescoço. Algumas parecem sangue e ainda consigo ver o cotovelo do Brody pressionando minha garganta. Meus olhos estão inchados e há manchas vermelhas no branco do meu olho. Há hematomas nos meus braços causados por seus arranhões.

Abro a torneira e jogo água nas feridas. As enfermeiras já limparam os cortes, mas de repente me sinto suja. As mãos doentias de Brody estavam em mim, rasgando minha pele. Estou desesperada para não o sentir mais sobre mim. Passo sabonete no pescoço e nos braços e esfrego até sentir dor.

Achei que *eu* era uma forasteira. Estava lutando contra mim mesma, dando o meu melhor para provar que pertencia a este lugar. Tentando provar que eu era um deles.

Todo esse tempo, era o Brody que não pertencia a este lugar.

Ele não é um de nós. *Ele* é o forasteiro.

Quando enfim fecho a torneira e pego o papel-toalha, há água descendo por meu peito e minhas costas, encharcando a camisola. Os cantos do banheiro escurecem à medida que os movimentos me deixam zonza.

Volto cambaleando para o meu quarto no hospital enquanto minha visão fica cada vez mais embaçada. Me deixo cair na cadeira, piscando rápido para recuperar o foco.

Quando o cinza se retrai, sei que devo ter desmaiado.

Porque Loren está sentada na minha frente.

Estou arfando, tentando não machucar a garganta. Pisco uma, duas, dez vezes. Mesmo quando o quarto entra em foco de novo, Loren ainda está sentada diante de mim.

– Me desculpa. – Sua voz está firme, porém fraca. Ela está sentada em uma cadeira de rodas com uma via intravenosa em um suporte atrás de si.

Fecho os olhos e os esfrego. Loren ainda está ali.

– Você tá bem?

Ela sorri.

Eli aparece na porta atrás dela, fazendo-a olhar por cima do ombro.

Nessa hora, sei que é verdade.

A boca dele se abre.

– Minha nossa!

Ela ri baixinho e fica em pé enquanto Eli a abraça.

– Eu achei que você estava... – Ele nem consegue terminar de falar. Enfia seu rosto no ombro dela e chora.

Quando finalmente a solta, eu a puxo para um abraço até nossas pernas tremerem. Ela se senta de novo na cadeira de rodas, e Eli me ajuda a voltar para a cadeira. Ele se senta ao meu lado e, como eu, encara Loren.

Ela parece bem.

– O que aconteceu? – pergunto.

Seus olhos se enchem de lágrimas.

– Sinto muito, Mara. Eu não devia ter falado nada para você... – Seu olhar cai para o meu pescoço. – Devia ter sabido que você iria me seguir.

– Tá tudo bem. – Minha rouquidão me denuncia, mas em comparação com o que poderia ter acontecido... estou *realmente* bem. – A gente estava preocupado com você.

– O que aconteceu? – pergunta Eli.

Ela passa os dedos pelo cabelo, tímida.

– Estou bem. – Ela se inclina para a frente enquanto puxa uma mecha do cabelo, mostrando uma linha inchada de pontos na lateral da cabeça. – Um pouco machucada, uma leve concussão, mas estou bem.

Meu pescoço inteiro pulsa ao ver aquilo.

– O que ele fez com você?

– Depois da nossa conversa de ontem, contei tudo pra minha avó. Achei que talvez o Brody estivesse envolvido. Ela disse que eu tinha que investigar o celular dele pra ter certeza.

Eli xinga baixinho.

– Ela te disse pra ir na casa dele? Sabendo que você suspeitava dele?

– Estávamos desesperadas. – O joelho de Loren está inquieto, fazendo a cadeira de rodas balançar. – Era para eu te levar comigo, Mara. Minha avó me disse para fazer isso, para a gente se ajudar ... mas eu não consegui. Tive uma sensação de que você ia se machucar se estivesse comigo. Senti, lá no fundo, que *eu* fui o motivo da Ray e da Sam terem morrido. Não podia fazer isso com você. Eu queria te proteger. – Ela passa a mão pelo rosto. – Não adiantou nada.

– Não se atreva a se culpar por isso. – A voz de Eli consegue ser gentil e firme ao mesmo tempo.

Ela devia ter me levado, mas eu entendo.

– Nada é culpa sua, Loren. E eu tô bem. De verdade.

Ela alisa o tecido amassado de sua própria camisola hospitalar, acenando com a cabeça.

– Então a vovó achou que você estava comigo quando eu fui lá e quebrei uma janela do celeiro de mantimentos no fim da propriedade. E, depois, quando fui até a casa deles. Eu disse pro Brody que tinha ido atrás dele no celeiro, mas parecia que alguém havia invadido o lugar. Quando Jason ouviu isso, ficou muito irritado e pulou no quadriciclo para verificar o que tinha acontecido, como eu esperava. Foi a última vez que o vi. – Seu olhar recai para as mãos. – Eu disse pro Brody que era melhor ele dar uma olhada no celeiro atrás da casa, só para ter certeza que não tinha sido arrombado também. Enquanto ele fazia isso, peguei o celular dele.

– Ele deixou o celular destravado? – pergunto.

Eli e Loren respondem ao mesmo tempo:

– 1111.

Verdade. Aposto que ele está arrependido de usar essa senha.

– Descobri que ele recebeu duas ligações no dia que a Ray desapareceu. Eu mandei o número pra minha avó, que estava pronta para investigar o que eu encontrasse. Foram da oficina onde o Jason trabalha.

Eli esfrega o queixo.

– Não do celular de Jason... que eles investigaram.

Loren enxuga as bochechas quando nos conta do moletom cinza e preto que corresponde às fibras de tecido que encontraram na garganta da Rayanne. Depois sobre encontrar a mochila roxa no armário.

– Eu estava segurando a mochila quando o Brody entrou no quarto.

Sinto meu estômago se revirar.

– Ele congelou, como nunca vi antes. Como se a mochila da minha falecida irmã tivesse aparecido ali *do nada*. Gritei com ele, e então ele ficou muito agitado, seus braços tremendo. Depois me disse que foi o *Jason*. Me implorou pra que eu acreditasse nele. Tentou me convencer que eu o *conhecia*.

– A gente não o conhece de jeito nenhum. – Eli contrai o rosto como se quisesse cuspir.

Loren assente.

– Foi o que eu disse. E aí ele foi até a mesa dele, derrubando as coisas. Vi que ele estava no modo de sobrevivência. Estava lívido e assustado, e ia fazer alguma coisa. Então eu agi primeiro. Bati um haltere na cabeça dele na hora em que se afastou da mesa e veio para cima de mim.

– Que bom – diz Eli.

Ela arqueia uma sobrancelha.

– Ele apagou de vez, mas caiu em cima de mim. Não consegui me recuperar a tempo depois de ter batido com o haltere, e ele me faz cair na quina da cômoda. – Ela gesticula para os pontos de novo. – Me cortei feio, e o sangue jorrou como um gêiser.

A lembrança do cheiro acre irrita minhas narinas.

– Pode acreditar, a gente viu o estrago.

– Eu estava toda zonza, cambaleando, e saí de lá em pânico. Corri pela propriedade como se ele estivesse me seguindo. Meu celular ainda estava no quarto dele, então não consegui pedir ajuda. Só corri até desmaiar.

Eli fica tenso ao meu lado.

A cena que eu vi parecia muito pior do que o que ela descreveu, mas faz sentido sabendo como machucados na cabeça podem sangrar.

– Quem te encontrou?

– Minha avó. Ela estava ajudando a polícia nas buscas. Aí me trouxeram até aqui e cuidaram de mim. E cá estamos nós. – Sua voz treme. – Eu não achei que você ia vir atrás de mim, Mara. Sinto muito que ele tenha te machucado. – A voz dela falha. – Eu nunca imaginei que ele também ia machucar o Jason por causa disso.

Ficamos em silêncio por um instante.

– Por quê? – Há muita dor na pergunta de Eli. Por que Brody ou Jason fariam isso? Por que machucariam Rayanne e Samantha? Talvez a gente nunca saiba.

Qualquer que seja a história de Brody, ele é um assassino. Ou achou que a Loren morreu, assim como nós, e matou o próprio irmão por causa disso, ou Jason viu aquela cena sangrenta e a mochila, e aquele lado de Brody, exposto como um peixe cortado em filés – e pagou com a vida.

– Acabou. – Loren aperta minha mão. – Nós o paramos.

Encontro o punho cerrado do Eli com a minha outra mão.

– Todos nós.

Loren Arnoux

Domingo, 21 de julho, 21h

– Normalmente não permitimos isso – diz Youngbull.

Talvez ele seja grato pelo que fiz. Talvez ache que me deve algo depois de tudo pelo que passamos. O motivo não importa, desde que eu possa olhar Brody nos olhos uma última vez. Agora que eu sei do que ele é capaz, depois de tudo que admitiu, me pergunto se vai parecer diferente. Se vou conseguir ver os demônios no rosto dele.

Youngbull me guia pelos fundos dos escritórios da polícia, depois das salas de interrogatório. Passamos por uma porta trancada rumo a um corredor vazio. Sinto a pele arrepiar quando o ar frio nos atinge e a porta se fecha atrás de nós.

O lugar é limpo demais para o que acontece aqui. As paredes são tão brancas que parecem ter sido esfregadas com alvejante. O piso é branco com manchas cinza que escondem os arranhões. Passamos por duas celas vazias, com cobertores dobrados em quadrados perfeitos em cima de travesseiros finos.

Youngbull para em frente à próxima cela, com as mãos juntas diante do cinto.

– Você tem visita. – Um barulho fraco ecoa pelo corredor vazio. Youngbull assente para mim e volta para a porta trancada.

Ainda me sinto fraca pela perda de sangue, mas mantenho a expressão séria e finjo estar forte de novo.

Permaneço em frente às barras, encarando a pessoa que destruiu meu mundo inteiro.

Seus olhos vermelhos encontram os meus. Ele leva uma mão à boca, enfiando os dedos na lateral do maxilar inchado. Com a outra mão, segura a barra da porta, a pele fazendo o metal ranger.

Ele está horrível. Fico feliz pelo Eli First Kill.

Ele passa uma mão pelo rosto e se apoia na porta. Até suas pernas estão tremendo.

– Você não está...

Eu fecho os punhos.

– Morta? Aposto que você está se sentindo bem idiota agora.

Ele me olha de cima a baixo com os olhos inquietos.

– O que ele fez com você?

– Nada. Você atirou no seu irmão por nada.

Seus ombros tremem.

– O quê? – Apesar de o seu rosto estar todo machucado e disforme, com um dos seus olhos fechado pelo inchaço, ele ainda parece consigo mesmo. A máscara devia ter caído.

– Você é um monstro horrível e doentio. Espero que apodreça no inferno pelo que fez com a minha irmã.

– O Staccona disse...

– Sim. Ele nos contou tudo. Se você está mentindo ou falando a verdade...

– Então você sabe que eu *ajudei* a Rayanne.

Uma risada histérica sai da minha boca, fazendo meu corpo tremer.

Uma fumaça branca nubla a minha visão. Meu corpo está perdendo a pouca energia que consegui juntar. O lugar já começa a oscilar.

– A única pessoa que você ajudou foi o Jason. E você o matou também. Você é um monstro e um covarde.

Ele apoia a testa no metal e inspira, trêmulo.

– Escuta. É como aquele coelho, Loren. Lembra? Não havia nada que eu podia fazer por ela. – Seu único olho bom está implorando.

Eu poderia matá-lo. Poderia fazê-lo em pedacinhos com minhas próprias mãos.

– Pode continuar mentindo pra si mesmo.

– Por favor – sussurra ele. – Você tem razão. Eu errei. Mas o Jason me manipulou, me meteu no meio de tudo isso. Ele colocou a mochila da Rayanne no meu armário.

– E você ia me atacar quando eu descobri tudo.

Seu rosto inchado estremece.

– Não, eu ia atrás do Ja... – Ele fecha o olho bom. – Ele estava tentando armar pra mim. Me fazer levar a culpa toda. Eu ia confrontá-lo.

– Claro.

Ele balança a cabeça devagar.

– Eu nunca iria te machucar, mas ele sim. Acreditei mesmo que ele tinha te matado porque ele *faria* isso. *Ele* é o assassino, Loren.

– Talvez ele seja *um* dos assassinos. – Agarro as barras, me aproximando até ficar a poucos centímetros do seu rosto nojento.

De repente, Brody dá um passo para trás. Algo muda no seu olhar... como se agora entendesse no que se meteu.

– Mas *você* matou a minha irmã. *Você* quase matou a Mara. *Você* matou sua própria família. Se olha no espelho, Brody. *Você* também é um assassino.

Capítulo 51

Desconhecido

Sexta-feira, 26 de julho, 7h

Todos tinham segredos. Alguns eram maiores do que outros. Aquele foi um dos que exigia esforço para ser mantido. Seria levado para o túmulo, mas era melhor assim. Não importava o quanto o arrependimento que surgisse... *Ele merecia*.

Essas eram as palavras que se repetiam, entrando e saindo de todos os outros pensamentos.

Pela última vez, o podcast foi ao ar.

PELOS ARES

EPISÓDIO 123

[MÚSICA DE ABERTURA DO PODCAST]

TEDDY HOLLAND: Bom dia, ouvintes. Primeiro de tudo, queria agradecer a todos vocês. Nas últimas duas semanas, nosso número de ouvintes triplicou. Vocês têm compartilhado esse podcast com todo mundo e, do fundo do coração, quero agradecer. Quando começamos esse especial sobre Mulheres Indígenas Desaparecidas e Assassinadas, queríamos usar nossa plataforma para criar conscientização e, graças a vocês, acredito que conseguimos fazer isso.

Estávamos planejando sortear algumas entradas para o Festival de Flores de Bozeman, mas, em agradecimento, vamos dar cinquenta entradas. Fiquem até o final do episódio e sejam um dos primeiros a garantir a sua. Somos Teddy Holland e Tara Foster e você está ouvindo *Nos Ares*.

TARA FOSTER: Temos uma convidada especial aqui no estúdio hoje. Ela é membro da Força-Tarefa de Montana para Pessoas Indígenas Desaparecidas e Assassinadas e vai responder a muitas das perguntas que vocês nos mandaram por e-mail, mas primeiro... temos mais novidades sobre os casos de Rayanne Arnoux e Samantha White Tail.

TEDDY HOLLAND: Isso mesmo, Tara. A polícia da reserva e o FBI fizeram uma prisão em Browning no começo dessa semana. Eles prenderem um jovem de dezessete anos chamado Brody Clark. Ele era um amigo próximo de Samantha e da irmã mais nova de Rayanne.

DETETIVE YOUNGBULL [NO TELEFONE]: Sim, temos um suspeito sob custódia. Não posso dar detalhes, mas ele admitiu ter assassinado Rayanne Arnoux, e atacou outra garota, que sobreviveu.

TEDDY HOLLAND [NO TELEFONE]: E quanto a Samantha White Tail?

DETETIVE YOUNGBULL [NO TELEFONE]: Ainda estamos analisando as evidências e vamos apresentá-las no tribunal.

TEDDY HOLLAND [NO TELEFONE]: É verdade que Brody Clark matou o próprio irmão?

DETETIVE YOUNGBULL [NO TELEFONE]: O irmão dele foi vítima de homicídio, mas não temos nenhuma evidência que determine quem o matou, apenas teorias por enquanto.

[SIRENE AO FUNDO]

TARA FOSTER: O que sabemos é que equipes de resgate foram enviadas para o rancho de Brody no começo da semana. Uma adolescente foi levada em uma ambulância depois de ter sido agredida por Brody, e foi feita uma busca pela irmã de Rayanne, que se acreditava estar morta. A polícia prendeu Brody e encontrou o corpo do irmão dele em outro lugar da propriedade.

TEDDY HOLLAND: Nós tentamos falar com a avó de Rayanne, mas ela não estava disponível para comentar. Acho que está finalmente tendo um descanso muito necessário depois que o mistério do assassinato de uma neta foi encerrado e a outra neta foi encontrada ferida, mas com vida.

TARA FOSTER: Os Arnoux e os White Tail passaram por uma tragédia inimaginável. Essas famílias sempre vão sentir que algo está faltando. Sempre vão estar com o coração partido, mas pelo menos podem ter a sensação de encerramento por saber quem fez isso. Elas vão ter um julgamento completo. Vão ter justiça. Muitas famílias na mesma situação não conseguem isso. Muitas famílias são forçadas a ficar se perguntando para sempre, sem respostas.

TEDDY HOLLAND: É aí que nós entramos. Muitos casos não recebem a atenção que precisam. Precisamos dar mais espaço a esses casos na mídia. Precisamos que o público saiba sobre as agências de auxílio a pessoas desaparecidas e como todos podem doar para apoiar as famílias afetadas. Precisamos consertar a desproporcionalidade na quantidade de pessoas indígenas desaparecidas. Todos podemos fazer a nossa parte para conscientizar as pessoas e romper o silêncio.

TARA FOSTER: Todos apoiamos o movimento MMIW. Estamos aqui com Beth Picard, pronta para conversar sobre como podemos fazer isso.

Eli First Kill

Sábado, 3 de agosto, 10h

O cemitério está silencioso. Como nos dias em que eu ia caçar com *eles*. Com Brody e Jason. Subíamos a trilha pelas montanhas cheias de neve fresca, com toucas laranja e rifles nas costas.

Não ouvíamos nada. Era como se a neve absorvesse todo o barulho, deixando a gente se aproximar dos alces. Nos tornávamos predadores silenciosos.

Fico atormentado pensando que eu devia ter percebido.

Eles eram os verdadeiros predadores.

Jason era legal comigo. E com Cherie. Podia não ser verdade, se o Brody estiver contando a verdade sobre o Jason ter começado tudo isso. Não quando ele tinha um outro lado tão maligno. Talvez o Jason tivesse mais veneno em si do que todo mundo e, pior ainda, era o melhor em esconder isso.

Eu queria saber o motivo. O que mudou? De onde veio tudo isso?

Achei que sabia quem era ele – *eles*.

Disse para Mara que Brody era meu melhor amigo porque ele nunca me surpreendia. Nunca estive tão errado.

O cemitério não está coberto por neve, mas aqui há o mesmo silêncio das montanhas. Alguma coisa silencia nossos passos pela grama. É uma paz desconfortável.

Mara entrelaça os dedos nos meus e andamos pelas fileiras de lápides do nosso povo. Há nuvens suaves sobre as montanhas à nossa frente, e penso que nossos ancestrais nos observam. Loren vem na nossa direção, uma saia de fitas balançando na altura dos tornozelos. Uma multidão já se forma atrás dela para a cerimônia de enterro de Rayanne, e um grupo de músicos canta baixo ao redor dos tambores.

Atrás dela vem um homem idoso, vestindo um chapéu de caubói com uma pena de águia e um colete branco com estampa geométrica em preto, vermelho e turquesa. As franjas nas pontas de suas luvas de couro branco com a mesma estampa do colete balançam a cada passo.

Quando ele nos lança um sorriso educado, sua papada enrugada fica quase tão longa quanto seu queixo com covinhas.

– Esses são Eli First Kill e Mara Racette – diz Loren. – Aqueles de quem falamos.

– Sou Earl Big Crow, tio da Loren. Geraldine é minha sobrinha mais nova.

Estendo a mão.

Ele me cumprimenta com muito mais empolgação do que seu corpo frágil parece ser capaz.

– *Oki.*

– *Oki.* Prazer em conhecer.

– *I'ksimato'taatsiyiop.* Eu conheci o seu avô First Kill. Eu lhe ensinei meus velhos truques indígenas. – Seus lábios formam um sorriso torto. – Ay, ele ficaria orgulhoso de você. Sempre foi.

– Obrigado. – Mordo a bochecha por dentro e deixo a dor controlar a emoção.

Ele pega a mão de Mara.

– Ouvi uma história impressionante e sou muito grato pelo que você e Loren fizeram. – Ele envolve a mão dela com as duas. – Posso honrá-la com um nome ancestral?

Mara engole em seco com o silêncio que se segue quando as pessoas param de conversar.

– Claro.

Ele se aproxima mais e fala como se ela fosse a única presente.

– *A'pissupiitsiitsii.* Aquela que vê por entre a névoa. Você poderia ter se mantido distante. Ficado quieta. Mas ajudou a Loren. Você a ajudou a procurar por algo que parecia desvanecer como fumaça no vento. Usou seus instintos para ajudá-la a ver e expor o mal que aqueles meninos fizeram. E o mais importante: você a protegeu. Seremos sempre gratos a você, parente. Você é uma de nós em todos os sentidos.

É mesmo. Ela sempre soube disso, mas agora nunca mais pode duvidar.

Earl gesticula para Geraldine.

– Me traz aquela erva ancestral. – Ele pega uma trança de erva ancestral seca e um isqueiro no bolso. – Fique aqui, Mara.

Mara se posiciona na frente de Earl, de costas para ele, e lança um sorriso para Loren.

O ancião acende uma das pontas da trança, fazendo fios de fumaça subirem pelos ombros e pela cabeça de Mara. Ele coloca a outra mão em seu ombro e diz uma prece em Blackfeet, que a erva ancestral carrega até o Criador. Quando termina, ele empurra Mara para a frente, para dar seus primeiros passos como *A'pissupiitsiitsii,* e outro tio da Loren canta um toré. Sinto um calor se espalhar por mim.

– Obrigada. – Os olhos de Mara brilham ao tentar conter as lágrimas quando Earl a abraça. – Você vai ter que escrever esse nome pra mim.

Earl ri com todo o corpo e a solta.

– Obrigado você. – Ele coloca um braço ao redor de Loren. – E agora, nós honramos nossa irmã perdida.

Nós os seguimos até a cova aberta. A madeira escura do caixão brilha ao sol da manhã. Loren se posiciona do lado de Geraldine e outros parentes, e Mara e eu ficamos na fileira de trás.

Os tambores começam. A batida dá vida para meus ossos. Meu sangue pulsa no mesmo ritmo. Os homens ao redor dos tambores cantam com a batida, e me sinto conectado a eles. A todos ao nosso redor. À terra sob nossos pés. Aos ossos da Rayanne na nossa frente.

Esse é o meu povo. E mesmo que essa reserva tenha me feito passar por tantas coisas ruins, sempre vai ser o meu lar. Aperto a mão da Mara.

Somos pessoas resilientes. Sempre fomos. Vamos superar isso. Loren vai superar isso. Vou ter Cherie de volta. Mara vai encontrar o seu lugar. E vamos todos ficar mais fortes.

É isso que os Blackfeet fazem.

Capítulo 52

Mara Racette

Sábado, 3 de agosto, 21h

Espanto um mosquito do rosto e visto meu capuz. A lua cheia lança uma luz fria sobre o campo seco. Há algo pesado aqui... Talvez seja a falta de vento, ou talvez a terra saiba o que Loren está fazendo.

A caminhonete de Eli estaciona na terra ao lado do meu carro. Seu rosto está encoberto por sombras, mas quando ele fica sob o luar seus olhos estão brilhando. Ele pega minha mão e me leva até o grupo já reunido sob o céu estrelado.

Loren está no centro, ajustando sua faixa bordada. Uma marca de mão está pintada sobre sua boca. A escuridão deixa as cores ao redor mais esmaecidas, mas sei que a marca é vermelha. A cor do movimento MMIW. O símbolo de que ela não vai ser silenciada. Os cones presos no seu vestido de Jingle brilham enquanto ela pega seu leque de penas.

– Pronta? – pergunta Geraldine. Loren assente. O círculo se abre e todos tocam seu ombro enquanto ela anda sozinha, passando pela caminhonete da avó até o campo aberto, dançando a cada passo.

Eli pega minha mão e alguém toca no meu outro ombro. Sterling está a poucos centímetros de mim, o que faz meu estômago se embrulhar, mas seus olhos estão focados.

– Ei. Sinto muito pela outra noite.

Aperto a mão do Eli.

– Ah.

Ele olha para Eli e fala mais baixo.

– Eu estava tão bêbado que achei mesmo que você queria que eu te seguisse até o celeiro, mas aquele soco do First Kill me mostrou como eu estava errado. – Seu sorriso parece grande demais para o seu rosto.

Eli faz carinho na minha mão com o polegar. Eu não sabia que ele tinha batido no Sterling.

– Enfim. Com tudo isso que aconteceu... Eu só... Me desculpa. – Ele acena com a cabeça e vai para o seu lugar ao redor do tambor, me deixando remoer as lembranças daquela noite enquanto corro de volta para minha posição atrás da porta aberta do meu carro.

Eli está em pé atrás da porta da sua caminhonete e vários outros carros formam uma linha crescente na frente de Loren.

Ela é apenas uma sombra à distância. Quando o tintilar para, ela praticamente desaparece na noite. Depois, começam os tambores. As batidas vibram dentro do meu peito – e na terra sob meus pés.

O primeiro carro pisca os faróis, em seguida, a cada batida, outro carro começa a piscar. Eu ligo os faróis e, em poucos segundos, Loren está completamente banhada por uma luz forte. Ela dança no ritmo, girando e chutando a terra. As partículas flutuam sob a luz ao redor dos seus mocassins como se alguém tivesse instalado uma máquina de fumaça.

Com todos os faróis acesos, olho para o grupo assistindo à dança. A mãe de Samantha está ao lado do carro dela, e os irmãos mais novos de Sam estão no banco traseiro. Não reconheço as outras pessoas que estão com os faróis acesos e assistindo a tudo com respeito.

O grupo ao redor dos tambores é formado pelo primo de Samantha, Sterling, e alguns meninos da escola. Alguns deles fizeram parte da equipe de corrida com Samantha e Rayanne. Há alguns homens mais velhos no grupo, provavelmente pais ou tios. Suas vozes se mesclam enquanto cantam sobre os tambores, fazendo minha pele arrepiar.

Geraldine fica em pé no centro da linha crescente dos carros, filmando Loren e sorrindo com os olhos marejados.

Loren está fazendo esse vídeo para o SnapShare. Sei que vai viralizar, pelo menos no círculo indígena do aplicativo. Espero que vá além disso. Espero que seja uma lição para muitos.

Ela acena seu leque de penas de águia, acompanhando a batida, e suas tranças balançam contra seu peito no mesmo ritmo. A dança do vestido de Jingle cura. Ela está dançando pela família de Samantha e pela sua.

Ela está dançando pela nossa comunidade. Pelo nosso povo. Por todos os povos lidando com a epidemia de Mulheres Indígenas Desaparecidas e Assassinadas.

Ela está dançando por todas as irmãs roubadas.

Meus olhos ardem até lágrimas caírem. Sinto um calor no peito. Meus olhos encontram os do Eli. Seu queixo está travado, controlando a emoção, mas ele está sentindo o mesmo que eu.

Orgulho.

Capítulo 53

Desconhecido

Domingo, 21 de julho, 11h11

Ela pressionou as costas contra a árvore. A casca grossa cutucou sua pele e ela se moveu, ansiosa, com os pés já cansados. Fizera um plano e estava se preparando para colocá-lo em ação.

Jason fazia sentido. Brody não. Mas quando ela pensou sobre como o irmão mais novo sempre seguia o mais velho, suspeitou que talvez ele soubesse de algo. Havia um motivo para todos o chamarem de Irmãozinho.

Só de imaginar as mãos de Jason no pescoço daquelas meninas... fazia seu corpo arder.

Ela tinha uma teoria, baseada em evidências circunstanciais, observações pessoais e um bom palpite. Agora, só tinha que esperar para descobrir.

Assim como sabia que Brody sempre se deixava influenciar pelo irmão mais velho, ela também sabia que Jason estava acostumado a se safar. Ouviu a história sobre como foi logo depois que o pai deles morreu, deixando-os sem dinheiro e com um rancho para cuidar. Jason dirigiu estando bêbado. Afundando suas mágoas, como muitos jovens fazem.

A polícia rodoviária o pegou fora dos limites da reserva. Estavam prestes a prendê-lo, autuá-lo por dirigir embriagado, quando a polícia da reserva chegou. Seu velho amigo Jeremy Youngbull apareceu e disse que ia resolver aquilo.

O jovem e inexperiente Youngbull fez um favor para o seu amigo. Ele o levou de volta para Browning e o deixou em casa.

Ela achou que devia ter sido a primeira vez que ele sentiu o gostinho de ser invencível. De usar as pessoas mais próximas para conseguir algo. Ele era adorado por muitos, não seria difícil. Mas ele mudou depois daquele incidente. Ela achou que era um ponto de virada, mas talvez para o lado errado.

Ela se perguntou se Youngbull ainda estava cuidando do seu velho amigo. Era isso que mais pesava em sua mente – que Youngbull ainda pudesse ser uma carta na manga do Jason.

Ela não estava disposta a arriscar.

Seu celular vibrou com uma nova mensagem. Ela pesquisou a informação no navegador do computador e os resultados confirmaram seu palpite.

Colocou o celular no bolso e pegou o rifle antigo. Passou pelas árvores, mantendo-se na grama alta em vez de nas duas faixas de terra, e se posicionou atrás de um quadriciclo. O pequeno celeiro de mantimentos no final da estrada de terra batida estava em total silêncio. Havia cacos de vidro na grama pálida debaixo da janela. Quando se aproximou, ouviu um barulho vindo da porta aberta.

Quando passou pela entrada, ergueu o rifle. A coronha estava apoiada em seu ombro. Seus braços não tremiam. Ela destravou a arma.

– Não se mexa – disse ela. Seu tom era forte. Imponente.

Jason se virou com os punhos no ar.

– O que é isso?

Seu dedo indicador estava no gatilho, como seu pai lhe ensinara, pronta para apertá-lo a qualquer momento.

– Eu sei o que você fez – disse ela.

– Você não sabe de nada. – Jason abaixou os punhos, fingindo tranquilidade. Não queria levá-la a sério.

Ele ia se arrepender disso.

– Eu sei que você pegou Rayanne. Sei que usou o telefone da oficina para ligar pro Brody na escola.

Seu rosto congelou em uma careta, mas ele não tinha nada a responder.

– Eu sei que ele trocou de carro com você. Há uma foto dele no estacionamento naquele dia, e a *sua* caminhonete está no fundo. Não a dele.

– Você não sabe do que tá falando. – Mas sua careta se desfez.

– Vi as fotos da cerimônia que você tirou. Quase não percebi, mas a Samantha tinha uma mochila. Tinha miçangas turquesa e vermelhas na alça. Eu sabia que já tinha visto isso antes. Com você. Era a *sua* mochila.

Ele ficou completamente imóvel.

– Por que ela estaria com a sua mochila? Ela roubou de você? Ou você se envolveu com uma adolescente?

– Você tá viajando. Não sei do que tá falando.

Ela tinha certeza que ele sabia muito bem do que ela estava falando.

– Eu sei que você as matou. Brody estava te protegendo, mas nós dois sabemos que, quando a hora chegar, ele não vai levar a culpa por você.

– Você tá louca. – Jason mudou de posição, inquieto, olhando para os armários do celeiro. – Isso não prova nada.

– Talvez não, mas o Brody vai falar quando estiver sendo acusado de homicídio.

Jason passou a mão pelo cabelo preto e oleoso de um jeito dramático, e riu. O filho da mãe riu.

– Eu vou te contar um segredinho: o Brody me idolatra. Mesmo *se* eu fosse culpado, ele nunca ia me dedurar.

Ela manteve o dedo firme sobre o gatilho, quente sobre o metal frio. Duvidava que ele podia apostar nisso.

Os olhos dele brilhavam ao encará-la.

– Talvez *ele* seja o culpado. Pensa nisso. Você tá me acusando de coisas que o Brody poderia ter feito. Talvez eu tenha ligado pra ele porque estava puto por ele ter pegado a minha caminhonete naquele dia. Talvez a mochila que acha que reconheceu na mão da Samantha tenha sido repassada pra ele, assim como todas as minhas coisas velhas. Era ele que conhecia as duas. Não eu.

Ela conseguia reconhecer as mentiras. O rapaz estava se emaranhando com elas. Ela tinha que pensar em um jeito de calar sua boca.

Antes que pudesse fazer isso, Jason pulou para a parede de armários e, em um movimento veloz, abriu uma das portas.

– Sai daí! – gritou ela ao dar um passo para a frente, o dedo repousando no gatilho. Estava prestes a atirar, a adrenalina fazendo seu corpo vibrar, mas ele pulou para trás ainda antes que a porta do armário terminasse de abrir.

Ele foi em direção a um canto. Havia poucos metros de distância entre o cano da arma e as palmas abertas do Jason.

Ela manteve o dedo no gatilho, seu peito arfando, e olhou para o armário aberto. Viu a mochila preta com o zíper vermelho, mas a alça tinha sido cortada, não deixando nenhum sinal do bordado. Havia alguns fiapos na lateral. Ela sabia que ele devia ter arrancado a alça.

Ao lado, havia objetos metálicos brilhando sob a luz fraca. Prensas de comprimido. Uma balança. Na prateleira havia vários sacos de pó branco. Havia sacos menores com pílulas transparentes e uma substância cristalina, como cacos de vidro. Seus dedos suados rangeram contra o rifle. Metanfetamina. E provavelmente fentanil. Ela devia ter desconfiado.

E, na prateleira mais alta, quase escondida, estava um telefone antigo e uma pistola preta.

Ele ia atirar nela.

Ao ficar no canto do celeiro, sua arrogância pareceu diminuir, mas seus olhos continuavam fixos nos dela. Ela podia ver sua mente frenética. Ele a mataria sem pensar duas vezes. Como fizera com Rayanne e Samantha.

– Calma lá – sussurrou ele.

Ela forçou sua voz a soar mais calma do que estava.

– Essa é a mochila que estava com Samantha.

Jason negou com a cabeça, pronto para mentir de novo.

Ela levantou mais o rifle; a fúria fervendo em seu sangue, implorando para que atirasse. Ele era um assassino. Ela sabia. Ela acenou com a cabeça para o saco de drogas.

– Por quê?

Ele olhou para os pés e enfiou os dedos no cabelo. A mulher podia ver o pânico fazendo seus músculos tensionarem, até que de repente aquele ar arrogante voltou para o seu rosto.

– Você já teve tudo o que sempre quis?

Ela ficou em silêncio. Um pássaro piou lá fora, alto e cortante.

– Meu pai não podia nos dar nada. Ele se matou de trabalhar nesse rancho, e o que deixou para trás? *Nada*. Quase não sobrevivemos. Ele não me deixou nada além de problemas. – Jason riu, sem fôlego, suor se formando na sua testa.

Ela manteve a mira no peito dele, mas colocou o dedo acima do gatilho de novo.

– Achei meu próprio jeito de cuidar das coisas. Achei um jeito de ter tudo. *Eu* fiz isso. – Apontou para o próprio peito.

Ela devia ter imaginado que ele estava desesperado o bastante para cair nessa, mas sabia que as meninas não mexiam com isso. Balançou a cabeça.

– O que isso tem a ver com aquelas meninas?

– Eu nunca quis fazer aquilo, sabia? Eu não sou um assassino. – As palavras saíram desembestadas da sua boca. – Mas a Rayanne se meteu onde não devia. Ela achou que conseguia me enganar.

– Do que você está falando?

O rapaz inclinou a cabeça.

– Ela viu uma... transação. Das grandes. Quando terminei, me virei por um segundo, e aí minha mochila e meu estoque sumiram.

Ele não estava falando coisas com sentido.

– Rayanne tinha pegado. Ela quase se safou dessa também, mas eu vi o carro dela virando a esquina.

Aquela não era a Rayanne que ela conhecia.

– Ela não faria isso.

– Pois fez. – Ele soltou uma risada amarga. – Ela roubou cem mil dólares em drogas. Aquela pirralha nem devia saber o quanto valia.

Ela nunca ia entender esse tipo de ganância.

– E você a matou por causa disso?

– Eu ia pegar minhas coisas de volta. – A raiva tomou conta da voz dele. – Mas ela me disse que tinha jogado tudo fora. – Jason passou a mão pelo rosto. – Jogou cem mil no lixo.

– Você a matou por causa de dinheiro? – Ela usou todas as suas forças para não puxar o gatilho naquele momento.

As palavras dele saíram com mais rapidez.

– Ela mexeu comigo. E mesmo que eu deixasse a santinha da Rayanne se safar dessa, ela ia me dedurar. E o meu fornecedor também. Ele preferia me ver *morto* do que preso. Me disse pra dar um jeito nisso. Odiava deixar pontas soltas. Tive sorte de ele não me dar um tiro por causa da palhaçada dela. – Jason começou a andar de um lado para o outro no seu canto do celeiro, enquanto ela mantinha a mira fixa nele.

Ela sabia, melhor do que ninguém, o quanto Rayanne odiava drogas. Ela odiava que tivessem levado sua mãe embora e roubado parte da sua infância. Odiava como mudavam as pessoas. Odiava drogas a ponto de fazer algo idiota e colocar sua vida em risco. Mas aquilo não tinha sido culpa dela.

– Você é um egoísta ridículo.

– Ela não devia ter se metido. – Sua voz estava fria.

– E o que a Samantha fez para merecer que pusesse suas mãos nela?

– Essa é a parte engraçada. – Não havia nenhum traço de humor na voz dele. – Parece que a Rayanne não jogou nada fora. De alguma forma, a Samantha estava com tudo... porque ela estava no pow wow, diante da minha mesa, com a minha mochila. A mochila que a Rayanne roubou.

O jeito como ele sorriu com desdém fez seu dedo se aproximar mais do gatilho.

– Eu a vi encarando o Youngbull como se estivesse com medo que ele revistasse a mochila. Ela estava usando há três meses. Ou talvez estivesse vendendo o *meu* produto. Ninguém sai impune dessa. Se o meu cara descobrisse que aqueles sacos estavam circulando... depois que eu disse que ia resolver tudo... Já era pra mim. Eu estava por um fio. – Ele parou de andar e ficou no mesmo lugar, imóvel. – Eu não tinha como planejar aquilo, mas dei um jeito. Apertando forte o bastante... Não demora muito.

Sua própria garganta se contorceu ao ouvir aquilo. Ela mal conseguia olhar para ele.

– Você a matou sem nem pensar duas vezes? – Sua voz estava cheia de ódio. – Como sabia que tinha algo lá dentro? – Ele era ainda mais doentio do que ela achava. O dinheiro e o poder o tinham afetado. E tudo que era bom tinha sumido do seu corpo.

– É o que... É o que eu precisava fazer! – Ele jogou as mãos no ar. – Não é que gostei de ter feito. Ninguém rouba cem mil de alguém assim. Não nesse mundo.

Ela já tinha ouvido o bastante para saber que não adiantava argumentar com ele. Ele acreditava nas regras do seu mundo doentio.

– Ela só soube que era meu quando a agarrei. Ela admitiu que quase tinha chegado a vender algumas vezes porque precisava do dinheiro, mas tinha levado pro pow wow para entregar pra polícia. Ela disse que era por isso que estava procurando pelo Youngbull; estava indo entregar pra ele quando foi chamada para a cerimônia, mas aí, antes que pudesse fazer isso, eu chamei todo mundo para a foto. Ela ia dizer que encontrou a mochila ali e ninguém nunca ia saber que ela já estava com as drogas há meses. Mas eu sabia. Ela me implorou pra pegar de volta e a deixar ir, disse que não contaria nada pra ninguém. Mas eu não acreditei em nada. Usuários desesperados fariam qualquer coisa.

Ela sentiu um desconforto no peito. Não conseguiu deixar de pensar que, se Samantha tivesse se manifestado antes, talvez pudessem ter rastreado as drogas e o desaparecimento de Rayanne até Jason. Talvez tivessem encontrado o corpo dela mais cedo. E Samantha poderia ter se safado.

– Mas eu errei. Não tinha nada faltando. – A falta de remorso na sua voz falou mais alto do que tudo.

Ela mudou de posição, o que fez o chão de madeira velha ranger. Nenhuma das meninas usara as drogas. Ela sentiu um pouco de alívio, mas sabia que isso não importava mais. Aquele lixo humano tinha matado as duas, no fim das contas. E achava que podia se safar dessa.

– Você deixaria mesmo Brody levar a culpa por você? Ele ao menos sabe sobre o seu *negócio*?

– Ele seria idiota se não suspeitasse, mas foi esperto o bastante pra manter distância. Só iria complicar as coisas pra mim. – Ele cerrou os punhos ao lado do corpo.

– Brody não vai ficar calado por você. – Ele era um idiota por acreditar nisso. Ela sabia que Brody estava protegendo o irmão esse tempo todo, mas sempre acreditou que aquele menino era fraco. Era certo que iria contar tudo quando fosse acusado. Ela apostaria qualquer coisa que ele ia falar na primeira oportunidade. – Você não vai se safar dessa.

Ela ia se certificar disso.

– Vou sim. – Jason encarou a ponta do rifle, mas sem medo no olhar. – Naquela manhã de abril, peguei a jaqueta e a bolsa da Rayanne. Escondi a bolsa no quarto do Brody e deixei que ele plantasse a jaqueta na caminhonete do pai do Eli. Foi isso que ele achou que fez. – Orgulho escorria de sua boca. Era tudo um jogo complexo, um que ele achava que estava ganhando. – O plano sempre foi deixar o Brody levar a culpa se as coisas dessem errado. Ele pode falar o que quiser. Nunca vai conseguir me culpar.

– É o seu irmão mais novo... Você voltou pra casa para cuidar dele. Deixaria o Brody ser acusado de assassinato... por causa de drogas?

– Você não entende. Eu... Eu preciso disso. – Lá no fundo, ele sabia que era errado. Parte dele devia lembrar por que quis cuidar de Brody em vez de deixá-lo com a mãe. Talvez esse tivesse sido o início de tudo. Ele estava desesperado por dinheiro, por uma saída. Talvez, no começo, estivesse pensando em como cuidar de Brody. Talvez o amasse.

O olhar dele endureceu, assim como seu corpo.

– Eu não posso dar pra trás. É ele ou eu. Se chama autopreservação.

Se ele tinha entrado nesse mundo sombrio por causa de Brody, essa não era mais sua motivação. A única pessoa com quem ele se importava agora era consigo mesmo.

Era exatamente isso que seu instinto lhe disse. Jason ia achar um jeito de se safar dessa. Não haveria justiça de verdade. E tudo isso por *drogas*. Pelo veneno que ele estava trazendo para o seu povo. E o pior de tudo era que ele achava que isso valia a pena. Mesmo com uma arma apontada para o seu coração, ele ainda achava que isso valia a pena.

– Você mataria meninas inocentes e trairia seu irmão, tudo por dinheiro. – A mulher sentiu um gosto ácido na boca, implorando para ser cuspido no rosto dele. – Sua mãe deixou sua família por dinheiro. Você *destruiu* a sua pelo mesmo motivo. Seu pai teria vergonha de você agora. Não vou deixar Brody levar toda a culpa.

Os lábios de Jason formaram algo horrendo.

Ela apoiou o rifle com uma mão e puxou o celular, pronta para chamar a polícia.

– Brody tem tanta culpa quanto eu.

Os dedos dela pararam sobre o teclado.

– Rayanne não morreu depois que eu bati a cabeça dela no meu carro e a estrangulei. Ela continuava viva.

Ela congelou, seu peito apertado de medo ao imaginar a cena violenta.

– Ela devia ter morrido, mas pelo visto resistiu. Foi o *Brody* que a asfixiou até ela morrer. Foi tudo ele.

Ela relaxou a mão. Loren ainda estava na casa do Brody, investigando as coisas dele. Brody... Um assassino. Ela não estava preparada para aquilo – não sabia que ele era capaz daquele tipo de coisa. Presumira que era tudo coisa do Jason; ela só precisava que a Loren encontrasse alguma prova no celular, ou no quarto de Brody, para ter certeza. E precisava encontrar Jason a sós. Loren não devia estar em apuros. Ela devia estar em segurança. Esse era o plano – o plano que ela torcia desesperadamente para funcionar.

O que o Brody faria se pegasse a Loren no flagra?

Na fração de segundo em que sua mente se dispersou, Jason pegou um machado largado no chão. Em um piscar de olhos, ele estava balançando na sua direção a lâmina com sangue seco no gume.

Ela largou o celular e puxou o gatilho.

A arma ricocheteou enquanto Jason caiu para trás.

Em meio ao choque, o machado escorregou dos seus dedos e caiu a seus pés. A lâmina fez seus ouvidos zumbirem. Vermelho se espalhou pelo peito do Jason. Ele caiu no canto, o corpo inteiro tremendo.

Seu corpo ficou atordoado, imóvel, e sua mente em pânico. O que ela tinha feito? O que ele a levara a fazer? O peso do rifle parecia maior. Isso não era parte do plano, mas ela se lembrou de que era o que ele merecia. Tinha feito por merecer.

Ela se forçou a passar por cima do machado e cruzar o aroma denso e metálico do tiro para se aproximar de Jason.

– Você é um desgraçado.

Ele a encarou, os olhos arregalados, enquanto o peito subia e descia, sua respiração fraca. Sangue saiu pela boca dele. Ela puxou a alavanca, ejetando a bala vazia, e puxou de novo para recarregar. Com a arma em mãos, ela o observou por alguns instantes. Então, ele ficou imóvel. Seus olhos ainda estavam fixos nela, mas agora estavam sem foco. Seu peito parou de mexer.

Enquanto isso, o dela estava cheio de adrenalina.

Ela acreditou em cada palavra egoísta e doentia que ele disse. Depois de Brody ter arruinado a sua vida pelo irmão, Jason o recompensaria jogando toda a culpa nele. Brody matou por ele, e Jason sempre planejou se safar. Tudo isso por causa do seu precioso dinheiro e um trabalho ridículo como traficante. A ingenuidade do seu irmão o ajudara.

Não mais.

Ela abaixou o rifle e pegou o projétil vazio, ainda quente. Girou o latão entre os dedos, sua mente trabalhando a mil, e então colocou a bala no bolso. Ela ia se certificar de que Brody pagasse pelo que fez. Ele ia pagar por isso a vida inteira.

Mas Jason teve a punição máxima. Ele mereceu. Se ela não tivesse atirado nele, ele iria matá-la, sem dúvidas, mas mesmo assim... Ela tinha que admitir que queria matá-lo. Sua raiva e seu ódio ardiam tanto que era bom ter esse alívio. E talvez ela fosse para o inferno por isso. Ela tinha acabado de matar um homem, mas ao menos sabia que Loren e as outras meninas estavam livres dele. Ele não iria mais machucar ninguém.

Afinal, ela dissera para sua neta Loren que daria a vida para protegê-la. Só não sabia que, no fim, seria a vida de outra pessoa.

Nota da autora

Quando os personagens de *Chama extinta* surgiram na minha mente, completamente formados, me implorando para eu contar suas histórias, tive medo de não lhes fazer justiça. A jornada deles falaria sobre o grande problema de Mulheres Indígenas Desaparecidas e Assassinadas, que tem um impacto devastador. Os números não mentem: 84% de mulheres indígenas já sofreram alguma violência e 54% já sofreu alguma violência sexual. O índice de assassinato de mulheres indígenas é três vezes maior do que o de mulheres brancas e, em alguns lugares dos Estados Unidos, é dez vezes maior do que a média nacional.

Ao escrever a história de um grupo de adolescentes lidando com o desaparecimento e a morte de colegas de escola, esperava chamar a atenção dos leitores para esses números assustadores e, principalmente, para o peso emocional dessa epidemia nas famílias e membros da comunidade. É um assunto delicado que precisa ser tratado com cuidado ao ser abordado em uma história fictícia. Eu não queria escrever algo que banalizasse os casos reais ou tornasse a dor intensa que tantas pessoas indígenas sofrem em algo sensacionalista. Queria abordar o tema enquanto criava personagens que iriam marcar os leitores mesmo depois de terminarem a história.

Eu queria mandar uma mensagem memorável.

Mas tinha medo de não ser qualificada o bastante para fazer isso. Ou talentosa o suficiente. Ou Blackfeet o suficiente. Fiquei preocupada com o fato de que, por ter crescido com duas culturas diferentes e fora da reserva, minhas palavras não seriam válidas. Refleti muito sobre o significado dessa história e a dúvida sobre se eu era a pessoa certa para contá-la. Isso me fez pensar a respeito de minhas inseguranças, tal como a mudança para a reserva Blackfeet fez Mara refletir sobre as dela. Ainda assim, sabia que essa era uma história que precisava ser contada, então conversei sobre o assunto com meu pai. Ele ouviu todas as minhas questões com muita paciência, e então acabou com todas elas dizendo algo que nunca vou esquecer: "Você é Blackfeet, minha filha. Ninguém pode tirar isso de você".

Então, escrevi. Eu me aprofundei nas minhas próprias experiências e nas vivências da minha família, trazendo o máximo de autenticidade possível para essas páginas. Eu as enchi com lembranças da minha infância e histórias da minha família. Peguei emprestada a sabedoria e o conhecimento das pessoas próximas a mim. Honrei minha família usando seus nomes, incluindo First Kill, Big Crow, e o nome que Mara recebe no final, *A'pissupiitsiitsii*, "Aquela que vê por entre a névoa", é uma homenagem a um ancestral. Até coloquei a sabedoria do meu pai em uma cena do Eli com a Mara.

Apesar de ter feito o meu melhor para ter personagens e um cenário autêntico, tomei liberdades criativas na história. Não estou tentando criar uma representação perfeita da experiência de toda pessoa Blackfeet, e essa definitivamente não deve ser considerada uma representação de todas as centenas de povos nos Estados Unidos, mas espero que todo leitor possa ver um pouquinho de si neste livro.

Esses personagens podem ser fictícios, mas suas emoções são reais. Seus desejos de pertencimento, compromisso com a família e respeito pela comunidade são coisas que todos nós sentimos. A alegria e o orgulho que têm um pelo outro e por sua cultura são extremamente verdadeiros. Suas dores também são reais. A sensação de perda, raiva, tristeza e sede por justiça é real para inúmeras pessoas indígenas que querem ser ouvidas. Elas querem conscientização, apoio e indignação.

Eu queria escrever um livro sobre adolescentes indígenas porque queria trazer mais representatividade indígena para o mundo. Vemos muitas histórias indígenas escritas no passado, mas ainda estamos aqui e merecemos nos ver no contexto contemporâneo. Mas, ao escrever este livro, tornou-se igualmente importante para mim elevar essas vozes específicas, para chamar a atenção para a epidemia de Mulheres Indígenas Desaparecidas e Assassinadas. Essas mulheres indígenas merecem mais, e meu coração está com elas.

Ao longo desta história, eu me inspirei nas mulheres poderosas da minha vida que conseguiram fazer com que elas mesmas e suas famílias lidassem com dor, traição e perda e saíssem mais fortes.

Como Geraldine, avó de Loren, diz: somos pessoas resilientes. Eu já vi que, apesar de tudo, nós podemos prosperar.

E é isso que merecemos.

Saiba mais sobre a questão de Mulheres Indígenas Desaparecidas e Assassinadas nas hashtags #MMIW, #MMIWG, #MMIWG2S, e #NoMoreStolenSisters, ou visite o site da autora, kacobell.com, para encontrar informações, recursos e saber como doar para a causa.

Agradecimentos

Várias pessoas ajudam a tornar *Chama extinta* realidade. Eu poderia escrever um outro livro inteiro falando sobre o apoio que recebi durante essa jornada, mas vou ser breve. Agradeço mil vezes a...

Meu marido, que sempre acreditou em mim e nas minhas habilidades, mesmo quando eu não acredito. Eu te amo.

Minha mãe, que lê qualquer coisa que eu escreva. Você me ajudou a escapar de travas fictícias e foi você que me inspirou a começar a escrever.

Meu pai, que continua a me ensinar. Eu devo a minha curiosidade e o meu orgulho cultural a você. Obrigada por me acompanhar por todo esse processo.

Meu agente, Pete Knapp. Agora sou oficialmente uma autora e ainda não tenho palavras para explicar o quanto sou grata por ter você comigo. O cuidado que tem com os seus clientes e nossos livros é indescritível. Você tem sido o maior defensor de *Chama extinta* e eu não teria feito isso sem você. E obrigada a Stuti Telidevara, Kat Toolan, Danielle Barthel, e toda a equipe de Park & Fine por todo o tempo e trabalho que fizeram por mim.

Minha editora, Rosemary Brosnan, por acreditar nessa história e achar um lar para ela na Heartdrum. Obrigada a todos os outros membros da HarperCollins que tornaram isso possível, incluindo Cynthia Leitch Smith, Liate Stehlik, Suzanne Murphy, Kerry Moynagh e o time de vendas, Sean Cavanagh, Vanessa Nuttry, Mikayla Lawrence, Gweneth Morton, Shannon Cox, Audrey Diestelkamp, Lauren Levite, Kelly Haberstroh, e Patty Rosati e sua equipe.

Leah Rose Kolakowski, Molly Fehr e Joel Tippie, por criarem uma capa e design tão lindos.

Minha agente no Reino Unido, Claire Wilson, e Safae El-Ouahabi, na RCW, assim como meus editores do PRH UK, India Chambers e Naomi

Colthurst, por encontrarem um lugar para *Chama extinta* no Reino Unido. E obrigada ao resto da equipe do PRH UK, incluindo Shreeta Shah, Jannine Saunders e Harriet Venn.

Meus agentes cinematográficos, Michelle Kroes e Berni Vann no CAA, por verem o potencial cinematográfico dessa história e onde ela se passa.

Minha mentora do Pitch Wars, Fiona McLaren, por me ajudar a dar mais foco para a história. Seus conselhos e orientação elevaram o nível da história e me levaram por uma jornada incrível.

Jared e Jesse, meus especialistas que incomodei com muito mais perguntas do que eu deveria. Eu não teria feito isso sem vocês.

Minha parceira de avaliação, Karen. Você foi minha primeira amiga escritora de verdade. Obrigada por sofrer com o primeiro rascunho deste livro e me apoiar sempre.

Emily e Lisa, minhas primeiras leitoras. A sua empolgação me deu a confiança necessária para continuar escrevendo.

Chefe Charlie Crow, Elliot Fox e Robert Hall, por me ajudarem a incluir algumas palavras especiais no belo idioma Blackfoot.

Isi Hendrix, eu brinco que você praticamente virou a minha *coach* da vida, mas é verdade. Você tem sido uma fonte de sabedoria, ajuda, apoio e risadas. Eu sou muito grata por te conhecer e honrada de te ver brilhar.

Gabi Burton, Paula Gleeson e Dante Medema, por me darem ótimos conselhos em momentos cruciais. Vocês me guiaram na direção que eu precisava ir.

Meu grupo There or Squares. Tenho tanta sorte de conhecer todos vocês: Sana Z. Ahmed, Emily Charlotte e S. Hati, cujas sugestões foram essenciais durante a edição do livro; Megan Davidhizar, que tem sido uma amiga e ouvinte durante esse longo processo; e Christine L. Arnold, Aimee Davis, Channelle Desamours, Lally Hi, Laurie Lascos, P. H. Low, e Valo Wing, cujo apoio infindável significa tudo para mim. Amo todos vocês e não seria nada sem esse grupo.

E você, leitor, por escolher esse livro. Me sinto honrada por você ter escolhido ler essa história e espero que a leve consigo.

K. A.

Nota da edição brasileira

Chama extinta é um *thriller* emocionante e envolvente, capaz de fazer o leitor desconfiar de tudo e de todos até a última página. Nesta obra de ficção, K. A. Cobell aborda, sempre com respeito e sensibilidade, muitos temas e dores reais. Entre elas, destaca-se a situação de vulnerabilidade das mulheres e meninas indígenas.

Ainda que ficcionais, as histórias de Rayanne e Samantha, infelizmente, se assemelham às de muitas mulheres e meninas indígenas. Chamar a atenção para o número de Mulheres e Garotas Indígenas Desaparecidas e Assassinadas é um modo de dar voz a cada uma delas enquanto lutamos para transformar essa realidade e dar um basta a isso de uma vez por todas.

Segundo a ONU, uma em cada três mulheres indígenas já sofreu ou vai sofrer violência sexual ao longo da vida.* As mulheres indígenas também são um dos grupos mais vulneráveis ao tráfico humano. Segundo dados do Instituto Igarapé, os casos de feminicídio contra essa parcela da população cresceram 167% entre 2000 e 2020 em nosso país. A situação é ainda mais estarrecedora nas áreas de garimpo ilegal. Na região amazônica, as taxas de feminicídios são 30,8% mais elevadas do que a média nacional; no entanto, os casos ainda são subnotificados, e a escassez de dados oficiais reflete a condição de invisibilidade dessa parcela da população.

A seguir, listamos algumas iniciativas que têm como objetivo dar voz e visibilidade às mulheres e meninas dos povos originários do nosso país:

---

* ONU (Organização das Nações Unidas). *Report of the Special Rapporteur on the rights of indigenous peoples, Victoria Tauli Corpuz*. Genebra: ONU, 6 ago. 2015. A/HRC/30/41.

CASA DA MULHER INDÍGENA

A Casa da Mulher Indígena (CAMI) foi criada para promover ações de prevenção e enfrentamento à violência contra as mulheres indígenas.

www.gov.br/mulheres/pt-br/acesso-a-informacao/acoes-e-programas-1/casa-da-mulher-indigena

ARTICULAÇÃO NACIONAL DAS MULHERES INDÍGENAS GUERREIRAS DA ANCESTRALIDADE

Órgão responsável pela organização da Marcha das Mulheres Indígenas. A ANMIGA foi formada com o objetivo de que mulheres indígenas de todo o Brasil possam se unir na defesa de seus direitos.

anmiga.org

CONSELHO INDIGENISTA MISSIONÁRIO

Organismo vinculado à CNBB (Conferência Nacional dos Bispos do Brasil) que atua junto à população indígena. Um dos braços do órgão é o Observatório de Violência, que desde 2003 faz um levantamento anual da violência contra os povos indígenas no Brasil. No site, é possível preencher um formulário de denúncia.

cimi.org.br

SUA OPINIÃO É MUITO IMPORTANTE
Mande um e-mail para **opiniao@vreditoras.com.br**
com o título deste livro no campo “Assunto”.

1ª edição, out. 2024

FONTES Fournier MT Std Italic 15/18pt
Fournier MT Std Regular 12,5/16,1pt
Manus Regular 20/28pt
PSFournier Std Regular 10/16,1pt

PAPEL Pólen Bold 70g/m²

IMPRESSÃO Gráfica Coan

LOTE COA290824